Der Grenzgänger

Lutz Kreutzer weiß, worüber er schreibt, wenn er über das Bergsteigen Geschichten erzählt. Der promovierte Naturwissenschaftler war in jüngeren Jahren als Kletterer (alpin bis zum 7. Grad), Alpingeologe und einer der ersten Gleitschirmflieger unterwegs, und auch heute noch gehört seine Leidenschaft den Bergen. Als Journalist hat er neben Alpinliteratur zahlreiche populärwissenschaftliche Werke verfasst. Seine abenteuerlichen Reisen als Forscher und Manager nimmt der gebürtige Rheinländer zum Anlass, komplexe Sachverhalte in spannende Literatur zu verwandeln. Er hat bereits drei Romane veröffentlicht. Einer seiner Thriller wurde als eBook zu einem Platz-1-Bestseller. Lutz Kreutzer, der lange in Wien und Kärnten lebte und arbeitete, wohnt heute in München. Mehr unter www.lutzkreutzer.de

Die Handlung ist fiktiv. So mysteriös dieser Fall erscheint: Vergleichbare Täterprofile gibt es tatsächlich. Die Kriminalgeschichte ist voll von Serienmördern, die ähnlich gehandelt haben.
Alle im Buch auftretenden Personen sind frei erfunden. Sollte sich jemand darin wiedererkennen, so ist das Zufall. Die Toten sind mit Sicherheit keiner lebenden Person ähnlich.

Interaktive Karte
Die Orts- und Routennamen entsprechen – fast alle – der Realität. Unter folgendem Link bzw. QR-Code gibt es eine interaktive Karte mit den wichtigsten Schauplätzen:
http://grenzgaenger.lutzkreutzer.de
Sie finden diesen Link auch auf www.rother.de bei der Titel-Info.

Lutz Kreutzer

Der Grenzgänger

Eddy Zett
und der Mörder vom Sternberg

Bergkrimi

Bergverlag Rother

Umschlagfoto: Reinhard Drescher, Waischenfeld
Foto Karabiner/Seil: © ehrenberg-bilder – Fotolia.com
Umschlaggestaltung: Beate de Nijs, www.denijs.de
Lektorat: Carlos Westerkamp, Berlin; Barbara Wickenburg, Murnau
Druck und Bindung: Litotipografia Alcione srl., Trento
Originalausgabe

1. Auflage 2015

ISBN 978-3-7633-7071-9

»Oh Jungfrau der Gipfeln,
reiche du die Hand denen,
die sich zum Himmel bestreben.«

(Inschrift am Monte Peralba)

CIMA DELLA MADONNA

Schleierkante, gegen Mittag (Samstag, 13. Juli 2013)

Eddys Oberkörper kippte langsam nach hinten. Sein Herz schlug bis zum Hals. Seine Hände hatten sich geöffnet. Der brennende Schmerz in den Unterarmen ließ nach. Das würde das Ende sein, schoss es ihm in den Kopf. Dann stieß er sich mit den Füßen ab. Eddy fiel.

Seine Angst vor dem Loslassen hatte sich verflüchtigt. Er hatte jetzt Panik erwartet. Doch sie kam nicht. Er war seltsam ruhig.

Fredo hing dreißig Meter tiefer an zwei Haken und sah hinauf. »Eddyyy ...«, hallte es dumpf von unten durch die Nebelfetzen an der Schleierkante.

Eine Dohle wurde aufgeschreckt. Eddy hörte das Klatschen ihrer Flügel. Es ging bergab. Sein fallender Körper zerteilte die Wolkenschwaden, die die Kante umwehten.

Fünf Meter. Vorbei an dem Haken, in den er besser das Seil eingehängt hätte. Zehn Meter. Das Seil schlug Wellen. Fünfzehn Meter. Er sauste an dem Haken vorbei, in dem das Seil durch ein schepperndes Karabinerpaar lief. Jetzt noch mal so viele Meter und die Fangdehnung des Seils, das war ihm klar. Fünfundzwanzig Meter. Immer noch im freien Fall. Fredo völlig überrascht und mit aufgerissenen Augen, direkt unter ihm und beide Hände am Seil. Hektisch zog Fredo jetzt so viel Seil ein, wie es der Halbmastwurf im Schraubkarabiner zuließ. Eddys linker Fuß streifte Fredos Kopf und die Schulter. Fredos Helm knallte gegen den Fels. Fünfunddreißig Meter. Das Seil machte zischende Geräusche, es streckte sich. Eddys Fall wurde abgebremst, das Seil knarzte leise, es war gespannt wie eine Bogensehne.

Sein Kopf wurde nach hinten geschleudert. Der Hüftgurt schnürte Eddy ab. Er rang nach Luft und verschränkte die Arme vor der Brust. Seine Füße schlugen gegen die Wand, als er die Luft mit aufgeblasenen Wangen auspustete. Das Seil wippte zurück, und Eddy wurde federnd etwa zwei Meter nach oben gezogen. Er hing still und ruhig und fühlte sich drei Sekunden lang tot. Aber er war es nicht.

Gut, dass Fredo den Standplatz vier Meter über dem Felsband angelegt hatte. Eddy pendelte jetzt drei Meter unter Fredo einen halben Meter von der Wand weg. Das Seil verband sie, wenn auch über einen fast fünfunddreißig Meter langen Umweg. Eddy starrte das leuchtende Geflecht aus Nylonfasern an und dankte ihm für sein Leben. Dann sah er hoch.

Fredos Gesicht war verzerrt vom Schmerz. Mit der rechten Hand hängte er zitternd einen zusätzlichen Karabiner in den Ring des Bohrhakens und warf schnell einen Mastwurf ins Seil, den er in den Karabiner einhängte, bevor er ihn zuschraubte. Dann erst ließ er mit der Linken das Seil los, das sich sofort straffte, nachdem es Eddy einen halben Meter ruckend nach unten hatte fallen lassen. »Uah!«, rief Eddy.

»Verfluchter Mist!«, brüllte Fredo jetzt und sah seine rechte Hand an. Die Handfläche war blutig. Er schüttelte sie und biss auf die Zähne. Das durchschießende Seil hatte ihm die Haut verbrannt. Er fragte Eddy: »Verletzt?«

»Nein«, erwiderte Eddy. »Verfluchter Scheiß, das war knapp.«

»Eddy, du verdammter Idiot!«, schrie Fredo erleichtert. »Mann, Eddy. Du Irrer! Gott sei Dank, du lebst!«

Sie schwiegen ein paar Sekunden, sahen sich an. Und wussten: jetzt bloß keine Pause. Wenn Zeit blieb zur Besinnung, würde sich ihr Körper gegen jedes Weitermachen wehren. Und sie würden hier nicht mehr wegkommen.

»Willst du da hängen bleiben?«, fragte Fredo bissig. »Irgendwann musst du wieder rauf zu mir.«

»Ja, irgendwie muss ich jetzt wieder da hoch«, sagte Eddy leise. Er richtete sich auf und schwang hin und her, bis er die Wand berührte. Er bekam einen leistenartigen Griff zu fassen, dann einen zweiten. Seinen rechten Fuß stellte er in eines dieser Löcher im Fels und kletterte schnell zu Fredo hinauf. Er sah ihm in die Augen. »Gut gehalten, mein Freund« Er sah nach oben und murmelte: »Na dann mal los.« Bevor Fredo überhaupt reagiert hatte, war er drei Meter höher.

»Hey, bist du wahn… sinnig…« Fredo spürte, wie seine Stimme ins Leere ging. Er zog das Seil durch den Karabiner und sicherte Eddy. Seine Hände schmerzten heftig.

Eddy kletterte schnell und sicher. Vier Meter, dann war er um die Kante des Zagonel-Pfeilers verschwunden.

»Verflucht, Eddy, was machst du? Häng diesmal früher ein!«, schrie Fredo aus Leibeskräften gegen die Stille des Nebels.

»Keine Panik, Fredo, es passiert dir nix!«, klang es dumpf von oben her, und Eddy legte noch einen Lacher hinterher, der in der nebelgedämpften Luft verhallte.

Der Pfeiler war schwierig, er war teilweise absolut senkrecht, unten sogar leicht überhängend. Eddy stieg die helle Wand hoch bis zu dem Haken, den er ausgelassen hatte. Diesmal hängte er einen Karabiner ein und sicherte das Seil. Dann kam er zu der Stelle, wo ihn seine Kräfte verlassen hatten. Er feixte, hängte sich an seine linke Hand und legte eine Bandschlinge um ein Felsköpfl des eisenhart versteinerten Korallenriffs, klinkte ein Karabinerpaar mit dem Seil ein und stieg weiter. Unter ihm klapperte der Karabiner gegen den Fels. Ein gutes Geräusch. Er zog sich an einem kleinen Griff nach oben, unterstützt von seinen gespreizten Füßen, die sich an minimalen Rauigkeiten abstützten. Er erreichte den großen Griff und die Felsschuppe. Ein paar Handgriffe, einige Knoten und ein Schrei: »Staaaand!«

Zwanzig Minuten später war Fredo bei ihm. »Eddy, ich bin irgendwie langsam heut, die Hand …«

Eddy sah sich die verletzte Bremshand Fredos an und sagte: »Durchbeißen, mein Freund. Bald haben wir es geschafft.« Noch zwei Pfeiler mit etwa sieben Seillängen, und sie würden auf dem Gipfel der Cima della Madonna sein.

Fredo nickte und lächelte dünn. Die Dohle zog fast geräuschlos an ihnen vorbei und drehte ab. Fredo griff in seinen Rucksack und holte eine Flasche hervor. »Tee?«

Eddy verdrehte die Augen, doch er nahm einen kräftigen Schluck. »Danke fürs Gesöff! Wenn wir hier raus sind, Fredo, lad ich dich auf ein Fass Bier ein.«

UNTER DEM SASS MAOR

Rifugio Pradidali, am Abend (Samstag, 13. Juli 2013)

Eddy lehnte an dem groben Holzgeländer vor der Eingangstür. Die Hütte war komplett aus den grauen Steinen der Umgebung gebaut. Rot-weiße Fensterläden ließen das Rifugio Pradidali in fast zweitausenddreihundert Metern Höhe aus der Rauheit dieser kahlen Hochebene herausstechen. Wie Kathedralen umringten die Dolomitberge mit ihren Pfeilern den Kessel, der sich vom Passo di Ball bis hierher hinabzog.

Eddy sah nach Süden, wo sich unter der senkrechten Ostwand des mächtigen Sass Maor das Val Pradidali erstreckte. Am Horizont traf sein Blick auf den Monte Pavione, den höchsten Berg der Feltriner Dolomiten, dessen Gipfel jedoch nur unwesentlich höher war als die Terrasse, auf der er sich befand.

»Weißt du, dass die Pradidali-Hütte hier schon Ende des neunzehnten Jahrhunderts gebaut worden ist?«, fragte Eddy.

»Na, wusst i net«, sagte Fredo, der fast einen halben Kopf kleiner war als Eddy.

»Du wirst staunen, vom Dresdner Alpenverein.«

»Ma, die Deutschen, überall san's umanant. Mir wurscht, Hauptsach is, sie steht da. Jetzt g'hört sie uns«, sagte Fredo grinsend und verwies auf das Schild der Abteilung Treviso des Club Alpino Italiano an der Außenmauer. Diese Hütte wurde wegen ihrer Lage an der südlichen Öffnung des Pradidali-Kessels von vielen Bergsteigern als die schönste der gesamten Dolomiten bezeichnet. Und das hatte etwas mit ihrer Umgebung zu tun, dem prächtigsten Fleck der Pale di San Martino. Große Wände aus grauem Riffkalk und gelbem Dolomit, wohin die beiden blickten: Cima Canali, Cima Wilma und vor ihnen der Koloss des Sass Maor, hinter dem die Cima della Madonna wie verschämt ihren Schleier aus Fels versteckte.

Jetzt konnten sie all diese Wände sehen, deren Strukturen aus Pfeilern, Rissen und Kanten sich allmählich aus den Wolken herausschälten. Das fast alltägliche Juli-Gewitter war vorüber, im Himmel hing noch ein entferntes Grollen. Eddy und Fredo waren auf den letzten Metern zur Hütte noch tropfnass geworden.

Eddy hielt ein Glas Rotwein in der Hand und prostete der Cima della Madonna zu, von der nur der Gipfelgrat zu erkennen war.

Fredo legte seine Hand auf Eddys Schulter und fragte: »Eddy, alles okay?«

»Ja, danke. Passt schon.«

»Du siehst nachdenklich aus«, sagte Fredo, dessen schwarze Haare im blassen Abendlicht glänzten.

Eddys Blick fiel wieder auf den Gipfel der Cima della Madonna. »Eigenartig. Wenn ich den Namen des Bergs höre«, sagte er leise, »dann muss ich an die Madonna des Monte Peralba daheim in den Karnischen denken.« Er richtete sich auf. »Wir sind heute auf dem Schleier der Madonna geritten, Fredo. Und wir haben es übertrieben. Ich hoffe, das ist kein schlechtes Omen«, scherzte er.

»Den Monte Peralba machen wir demnächst mal wieder. Mit unseren Familien. Dann wird uns die Madonna am Gipfel sicher verzeihen.« Fredo lachte und gab ihm einen Klaps auf die Schulter.

Eddys schlanker Oberkörper machte einen kurzen Ruck nach vorn. Er nickte. »Schöne Idee.«

Fredo hob sein Glas mit verbundener Hand und stieß mit Eddy an. »War eine verdammt gute Sache heut, Eddy. Aber irgendwie hast du recht. Ein Glück, dass wir hier noch stehen.«

»Wie geht's der Hand?«, fragte Eddy.

»Na ja, hab schon Schlimmeres erlebt.«

»Schulter und Kopf?«

Fredo machte eine abwehrende Bewegung. Eddy blickte ihn dankbar an, sein Freund hatte ihm heute das Leben gerettet. Jetzt sah er nach Osten, wo seine Augen mal wieder an dem grandiosen Riss hängenblieben, der pfeilgerade die Westwand der Cima Canali zerschnitt. »Hermann Buhl. Dieser Teufelskerl. 1950 hat er den Italienern da ein richtiges Ei gelegt«, sagte Eddy und grinste. »Bei schlechtem Wetter eingestiegen und einfach seinen Kumpel den Riss hochgezogen.«

Fredo tat gelangweilt. »Jaja, ihr heldenhaften Österreicher!«

Eddy zog die Augenbrauen hoch, dann lachte er leise. Er legte den rechten Arm um seinen Freund und sagte: »Fredo, ohne dich wär ich jetzt tot!«

»Ja, und ohne dich wär ich auch tot. Ich würd mich nämlich zu Tode langweilen.« Sie lachten und tranken einen Schluck.

Die beiden hatten sich morgens um vier in Corvara getroffen. Eddy hatte von zu Hause aus zweieinhalb Stunden dorthin gebraucht. Fredo übernahm das Steuer, und Eddy war bald eingeschlafen. Unterwegs hatten sie daher kaum ein Wort gesprochen. Um sechs waren sie in San Martino angekommen.

Die Tour danach war enorm. Erst die tausend Höhenmeter bis zum Fuß der Cima della Madonna, um halb neun waren sie am Einstieg und deponierten ihre Rucksäcke in der Nähe. Dann die Schleierkante, und trotz Eddys Sturzeinlage waren sie um kurz vor zwei am Nachmittag am Gipfel. Und dann noch die zweieinhalb Stunden Abstieg und Abseilpiste. Am Wandfuß im sicheren Gelände angekommen, war Eddy versucht, die nahe Velo-Hütte aufzusuchen und dort zu übernachten. Doch Fredo wollte trotz seiner verletzten Hand am nächsten Tag noch eine Tour am Campanile Pradidali gehen. Deshalb hatten sie auf der Pradidali-Hütte gebucht. Sie holten ihre Rucksäcke und machten sich auf den Weg. Für den Klettersteig dorthin hatten sie kaum noch Augen, lang und kraftraubend war er und hatte sie noch einmal zweieinhalb Stunden gekostet, Drahtseile und Eisenkrampen, ein langwieriges Auf und Ab in teilweise steiler Wand.

Jetzt war es acht Uhr am Abend. Der Sass Maor zeichnete sich deutlich vor dem klaren Himmel ab. Eddy prostete Fredo noch einmal zu. »Fredo, ich freu mich, hier mit dir sein zu können.«

Fredo hob die Hand und Eddy wollte einschlagen. Im letzten Moment hielt er jedoch inne. »Wir wollen doch deine Bremshand nicht überfordern.« Er grinste. »Sag mal, glaubst du, dass du damit morgen klettern kannst?«

»Ach, der Kratzer. Wird wohl gehen«, meinte Fredo, wobei er seine verletzte Hand vorsichtig berührte. Er zuckte zusammen und verzog schmerzverzerrt sein Gesicht.

Ihre Augen hingen am Abendhimmel. Sie schwiegen. Dann machte Eddy den Vorschlag, in der Dämmerung ein paar Schritte den Weg entlang zu gehen.

»Schau, die kommen vielleicht aus dem Buhl-Riss!«, sagte Eddy und deutete mit dem Kopf zu den beiden Bergsteigern, die man jetzt am unteren Ende der Schuttrinne aus der Scharte südlich der Cima Canali erkennen konnte. Sie schienen zu kriechen, als wären sie Ameisen.

Als sie die beiden beobachteten, pochte Eddys Herz schneller. Diese Tour wollte er immer schon machen. »Mann, Fredo, wann sind wir dran?«

Fredo grinste. Nach einer halben Stunde konnten sie die beiden Bergsteiger erkennen. Sie trugen knallrote Jacken. Ihre Seile hingen über den Rucksäcken, oben waren die Helme draufgeschnallt sowie ihre leichten Kletterschuhe. An den Füßen trugen sie Turnschuhe.

»Oh, die Elite kehrt ein«, sagte Eddy und setzte eine respektvolle Miene auf. »Das sind Scoiattoli.« Eddy zeigte mit dem Kopf auf die roten Eichhörnchen-Embleme auf ihren Jacken, dem Erkennungszeichen des Ampezzaner Elite-Bergsteigerclubs.

Fredo sah auf die Uhr. »Das Essen«, sagte er, und sie kehrten um.

Die beiden Bergsteiger überholten sie kurz vor der Hütte, der Ältere grüßte verhalten. Er war kräftig und groß, seine Haare waren silbergrau, Eddy schätzte ihn auf Anfang sechzig. Er grüßte zurück. Der Jüngere lächelte freundlich, sagte aber nichts. Er war von ähnlicher Größe und Statur und etwa Anfang dreißig.

Als sie außer Hörweite waren, sagte Fredo voller Abscheu: »Oje! Der hat mir grad noch gefehlt!«

»Hey, nicht neidisch werden!«, erwiderte Eddy. »Die Jungs haben's drauf!«

»Den Alten kenn ich, na ja, entfernt. Ehemaliger Kollege. Hohes Tier gewesen. Ich bin mir nicht sicher, ob ich den mag. Weiß der Teufel, wie der zu den Scoiattoli kommt.«

Fredo war bei den Carabinieri, der italienischen Exekutiveinheit, die mit der ehemaligen österreichischen Gendarmerie vergleichbar war. Wie auch Eddy bei der österreichischen Polizei, gehörte Fredo der Alpinen Einsatzgruppe der Carabinieri an, als Leiter der Kommandostation in Corvara im Rang eines Maresciallo Luogotenente, womit ihm die Funktionen eines Polizeikommissars übertragen waren.

»Glaubst du, der hat sich bei den Scoiattoli eingeschlichen?«, fragte Eddy witzelnd.

Fredo grummelte. »Keine Ahnung, aber ich will nicht wissen, wer da mitgemauschelt hat. Seine Jacke ist vielleicht echt, aber der Typ ist ein Arsch!«

Die beiden Männer vor ihnen betraten die Hütte. Eddy sah ihnen hinterher. »Na, wenigstens sind sie freundlich, deine Jungs.«

»Das sind nicht meine Jungs«, protestierte Fredo. »Und das war nicht freundlich, das war überheblich. Der Alte, das ist ein echter Widerling. Guckt jedem Rock hinterher und ...«

»... und du nicht?«, spottete Eddy.

Fredo warf Eddy einen scharfen Blick zu. »Ich hab den mal an der Sella getroffen, hat die Kellnerin übel belästigt. Ein echtes Schwein, Eddy!«

»'tschuldige, war nicht so gemeint.« Eddy grinste über Fredos Aufregung.

»Dieser eingebildete Hund«, zischte Fredo verächtlich.

»Erinnere dich, Fredo, als du jung warst und ich dich kennengelernt habe. Da warst du so was von eingebildet, dass du nicht mal gemerkt hast, dass der Hubschrauber einen Piloten hatte.« Eddy lachte.

Fredo wusste, worauf Eddy anspielte. Vor über zwanzig Jahren hatten die Alpinen Einsatzgruppen der Carabinieri und der österreichischen Gendarmerie eine Trainingswoche am Brenner zusammen verbracht. Dort waren sich Eddy und Fredo zum ersten Mal begegnet. Fredo war damals über die Maßen stolz auf seine ladinischen Wurzeln gewesen. Und so hatte er sich auch benommen.

»Wir wollten damals alle nicht fliegen«, sagte Fredo leise und grinste. »Ihr Lackaffen mit eurem Hubschrauber.«

Eddy breitete die Arme aus. »Tja, wir waren euch halt damals schon etwas voraus.«

»Na ja, wir Italiener haben zu der Zeit noch auf die Bergung vom Tal aus statt aus der Luft gesetzt.« Fredo machte damals gerade seine Alpin-Ausbildung bei den Carabinieri. »Wir haben die Verunglückten immer direkt über die Wand rausgeholt.«

»Ich erinnere mich gut. Als du in unseren Heereshubschrauber rein solltest, da hast du so verächtlich gemotzt, als wär's eine Höllenmaschine.«

»War es für uns ja auch. Wir hatten zwar auch Hubschrauber, vom Militär, die haben uns aber allenfalls bis zum Wandfuß gebracht. Den Rest haben wir kletternd erledigt.«

»Du bist eingestiegen, hast den Piloten angerempelt und irgendwas auf Ladinisch geflucht.«

»Ja, ich hab gesagt, dass uns das Scheißding noch alle umbringt.«

Eddy erinnerte sich schmunzelnd daran, wie es wirklich war. Fredo hatte mit seinen einsneunundsechzig versucht, den Hubschrauber in einem eleganten Schritt zu besteigen, doch das war ihm nicht gelungen. Irgendwie hatte er sich über seine Ungeschicklichkeit geärgert. Eddy hatte sich damals drüber lustig gemacht. Das hatte zu ihrem ersten Streit geführt, noch bevor sie sich richtig kannten.

»Und du hast es überlebt.« Eddy lachte und nahm seinen kleineren Freund in den Arm. »Aber gewachsen bist immer noch net.«

Fredo befreite sich aus Eddys Umarmung und boxte ihm dabei in die Seite, so dass Eddy sich bog. »Aber heute, Eddy, heute hast du halt den Hubschrauber gemacht. In der Wand.« Er pfiff spöttisch und machte eine trudelnde Abwärtsbewegung mit der Hand.

»Signori, la pasta!«, rief die Wirtin aus der Tür. Eddy gab Fredo einen Wink mit dem Kopf. Dann betraten auch sie die Hütte.

Der Gastraum war brechend voll. Die beiden Bergsteiger aus der Cima Canali hatten sich an den Tisch gesetzt, wo die Tochter der Hüttenwirtin zuvor für Eddy und Fredo eingedeckt hatte. Sie setzten sich neben die beiden, und Eddy nickte kurz mit dem Kopf. Der Gruß kam höflich zurück.

Eddy bestellte einen Liter Rotwein und vier Gläser. Als die Karaffe kam, schenkte er den beiden Italienern ein und reichte ihnen je ein Glas. Fredo beobachtete das skeptisch, doch Eddy störte das nicht. Der Ältere schaute auf und bedankte sich. »Österreicher?«

»Ich schon«, nickte Eddy, und wie immer, wenn er auf seine Heimat angesprochen wurde, klang Selbstbewusstsein mit.

Der Jüngere prostete Fredo verhalten zu. Der Ältere sah nur zu.

»Wir beide sind aus Hayden«, sagte der Jüngere.

»Hayden?«, fragte Eddy.

»Hayden ist das alte deutsche Wort für Anpëz oder Ampezzo, also die Gegend um Cortina«, erklärte der Jüngere. »So hat man dazu gesagt, als die Gegend noch zu Österreich gehörte.«

»Und Sie haben Tiroler Vorfahren? Sie sprechen hervorragend Deutsch …«, sagte Eddy.

»Ladiner. Gustavo Troi«, sagte der Ältere und legte seine Hand aufs Herz.

»Angenehm, ich bin Eddy.«

Sie reichten sich die Hände.

»Und du? Hast sicher auch einen Namen?« Eddy hielt dem Jüngeren das Glas hin.

»Paolo. Ich heiße Paolo.« Er nahm das Glas und trank.

»Mein bester Kletterpartner«, sagte der Ältere, und ein wenig Stolz blitzte durch.

»Ach ja, und euer ladinischer Bruder aus dem Hochabteital hier, das ist Fredo«, stellte Eddy seinen Freund vor. »Immer ein wenig mürrisch, aber wenn man ihn regelmäßig füttert, kann er ganz freundlich sein.« Er zwinkerte Fredo zu.

Fredo nahm sein Glas in die Hand, lächelte überrumpelt und prostete in die Runde. »Wir kennen uns schon«, sagte Fredo und fixierte den Älteren mit festem Blick.

»Ja, das tun wir, Fredo«, gab dieser zurück und bemühte sich, möglichst unbeteiligt zu wirken.

Die Pasta kam dampfend auf den Tisch.

»Wart ihr heute im Buhl-Riss?«, fragte Eddy, während er sich Parmesan auf die Nudeln streute.

»Ja, ich wollte dem Küken hier mal zeigen, was man in der Gegend so machen kann«, sagte Gustavo und lächelte seinen Kletterpartner grimmig an. »Dabei hat dann er alles geführt, von unten bis oben.«

»Respekt«, sagte Eddy. »Ein richtig guter Mann, was?« Er blinzelte ihm zu.

Fredo saß daneben und sagte nichts.

»Und ihr?«, fragte Paolo freundlich. »Was habt ihr so gemacht?«

»Schleierkante, wollt ich schon immer mal.« Eddy rieb sich die Nase. »Schwerer, als ich dachte.«

Paolo nickte und fragte: »Anfänger?« Dabei zog er provozierend die Augenbrauen nach oben.

»Ich würde eher sagen, alte Hasen, die wissen wollten, wie schnell es noch geht.« Eddy grinste.

»Er meint nach unten«, schob Fredo hinterher und machte eine sinkende Handbewegung, untermalt von einem zischenden Pfiff.

»Oh, geflogen?«, fragte Gustavo Troi.

»Ja, ganz schön heftig«, brummte Eddy. »Bin ein wenig aus der Übung. Aber dann …«

Jetzt bekamen auch die beiden Ampezzaner ihre Pasta. Gustavo nahm zwei Löffel Parmesan, drehte seine Gabel in die Spaghetti und schob sich beherzt eine Portion in den Mund. »Wo kommst du her in Österreich?«, fragte er.

Eddy antwortete: »Aus Kärnten.«

»Kärnten. Was macht man da so den ganzen Tag?«

»Klettern, und den lieben Gott einen guten Mann sein lassen.«

Gustavo lächelte, nickte und schwieg.

»Bei euch in Kärnten«, sagte Paolo, »gibt's da nicht ein paar interessante Wände? Hat man mir erzählt. Ich meine, nicht so im Rampenlicht wie hier in den Dolomiten, nicht überlaufen, sagt man, und sehr reizvoll, weil noch so richtig abenteuerlich. Für Leute, die die Einsamkeit in der Wand zu schätzen wissen.«

»Nun ja, da gibt es was, in den Karnischen«, sagte Eddy. »Nördliche Kellerwände, Grüne Nase. Sehr alpin, trotzdem ganz gut erreichbar und sehr selten begangen.«

»Ja, die Kellerwände, da soll es tolle Touren geben.« Paolo rührte in seinem Salat. »Auch von Süden, von Friaul her, oder? Die werden mit den Marmolata-Südwänden verglichen.«

»Genau, da sind halt die Zustiege länger, und die Touren sind sehr schwer. Und lang.«

»Ja, aber auch die Wände sonniger.« Paolo grinste.

»Genau, je nachdem, wie man's mag. Nordwand ist Nordwand, Südwand ist Südwand.«

Paolo und Gustavo sahen sich an. »Wenn wir da was machen wollen, kannst du mir dann weiterhelfen, Eddy?«, fragte Gustavo.

»Wir können Adressen austauschen. Was meinst du?«

Fredo trank seinen Wein aus. »Eddy, ich bin fertig, ich geh schlafen.« Dann wandte er sich an Gustavo Troi. »Und gute Nacht auch den Herren Scoiattoli. Wo habt ihr denn die Jacken aufgegabelt? Gustavo, so einen wie dich hätten die doch niemals aufgenommen.«

»Mich schon, aber so einer wie du, der hätte keine Chance, Fredo. Du bist kein Ampezzaner, so einen nehmen wir nicht«, sagte Gustavo überheblich. Irgendwie hatte Fredo diese Retourkutsche verdient, dachte Eddy und grinste.

Fredos Gesicht verspannte sich. Er wollte etwas erwidern, da stand Eddy auf und legte Fredo die Hand auf den Arm. Er sagte leise: »Lass gut sein Fredo, ich komm gleich mit. Geh schon mal vor.«

Gustavo wischte sich die Lippen ab. »Dein Freund ist ein Hitzkopf. Such dir einen besseren Partner.«

Eddy beugte sich vor und sagte leise: »Einen besseren als Fredo? Den gibt es nicht.«

Gustavo nickte und nahm Eddys Einwand an. Dann schob er hinterher: »Eddy, wenn du mal was bei uns in der Gegend brauchst, meld dich bei mir, okay?«

Gustavo riss einen Zettel aus einem kleinen Notizbuch und schrieb ihm seine Adresse auf. Eddy kramte in seinem Geldbeutel. »Ja, mach ich. Hier, meine Adresse.« Er legte eine Visitenkarte hin, stand auf und verabschiedete sich. »Das ist zwar ne Dienstkarte, aber wenn ihr mal in unserer Gegend seid: Meine Frau und ich, wir haben eine Pension. Für euch ist immer ein Zimmer frei. Gute Nacht.« Eddy lächelte. »Wir sehen uns ja bestimmt morgen früh.«

»Wir steigen heute noch ab. Am besten schläft es sich im eigenen Bett«, sagte Paolo.

»Was, im Dunkeln?«

»Den Weg würde ich auch im Schlaf finden«, sagte Gustavo grinsend.

Eddy zog die Augenbrauen hoch und sagte: »Respekt. Das ist ein langer Weg. Also, gute Heimkehr euch beiden.« Dann ging er auf die Toilette.

Paolo nahm die Visitenkarte in die Hand und las versonnen. »Ein österreichischer Polizist und gleich zwei Carabinieri an einem Tisch. Was für ein Zusammentreffen!« Dann schob er die Karte zu Gustavo. Der sah sie an, stutzte und steckte sie in sein Notizbuch.

»Ist was mit der Karte?«, fragte Paolo.

»Eine Dienstkarte.« Er runzelte die Stirn. »Na ja, warum nicht.«

»Woher kanntest du den einen, diesen Fredo?«

Gustavos Mundwinkel zitterten. Er grinste und schenkte sich noch einen Wein ein. »Sagen wir mal, von einer verunglückten Jagd. Auf eine Kellnerin.«

Paolo trank schlürfend seinen Wein aus. Dann packten sie ihre Rucksäcke, bezahlten und verabschiedeten sich von der Wirtin vor ihrem langen Weg ins Tal.

Als Eddy zurück an den Tisch kam, nahm er sein Weinglas, füllte es mit dem Rest aus der Karaffe und trat vor die Tür. Sternenklar leuchtete der Himmel. Die Silhouette des Sass Maor rechts über ihm schien alles zu überragen wie der Bergfried einer mächtigen Burg.

Eddy sah auf den Felsvorbau unter sich, auf dem der Steig ins Val Pradidali hinabführte. Die beiden hatten die ersten Kehren bereits hinter sich. Eddy hörte sie noch reden, doch er verstand nicht, was sie sagten. Angesichts des sternklaren Himmels und der zunehmenden, aber hell leuchtenden Mondsichel gingen sie ohne Stirnlampen. Er blickte den beiden so lange nach, bis sie aus seinen Augen verschwunden waren und er sie nicht mehr hören konnte.

DER STREIT

Auf dem Weg nach Corvara (Sonntag, 14. Juli 2013)

Der Himmel war blau und klar. Es war Sonntag. Am Morgen waren sie früh um sechs aufgestanden. Fredos Hand hatte sich entzündet, klettern konnte er damit vorerst nicht mehr. Säuerlich hatte Fredo eingestanden, auf die geplante Tour verzichten zu müssen. So waren sie den langen Weg zum Restaurant Cant del Gal hinabgestiegen. Weit oben, hinter der in der Morgensonne glühenden Ostwand des Sass Maor, lugte der Gipfelgrat der Cima della Madonna hervor.

Vom Cant del Gal aus nahm sie der freundliche Wirt in seinem Wagen mit. Der Mann hatte sein Leben hier als Bergführer zugebracht. Lange unterhielt er sich mit Eddy über Klettertouren, die sie beide hinter sich gebracht hatten. Jedes Mal, wenn Eddy den Namen einer Tour nannte, lachte er glücklich. Und das erinnerte Eddy wieder daran, dass er richtig lebte. Der Wirt hatte sie nach San Martino gebracht, wo Eddy gestern Morgen sein Auto geparkt hatte.

Eddy hatte sich ans Steuer gesetzt und war die Straße über den Rollepass gefahren. Fredo hatte den ganzen Weg über nichts gesagt, seit dem Morgen kein Wort. Jetzt waren sie bereits westlich des Rollepasses. Eddy sah in den Rückspiegel. Immer wieder tauchte in den Kurven der mächtige und hell leuchtende Cimon della Pala auf, der in seiner schlanken Gestalt hier oben alles überragte.

»Sag mal, Fredo, was ist los mit dir? Kann es sein, dass du wegen irgendwas sauer bist?«

Fredo schwieg weiter. Nach drei Minuten sagte er, ohne den Blick von der Straße abzuwenden: »I wo. Mein bester Kumpel bändelt mit einem Idioten an. Und ich schau einfach zu. Ich sauer? Nein, Eddy, nein.«

»Ach daher weht der Wind. Stört's dich, dass ich mich mit deinem Kollegen beschäftigt hab?«

»Nenn diesen Idioten nicht meinen Kollegen! Gustavo Troi, der war äußerst unbeliebt bei der Polizei. Ein Aufschneider und Angeber. Hat oft behauptet, irgendwelche Klettertouren gemacht zu haben, und wenn man ihn genau fragte, dann hat er nur schwammig geantwortet. Keine Details, keine Routenkenntnisse. Für mich ist der ein Hochstapler ersten Ranges. Und sein Kletterkumpel scheint ja auch nicht besser zu sein.«

»Fredo, bist du da jetzt net a bisserl voreingenommen?«, fragte Eddy.

»Ah ja, ich bin voreingenommen? Ich hab den Arsch zur Genüge erlebt. Und mein Freund Eddy trinkt mit dem auf die Freundschaft, und ich bin der Trottel!«

»Hey, Fredo, das macht man unter Bergsteigern so.«

»Seine Freunde lässt man nicht hängen, Eddy. Das, mein Freund«, er machte eine Pause und sah Eddy grimmig an, »das macht man unter Bergsteigern so.«

Dieser Rüffel saß. Und Eddy fand ihn irgendwie berechtigt.

Fredo starrte eisig nach vorn. »Du kannst ja mal auf deinen wirklichen Freund vertrauen, der hat nämlich so was wie Menschenkenntnis.«

»Fredo, für deine Streitereien kann ich nix. Das is net meine G'schicht!« Eddy sah ihn von der Seite an.

Fredo zeigte keine Regung. Dann platzte es aus ihm heraus: »Wegen dem Arsch hab ich mich damals von Cortina nach Corvara versetzen lassen. Dieser Blödmann. In alles hat er sich eingemischt, nichts hat er sein lassen, wie es war.«

»Ach, der ist das? Wieso hast das net früher gesagt?«

»Weil du schon längst mit ihm im Bett lagst, Eddy!« Fredos Gesicht war jetzt rot vor Wut.

Sie schwiegen wieder für zwei Minuten.

»Willst mich jetzt niemals mehr ansehen?«, fragte Eddy frotzelnd.

»Und dann tauschst du auch noch Adressen mit ihm aus!«, zischte Fredo.

»Fredo, das mach ich so, wenn mich jemand um Rat bittet.«

»Aber nicht …«, und jetzt wurde Fredo laut, »wenn der Jemand zuvor deinen Freund und Kletterpartner verunglimpft hat und dir neue Partner empfiehlt, Eddy!«

Eddy begriff: Fredo hatte das noch mitgehört, und es hatte ihn gekränkt. Er hätte deutlicher zu Fredo stehen müssen.

An der Abzweigung bog er nach Osten in Richtung Vallespass ab. Die Kurve war spitzwinkelig, und Fredo hing im Sicherheitsgurt. Danach zog sich die Straße weitgehend eben dahin. Fredo schwieg jetzt wieder.

»Fredo, übertreibst net a bissl?«

»Hey, Eddy, ich übertreib gar nix. Das ist passiert. Und wenn du mir noch mal so eins drehst, dann kannst dir einen neuen Depp suchen, der dich an der Leine hält«, rutschte es Fredo raus.

»Gut, dann lässt eben nächstes Mal die Leine durchlaufen. Einfach so. Toller Freund.« Eddy schlug aufs Lenkrad. Seine Züge verhärteten sich. »Ich glaub, du hast sie nicht alle.«

»Das sagt der Richtige! So eine Scheiß-Situation will ich nicht mehr erleben, das sag ich dir.«

»Boooo, der Herr trumpft noch mehr auf. Na servus! Welche Situation meint denn der Herr Graf Fredo, die in der Wand oder die auf der Hütt'n?« Eddys blaue Augen funkelten.

»Weißt was, Eddy, du bist echt der volle Depp!«

Vor ihnen tauchte das Gasthaus am Vallespass auf. Eddy trat auf die Bremse, dass die Reifen quietschten. Er stürmte aus dem Wagen, knallte die Tür zu und lief in die Bar.

»Einen Espresso, bitte«, sagte er außer Atem zu der dunkelhaarigen Kellnerin.

»Kommt sofort«, antwortete sie.

Sie war bereits dabei, den Kaffee zu brühen, als Fredo langsam in die Bar schlenderte. Er stellte sich eineinhalb Meter neben Eddy. Beide sahen die Likörflaschen an, die auf dem Glasregal an der Spiegelwand über der Kaffeemaschine standen.

»Habe die Ehre, Moni«, sagte Fredo leise zu der Kellnerin.

»Ja servus, Alfredo, lang net g'sehn.«

Verächtlich musterte Fredo Eddy und bestellte: »Auch einen Espresso, bittschön.«

Auch er bekam sein Getränk. Beide standen wortlos da, nahmen einen Löffel Zucker, rührten stoisch in ihrer kleinen Tasse und sahen dem Kaffee zu, wie er kalt wurde. Ihre Stimmung war miserabel, die Luft um die beiden herum war zum Schneiden.

Die Kellnerin warf Fredo einen verstohlenen Blick zu. »G'hört der zu dir?«, fragte sie auf Tirolerisch. Sie erhielt keine Antwort.

Drei Minuten später nahm Moni zwei Löffel in die Hand und reichte sie ihnen. Fredo und Eddy sahen fragend von ihrer Tasse auf. »Nach fünf Minuten san die aufg'löst«, sagte sie und deutete auf die Löffel, mit denen die beiden immer noch in ihrem Kaffee rührten. »Dann braucht's neue.«

Eddy grinste und hob seinen Löffel hoch. »Der geht noch.«

Fredo machte dasselbe. »Meiner auch.«

»Ward's klettern?«, fragte sie. »Scheißtour g'habt, was? Was meint's, wie viel i von euch hier seh, wie sie sich streiten nach der Partie. Und wisst's was? Das Klettern ist die eine Sach, ihr Helden, aber das Z'ammenraufen a andere. Wenn ihr g'scheide Mander seid's, dann gebt's euch d'Händ, und gut ist. Is ja nit zum Aushalten mit euch! Ah was, was reg i mi auf.« Sie drehte sich um und verschwand in der Küche.

Eddy legte das Geld auf den Tresen und ging hinaus. Fredo folgte ihm ebenso muffelig wie er. Die weitere Fahrt über redete Eddy kein Wort. Fredo sah die ganze Zeit starr zum Fenster hinaus. In Corvara angekommen, rangen sie sich zu einer leidenschaftslosen Verabschiedung durch.

Eddys letztes Wort war ein gemurmeltes »Blödmann«. Fredo sah noch einmal durchs Fenster, nachdem er die Tür wuchtiger als notwendig zugeschlagen hatte, und antwortete: »Rindvieh!« Dann trat Eddy aufs Gas und fuhr weiter.

DER TOTE HAP

Hochalpljoch, ein Jahr später, im Sommer (Mittwoch, 9. Juli 2014)

Der Kadaver lag entstellt im harschen Schnee. Die vier Beine wiesen bizarr in den Himmel. Das Tier stank bestialisch nach Verwesung. In seinem Maul steckte ein Erlenzweig. Es war Frühsommer, doch über der Rinne etwa zweihundert Meter oberhalb des Hochweißsteinhauses lag fast den ganzen Tag der Schatten.

Eddy verzog angeekelt das Gesicht und pustete leise die Luft aus. Sein schlanker Oberkörper war weit vorgebeugt zwischen seinen Wanderstöcken, an denen er sich festhielt, um das tote Schaf zu betrachten.

»Aufg'schlitzt«, sagte Eddy trocken.

»Tot«, sagte Roland Nosterer. »Wenn i die Sau darwisch!«, rief er und schlug Eddys Dienstmütze auf einen Felsblock.

»Hey, die brauch i noch«, sagte Eddy. »Halten sollst sie, net prügeln!«

»Das Schwein!« Nosterer reichte Eddy die Mütze. »Das ist jetzt schon der dritte Hap seit letztem Sommer! I dreh der Drecksau den Hals …«

»Das tust net!«, sagte Eddy bedrohlich und ruhig zugleich, strich über seine kurzen braunen Haare und setzte seine Mütze auf. Mahnend sah er Nosterer an. »Wenn da jemand wem den Hals umdreht, dann bin des i, klar?«

Nosterer nickte. Dann beugte sich Eddy erneut vor. Er nahm dem Kadaver den verdorrten Erlenzweig aus dem Maul und betrachtete ihn mit einer dunklen Vorahnung. Ein Schauer lief ihm über den Rücken. »Viecher aufschlitzen und liegen lassen …«, sagte er leise zu sich.

»Was meinst?«, fragte Nosterer laut.

Eddy richtete sich wieder auf. »Ah, nix! Warum hast di net früher gemeldet, i mein beim ersten Schaf, beim ersten Hap?«

Der Bauer rückte seinen kleinen grauen Hut zurecht und murmelte: »Na ja, das erste war net so heftig zug'richtet. Der Hap war bloß tot. Und verwest, man hat nix mehr g'sehn. I hab 'dacht, der wär zu Tode g'jagt worden, von an Hund oder so. Und in die Schlucht g'stürzt. So was kommt ja vor, wenn die Wanderer ihre blöden Hundsviecher net im Griff haben. Aber die darf i ja net derschieß'n.« Nosterer gluckste hämisch.

»Die Hund oder die Wanderer?«, fragte Eddy.

»Mir doch wurscht, irgendwen halt.«

Sie feixten. Dann fragte Eddy: »Wann war das?«

»Letztes Jahr, Mitte August.«

»Und das zweite?«

»Was?«

»Das zweite Schaf, der zwoate Hap«, setzte Eddy nach.

Nosterer kratze sich die Stirn. »Der zwoate Hap, jo der, der hat ähnlich do g'legen wie der do.« Er zeigte auf den Kadaver in der Schneerinne. »Abseits vom Weg, aber auch die Beine weg'streckt, genau so. Unten, bei der Ingrid-Alm.«

»Wann?«

»G'funden? Letzte Woch'.«

Eddy sah ihn an. »Und? Aufg'schlitzt auch, oder weißt des net?«

Nosterer hob die Schultern und zog die Mundwinkel nach unten. »Na, net.«

»Was net? Net aufg'schlitzt oder net wissen?«

»Vielleicht aufg'schlitzt, vielleicht net«, sagte der Bauer verärgert. Ihm war sichtlich unwohl. »Weniger stark verwest. Aber die Bartgeier warn vor mir da. Sah übel aus. Und g'stunken hat des.« Nosterer spuckte aus.

»Und hat dem auch a Ohr g'fehlt?«, fragte Eddy und zeigte auf den Kopf des Schafes. Mit seinem Bergstock drehte er den Schädel etwas nach oben, sodass Nosterer die linke Seite besser einsehen konnte.

Nosterer zuckte überrascht zurück. »Ah jo, do fehlt a Ohr.«

»Abg'schnitten, glatt durchtrennt«, sagte Eddy.

Nosterer hob die Schultern. »Was woaß i«, sagte er leise. »I hab's vergraben.«

Eddy richtete sich auf und klopfte dem Bauern auf den Arm. »Lass gut sein. Is schon in Ordnung. Kannst ja net wissen.«

Eddy setzte seinen Rucksack ab und nahm eine Kamera heraus. Dann machte er von allen Seiten detaillierte Fotos. Auch von dem kleinen, fast nicht sichtbaren Einschussloch an der Seite des Tieres und von dem verstümmelten Ohr.

»Krieg i da was von der Versicherung?«, fragte der Bauer zaghaft.

»In dem Fall nix. Weil des eine Gewalttat is. Oder hast für deine Hap a Lebensversicherung abg'schlossen?«, frotzelte Eddy.

»Ma Eddy, du bist a fester Trottel«, rief Nosterer und lachte. »A Lebensversicherung für die Hap. Des hab i net mal für mi und mei Frau!« Er schüttelte lachend den Kopf.

Eddy grinste. »Lassen wir es liegen?«, fragte er dann ernst.

»Klar.«

Eddy nahm eine kleine Lawinenschaufel aus dem Rucksack und bedeckte den Kadaver mit dem Harsch. Dann gingen beide zurück ins Tal. Eine Stunde schlenderten sie bergab, vorbei am Hochweißsteinhaus, ohne dass ein Wort fiel. An der Ingrid-Alm stieg Nosterer auf seinen Traktor, ließ den Motor an und rief Eddy zu: »Mogst noch an Schnops? Kimmst zu mir, da gibt's den besten, den du kriegen kannst!«

»Ja, vom Überkontingent, was der Zoll net g'sehen hat beim Brennen, net?«

Nosterer lachte, legte ruckend den Gang ein, und der Traktor rumpelte den ausgefurchten Fahrweg entlang.

UNTERHALB DER PORZESCHARTE

Ingrid-Alm, gegen Mittag (Mittwoch, 9. Juli 2014)

Als Eddy in seinem Dienstwagen saß, wurde ihm schlecht. Er nahm seine Mütze ab, legte sie auf den Beifahrersitz und rieb sich den Schweiß von der Stirn. Verdammt, dachte er. Es kribbelte, und er wusste, dass er aufpassen musste, dass er nicht wieder diese Scheißangst bekam. Langsam, mein Eddy, langsam, dachte er. Also: Erst mal überlegen!

Die Schafe vom Nosterer waren nicht das einzige Problem. Vor vier Wochen hatte ein italienischer Jagdgast eine aufgeschlitzte Gams gefunden. Ihr fehlte auch das linke Ohr. Sie hatte ebenfalls einen Zweig im Maul gehabt. Der Jagdaufseher des Waldbesitzers hatte mit Eddy darüber gesprochen, wollte aber keine Anzeige erstatten, da der Eigentümer keinen Skandal haben wollte. Eddy hatte sich darauf eingelassen. Eigentlich hätte er jetzt die Kriminalpolizei einschalten müssen, doch er wollte keine Unruhe im Tal haben. Und dann gab es noch eine aufgeschlitzte Hirschkuh im oberen Gailtal. Sie war ähnlich zugerichtet wie die Gams und die Schafe.

Doch ein anderer Gedanke quälte Eddy noch mehr. Das hatten wir schon mal, dachte Eddy, vor zwanzig Jahren, und die Erinnerung drehte ihm den Magen um. Eddys Hände wurden klamm, als er die Bilder jetzt wieder vor Augen hatte. Damals war es sehr ähnlich gewesen: tote Schafe, aufgeschlitzt, einfach liegen gelassen. Dann kamen ein paar Gämsen hinzu. Alles im Abstand von jeweils einigen Wochen. Mit einem Kleinkaliber angeschossen, aufgebrochen und nicht ausgeweidet. Allen fehlte ein Ohr, immer das linke. Und im Maul ein Zweig. Und dann hatte Eddy das Schwein erwischt. Im Obertilliacher Tal, unterhalb der Porzescharte.

Eddy war gerade drei Jahre bei der Alpinen Einsatzgruppe der Bundesgendarmerie gewesen. Revierinspektor und für Oberkärnten zuständig. Seit den Vorfällen war er oft auf Streifzug am Karnischen Hauptkamm gegangen, entlang der österreichisch-italienischen Grenze. Dabei war er auch im benachbarten Osttirol unterwegs. Gebirge machten vor Bundesländern keinen Halt, sagte er sich, und Wilderer auch nicht. Und seine Osttiroler Kollegen und er hatten einen guten Draht zueinander und informierten sich stets gegenseitig. Eddy war gerne in den Bergen, und das wussten die Kollegen und seine Vorgesetzten zu schätzen. Er tat das, um mit den Hüttenwirten zu reden, denn Eddy wollte ein Gefühl dafür bekommen, was in den Bergen los war.

An jenem Tag kehrte er bei der Porzehütte oberhalb von Obertilliach in Osttirol ein. Der Hüttenwirt, ein Aussteiger aus der Oststeiermark, der mit seiner Weltsicht nicht immer die Meinung und den Geschmack der Einheimischen traf, berichtete Eddy nach einem Fünfminutengespräch über Gott und die Welt von einem Vorfall: »Stell dir vor: I geh raus vor die Hütt'n und hinunter zum Gerätehaus, weil der Kompressor mal wieder ausgefallen war. Totenstill war's draußen. Dann der Knall.«

»Was für ein Knall?«, fragte Eddy.

»Ein Schuss, hell, nicht allzu laut, vielleicht ein Kleinkaliber. Nix Großes. Aber es war ein Schuss.«

»Wann war das?«

»Vorige Woche mal, abends, so gegen sechs auf d'Nacht.«

»Und was hast' dann gemacht?«

»Nix. Hören tut ma ja alleweil irgendwas.«

»Hmm«, hatte Eddy gemurmelt. »Und woher kam der Schuss?«

»Von weiter oben, in der Nähe der Grenz.«

»Hast mit den Kollegen in Obertilliach oder Sillian gesprochen? Die sind dafür zuständig.«

»Geh komm, Eddy. Wenn i denen des erzähl, die machen doch nix. I bin a Steirer und sing englische Liadln, des ist so wie wenn du a Neger in Wien bist. Da bist so fremd wie nur irgendwie. Da in der Gegend gibt's ja noch Wilderer. Und da kennt doch jeder jeden.«

Eddy verstand, was er meinte. »Hör zu, du gehst heut noch ins Tal und zeigst das den Kollegen an. Verstehst? Des war a Italiener!«

»Woher willst des wissen, Eddy?«, fragte der Wirt scharf.

»Weil die Wilderer aus Osttirol weiter drüben unterwegs sind, in Villgraten und so, aber net da, drei Meter von der italienischen Grenz weg!«

Der Hüttenwirt sah über seine runden Brillengläser und nickte zaghaft.

»Wenn du's dir net verderben willst mit die Leut. Okay?«

Zwei Tage später rief der Kollege aus Obertilliach an und informierte Eddy über den Vorfall, von dem er nicht wusste, dass Eddy ihn schon kannte. Sie verabredeten gegenseitige Unterstützung.

Zwei Wochen später, an einem sonnigen Samstag, fuhr Eddy wieder nach Obertilliach, wo er nach Süden zum Dorfer Bach hin abbog. Immer die mächtigen und hellleuchtenden Felspfeiler der Porze vor Augen, fuhr er bis zum Talschluss, wo er am Klapfsee seinen Dienstwagen parkte. Dann stieg er den Weg zur Porzehütte auf. Diesmal in Zivilkleidung. Er wusste, dass der Wilderer bisher immer am Wochenende zugeschlagen hatte. Und mehrfach hintereinander an nicht weit voneinander entfernten Tatorten.

An der Hütte angekommen, begrüßte er den Wirt freundlich und bestellte einen Tee. Als der Wirt ihn brachte, fragte Eddy noch mal genau nach dem Schuss. Der Wirt ging mit ihm hinaus um die Ecke der Hütte. Über ihnen standen unerschütterlich die zerklüfteten Pfeiler in der Nordwand der Porze, als hätte sie jemand in den blauen Himmel gehängt. Der Hüttenwirt wandte sich nach Süden und zeigte nach oben in Richtung Porzescharte. »Da, irgendwo bei den letzten Latschen, unterhalb der Scharte, glaub ich. Aber genau …«

»… kannst du es nicht sagen.« Eddy nickte und bedankte sich, nahm seinen Rucksack, trank seinen Tee aus und stieg hinauf in Richtung Porzescharte.

Etwa zweihundertfünfzig Meter unterhalb der Scharte suchte er sich einen halbwegs ebenen Platz hinter einem Felsblock. Er blinzelte in die Sonne, breitete seine Jacke aus und machte es sich bequem. Dann legte er sich ausgestreckt hin und starrte in den Himmel. Ein Glücksgefühl überkam ihn. Er dachte an seine Klettertouren, die er in den letzten Jahren gemacht hatte. Große Dolomitenwände. Und auch in den Westalpen war er unterwegs gewesen. Mit einer Freundin. Aber sie war ihm mit einem Franzosen durchgebrannt, einem Typen, der dick war und eine Glatze hatte. Eddy hatte das immer noch nicht verstanden, doch er konnte mittlerweile wenigstens darüber lächeln. Der Typ hatte seine Freundin bald wieder zum Teufel gejagt.

Irgendwann dämmerte er vor sich hin und war kurz vor dem Einschlafen. Doch der Schatten hatte längst die Einschartung überstrichen und Eddy fröstelte. Er richtete sich auf und zog seine Jacke an. Da hörte er einen hell klingenden Schuss.

Er hielt inne und konnte es kaum glauben. Ein kleinkalibriges Gewehr. Er lauschte. Doch nichts mehr. Langsam schlich er in die Richtung, aus der er den Schuss vermutete. Etwa zweihundert Meter weiter östlich und weiter oben.

In gebückter Haltung eilte er den Graben hinauf, stets darauf bedacht, keine Geräusche zu machen, dann über die nächste Kante. Zwischen den Latschen hindurch sah er, wie in etwa dreißig Metern Entfernung ein Mann kniete und sich an einem liegenden Wild zu schaffen machte. Die Hirschkuh lebte noch. Der Mann trug eine schwarze Ganzkopfmaske, eine Art Wollmütze mit Sehschlitzen. Neben ihm lag ein kurzes Gewehr. Etwas weiter weg stand ein Rucksack.

Eddy beobachtete, wie der Mann das Tier mit einem Schnitt aufbrach. Der Mann atmete heftig, dann stöhnte er. Er zog seine dunkelgrüne Jacke aus. Darunter trug er nichts. Er sah nach links und rechts und zog auch die Maske aus. Dann riss er das Tier an seinem präzise gesetzten Schnitt auseinander. Immer mehr verschwand der Oberkörper des Mannes in dem Leib der toten Hirschkuh. Er begann sich in den blutigen Eingeweiden zu suhlen.

Eddy traute seinen Augen nicht, er schluckte und atmete schwer vor Abscheu. Nach einigen Sekunden fing er sich wieder. Er hatte von Eskimos gehört, die so was machten, um in allzu großer Kälte zu überleben. Aber hier, im Sommer?

Eddys Herz raste. Er nahm seine Dienstpistole und ging auf den Mann zu. »Stehen Sie auf!«, schrie er so laut er konnte. »Alzarsi, alzarsi!«

Der Mann hielt inne. Allmählich kroch er aus dem dampfenden Leib heraus. Das Blut der Hirschkuh floss ihm von Oberkörper und Armen, sogar von seinem Kopf tropfte dunkles Blut. Das Schlimmste aber war die Kälte in den Augen des Mannes, als er Eddy mit seinem blutüberströmten Gesicht ansah.

Eddy ekelte der Anblick des Mannes so sehr, dass er einen Moment lang zur Seite blickte. Blitzschnell bückte sich der Mann, hob sein Gewehr auf und zielte auf Eddy. Doch Eddy begriff und zog im letzten Moment den Abzug seiner Pistole durch. Eddys Schuss traf den Mann genau ins Herz. Er war auf der Stelle tot. So war das vor zwanzig Jahren, am 23. Juli 1994.

Eddy erwachte aus seinen Gedanken. Er saß im Wagen und schüttelte sich erneut. Seine Hände waren nass vom Schweiß. Dann riss er sich zusammen und fuhr los.

Als er am Nosterer-Hof ankam, begann es heftig zu regnen. Er stieg aus und setzte seine Mütze auf. Der Regen war für ihn wie eine reinigende Wohltat. Die Haustür war offen, wie es üblich war in der Gegend.

»Nosterer!«, rief er.

»Kimm her, du Super-Gendarm!«, schrie der Bauer.

Eddy ging in die Stube und nahm die Mütze ab. »Gendarmerie gibt's nimmer. Polizei heißt das jetzt. Wo is dei Schnops?«

»Ganz bleich bist um die Nasen, Eddy! Vertragst keine toten Hap?«

Eddy sah ihn an. »Das sein net die Hap, Nosterer«, sagte Eddy leise. »Da gibt's einen, der sich einen Spaß draus macht.«

Der Bauer goss einen doppelten Obstbrand in ein italienisches Amaro-Glas und reichte es Eddy.

»Nosterer, i glaub, es ist besser …«, Eddy trank den Schnaps in einem Zug aus, »… i glaub, es ist besser, in Zukunft die Haustür abzusperren.«

»Die alte Sach, kommt sie zurück?«, fragte Nosterer zaghaft.

Eddy stellte das Glas hin und nickte. »Und schau, dass'd deine Viecher net zu oft allein umanand laufen lässt.«

AN DER STERNBERG-ALM

Rattendorf, einen Tag später (Donnerstag, 10. Juli 2014)

Katharina Osternig hatte sich ihren Lebenstraum erfüllt. Jahrelang hatte sie Käse gemacht auf verschiedenen Almen entlang des Karnischen Hauptkamms. Sie kam aus einfachsten Verhältnissen, ihre Eltern hatten einen Bauernhof am Berg bewirtschaftet. Ihr Leben war hart gewesen. Schon als Kind musste sie arbeiten bis zum Umfallen, um fünf in der Früh ging der Tag los. Doch ihr Vater nahm sie jeden Abend auf den Schoß und streichelte sie, bis sie eingeschlafen war.

Nachdem sich ihre Mutter zu Tode geschuftet hatte, war der Vater schwer krank geworden und hatte jeden Lebenswillen aufgegeben. Er war forthin ans Bett gefesselt. Den Hof hatte der ältere Bruder übernommen. Er und der Vater mochten sich nicht. Er war kein einziges Mal an sein Krankenbett getreten.

Katharina hatte den Vater selbstverständlich gepflegt, bis auch er zwei Jahre später der Mutter hinterhergegangen war. Damals war sie zwanzig Jahre alt. Ihr Bruder hatte sie nie gut behandelt, er hatte sie nur geduldet, als Pflegerin der Eltern. Hässlich und ungelenk hatte er sie oft genannt. Kein Mann wolle so eine haben. Und obwohl sie nie selbst danach gefragt hatte, hatte der Bruder immer wieder mit Vehemenz und laut betont, eine Mitgift gäbe es erst, wenn sie verheiratet wäre, und dabei hämisch gelacht. Ihr Bruder war so aufgeblasen, so versoffen und vernebelt, dass er zu keinem guten Gefühl ihr gegenüber mehr fähig war. Er gab sich sicher, dass die Schwester keinen Mann abkriegen würde. Und das verlieh ihm Rechtfertigung genug, sie wie den letzten Dreck zu behandeln. Sein Verhalten kannte nur ein Ziel: die stets ruhige und gelassene Schwester zu erniedrigen, ja, sie zu beherrschen. Sie hingegen hielt ihn für einen Hasenfuß, der Angst hatte, mit ihr zu reden, Unangenehmes anzusprechen und etwas von seinem Schmerz preiszugeben.

Der Bruder hatte beim Kampf gegen seine Schwester handfeste Unterstützung. Seine hübsche und verlogene Frau konnte austeilen wie keine andere. Eine zankfreudige Furie aus Klagenfurt. Sie war dürr, hatte langes rotblondes Haar, war stets stark geschminkt und von Grund auf böse. An ihr war nichts echt, nicht einmal ihr Name. Von den Leuten ließ sie sich Lu nennen, obwohl jeder wusste, dass sie in Wahrheit Augusta hieß. Sogar ihre Brüste hatte sie sich von ihrem ersten Ersparten zu üppigen Plastikbällen aufmotzen lassen. Zu Hause rührte sie keinen Finger, außer um sich die der anderen Hand zu lackieren. Von ihrem Mann ließ sie sich die schönsten Klamotten bezahlen.

Wenn sie Katharina nicht gerade beschimpfte und kritisierte, dann verachtete sie ihren Bruder und stellte gelangweilt zur Schau, dass er ihr nichts zu bieten hatte außer stinkenden Viechern und ein bisschen Sonne auf dem Balkon. Dann suchte sie in Katharina eine Verbündete, um ihr eine halbe Stunde später wieder irgendeine Unverschämtheit über ihr angeblich primitives und bäuerliches Benehmen unterzujubeln. Dabei war sie stets zum Fürchten blasiert. Doch der Bruder war seiner Frau unterwürfig und hörig. Nachts aber war sie dem Bruder gefällig, nachts hörte Katharina sie oft schreien, und sie war sich nie sicher, ob vor Wollust oder vor Schmerz. Aber sie hatte ihren Bruder schon dabei gesehen, wie er nachts über den Flur im ersten Stock hinter seiner Frau herlief, halbnackt und mit erhobener Hand, außer sich vor Wut brüllend, seine Frau vorweg theatralisch um Hilfe schreiend.

Von diesem Biest und von ihrem Bruder hatte Katharina eines Tages die Schnauze voll. Ihr Bruder war schwermütig, und diese Frau stank. Katharina war einfach gegangen. Sie wollte nichts vom Erbe haben. Jeder Gedanke an den heimischen Hof machte sie krank.

Und selbst heute, nach mehr als zwanzig Jahren, war das bedrohliche Gefühl beim Gedanken an ihre Familie nicht wegzukriegen. Doch das hatte ihren Unternehmungsgeist nie eingedämmt. Im Gegenteil. Ihre Durchsetzungskraft wurde dadurch sogar noch gesteigert, und der hart gezogene Trennstrich zu ihrer Vergangenheit hatte sie angespornt, selbst etwas zu schaffen.

Heute war die Katt, wie alle sie nannten, sowohl bei den Einheimischen als auch bei den Touristen sehr beliebt. Im Winter arbeitete sie in einem Gasthaus am Nassfeld, Kärntens größtem Skizirkus, und kellnerte für die Skifahrer. Im Juni aber, wenn die Sommersaison losging, dann ging der Katt das Herz auf, dann war sie auf der Alm, und das seit fast fünfundzwanzig Jahren. Sie hatte auf drei Almen in verschiedenen Käsereien gearbeitet und beherrschte jeden Handgriff im Schlaf: das Melken der Kühe, das Ansetzen der Milch im Kupferkessel, das Einschätzen der exakten Temperatur, das Versetzen der Milch mit dem Lab, das Schneiden der dickgelegten Milch mit der Käseharfe und endlich das Befüllen der Formen, die den Laiben ihr Äußeres vorgaben. Am liebsten hatte es die Katt, wenn sie die großen runden Laibe nach der ersten Trocknung intensiv mit Salz einrieb und den Käse danach noch einmal in Salzlake badete. Es war ihr dann so, als wäre jeder Leib ein Kind von ihr, das sie pudern und baden konnte. Liebevoll gab sie der Lake einen Löffel Salz mehr hinzu als üblich, denn sie hatte über die Jahre festgestellt, dass dies und jeder andere Schritt ihres handwerklichen Vorgangs ihrem Käse seine hoch geschätzte Intensität und Würze gab.

Sogar auf der italienischen Seite hatte sie mal gearbeitet. Eine Saison lang hatte sie dort mit drei verrückten wortkargen Sennern auf einer einsam gelegenen Malga zusammengelebt, um noch mehr über das Käserhandwerk zu erfahren. Und jeden Abend hatte sie einen von den Kerlen davonjagen müssen.

Sie hatte von den Sennern über die Jahre viel gelernt. Darüber hinaus hatte sie jeden einzelnen Handgriff perfektioniert. Die Katt wusste, wie man den delikatesten Käse machte. So galt sie mittlerweile als die beste Käserin im ganzen Gailtal. Und ihr herber Charme hatte immer wieder dafür gesorgt, dass die Touristen den Käse massenhaft von der Alm nach Hause schleppten.

Doch jetzt hatte sie es endlich geschafft. Ihr Lebenstraum war in Erfüllung gegangen. Sie hatte ein paar Bauern davon überzeugen können, ihr eine Almhütte zu bauen, weit oberhalb, südlich von Rattendorf, kurz unter dem Gipfelgrat. Diese Hütte wollte sie während der Sommermonate bewirtschaften, sich also um die Kühe kümmern, »Käse von der Katt« herstellen, von dem sie einen großen Anteil selbst verkaufen durfte, den Touristen ihre Brettljausen zubereiten und Bier oder Almdudler servieren sowie manch müde gewordenem Wanderer abends eine Unterkunft bieten.

Fünfunddreißig Stück Vieh hatten ihr die Bauern aus dem Tal anvertraut. Seit Ende Juni war sie jetzt hier oben. Und alles lief, wie es sollte. Ein einzigartiger Vertrauensbeweis. Das reichte ihr, um einen guten, ach was, den besten Almkäse zu machen. Einen Teil davon würde sie abgeben an die Almgemeinschaft, den Rest würde sie behalten und selbst verkaufen können. Und alle würden staunen über diesen Käse mit seiner saftig-salzigen Note, der nach den hiesigen Alpenkräutern mit einem Hauch von Wermut schmecken würde.

Die Katt war eine Einzelgängerin, aber sie wurde von den Menschen gemocht. Sie war zwar nicht sehr hübsch, ihre Ohren standen vor und ihre Nase war ein wenig zu groß geraten, dafür aber war sie jung geblieben und stark wie ein Pferd.

Seit sie damals ausgezogen war, war die Katt immer selbstständig gewesen. Mit Männern hatte sie es nie gehabt. Eingebildete Pfauen, Taugenichtse. Zum Trinken waren sie gut, Spaß konnte man wohl mit einigen von ihnen haben. Auch den Rock hatte sie für manch fesches Mannsbild gern gehoben. Aber bloß nichts Fixes anfangen mit einem, nein, das war nichts für die Katt. Sie liebte ihre Arbeit über alles, ihre Freiheit und die Einsamkeit hier oben, danach hatte sie sich immer schon gesehnt.

Ihr alter Suzuki-Geländewagen, den sie fast geschenkt bekommen hatte, schob sich langsam den Berg hinauf, immer weiter auf den hell leuchtenden Zottachkopf zu, dessen beide Gipfelkreuze sie jetzt schon sehen konnte. Wenn sie abends hier oben ganz allein war, dann schien die schwarze Silhouette des Bergs mit den Sternen zu verschmelzen. Daher hatte sie dem Zottachkopf den Namen Sternberg gegeben, er war ihr Sternberg. So kam es, dass die Bauern die Alm Sternberg-Alm genannt hatten. Sogar die Bürgermeisterin war zur Eröffnung erschienen und hatte die Hütte mit einer Flasche Sekt getauft. Umarmt hatte sie die Katt, die Gute.

Und seither hatte die Katt ihre eigene Alm. Mit Käserei. Mehr Glück ging nicht, dachte sie, als sie oberhalb der Rattendorfer Alm vom zweiten in den ersten Gang zurückschaltete. Noch eine Kehre, und sie hatte es geschafft. Da stand sie: neu gezimmert, sie konnte den Duft des Harzes fast bis hierher riechen. Ihre Sternberg-Alm. Sie parkte den Suzuki neben der Hütte und machte sich daran, ihre Einkäufe in das Holzhaus zu tragen.

Man hatte ihr eine hochmoderne Stromerzeugung eingebaut. Aus dem angrenzenden Graben wurde die Wasserkraft genutzt, auf und neben der Hütte waren Sonnenkollektoren angebracht. Und zur Not gab es noch ein leise surrendes Dieselaggregat. Sie war dem Almobmann so dankbar. Er hatte das alles für sie durchgeboxt! Einfach so, weil er ein Vorzeigeprojekt hier im Tal umsetzen wollte, und weil er die Katt mochte. Er war der Einzige, der Kathi zu ihr sagen durfte.

Die Katt trug die drei Kisten, eine nach der anderen, in die Hütte. Dann noch einige Kästen mit Bier und die drei Flaschen Schnaps. Mal sehen, dachte sie, ob sich Touristen her verirren. Denn am Sonntag wollte sie den Almkirtag ausrichten.

Als sie alles verräumt hatte, ging sie zum Trog und wusch sich mit dem eiskalten Wasser. Sauberes Wasser war hier oben zwar knapp, doch die Bauern hatten ihr eine kleine Zisterne gebaut. Nach dem Waschen fiel sie müde ins Bett. Sie freute sich auf den nächsten Morgen wie ein kleines Mädchen, das Geburtstag hatte.

AUSFLUG NACH AIGEN

Kötschach, am nächsten Tag (Freitag, 11. Juli 2014)

Revierinspektor Franz Waberer und Inspektorin Kitti Kober saßen sich an ihren Schreibtischen gegenüber. Waberer, lang und schlaksig, wohnte erst seit einigen Wochen hier im Tal und war neu auf dem Posten. Er stammte aus der Weststeiermark und hatte vor einem halben Jahr beim Skifahren ein Mädchen aus der Gegend kennengelernt, dem er dann kurzentschlossen hinterhergereist war.

Eine Frau mit Kittel, Kopftuch und Gummistiefeln betrat die Wache. Waberer schätzte sie auf etwa Ende fünfzig, auch wenn sie durch ihr Äußeres wesentlich älter wirkte. Sie wedelte mit den Händen und schrie die Polizisten an: »Mei Kuh, aufg'schlitzt is. Tot! Tot!«

»Das muss sich der Chef anhören«, sagte Waberer. Er sah auf die Uhr. Neun Uhr morgens. »Warten S' einen Augenblick.« Er rief seiner Kollegin hinter dem Schreibtisch zu: »Das ist was für den Chef.«

Sie stand auf und ging in das Büro, auf dem stand: Postenkommandant, Kontrollinspektor Edmund Zettler.

»Wer ist denn der Chef?«, fragte die Frau und hielt sich am Tresen fest.

»Der Postenkommandant Zettler, er kommt gleich.«

»Posten…, äh, Zettler? Kenn i net.«

Der Polizist hob die Schultern.

»Eddy, Eddy Zett«, rief die Kollegin von hinten.

Die Frau nahm schnell die Hand vor den Mund. »Der Eddy Zett? Ja, den kenn i natürlich, den kennt ja jeder da im Tal.«

Die Tür zum Büro öffnete sich und Eddy ging direkt auf sie zu.

»Na, Frau Resnik, was gibt's denn? Lang nimmer g'sehn.«

»Herr Polizeileutnant, mei ...«

»Kontrollinspektor«, sagte Eddy freundlich und lächelte.

»Herr Kontrollinspektor Eddy, äh …«

»Passt schon, Frau Resnik.« Er machte eine kurze Pause. »Was ist denn passiert?«

»Aufg'schlitzt is, die Fanni, mei einzige Kuh!«, sagte die Frau kraftlos. »Der Jager hat g'sagt, i soll mi bei euch melden.«

»Das ist gut. Wo?«, fragte Eddy.

»Jo, da oben halt.« Sie zeigte diffus mit beiden Händen in alle Richtungen.

»Na, ich mein aufg'schlitzt, wo ist sie aufgeschlitzt worden?«

»Na do«, sagte die Frau und machte eine Bewegung wie mit einem Messer vom Bauchnabel bis zum Hals, wobei sie den Mund grotesk verzog und ein gurgelndes Geräusch von sich gab. »Mei einzige Kuh, die Fanni. So gern hab i sie g'habt. Und a Milch hat's gegeben, ein Traum! Aber alt war sie halt schon, die Fanni.« Sie hob die Arme und setzte eine fast beschwichtigende Miene auf. »Is net so wild, bin eigentlich nur hier, weil der Jager sagt, i soll's melden.«

»Wir werden uns drum kümmern«, sagte Eddy. »Sind Sie zu Fuß hier?«

»Jo, mit dem Postbus und zu Fuß ...« Sie grummelte unverständlich vor sich hin.

»So weit? Sie hätten doch anrufen können.«

»So was grausig's sagt ma net am Telefon«, stellte die Frau leise fest.

Eddy nickte. »Wir nehmen Sie mit.«

»Mit dem Polizeiauto?«, fragte sie mit großen Augen.

»Ja, klar.«

»Mit Blaulicht?«

Eddy zwinkerte ihr zu. »Ja, sicher, sonst wär's ja kein Polizeiauto.« Dann winkte er Waberer mit dem Kopf. Sie nahmen ihre Jacken und ihre Mützen. Waberer bot der Frau seinen linken Arm zum Unterhaken an.

»Danke, ein galanter Polizist, ja wo gibt's denn noch so was?«, fragte sie kokett, sah zu dem schlaksigen Mann empor und lachte. Dann hakte sie sich ein.

Eddy wandte sich noch einmal um und sagte zu der jungen Polizistin: »Kitti, wir sind in Aigen, wird so zwei oder drei Stund dauern.«

»Okay, ich halt die Stellung.«

Als Eddy der Frau die Tür öffnete, fragte er sie: »Kennen S' denn schon unseren neuen Mann?«, und zeigte auf den Kollegen, der sie am Arm hatte. »Das ist der Herr Revierinspektor Waberer, Franz Waberer. Kommt aus der Weststeiermark zu uns her.«

»A Stoasteirer. Na, alleweil noch besser als wie a Wiener«, maulte sie.

»Hat ein hübsches Mädel da im Tal kennengelernt und sich zu uns her versetzen lassen. Ist erst zwei Wochen bei uns.«

»Und, is schön bei uns da?«, fragte sie Waberer.

Der nickte.

»Gut. Dann bist herzlich willkommen bei uns da im Gailtal. Aber eins sag i dir: Sei gut zu deinem Madl!« Die alte Frau blickte streng und wackelte drohend mit dem Zeigefinger. »Und lass unsere Viecher in Ruh!«

Waberer grinste. »I war des net mit der Fanni, g'wiss net«.

Waberer steuerte das Auto in Richtung Lesachtal. Eddy saß neben Frau Resnik auf der Rückbank und sah auf die Berge. Das Fenster war einen Spalt weit geöffnet. Der Duft von frisch gemähtem Gras und gesägtem Holz wehte ins Auto hinein.

Eddys Blick schweifte über die grünen Wiesen. Er sah wieder die aufgeschlitzten Schafe vor sich. Und jetzt eine Kuh, dachte er. Ihn fröstelte.

Fünf Minuten später waren sie im kleinen Ort Gentschach angekommen. Der Wald gab den Blick auf ein wuchtiges Kalksteinmassiv frei. Eddy beugte sich nach vorn. »Waberer, schau mal nach links. Das sind ganz besondere Berge. Kennst die schon?«

Waberer schüttelte den Kopf. »Na, Chef, was ist das?«

»Das sind der Moos- und der Gamskofel. Ein prächtiger Gebirgsstock. Bist du net auch Kletterer?«, fragte Eddy.

»Ein bissl schon. Aber net so ganz extrem. Bin ja kein Hochgebirgler.«

»Na ja, egal. Jedenfalls ziehen sich da verdammt alpine Wände runter zur Nordseite hier. Siebenhundertfünfzig Meter hat die Wand am Mooskofel. Da bist den ganzen Tag unterwegs, wenn du da raufwillst.« Eddy sah zwinkernd in die Sonne.

Waberer betrachtete die Berge kurz und blickte dann wieder auf die Straße. »A schöne Gegend. Also ... wenn mei Freundin will, dann bleib i gern bei euch.« Er sah in den Rückspiegel und wartete, wie Eddy reagieren würde.

»Meinen Segen hast, Waberer«, sagte Eddy.

»Und meinen auch!«, rief Frau Resnik.

Waberer setzte ein breites Grinsen auf und trat aufs Gaspedal. Eddy und die Frau wurden in den Sitz gepresst.

»Uijujui, a schneidiger Bursch, der junge Herr Inspektor«, sagte Frau Resnik bewundernd.

Hinter Gentschach fuhren sie auf einer kurvenreichen Strecke durch dichten Bergwald.

»Waberer, und jetzt mit voller Beleuchtung«, sagte Eddy ruhig.

»Ich versteh net ganz, Chef«, sagte Waberer und verzog fragend die Augenbrauen.

Eddy hob den ausgestreckten Zeigefinger und drehte ihn mehrfach im Kreis. Waberer nickte und betätigte die entsprechenden Schalter. Sofort blitzte es von den Bäumen und den Leitschienen blau zurück, und das Martinshorn heulte los. Frau Resnik strahlte und lächelte Eddy an. Das Auto fuhr rasant die Serpentinen hinauf. Frau Resnik und Eddy wankten abwechselnd von einer Seite auf die andere.

»Für die Fanni«, meinte Eddy und zwinkerte ihr kurz zu. Vor Stolz und Freude biss sie sich auf die Unterlippe.

Kurz vor Strajach sagte Eddy: »Lass gut sein, Waberer.«

Nach einigen scharfen Kurven öffnete sich der Wald. Sie fuhren durch St. Jakob auf der markanten Geländeschulter oberhalb der tiefen Schlucht, die das Wasser der Gail nach der letzten Eiszeit gefräst hatte. Man hatte nun freie Sicht auf die andere Talseite.

»Jetzt haben wir's bald geschafft«, sagte Frau Resnik.

»Und wo wohnen Sie?«, fragte Waberer förmlich.

Als sie ansetzen wollte, legte Eddy kurz seine rechte Hand auf ihren Arm.

»Schau, Waberer, da drüben. Da siehst den grünen Fleck.« Gegenüber, jenseits der Gailschlucht, erkannte Waberer auf der südlichen Talseite eine ausgedehnte, hellgrüne Fläche inmitten von dunkelgrünem Wald. Ein Plateau, das wie eine schwebende Insel wirkte.

»Irgendwann, vor a paar hundert Jahr, haben a paar ganz mutige Haberer da g'rodet, das G'länd eingeebnet und a Siedlung baut«, sagte die Frau. »Des is Aigen. Die Straße, die wir gleich langfahren, die is net amal zwanzig Jahr alt.«

»Und zuvor?«, fragte Waberer.

»Zuvor mussten die Leut' zu Fuß hinunter und von unten, vom Graben her, langwierig wieder aufsteigen. Da gab's nix zum Fahren.«

»Ja, und wie haben die Leut' ihre Sachen dahin geschleppt?«

»Von die fünfz'ger Jahr an gab's a Seilbahn«, sagte die Frau. »Von St. Jakob aus. Grad über die Gailschlucht weg. Direkt hinüber nach Aigen.« Sie lachte. »Alles, was ging, wurd' mit der Lastengondel transportiert.«

Am Ortsende hinter den mannshohen Marterln des Kreuzweges beugte sich Frau Resnik vor und krächzte Waberer ins Ohr: »Glei scharf nach links! Und pass auf da.« Dabei klopfte sie pausenlos auf Waberers Schulter.

Eddy lachte. Sie passierten ein kleines Sägewerk. »Jetzt geht's obi zur Gail.«

Waberer bog im spitzem Winkel links ab. Er trat auf die Bremse. »Ganz schön steil.«

»Sag i doch!«, rief die Frau.

»Ham S' net g'sagt«, entgegnete Waberer und sah über die Schulter nach hinten.

»Hab i doch«, setzte sie nach.

»Wurscht, und aus is!« Eddys Machtwort wirkte.

Nach sieben steilen Kehren erreichten sie den Fluss. Sie setzten über die schmale Brücke, um auf der anderen Gailseite ebenso steile Serpentinen wieder hinaufzufahren. Dann waren sie auf dem Plateau von Aigen. Die Almfläche bestand aus saftig grünen Wiesen, so weit das Auge reichte. Am Ende, am südöstlichen Waldrand, befand sich eine Ansammlung von Bauernhöfen. Die Häuser waren unten aus Stein gesetzt und oben aus Holz gezimmert. Am westlichen Ende stand nur ein einzelnes Haus. Dort hielten sie an und stiegen aus.

»Kummt's eini, Burschen«, sagte Frau Resnik.

Eddy suchte nach seiner Aktentasche und sagte: »Geht schon mal voraus, ich komm gleich.«

Die Bäuerin ließ Waberer ein. Die Wohnung war karg und kitschig eingerichtet. An den Wänden und Türen hingen billige Souvenirartikel und Schilder mit mehr oder weniger bedeutsamen Sprüchen und Lebensweisheiten.

Eddy folgte etwas später und legte seine Mütze auf den Tisch.

»Trinkt's an Schnaps?«

»Lieb, Frau Resnik, aber im Dienst …«

»Ah geh, des tut nix.« Schon standen drei Stamperl auf dem Tisch und wurden gefüllt, noch ehe die Bäuerin ihre Arbeitsjacke abgelegt hatte.

Waberer sah Eddy kurz an. »Ja, wenn der Chef schon net will, dann nehm i gern zwei. Wir Steirer verstehn was vom Schnaps!« Waberer griff nach beiden Gläsern.

Eddy bedachte ihn mit einem strengen Blick, signalisierte aber schließlich seine Zustimmung und sagte: »Also gut, als Begrüßungsschluck für den jungen Kollegen.« Er nahm Waberer ein Glas ab und hob es an. »Also, Prost, Frau Resnik.«

Sie drehte sich um und lächelte. »Jetzt hör a mal auf mit der Frau Resnik. I bin die Hanni. Mehr braucht's net, und du bist der Eddy, und du … der Franzl, gell?«

Waberer nickte und stellte sein Glas ab.

»Und wo liegt jetzt die Fanni, Hanni?«, fragte Eddy.

Hanni war sichtlich verlegen und erklärte: »Des mit der Fanni, na ja, sie is halt schon alt, und a Milch geben hat's auch kaum mehr. Sie hat a schön's Leben g'habt. Und irgendwie is net so schlimm, dass sie jetzt tot is.«

Eddy sah sie streng an. »Ja, schön. Und wo is sie, die Fanni?«

»Die Fanni? Äh … ja, die is in der Wolaye. I bring sie im Sommer halt immer zum Toni aufi, weißt? Der schaut a bissl auf sie. Da hat sie's guat und kann herumlaufen, wo sie will.«

Eddy sah verdattert drein. »In der Wolaye? Ja, aber das is doch woanders. Wie bringst du sie dahin?«

»Durch den Wald.«

»Was, über den steilen Steig?«, fragte Eddy erstaunt.

»Ja, das hat die Fanni alleweil noch g'schafft.«

»Wozu simmer dann herg'fahren, Hanni?«, fragte Waberer.

»Jetzt habt's mi erst mal heimbracht, Burschen! Ihr seid's zwei Brave.«

Eddy musste lachen. »Du bist gar net nur wegen der Kuh in Kötschach g'wesen, Hanni, geh?«

Hanni setzte ihr schelmischstes Grinsen auf. »Wer da in Aigen wohnt, der muss erfinderisch sein.« Sie nahm die Flasche, richtete sie auf Waberers Schnapsglas und sah ihn fragend an. Der lehnte jedoch unter Eddys mahnendem Blick ab.

»Na, i war seit gestern bei meiner Jugendfreundin, der Lenzdorfer Theres, und i wusst net, wie i heimkommen soll.« Dann setzte sie schnell hinterher: »Aber das mit der Fanni, des stimmt. Is wohl gestern auf d'Nacht passiert. Der Jager hat's mir heut in der Früh erzählt.« Sie blickte leicht beschämt zu Boden.

»Na du bist mir ja a ganz Schlaue, Hanni«, sagte Eddy.

»A Schlaue, i? Geh! Wisst's, mei Onkel«, sagte sie in verschwörerischem Ton, »der Erwin, des war a wirklich Schlauer! Der hat da drüben nebenan g'wohnt. Is vor zwei Joahr g'storben. Hat damals in Klagenfurt auf der Landwirtschaftsmess an Traktor kauft, nachdem er sich schriftlich hat versichern lassen, dass der Hersteller den Traktor frei Hof, also vor die Haustür liefert.«

»Und?«, fragte Waberer gespannt.

»Dann haben die g'liefert und standen vor der Seilbahn, drüben in St. Jakob. Die waren so ratlos, das net g'wusst ham, was sie tun sollten«, lachte sie. »Die haben dann beim Onkel Erwin ang'rufen. Der hat g'sagt, frei Haus is frei Haus. Und sie mussten den Traktor komplett in Einzelteile zerlegen und mit der Lastengondel rüberbringen. Da haben sie den Traktor wieder zammg'setzt und meinem Onkel vor die Tür g'stellt. Kannst dir vorstellen, was die für an Grant g'habt ham?« Hanni bog sich vor Lachen und schlug Waberer auf die Schulter. »Lustig san's, die Kärntner, gell?«

Waberer sah sie an und nickte, ohne eine Miene zu verziehen. »Und ganz schöne Schlitzohrn …«, er machte eine Pause und hob sein Glas, »… was das Schnapsbrennen angeht.«

FANNIS LETZTE RAST

Wolayer Alm, am Nachmittag (Freitag, 11. Juli 2014)

Fanni lag vor einem schattigen Felsblock, auf dem eine kleine Fichte und ein paar Erlenbüsche wuchsen, ungefähr fünfhundert Meter von der Oberen Wolayer Alm entfernt. Über ihr erhoben sich die hohen Flanken des Biegengebirges. In den oberen Teil der von Norden nach Osten gebogenen Wandfluchten verirrten sich noch vereinzelte Sonnenstrahlen.

Aus der Ferne sah Fanni friedlich aus, so als wollte sie sich von einem langen Leben ausruhen. Wenn nicht bei näherer Betrachtung ihre Eingeweide vor ihr im Gras gelegen hätten, und wenn nicht quer in ihrem Maul ein Erlenzweig gesteckt hätte. Und das fehlende Ohr war auch kein schöner Anblick.

Der Hirte von der Wolayer Alm stand wortlos neben der toten Kuh und schüttelte nur den Kopf. »Nix hab i machen können, nix«, jammerte er. »Was hätt i denn …« Er hob die Schulter und atmete tief durch.

Eddy betrachtete die tote Kuh, die vom Euter bis zum Brustbein aufgeschlitzt war. Einige Bartgeier hatten sich anscheinend schon über den Kadaver hergemacht. Am Schnitt war er weit auseinandergerissen worden. Am Hals sah Eddy ein Einschussloch.

»Waberer, such mal die Umgebung ab, vielleicht finden wir was.«

»Und was?«

»Na irgendwas«, gab Eddy gelassen zurück.

Der Hirte wippte von einem auf das andere Bein. Gestern am Abend habe er einmal ein Muhen gehört, sagte er, etwas unruhiger als sonst sei das gewesen, aber er habe sich nichts dabei gedacht. Und außerdem sei das weit weg von der Alm gewesen, und er habe schon geschlafen. Wer sich denn auch so was denken könne?

»Keinen Schuss g'hört?«

»Na, nix«, sagte der Hirte.

Eddys Blick wich nicht von ihm.

»Eddy, wirklich net!«

»Is gut, Toni, di trifft ja kei Schuld. Beruhig di«, sagte Eddy sanft. »Wie hast das Vieh entdeckt?«

»Heut morgen hat's klopft da bei mir an der Alm. Der Jager war da und hat's mir g'sagt. Und normalerweis lass i die Viecher ja auch net draußen auf d'Nacht, nur selten, bei Vollmond und wenn's warm is, so wie halt gestern.« Er schnäuzte in ein schon länger in Gebrauch befindliches Taschentuch, während Waberer das Gras rund um die Kuh absuchte.

»Ma, des war die einzige Kuh von der Resnik Hanni, die wird jammern, mei.« Der Hirte machte ein äußerst betrübtes und schuldbewusstes Gesicht. »Wie soll i der Hanni des erklär'n?«

»Die weiß schon Bescheid und hat die Trauer schon hinter sich«, sagte Eddy mit leicht sarkastischem Unterton. »Da musst dir keine Sorgen machen.«

»Was passiert jetzt mit dem toten Viech?«, fragte Toni.

»Die Kuh wird abg'holt, wenn wir sie untersucht haben.«

»Heureka!«, rief Waberer von weit hinter dem Baum. Er hielt ein rotes Handtuch in die Höhe.

»Aha, was hammer denn da?«, fragte Eddy.

»Ein Handtuch, geprägtes Waffelmuster. Typisch italienisch, würde ich sagen.« Waberer trug Latexhandschuhe und drehte das Handtuch vorsichtig im Kreis. »Etikett rausgetrennt«, rief er Eddy zu. Er roch daran. »Blut! Des wird er wohl beim Zusammenpacken verloren haben.«

Eddy nickte. Waberer packte das Handtuch in eine Tüte und verschloss sie.

Toni stand noch immer regungslos da und starrte Fanni an. Er nahm den Hut ab und wischte sich den Schweiß von der Stirn. »Wer tut denn so was, Eddy?«, fragte er leise.

Eddy stützte die Hände in die Hüften. »Ein merkwürdiger Zeitgenosse, Toni. Jemand, der das aus Lust macht.«

»Aus Lust, wieso aus Lust? Was ist daran lustig?«

»Net so lustig, anders lustig. Er hat Lust am Töten, der is krank. Einer, der einmal klein angefangen hat. Sperr die Viecher ein, Toni. Und dich auch, hast g'hört?«

Toni nickte. »Muss da net die Mordkommission her?«, fragte er.

Eddy sah ihn lange an. »Eigentlich hast recht, Toni. Wer a Vieh so abmurkst, den kann man irgendwie als Mörder sehn. Aber solange es a Kuh is, solang sind die Kriminaler net zuständig, das is Sachbeschädigung.«

Toni schüttelte den Kopf. »Sachbeschädigung«, wiederholte er. »Eddy, du findest das Schwein, auch ohne die Kriminaler. Du schon!« Dann drehte er sich um und ging mit riesigen Schritten zu seiner Alm zurück. Laut fluchend entfernte er sich. »Der Teifel. Prügeln sollt ma den, von morgens bis abends. Unsre Viecher so zuzurichten!« Er spuckte und stampfte immer wieder seinen Holzstock in den Boden. Als er an der Alm ankam, ging er hinein und sperrte hinter sich die Türe zu.

EDDY ZETT

Kötschach, am Morgen (Samstag, 12. Juli 2014)

Kitti legte den Hörer auf. »Oh Mann. Schon wieder der Idiot mit seinem Zaun«, sagte sie verärgert.

»Was ist das für ein Idiot?«, fragte Waberer.

»So ein dämlicher Nachbarschaftsstreit«, stöhnte Kitti. »Das machen die schon seit zehn Jahren, sagt Eddy. Und jedes Jahr fängt das von vorn an. Letztes Jahr auch, genau um die Zeit.« Kitti schüttelte den Kopf, wobei sie ihre langen braunen Haare aus dem Gesicht strich. »Sinnlos.«

»Ja, und, wie geht ihr damit um?«

»Ganz einfach. Eddy fährt hin, redet mit dem Stänkerer und hört sich all seinen Mist an.«

»Was bringt das?«, fragte Waberer.

»Wenn der Streithahn ausgeschimpft hat, sagt Eddy ihm, dass er den Zaun falsch gebaut hat und empfiehlt ihm ganz in Ruhe, er soll ihn wieder abbauen.«

»Warst mal dabei?«

»Ja, letztes Jahr. War erstaunlich. Der Eddy sagt das völlig gelassen, aber klar und bestimmt, und vor allem nur ein Mal. Und der Kerl fängt noch am selben Tag an, den Zaun, den er drei Tage zuvor nach vorn versetzt hat, wieder um einen halben Meter nach hinten zu versetzen. Und ein Jahr später dasselbe Spiel.«

»Schaffen wir zwei das auch?«

»Keine Ahnung, ich glaube nicht. Das kann nur Eddy.« Kitti machte dazu ihr äußerst überzeugendes So-ist-das-hier-bei-uns-Gesicht.

»Sag mal, Kitti, wieso genießt der Chef hier im Tal eigentlich diesen Respekt? Die Leute ziehen den Hut vor ihm. Was ist das mit Eddy?«

Kitti richtete sich auf und kreuzte die Arme vor der Brust. »Eddy, ja Eddy, das ist ein ganz besonderer … Mensch.«

»Und was ist sein Geheimnis?«

»Sein Geheimnis? Er tut das, was er für richtig hält. Und weil er ein unerschütterliches Herz in sich trägt, funktioniert das.« Kittis Bewunderung war nicht zu überhören. »Und er übergeht niemanden. Er bezieht alle ein. Außer es ist Gefahr im Verzug, oder es ist eine Sache«, fügte Kitti flüsternd hinzu und beugte sich leicht vor, »die geheim bleiben muss, wenn Eddy es meint.« Sie richtete sich wieder auf. »Eddy gibt keine Befehle, sondern vermittelt dir das Gefühl, dass er dich einlädt mitzumachen, aber ohne diesen politisch korrekten Blödsinn. Er redet wie wir alle hier, aber er ist uns allen ständig zehn Gedanken voraus.«

Waberer nickte. »Ja, aber warum dieser Respekt? Ich hab das Gefühl, sobald sein Name fällt, dann stockt jedem der Atem. Und woher hat er diesen eigenartigen Namen, ich meine Eddy Zett?«

»Oh je«, sagte Kitti, »das is a längere G'schicht. Willst sie hören?«

»Raus damit, ich hab den Eindruck, ich bin der Einzige im Tal, der Eddy Zett nicht kennt.«

Kitti nickte, stand auf, ging langsam um Waberers Schreibtisch herum und setzte sich auf die Tischkante, direkt rechts neben den neuen Kollegen. Dann begann sie zu erzählen: »Damals vor zwanzig Jahren, da war Eddy noch Revierinspektor. Er hat an der Porzescharte einen Wilderer erschossen. Drüben im Lesachtal, also in Osttirol. Das war ein ganz gefährlicher Hund. Hat auch die Viecher aufg'schlitzt und dann liegeng'lassen. So wie es jetzt die Fanni erwischt hat. Es wird erzählt, der Kerl hätte sich in den Eingeweiden gewälzt. Aber das ist sicher nur wieder so eine G'schicht, an der nur die Hälfte stimmt. Jedenfalls, der Eddy hat den Kerl erwischt und dann«, Kitti streckte sich, wobei sich ihr üppiger Oberkörper durch das Uniformhemd durchpauste, und zielte mit einem Kugelschreiber auf ihr Gegenüber, »... bamm!«, schrie sie so laut, dass Waberer auf seinem Sessel zusammenfuhr, »hat er ihn kurzum und ohne zu zögern erschossen!«

»Uff, du kannst einem ja einen Schreck einjagen!«

»Eddy in allen Zeitungen, im Fernsehen, im Radio.« Kitti war jetzt aufgesprungen. »Rauf und runter. Ein Mordsrummel damals. Tja, war ja auch die Porzescharte«, sagte die Kitti und nickte nachdrücklich.

»Wieso, was hat es auf sich mit der Porzescharte?«, fragte Waberer neugierig.

»Des weißt a net?«, fragte Kitti entgeistert. »Echt net?«

Waberer schüttelte den Kopf.

»Die Causa Porzescharte!«, sagte sie verschwörerisch. »Allein das Wort Porzescharte ist bei den Großkopferten in Wien da oben immer noch ein Schreckgespenst.«

»Sagt mir nix.«

»Okay, Franz, hör zu. Wenn du hier leben willst, musst du das wissen. Keiner redet drüber. Aber wissen musst's!« Kitti setzte sich wieder hin, richtete ihr Uniformhemd aus und sagte: »Ende der sechziger Jahr haben angeblich drei Osttiroler bei einer Sprengung von einem Strommast an der Porzescharte ein paar italienische Soldaten um die Ecke gebracht. Bumser und so.«

»Bumser? Was heißt das?«

»Oh Mann, Franz. Die Bumser, das waren Südtiroler Freiheitskämpfer für ein autonomes Südtirol in die Sechz'ger und Siebz'ger, haben Strommasten und so in die Luft gesprengt. Und weils dabei ›bumms‹ macht, heißen sie eben Bumser. Mit nur einem ›m‹, weil die a bissl langsamer sind, die Südtiroler.« Kitti grinste, wodurch ihr rundliches Gesicht besonders hübsch wirkte.

»Doch, klar, von denen hab ich g'hört. Haben nie jemanden verletzt und umgebracht, immer nur Sachschäden angerichtet. Aber was haben die Österreicher, also die Osttiroler damit zu tun?«

»Diese drei Osttiroler waren solidarisch mit den Südtiroler Brüdern, wie es hieß, wollten angeblich einen Strommast auf italienischer Seite an der Porzescharte in die Luft jagen, so wurde es von Italien her berichtet. Und anschließend wären die nach der Detonation herbeigeeilten italienischen Soldaten in eine Sprengfalle getappt und teils getötet worden. Das war 1968.«

Waberer hing an ihren Lippen. »Und weiter?«

»Italien hat den Vorfall damals als das blutigste Attentat des Südtirol-Terrorismus bezeichnet und die drei Osttiroler beschuldigt. Das hat politisch zu einem Bruch zwischen Italien und Österreich geführt, dessen Nachwirkungen auch jetzt, also Jahrzehnte später, noch spürbar sind.«

»Was ist denn aus den dreien geworden?«, fragte Waberer.

»Die drei Osttiroler? Österreich blieb erst mal nichts anderes übrig, als sie zu verhaften. Und in Italien sind sie dann in Abwesenheit verurteilt worden, zu teils lebenslangen Freiheitsstrafen. Nach juristischen Methoden, die noch aus der Mussolinizeit stammten. Österreich hat natürlich nicht ausgeliefert. Aber in den italienischen Medien waren unsere drei fortan als Mörder und Terroristen gebrandmarkt. In Österreich wurden sie allerdings nach einem akribisch aufgezogenen Indizienprozess frei gesprochen.« Kitti spielte mit ihrem Kugelschreiber. »Erst Jahre später hat sich definitiv herausgestellt, dass die drei tatsächlich unschuldig waren.«

»Ja, und wie? Ist das bewiesen?«, fragte Waberer.

»Unumstritten bewiesen. Auch von der italienischen Justiz. In Wirklichkeit waren damals die Soldaten bei einer Sprengübung des italienischen Militärs ganz in der Nähe verletzt und getötet worden. Von ganz oben angeordnet, hatte das italienische Militär die Toten zur Porzescharte gebracht, um die Südtiroler Bumserszene zu belasten.«

»Das ist ja ein Ding. Das heißt, dass die drei Osttiroler Opfer einer Verschwörung waren?«, fragte Waberer ungläubig.

»Ja, genau, a Verschwörung.« Kitti nickte und machte eine Pause.

Waberer sah sie zustimmend an und sagte dann: »Hmm, und was hat das alles mit unserem Postenkommandant zu tun?«

»Auf den ersten Blick gar nichts«, sagte Kitti. »Aber im Fall des Wilderers, den Eddy vor zwanzig Jahren an der Porzescharte erschossen hat, also immerhin fünfundzwanzig Jahre nach der G'schicht mit den Osttiroler Freiheitskämpfern, war der Gendarmerie aus Österreich und den Carabinieri aus Italien gar nix anders übrig geblieben, als zusammenzuarbeiten. Ein italienischer Wilderer auf österreichischem Gebiet halt.«

»Weiter«, bat Waberer und machte eine gespielt flehende Geste.

»Dann stürzte sich der Bernsteiner Bruno auf den Fall, so ein schleimiger Redakteur vom ›Kleinen Blatt‹ aus Klagenfurt.«

»Okay, und dann war er wohl in allen Medien vertreten, der Chef.«

»Ja. Genau so war das. Und weil es keinen gefassten Täter mehr gab, über den der Bruno hätte berichten können, mit Gerichtsprozess und so, musste dieser Bruno eine Marke erfinden. Und so schuf er aus dem Revierinspektor Edmund Zettler kurzerhand ›Eddy Zett, den Wilderertöter‹.«

»Statt Wildtöter Wilderertöter, nicht schlecht, der Bruno. Und Eddy Zett klingt ja auch sehr zielstrebig.«

»Daraus wurde dann sehr schnell nur noch Eddy Zett. Das stand und war klar. Der Name ist ihm bis heut geblieben, und Eddy Zett kennt halt seither jeder hier im Tal.«

Waberer stutzte und fragte: »Und der Wilderer?«

»Der Name des Wilderers wurde nirgendwo erwähnt, soweit ich weiß. Der war ja tot und langweilig für die Presse. Ein Held musste her. Eddy Zett eben.«

»Eine wahre Heldengeschichte.«

»Stimmt, aber sag ihm das ja nicht.« Kitti drohte mit dem Kugelschreiber. »Da ist er ganz allergisch. Denn der Bruno hat ihn später schwer verladen.«

»Inwiefern?«

»Tja, für den Geschmack der Gendarmerieführung in Wien war Eddy in den Medien zu präsent, das hat einigen Leuten nicht gefallen. Und als der Bernsteiner Bruno das gemerkt hat, ist er umgeschwenkt und hat Eddy in Frage gestellt. Öffentlich und skrupellos. Er hat Eddy damals doch tatsächlich vorgeworfen, durch die Exekution des Wilderers, wie er sich ausdrückte, den alten Konflikt Porzescharte wieder angeheizt zu haben, zum Nachteil Österreichs.« Kitti stand auf und ging wieder zu ihrem Schreibtisch.

»Und das hat sich der Chef gefallen lassen?«

»Wie man's nimmt. Er hat den Bruno-Arsch bei einer Scheuneneinweihung eines Großbauern kurze Zeit später vor versammelter Mannschaft auf den Misthaufen geworfen. Danach war Funkstille zwischen den beiden. Man sagt aber, dass der Bruno heute noch stinkt wie ein Jauchefass.« Kitti lachte. »Tja, so war das damals. Heute in den mediengeilen Zeiten würden sie Eddy wahrscheinlich zum Innenminister machen.«

Waberer nickte. »Aber da warst du doch noch so klein, dass du dich daran gar nicht erinnern kannst, oder?«

»Ja, stimmt wohl«, sagte Kitti. »Aber das gehört hier im Tal zur Volksbildung. Das weiß man einfach.«

Waberer hob den Finger. »Sag mal, versteh ich das richtig, er ist seit damals nie wesentlich befördert worden?«

»Das ist das Tragische an der G'schicht. Gedankt haben sie es ihm nicht. Die Gendarmerieführung hat ihn einfach nicht mehr hochkommen lassen. Angeblich hat er sich mal bei den Kriminalern beworben, aber sie haben ihn nicht gewollt…«

»Und, hat ihn das net frustriert?«

»I bin mir net sicher. Jedenfalls hat er einen besten Kletterfreund, Alfredo Moroder heißt er, ein kleiner kräftiger Italiener. Dunkle Augen, schwarze Haar, a Nas'n wie ein Adler«, sagte sie schwärmerisch. »Ein Südtiroler Ladiner, genau genommen. Fredo ist ein Carabiniere.«

»Also ein Kollege«, sagte Waberer und lehnte sich im Schreibtischsessel zurück.

»Ja, und der hat es in seiner Dienstzeit weiter gebracht als Eddy«, fügte Kitti leise und fast verschwörerisch hinzu. »Und jetzt ham die zwei schon seit einem Jahr einen Streit beisammen.«

»Deshalb, meinst du?«, fragte Waberer ungläubig.

»Weiß i net, aber seit einem Jahr ham die net mehr g'red miteinand.«

In dem Moment ging die Tür auf. »Habe die Ehre, ihr zwei«, sagte Eddy und nahm seine Mütze ab. »Gibt's was Neues im Tal? Viele Grüße vom Bürgermeister soll ich ausrichten.«

»Nix, Eddy, nix«, sagte Waberer etwas zu schnell. »Äh … nein, vielleicht was von der Fanni?«, fragte er rasch.

»Das wird dir die junge Kollegin schon erzählt haben, oder?« Eddy grinste. »Und sicher net nur das.«

Das Telefon klingelte. Eddy ging ran. »Was, schon wieder? Okay, ich komme.«

Eddy griff nach seiner Mütze und ging zum Ausgang. »Waberer, komm mit. Wieder eine tote Kuh. Wieder im Lesachtal.«

»Des gibt's ja net!«, rief Kitti. »Wo genau?«

»Auf der Ingrid-Alm.« Eddy war schon fast durch die Tür, da fügte er hinzu: »Ach übrigens, Kitti. Bitte sei so lieb und übernimm du morgen meinen Dienst. Zusammen mit'm Franzl.« Er sah beide fragend an.

»Ja, i hab ja ohnehin Dienst«, sagte Waberer.

»I kann net, Eddy. I muss helfen dahoam, hinter der Thek.«

Eddy bedachte sie mit einem flehenden Blick wie ein kleiner Junge. »Kitti, bitte, es wär wichtig.«

»Was hast denn, Eddy?«, fragte sie leicht genervt.

»Heut morgen hat der Fredo ang'rufen. Er will morgen mit mir eine Tour machen. Nach einem Jahr.«

Kitti sah zu Boden. Innerlich freute sie sich für Eddy. Sie grinste ihn frech an. »Na endlich, Eddy! Dahoam kann mi jo eh niemand brauchen. I sag der Mama Bescheid, dass es nix gibt morgen mit mir. Aber den Ärger dahoam musst du zahlen. Drei Bier für uns alle.«

Eddy lächelte und sagte: »Okay, aber nur nach Dienstschluss. Kannst bei deiner Mama schon amal die Bestellung aufgeben«, sagte er und bedankte sich bei Kitti zum Abschied mit einem Augenzwinkern.

»Und i mein drei für jeden, Eddy!«

SCHLECHINGER BAUART

Misurina, frühmorgens (Sonntag, 13. Juli 2014)

»Blödmann!«, sagte Eddy um sieben Uhr morgens, als er Fredos Autotür aufmachte.

»Rindvieh!«, konterte Fredo. Sie unterdrückten beide ein Lachen und knurrten weiter. Fredo stieg aus. »Komm her, sturer Bock«, sagte er mürrisch und umarmte Eddy.

»Fredo, es tut mir wirklich leid. Ich wollt das nicht. Ich bin ein alter Esel.« Eddy lachte verlegen und breitete die Arme aus.

»Ja, das stimmt. Das bist du. Und ich geh ja vielleicht a bissl zu schnell in die Höh, was?«

»Freunde?«

»Freunde.« Fredo knuffte Eddy mit der Faust auf die Brust. »Okay, pack dein Zeug ein und los geht's.«

»Wie in alten Zeiten«, sagte Eddy und grinste. Fredo nickte. Sie hatten die Route im sechsten Grad, die sie sich ausgesucht hatten, bereits vor fünfzehn Jahren zusammen gemacht. Eine der schönsten und ausgesetztesten Kletterrouten an den Drei Zinnen. Eine klassische Extremführe.

Eddy nahm den Rucksack und versperrte seinen Land Rover, der auf dem Parkplatz am Misurinasee stand. Er stieg zu Fredo in den Wagen. Die Mautstraße zu den Tre Cime di Lavaredo, den Drei Zinnen, war steil und kurvenreich. Fredo ließ sich Zeit. Immer wieder tauchte der Gebirgszug aus dem Wald auf, doch erst kurz vor dem Lago Antorno bot die Straße immer wieder einen Blick auf das vollkommen frei stehende Massiv, das über Millionen von Jahren von Wasser, Wind und Wetter aus dem Hauptdolomit herausmodelliert worden war.

»Mann, Fredo, schau dir das an. Wie ist das möglich? Ein gewaltiger Bergklotz, der sich gegenüber allen Naturgewalten als standfest erwiesen hat – im Gegensatz zu seiner Umgebung. Sieht so aus, als würde er völlig allein da stehen, und warum?«

»Keine Ahnung. Aber es ist herrlich«, schwärmte Fredo. Angesichts der Drei Zinnen taute er jetzt endgültig auf. »Was für ein atemberaubender Anblick! Dass es so was überhaupt gibt.«

»Trotzig, frech und gewaltig.« Eddys Blick haftete an den Bergen, deren Eleganz alles weithin Sichtbare beherrschte. »Weißt noch, vor zwölf Jahren, die Comici-Führe? Das war eine Tour! In d'Hosen g'macht hammer uns fast. Und dann bist du durch die Schlüsselstelle geklettert, als wärst beim Schwarzbeerklauben! Du Hund!«

Fredo geriet ins Träumen. »Ja, das war der Wahnsinn, Eddy. In unseren besten Zeiten.« Dann setzte er hinzu: »Und irgendwann, Eddy, irgendwann machen wir noch mal so ein Kaliber! So zum Abschluss unserer Kletterlaufbahn.«

»Wenn wir mal wieder so richtig gut drauf sind, Fredo, und uns mal wieder so herrlich gestritten haben. Zur Versöhnung.« Eddy grinste und klatschte ihm kurz, aber kräftig auf den Oberschenkel.

»Au, du Hammel!«, rief Fredo. Eddy lachte. Schließlich fragte Fredo, ohne seinen Blick von der Straße zu nehmen: »Was gibt's denn Neues bei euch, Eddy?«

»Bei uns drüben? Tja, wie soll ich sagen, da gibt's irgendwie eine merkwürdige Geschichte. Wie damals, vor zwanzig Jahren. Ein Wilderer. Erst Schafe, dann eine Gams, eine Hirschkuh, und zuletzt Kühe.«

»Wie damals? Meinst du den Fall an der Porzescharte?«

Eddy verzog das Gesicht. »Ja. Da ist wieder so ein Scheißkerl unterwegs. Erst gestern haben wir eine aufg'schlitzte Kuh g'funden. Im Lesachtal, hinter der Ingrid-Alm unterhalb vom Hochweißsteinhaus. Die neuen Fälle und der von damals zeigen merkwürdige Parallelen. Der Kerl vor zwanzig Jahren hat ein Kleinkalibergewehr benutzt, von der Bauart her wie die Schlechinger Wilderer in Bayern. Weißt noch? Die Schulterstütze abgesägt und stattdessen einen Schiebemechanismus eingebaut.«

Fredo nickte und trank aus der Mineralwasserflasche.

Eddy fuhr fort: »Der jetzige Kerl schießt ebenfalls mit einem Kleinkaliber.«

»Mit einem Kleinkaliber!«, sagte Fredo mehr bestätigend als fragend. »Eddy, der hat kein Interesse an der ehrlichen Jagd, daran, ein Tier mit Respekt und Würde zu erlegen. Das ist ein Sadist. Der quält das Tier doch nur.«

»Ja, er richtet die Viecher sehr ähnlich oder genauso zu wie das Schwein von damals.«

Fredo verzog den Mund und reckte den Hals. Sein Blick klebte an der Großen Zinne. »Habt ihr einen Hinweis, wer es sein könnte? Ein Nachahmer vielleicht?«

»Ein Nachahmer, also ein Fremder? Ja, könnte sein. Oder jemand, der ihn direkt gekannt hat und es mit ihm gemeinsam begonnen hat, vielleicht jemand aus seinem Umfeld? Na ja, wie es auch sei, es deutet darauf hin, dass es wieder ein Italiener ist. Aber konkret wissen wir wenig.«

»Wieso ein Italiener?«

»Wir haben neben der vorletzten Kuh ein Handtuch gefunden, typisch italienisch, mit eingeprägtem Waffelmuster. So was gibt's bei uns so gut wie nicht. Die Untersuchung des Stoffs hat das dann auch bestätigt.«

»Das kann ein Österreicher in Italien gekauft haben«, warf Fredo ein.

»Durchaus, ist auch nicht mehr als nur ein Hinweis«, bestätigte Eddy.

»Blutspuren, DNA?«, fragte Fredo.

»Hauptsächlich von der Kuh. Er hat sich damit wohl abgewischt, und dann ist es ihm vom Rucksack gefallen. Aber die Techniker sitzen an der DNA dran. Is a bissl schwierig bei dem ganzen Kuhblut.«

Fredo nickte. »Hm, dann sind wir wohl auch wieder involviert.«

»Ja, es wäre mir recht, wenn du …«

Fredo rückte seine Sitzposition zurecht. »Ich kann es einrichten, dass ich das koordiniere.«

»Das wär klasse!«, sagte Eddy erleichtert.

»Wir dürfen uns allerdings nicht mehr streiten Eddy. Schaffen wir das?«, fragte er grinsend.

Eddy lächelte verschlagen. Damals, bei der Sache mit dem Wilderer, den Eddy erschossen hatte, hatten sie zum ersten Mal zusammengearbeitet. Dieser Fall hatte ihre Freundschaft gefestigt.

»Aber eines macht mich unruhig«, sagte Eddy.

»Was?«

»Die Viecher sind immer größer geworden. Schaf, Gams, Hirschkuh, Kuh.«

»Vielleicht hat er mit Murmeltieren angefangen.« Fredo grinste schief.

»Der Typ damals hat das auch so gemacht.«

»Den konntest du ja bei der Hirschkuh stoppen.«

»Der Kerl braucht anscheinend eine stetig wachsende Herausforderung, was Neues, einen neuen Kick. Und ich habe den Eindruck, die Abstände werden kürzer.« Eddy hielt kurz inne. »Wenn ich nur verstehen würd, was solche Typen antreibt. Wieso machen die das? Wo endet das?« Eddy griff sich ans Kinn. »Und vor allem, was kann jetzt nach einer Kuh noch kommen?«

Auf dem Parkplatz des Rifugio Auronzo stellten sie den Wagen ab. Als sie am Fuß der Zinnen-Südseite entlang gingen, blieb Fredo stehen. Ihr Blick fiel auf die Cadini, die ihnen gegenüber lagen und deren wilde Reihe von gezackten Gipfeln dem Nagelbrett eines Fakirs glich.

»Was für eine Welt!«, sagte Eddy leise und atmete tief durch.

Nach etwas mehr als einer halben Stunde waren sie am Einstieg der Gelben Kante. Sie waren still geworden. Es war die Ruhe vor der ersten Seillänge, die Konzentration vor den ersten Klettermetern. Eddys Hände waren klamm, er spürte den Druck in seinem Bauch. Das ging vorbei, er wusste das. Nur die ersten Meter fühlte er sich so. Jedes Mal. Er bereitete den Standplatz vor und sah hinauf. Senkrecht, überhängend und kleingriffig war diese Führe an der Kleinen Zinne.

Fredo band sich ins Seil ein, putzte seine Sohlen und griff an den Fels. »Sauglatt, das Zeug, total abgespeckt. Ohne Magnesia läuft da nix!«, sagte er und griff in den Beutel mit dem weißen Pulver, das seine Hände sofort abtrocknete. »Eddy, alles okay?«

Eddy nickte. Fredo stieg in die Verschneidung gleich am Einstieg ein. Gewandt und sicher kämpfte er sich den steilen Fels hinauf. Nach der zweiten Seillänge, die Eddy in sehr schwierigem Fels führte, legte sich die Wand zurück. Sie umgingen einen Kantenaufschwung, um später wieder auf die luftige Kante zurückzukehren.

In akrobatischer Hangelei und extremer Ausgesetztheit bewältigten die beiden Seillänge um Seillänge. Weit entfernt hörte Eddy eine Dohle krächzen. Er suchte den Himmel nach ihr ab. Wie verloren mussten die beiden an dieser Kante aus der Sicht des Vogels wirken; vom waagerecht geschichteten und graugelben Dolomit verschluckt, wie winzige Farbtupfer, die von grobem Löschpapier aufgesogen wurden. Eddy lächelte und fühlte das Leben in sich.

Von oben hörte er dumpf, wie Fredo ihm »Staaand« zurief. Eddy kletterte weiter, bevor er Fredo in der Führung der letzten Seillänge ablöste. Eidechsengleich zog er sich an winzigen Griffen und Tritten die messerscharfe Kante des in den Himmel ragenden Bergs empor.

Kurz vor Mittag saßen sie zufrieden auf dem Gipfel. Fredo trank einen Schluck. Er hob die rechte Hand und zeigte nach Nordwesten. »Dahinten«, sagte er, »am Monte Piana, da steht immer noch eine Kanone aus dem Ersten Weltkrieg. Schützengräben, so weit das Auge reicht, Stellungen, die in den Fels gesprengt wurden. Und trotzdem ist der Monte Piana einer der schönsten Aussichtsberge in Südtirol. Er ist aber auch wie ein Fenster in die Vergangenheit. Fünfzehntausend Soldaten, Österreicher und Italiener, sind hier umgekommen im Dolomitenkrieg. Das ist hundert Jahre her, Eddy. Damals haben die Psychopathen die Welt regiert.« Fredo sah, dass Eddy gebannt den Berg gegenüber beobachtete.

»Und was haben die durch diesen Scheißkrieg gewonnen?«, fragte Eddy. »Gar nix! Nur verloren. Tote und Verkrüppelte, Leid und Elend.«

»Wir Südtiroler«, sagte Fredo, »damals hammer noch zu Österreich g'hört. Da waren die Menschen arm und abhängig. Irgendwie hammer was draus gelernt. Denn heut geht es uns gut.« Fredo schüttelte den Kopf. »Wenn wir uns net grad über irgendeinen Blödsinn streiten«, frotzelte er und zwinkerte Eddy zu.

»Allen geht es gut, Österreichern, Südtirolern und ganz Norditalien.«

»Mehr als drei Generationen Zeit hat uns das gekostet«, sagte Fredo. »Und heute haben wir hier eine Gegend, in der zwei so unterschiedliche Kulturen ihre besten Seiten zeigen und sich zusammentun.«

»Pizza Wurstel«, warf Eddy ein und lachte. »Gibt es was Grausigeres?«

»Ja«, sagte Fredo. »Wurstel con Krauti.«

Eddy verzog angewidert sein Gesicht und lachte.

»Aber wie herrlich süffig ist heute der Südtiroler Wein vom Kalterer See«, sagte Eddy. »Noch vor zwanzig Jahren konnte man das Zeug nicht saufen. Das hat man keinem Esel ins Ohr geschüttet!«

Fredo lachte. »Den trinken wir nach der Abseilpartie in der Lavaredo-Hütte. Da gibt's an guten.«

In der Ferne grollte es. Ein Gewitter zog auf. Doch sie würden genügend Zeit haben, den Abstieg hinter sich zu bringen, bevor es losging.

»Weißt du, was mich am meisten beunruhigt, Fredo?«, fragte Eddy, als er das Seil aufschoss und das Abseilen vorbereitete.

Fredo schüttelte langsam den Kopf. Ihm war klar, dass jetzt etwas von Eddy kam, was er eigentlich nicht hören wollte.

»Dieser Kerl, den wir suchen«, sagte Eddy und warf jäh das doppelt genommene Seil in die Tiefe, »er schneidet den Tieren das linke Ohr ab. Déjà-vu.«

SCHWARZER AFGHANE

Sternberg-Alm, am Abend (Sonntag, 13. Juli 2014)

Die Katt räumte die Reste des Tages weg. Mehr als fünfzig Gäste waren zum Alm-Kirtag gekommen. Sie hatte etwa elf Kästen Bier, zwölf Liter Milch, vier Kilo Käse, zwei Seiten Speck, fast zwei Flaschen Schnaps und jede Menge Brot verkauft. Eierscheiben und Gurkerl obendrauf. Ein toller Sonntag!

Heiter waren die Gäste gewesen. Vor allem die deutschen Touristen hatten sich wohlgefühlt, aber auch Einheimische und ein paar Italiener waren dabei. Der Katt eilte ihr Ruf voraus, eine ungewöhnlich urige Persönlichkeit zu sein. Sie hatte die Rolle weg, ihre derben Scherze zu machen. Und dazu war sie nun irgendwie verpflichtet. Manchmal kam sie sich vor wie Liselotte Pulver als Susi in »Kohlhiesels Töchter«. Ihre Rolle hier oben war die grimmige Sennerin mit dem großen Herz. Doch der Katt machte das Spaß. Und den Leuten gefiel es. Deshalb kauften sie ihr den von ihrer Hand gemachten Käse ab wie warme Semmeln.

Zwischendurch, am frühen Abend, hatte sie bereits die Kühe gemolken. Es war ein warmer Tag gewesen. Zum Schluss hatte sie wieder zwei besoffene junge Einheimische abwehren müssen, die vom Tag übrig geblieben waren. Sie machten sich einen Spaß daraus zu versuchen, mal irgendwie bei der Katt zu landen, obwohl sie wussten, dass das fast unmöglich war. Aber eben nur fast. Irgendwann, als es ihr zu bunt wurde, holte die Katt wie gewöhnlich die große Bratpfanne für den Kaiserschmarrn heraus, erhob sie wie eine Waffe, fluchte auf die beiden und verschaffte sich damit gehörigen Respekt. Die Burschen sprangen auf und rannten lachend davon. Für die Katt war es ein Spiel, und die Burschen liebten sie dafür.

Am Abend aber, wie so oft, nachdem alle Arbeit getan, sie allein und noch nicht zu müde war, ging sie zum Spiegel und machte sich hübsch. Sie wusch sich an einer Emaille-Schüssel, legte einen glänzenden Abendrock an, streifte ihre schönen Strümpfe über, kämmte ihre lockigen Haare und schminkte sich. Dann zog sie rote Pantoffeln an. Nur für sich. Sie liebte es, allein zu sein. Hier oben. Und vielleicht, vielleicht kam irgendwann doch noch einer daher, der ihr gefiel?

Danach trat sie wieder vor die Hütte, schnaufte tief die würzige Luft und setzte sich an den Tisch. Sie öffnete eine Flasche Bier, schenkte sich einen Schnaps ein und zelebrierte ihren Tagesabschluss, auf den sie sich die letzten Stunden schon gefreut hatte. Aus einer kleinen Tasche holte sie zwei Blatt Zigarettenpapier heraus, die sie zusammenklebte, eine gute Portion Tabak und ein Stück vom Schwarzen Afghanen. Den bekam sie von einem Freund aus Wien mitgebracht. Sie brach ein kleines Eckerl ab, zerbröselte es und verteilte es auf dem Tabak. Dann leckte sie erwartungsvoll an der Gummierung und drehte daraus eine dicke Tüte.

Heute hatte sie die Kühe nach dem Melken draußen gelassen. Sie lagen oberhalb der Alm im Gras, bis hinauf zum Fuß des Zottachkopfs.

Im fahlen Mondlicht und dem Schein der ersten Sterne zündete sie mit einem langen Streichholz ihren Joint an. Dann tat sie einen langen, kräftigen Zug. Wie ein Hammer traf er ihre Lunge. Sofort entfaltete der Rauch seine Wirkung.

Die Katt zog weiter an dem Joint. Und trank die Flasche Bier in einem Zug leer. Sie fing leise an zu lachen. Wie schön, hier oben, mit Blick auf diese Scheißwelt da unten. Sie war glücklich. Hier oben. Auf ihrer Alm.

Dann hörte sie ein Blöken. Die Kühe weiter oben wurden unruhig. Etwas benommen lauschte sie in die Nacht hinein. Ein Knacken, noch ein Blöken, noch ein Knacken. Ganz weit oben. Merkwürdig. Kann nicht sein, dachte sie. Dann ein dumpfes Puffen und ein Geräusch, als ob etwas umgefallen war. Ganz weit entfernt, oben am Zottachkopf? Seltsam. Das seh ich mir an, dachte die Katt. Das muss ich sehen.

Sie schüttelte sich. Sie war benommen und grinste entrückt. »Muh, so blöd die Viecher. Muh, is sie gefallen, die Kuh?«, lallte sie. »Muh macht die Kuhuh, haha, komisch, so eine Kuh. Haha, nix als Blödheit und Rieseneuter.« Sie fasste sich an die Brust. »Haha, eine Kuh macht muh, viele Kühe machen … rülps. Hey, schubidu, du depperte Kuh!!! … rülps«, sang sie. »Hey, schubido, i bin jo glei do!!! … rülps. Mist. In der Dunkelheit a Kuah find'n. So was Blöd's.«

Die Katt taumelte in die Hütte. »Schubidubidei, die Kuah legt gleich ein Ei!!! … rülps.« Sie nahm den großen Bergstock, den ihr der Almobmann beim Einweihungsfest geschenkt hatte, schlüpfte mit ihren schwarzen Nylons in die Bergschuhe und ging wieder nach draußen. Dort trank sie den Schnaps in einem Zug aus, stellte das Stamperl mit einem Knall auf den Tisch und wischte sich mit dem Handrücken den Mund ab.

Im Licht des Mondes ging die Katt auf dem Weg bergauf. Jetzt sang sie leiser. »Der Mond is aufgegangen, die Katt braucht net zu bangen … hicks.« Ihr rosafarbener Abendrock mit den schwarzen Spitzen flatterte leicht im Wind, die weiße Schleife in ihrem Haar hing nach hinten hinab. Die Strümpfe rutschten immer mehr in die Kniekehlen. Mit großen Schritten stampfte sie in ihren Bergschuhen das Gras platt. Bei jedem zweiten Schritt rammte sie den Stock in den Boden. Sie geriet ein bisschen ins Schwitzen. Ihre Brille, die sie nur abends trug, rutschte beinahe von der Nase.

Als sie sich dem Fuß des Berges näherte, hörte sie ein merkwürdiges Stöhnen. Sie blieb stehen und versuchte etwas zu erkennen. Ein Kerl bei den Kühen? Na, na, des kann nit sein!, dachte die Katt. Haha, a Kerl heroben. Haha. Was macht denn der da? Vielleicht will er zu mir? Heut könnt's passieren, haha, a Mannsbild heroben, bei der Katt, haha. Schön genug bin i ja. Sie gluckste.

»Jo servas, was machst denn do? Tust mir a bissl die Viecher streicheln? Ha?«, rief sie. »Mogst an Schnops? Kimmst ober auf d'Hütt'n!« Sie rülpste so laut, dass es vom Zottachkopf widerhallte.

Der Mann erhob sich. Er war aus ihrer Sicht nur eine Silhouette. »Buona sera, signorina«, sagte er leise. Er kam auf sie zu.

»Ah, a italienischer llll … lover!«, gluckste sie. Dann sah sie etwas, das sie stutzig werden ließ. Merkwürdig, dachte sie, was tropft denn da so an dem? »Was is'n los mit dir, ha? Bist verletzt?«, fragte sie. »Lass amal schaugn.«

Der Mann stand jetzt etwa drei Meter vor ihr. Mit starrem Blick sah er sie an. Blutüberströmt und ohne Regung, aber schwer atmend.

»Jo, was is'n mit dir?« Sie grinste benommen. »Du schaugst ja aus, wie, jo wie denn … ja do graust's ja der Sau!« Sie ging einen Schritt zurück, taumelte und legte den Kopf nach vorn. »Is des … des Bluat von der Kuah? Wie d'Sau schaust aus!« Sie lachte, doch schleichend kroch die Angst in ihre Glieder. Sie wankte und blinzelte, um ihn besser erkennen zu können. Endlich bemerkte sie, dass hier etwas ganz und gar nicht in Ordnung war. Der Mann hielt eine abgesägte Büchse in der Hand.

Die Katt begann zu zittern. Ihr ganzer Körper bebte. »Bleib, wo du bist!«, schrie sie aus Leibeskräften. Krampfhaft hielt sie den Stock umklammert. Als der Mann einen Schritt nach vorn machte, drosch sie auf den Kerl ein. Sie traf ihn an Kopf und Schultern. Plötzlich hielt sie mitten im Schlag inne. Wie angewurzelt stand sie vor ihm.

»Mei …«, der Katt brach die Stimme weg, »… des gibt's ja net. Ja du bist des. I hätt di gar net erkannt … so wie du ausschaugst. Aber was machst denn noch heroben? I dacht, du bist längst wieder daheim!«

Mit weit aufgerissenen Augen senkte sie den Stock. Ihre Strümpfe waren mittlerweile ganz heruntergerutscht. Sie sah an ihren Beinen hinunter, wie das Wasser, das sie nicht mehr halten konnte, an ihr hinablief. Irgendwie spürte die Katt, dass es für ein Stelldichein nicht mehr der rechte Moment war. Sie begann leise zu schluchzen.

Der Mann hob den Stutzen.

»Net, bitte net«, flehte die Katt mit zitternder Stimme. »I hob mi doch extra schee g'macht für di. Aber ihr wisst jo alle net, was guat is, ihr Mannsbilder!«, rief sie verzweifelt.

Der Schuss traf die Katt in den Hals. Ihre Knie knickten ein. Ohnmächtig sank sie zusammen und fiel zwischen zwei Erlenstauden auf den Rücken.

Der Schütze kniete vor ihr nieder, legte das Gewehr zur Seite, streckte sanft ihre Beine und sah sie minutenlang an. Seine Pupillen weiteten sich, vor Erregung begannen seine Hände zu zittern. Er keuchte und rang stöhnend nach Luft. Jetzt. Diese Chance würde er nie wieder haben. Seine Leidenschaft zwang ihn, das zu tun, wovon er seit Jahren träumte.

Er nahm sein Jagdmesser aus der Tasche und zog der Katt den Abendrock hoch. Dann wurde er ruhig. Er war kurz vor seinem Ziel. Lächelnd und leise sang er: »Der Mond ist aufgegangen … die Katt braucht nicht zu bangen …«

Zärtlich strich er ihr über den Bauch. Sie war bewusstlos, er spürte ihr Herz schlagen. Er brach einen Erlenzweig und schob ihn der Katt in den Mund. Er löste die weiße Schleife und strich ihr Haar sorgfältig nach außen, sodass es ihren Kopf wie ein Fächer umgab. Dann setzte er das Messer an und verrichtete stöhnend sein Werk.

PAGO G'SPRITZT

Kötschach, am nächsten Tag (Montag, 14. Juli 2014)

Eddy saß um halb neun in seinem Büro und aß genüsslich eine Extrawurstsemmel. Der Kaffee war wie immer schlecht, aber Kitti brachte ihm jeden Morgen ein Haferl und glänzte dabei jedes Mal vor Freude, obwohl sie es einfach nicht schaffte, einen guten Kaffee zu kochen.

Trotzdem fühlte sich Eddy nahezu verpflichtet, jeden Morgen ihr Gebräu anzunehmen. Und das kam so: »Des war ja der Grund, warum i zur Polizei 'gangen bin«, hatte sich Kitti mit leicht verzweifeltem Gesichtsausdruck bei Eddy beklagt, als sie als junge Aspirantin zu ihm gekommen war. »Weil i net kochen kann und daheim im Gasthaus völlig fehl am Platz bin.«

Eddy hatte ihr mitfühlend geantwortet: »Macht nix, Kitti, kochen können andere, du bist gut im Schnüffeln, stimmt's? Und des is bei uns das Wichtigste.« Angelacht hatte sie ihn wie ein Honigkuchenpferd. »Kannst denn wenigstens einen Kaffee, Kitti?« Sie hatte unsicher, aber glücklich genickt, und seitdem konnte er das morgendliche Haferl nicht mehr ablehnen.

Das Telefon klingelte. Eddy ging ran.

»Servus, Eddy, da ist der Michel.«

»Servus, Michel, was gibt's?«

Eddy war klar, dass sein Freund ihn nicht ewig decken konnte. Der Gruber Michel und er, sie waren zusammen in der Gendarmerie-Ausbildung gewesen. Wie Blutsbrüder waren sie damals. Der Michel war fünf Jahre später bei der Kriminalpolizei gelandet. Dort hatte Eddy auch hingewollt, doch dann kam die unselige Sache mit dem Wilderer damals.

Eddy hatte den Gruber Michel vor drei Tagen in Hermagor in einem Café getroffen, weil der Michel in der Gegend zu tun hatte. Er hatte mit ihm über ein paar Fälle von Zuchtviehmissbrauch gesprochen, wie Eddy sich ausgedrückt hatte. Eddy hatte um Verschwiegenheit gebeten.

»Zuchtviehmissbrauch, aha. Tolle Bezeichnung, Eddy.«

»Na ja, Wilderei ist es nicht. Die Viecher gehören ja jemand. Und deshalb bin ich dafür zuständig, und nicht ihr Kriminaler. Angezeigt sind die Fälle. Wenn man es streng auslegt, ist es im Grunde Sachbeschädigung. Als solche hab ich die Anzeigen verfasst.«

Der Michel schüttelte den Kopf. »Eddy, du warst wieder sehr kreativ. Ich weiß, dass du immer noch mit der Wilderer-G'schicht von damals zu kämpfen hast. Aber …«

»Michel, i will net, dass da schon wieder so a Unruhe ins Tal kommt. Lass mir noch Zeit, bitte. Ich mach das schon.«

»Eddy, viel Zeit bleibt dir nimmer. Waren da net auch ein paar Gämsen dabei? Dann ist es Wilderei.«

»Eine Gams und eine Hirschkuh. Aber auch die waren im Grunde Privatbesitz. Zumindest ist der Grund, wo sie gefunden wurden, im Privatbesitz.«

Der Michel hatte ihn streng angesehen. »Eddy, ich komm in …«

»Geh, Michel, gib mir Zeit. Ich will niemand unnötig aufschrecken. Bisher wissen nur ganz wenig Leut davon. Wenn die Presse was erfährt, dann ist das Gailtal voll mit Zeitungsfritzen. Allen voran der Bernsteiner Bruno, und Fernsehen und so. Und dann schlägt der Kerl nimmer zu. Dann is er weg!«

Der Michel hatte sich am Kinn gekratzt, sein Pago g'spritzt ausgetrunken und genickt. »Da ist was Wahres dran, Eddy. Also gut, ich deck dich noch zwei Wochen. Aber sieh zu, dass du das geregelt kriegst. Ich möchte net für dich hängen!« Er hatte gegrinst und mit Eddy eingeschlagen, wie früher, als sie noch zur Gendarmerie-Schule gegangen waren.

Und jetzt fragte der Michel am Telefon: »Eddy, hast du was Neues von dem Kuhschlächter?«

»Nix mehr. Nach den letzten Fällen, die ich dir geschildert hab, war Ruhe.«

»Beim nächsten übergibst du mir das, hast g'hört? Langsam brennt es mir unter den Nägeln. Du musst das dann aber erklären. Ich mein, warum du so lang gewartet hast. Okay, Eddy?«

Eddy grummelte. »Früher hättest so was net g'sagt, Michel.«
»Was meinst?«
»Ja, in Ordnung, mach ich.«
»Bestimmt?« Der Michel wartete auf Eddys Antwort. Da ging die Tür auf und Kitti stürmte in Eddys Büro.
»Hey, i telefonier!«, sagte Eddy scharf.
»Die Katt! Die Katt is tot!«
»Welche Katt?« Eddy wollte das nicht glauben.
»Na die Katt. Von der Sternberg!«
Eddy sprang auf. »Was is passiert, Kitti?«
Kitti war den Tränen nahe. »Erschossen und … aufg'schlitzt. Als wie a Kuah! Heut Morgen g'funden.« Kitti schlug die Hand vor den Mund. »Entschuldige, Chef, aber des is, des Schwein, des Monster …« Fassungslos rannte sie hinaus.
Eddy nahm den Hörer wieder ans Ohr. »Michel?«
»Was ist denn da los bei dir, Eddy?«
Eddy ließ sich in den Sessel fallen. »Ich glaub, jetzt hab ich doch zu lang g'wartet«, sagte er langsam. »Diesmal war es kein Privatbesitz. Diesmal hat's a Sennerin erwischt. Es wird ernst, Michel. Komm, so schnell du kannst.«

Rattendorfer Alm, am Nachmittag (Montag, 14. Juli 2014)

Eddy war geknickt. Der Gruber Michel und er waren zu Fuß von der Sternberg-Alm abgestiegen, wo mittlerweile zwei Kollegen von der Spurensicherung ihre Arbeit machten. Sie saßen an einem Tisch vor der Rattendorfer Alm, etwa hundertfünfzig Höhenmeter tiefer.

»Eddy, was ist los?«, fragte Michel.

»I krieg's net auf die Reih. Die Katt!« Er schüttelte den Kopf und sah zu Boden.

Michel hatte zwei Schnäpse bestellt. »Hey Eddy, da hast du keine Schuld dran«, sagte er und legte ihm die Hand auf den Unterarm. Michel wusste, dass der Fall an seinem Freund nagte wie kein zweiter. Dass er den Wilderer damals erschossen hatte, hatte Eddy immer noch nicht verwunden. Alles war wieder da. Und dann die Katt, die jeder hier von Herzen gemocht hatte. Das war wie ein Schritt in eine unbekannte, grauenvolle und neue Welt. Jetzt würde es hier nie wieder so sein wie zuvor. Das wusste auch der Gruber Michel.

Die Wirtin brachte Wasser und die beiden Stamperl und legte Eddy die Hand auf die Schulter. »Hätts't eh nix machen können, Eddy. Die Katt war allein. Und du weit weg, wie a jeder von uns. Selbst wir hier hätten nix tun können.«

Eddy nickte. Die Rattendorfer Alm lag nur wenige Autominuten unterhalb. Doch hier in den Bergen war das wie eine andere Welt.

»Die Katt hat da oben ihren Traum gelebt«, sagte der Wirt, der sich mittlerweile dazugesellt hatte.

»Und ihr habt gar nix g'hört gestern Abend?«, fragte Michel.

»Na, gar nix.« Er sah zu seiner Frau. Sie bestätigte das, indem sie langsam den Kopf schüttelte.

In dem Moment vernahmen sie weiter oben einen Motor. Ein Geländewagen der Spurensicherung und ein weiterer der örtlichen Polizei rollten langsam den Berg herunter. Die Heckklappe des hinteren Einsatzfahrzeugs war offen. Ein Zinksarg schaute heraus. Die beiden Wagen fuhren vor. Die Kollegen stiegen aus.

»So was Grausig's. Der hat die wirklich auf… aufgeschlitzt wie ein Stück Wild. Erst hat er eine Kuh abgemurkst, dann die Frau umgebracht. Bis zum Brustbein und dann das Herz tödlich verletzt. Und drin rumgewühlt in der Frau. Und a Ohr abtrennt. Sauberer Schnitt.« Der Beamte schüttelte den Kopf und sah angewidert zu Boden. »So was hab i überhaupt noch net g'sehn.«

Die Wirtin wandte sich angeekelt ab, dem Wirt blieb der Mund offen angesichts dieser Schilderung.

»Geht's noch?«, fragte der Michel den Kollegen und fixierte ihn vorwurfsvoll.

»Entschuldigung. Ja, äh, wir haben noch einen Bergstock gefunden.« Er lief zum Auto. Der Stock war in einer langen durchsichtigen Hülle verpackt.

Eddy stand auf und nahm ihn in die Hand. »Ziemlich ungewöhnliches Stück.« Er zeigte ihn der Wirtin. »Kennst du den?«

»Ja, des is der von der Katt. Den hat sie vom Almobmann g'schenkt bekommen, bei der Einweihung der Alm.«

»Bist sicher?«

Der Wirt prüfte den Stock näher und meinte: »Klar, das geschnitzte Muster. Des is der Stock von der Katt. Ganz sicher.«

Der Kollege von der Spurensicherung sagte: »Der hat Blutspuren. Vielleicht hat sie dem Täter damit eins über'braten.«

»Was macht euch so sicher, dass es ein Täter war?«, warf die Wirtin ein. »Vielleicht war's a Frau?«

»Geh, des meinst net im Ernst, oder?«, sagte Eddy.

»Hast du a Ahnung, wozu so manche Mistweiber heut fähig sind«, zischte die Wirtin. Eddy sah ihr sprachlos hinterher, als sie maulend zurück ins Almhaus ging.

»Also, Jungs, sofort ins Labor mit dem Ding«, befahl Michel und zeigte auf den Stock. »Vielleicht haben wir eine DNA. Noch was?«

Der Kollege nickte. »Es hat die Nacht hindurch zwar geregnet, aber wir haben noch schwache Spuren von einem Radl g'funden. Die führen nach Italien rüber. Genaueres lässt sich dazu nicht sagen. Für Abdrücke reicht es nicht aus.«

»Und in der Almhütt'n?«, fragte Eddy.

»A Packerl Tabak und, man höre und staune, ein Stück vom Schwarzen Afghanen. Offensichtlich eine Kennerin, eure Katt!«, sagte der Kollege.

Der Wirt reagierte wütend. »Habt ihr a Ahnung, was des heißt, den ganzen Sommer heroben allein sein? Hart arbeiten, jeden Tag von fünf in der Früh bis spät am Abend? Wisst ihr, was des mit einem macht? Ihr verdient des Geld im Schlaf, und wenn ihr krank seid, dann legt's euch drei Wochen ins Bett, und des Geld wird trotzdem überwiesen.« Er fuchtelte mit den Armen wie eine Windmühle. »Heroben, auf der Alm, da schaut des ganz anders aus. Da schenkt dir keiner was. Und ab und zu, da braucht man was. A Medizin, an Schnaps, irgendwas. Die Katt hat des Zeug zum Erholen braucht. Des war a ganz a Fleißige. Irgendein Spaß muss sie ja wohl auch g'habt haben dürfen. Für sie war des da oben a andere Republik. Verstehst?« Er zitterte vor Aufregung. »So, und jetzt dürft's zahlen, die Herren!«

Zornig und schnellen Schrittes ging er ins Haus und schickte seine Frau mit der Geldbörse heraus.

»Was habt's denn mit dem g'macht?«, fragte sie.

»Nix«, sagte Eddy. »Er ist si grad selber auf'n Fuß g'stiegen.«

DER BERNSTEINER BRUNO

Mauthen, drei Tage nach Katts Tod (Mittwoch, 16. Juli 2014)

Das Haus der Familie Zettler stand in Mauthen an einem sonnigen Platz südlich der Gail. Eddy hatte es von seinen Eltern geerbt. Sein Vater, Tischler von Beruf und ein korrekter und energischer Mann, war oft mit ihm in den Bergen gewesen, immer dann, wenn es seine Zeit erlaubt hatte. Im Sommer waren sie klettern, im Winter mit den Tourenski unterwegs. So kam es, dass sein Vater ihm die Leidenschaft für die Berge von Kindesbeinen an mitgegeben hatte.

Eddys Mutter kümmerte sich ums Haus und um die Feriengäste, die Sommer wie Winter wiederkehrten, um bei den Zettlers ihren Urlaub zu verbringen. Sie stammte aus einem Gasthaus und verfügte über eine Herzlichkeit und Strahlkraft, die selbst die Pasterze am Großglockner zum Schmelzen bringen würde, so hatte es sein Vater ausgedrückt. Er hatte im Scherz die These aufgestellt, dass seine Liesl sicherlich für das Gletscherschmelzen verantwortlich wäre, zumindest in Österreich. Als Eddys Mutter vor fünf Jahren schwer erkrankte und ein halbes Jahr später verstarb, war der Vater am Kummer zerbrochen. Nach nicht einmal einem Jahr war auch er gestorben. Er gehe dorthin, wo er hingehöre, der Liesl einfach hinterher, das waren seine letzten Worte gewesen. Eddy hatte lange getrauert und den Tod seiner Eltern nur langsam überwinden können. Doch dann hatten Susanne und er das Haus übernommen und waren mit ihrer Tochter hier eingezogen.

Eddy saß am Küchentisch und las das »Kleine Blatt« für Kärnten. Susanne deckte gerade den Frühstückstisch. Sie trug einen japanischen Kimono und sah wie immer hinreißend aus. Als sie Eddy kurz an der Schulter streifte, sog er die Luft ein. Sie duftete nach Morgen. Gerade aufgestanden, dachte Eddy, und schon zum Anbeißen. Er hielt sie kurz fest und drückte sie an sich.

Doch schon war er mit seinen Gedanken wieder woanders. »Gestern haben wir den ganzen Tag damit zugebracht, Leut zu finden, die am Sonntag auf der Sternberg-Alm waren«, sagte Eddy zu seiner Frau, ohne von der Zeitung hochzusehen.

Susanne setzte sich gegenüber und bog seine Zeitung ein Stück herunter. »Und?«

Eddy lächelte gequält. »Waberer, Kitti, ich und noch drei Kollegen aus Hermagor waren an der Befragung beteiligt.«

»Erfolgreich?«, fragte Susanne und goss ihm und sich einen Kaffee ein.

»Außerdem wurde die Bevölkerung seitens der Bürgermeister aufgerufen, sich in dem gegebenen Fall bei einem beliebigen Polizeiposten zu melden.«

»Ach so? Ich nicht. Mir hat keiner was gesagt.«

»Hast du nix g'hört?«

»Eddy, ich hab zu viel Arbeit«, sagte Susanne etwas säuerlich.

Viele Leute im Ort verdienten sich mit der Vermietung von Ferienwohnungen oder Pensionszimmern an zumeist deutsche Gäste etwas dazu. Seit ihre Tochter Uli in Klagenfurt studierte, boten Eddy und Susanne drei Doppelzimmer mit Frühstück an. Wenn Uli nach Hause kam, wohnte sie in einem der Gästezimmer. Susanne kümmerte sich halbtags um die Pension, zwischen sieben und zwölf Uhr. Um zwei aber ging auch sie außer Haus und arbeitete bei einem Elektroinstallateur, wo sie die Buchführung machte.

»Na, was steht drin im Käseblatt?«, fragte Susanne.

»Schon dieser Titel: ›Der Schlächter am Berg‹.« Er schüttelte den Kopf. »Der Bernsteiner Bruno hat das geschrieben, dieser Affe.«

»Was, der Idiot schon wieder?«

»Alles völlig verdreht, wie zu erwarten. Gestern hieß es noch ›Ein Dämon in den Bergen‹ als Sensationsmeldung über den Mord an der Katt«, schimpfte Eddy. »Jetzt hier ein angeblicher Hintergrundbericht, sozusagen die Fortsetzung von gestern. Drei Sätze über den Täter, vor allem über das abgetrennte

Ohr, und dann wird übel hergezogen über die Vergangenheit der Katt.« Eddy schüttelte verärgert den Kopf. »Die Katt war nach dem, was hier steht, eine völlig abgedrehte Suchtgiftlerin. Ihr angeblicher Lebenswandel war entsprechend übel. Viele wollen sie ständig betrunken und bekifft gesehen haben. Ihr Käse war somit auch der schlechteste im ganzen Gailtal, sagt ein Käseverkoster aus Graz. Und ihr Bruder, der Sack, wurde auch interviewt. Die Katt hätte schon früher ständig für Unruhe gesorgt und die Eltern ins Grab gebracht. Und das Allerstärkste: Sie ist die Cousine von Eddy Zett, dem Mann, der damals den Wilderer erschossen hat. Na bravo! Es lebe die Journaille!«

»Besser wohl die Kanaille«, sagte Susanne. Sie goss Eddy noch einen Kaffee ein. »Dabei ist sie gar net deine Cousine, oder?«

»Nein, ihre und meine Mutter waren Cousinen zweiten Grades. Also ist die Verwandtschaft so wie fast mit jedem hier im Tal.«

Susanne grinste. Dabei fielen ihr die langen dunkelblonden Haare ins Gesicht, und sie verschüttete einen Schluck Kaffee auf ihren Kimono. »Oje.« Sie stellte die Kanne ab und ging in die Küche zum Waschbecken.

Eddy rief ihr hinterher: »Ein Ekelpaket ersten Ranges, dieser Bruno.«

Susanne kam zurück und rubbelte an dem Fleck herum. »Reg di net auf, für den lohnt's sich net. Immerhin hast du dem deinen Künstlernamen zu verdanken, Eddy Zett! Und der Täter hat jetzt wohl auch einen: ›Der Schlächter am Berg‹. Wie poetisch.«

»Der Bruno, die Säufernase, stinkt wie ein Iltis. Kaum Haare, und die paar, die er noch hat, die sind kurz vor Ostern das letzte Mal gewaschen worden, aber nur weil's geregnet hat. Na wart, wenn i den erwisch!«

Susanne lachte und gab ihm einen Kuss auf den Kopf. »Mei, Eddy, wenn ma di hört. Du bist doch net der Putin. Du bist Polizist.«

»Manchmal will ich alles an den Nagel hängen und Eddy, der rote Rächer sein. Dann würd ich den Bruno-Aff an seinen drei Haaren an den nächsten Hochspannungsmast hängen, die Bumser aus Südtirol anrufen und mit einer Flasche Cognac drauf warten, bis sie das Ding mitsamt dem Bruno in die Luft sprengen. Und weißt was? Dem fliegenden Bruno würd ich dabei noch zuprosten!«

Susanne sah Eddy direkt in die Augen, um die sich bereits deutliche Falten abzeichneten. Sie streichelte kurz seine Wange und dann zärtlich über sein braunes, kurzes Haar. »Eddy, was is los mit dir?« Sie lächelte. »Du wunderbarer Eddy-Rächer, komm wieder runter und lande sanft.« Dann sagte sie ernst: »Hier, in dem Tal, bist daheim, Eddy, da g'hörst her. Du bist hier der Polizist, auch wenn's manchmal schwer fällt. Und so einem schmierigen Typen wie dem Bruno-Afferl wirst wohl net deine Energie schenken wollen. Das bist du dem Tal schuldig, Eddy.«

Eddy lächelte gequält und nahm ihre Hand.

»Eddy, du kannst doch nix für die Katt. Sie war wunderbar, aber du darfst dich jetzt net unterkriegen lassen. Du hast einen schweren Beruf, du hast eine wundervolle Tochter, und du hast miiihiiiich!« Sie lachte und warf ihm zwei Hände voller alberner Küsse zu.

Eddy stand auf und nahm sie in seine Arme. »Ihr zwei, ich brauch euch wie die Luft zum Atmen.«

»Jaja, und wie das Bier, das du heut noch trinken wirst, und dei tägliches Stamperl. Oder zwei«, sagte sie und befreite sich. Dann fesselte sie ihn mit ihrem Blick. »Du bist stark, Eddy.«

Sie nahmen wieder Platz. Eddy biss in seine Semmel und trank einen Schluck Kaffee.

»Und weißt was? Die Leut da draußen im Tal, die Leut brauchen genau dich. Den Polizisten, dem sie vertrauen und vor dem sie einen Respekt haben wie vor niemand anderem. Weil du sie beschützt. Und weil du all das ausstrahlst.«

Eddy saß wie festgewachsen auf seiner Bank. Wie Susanne immer wieder sein Herz zurechtrücken konnte. Sie war seine

Stütze, wenn es ihm nicht gut ging. Und er ihre, wenn ihr eine Laus über die Leber gelaufen war. Und ihre Tochter Uli war das größte Glück der beiden. Eddy stand vom Tisch auf und nahm seine Uniformjacke von der Lehne.

»Eddy?«

Er sah sie abwartend an.

»Zieh den Umhang vom roten Rächer wieder über und flieg zu deinem Basislager. Du weißt, wo du hing'hörst.«

Eddy warf ihr einen flüchtigen Kuss zu und ging zur Tür.

»Ach, und denk dran«, rief sie ihm noch hinterher. »Dienstag ist hier Hausputz. Und du hilfst mir bitte. Die Gäst kommen mittwochs.«

»Wer is es denn?«

»Ma, hast des schon wieder vergessen. Die Köhlers aus Sachsen.«

»Uuuuaaaahhh«, sagte Eddy und winkte abwehrend.

»Hey Eddy, die bringen uns Geld ins Haus. Sie sind halt anders. Aber keine schlechten Leut.«

»Hast ja recht. Aber sie sind so rechthaberisch. I mog des net!« Er schüttelte sich. »Aber i ertrag's. Versprochen.« Er öffnete die Tür, dann fiel ihm noch etwas ein: »Uli kommt doch am Wochenende, oder? Was hältst davon, wenn wir drei, Uli, du und ich, am Samstag mit Fredo und Maria eine Bergtour machen? Bevor die Saison so richtig losgeht und wir es eh nicht mehr schaffen. Maria hat als OP-Schwester nur selten frei am Wochenende. Da passieren ja die meisten Unfälle.«

Susanne stützte die Hände in die Hüften. »Eddy, das ist doch sicher net nur privat. Hast du mit Fredo wieder was Dienstliches?«, fragte sie mit einem leichten Vorwurf in den Augen.

»Na ja, wir haben da schon was zu klären. Ich will es verbinden. Bitte, Suserl, das Angenehme mit dem Nützlichen und so. Ich will Fredo stärker einbinden in den Fall.«

»Na also, wusst ich's doch!«, sagte sie triumphierend.

Eddy lächelte. »Ertappt.«

»Schuft!«

»Und, kommt Uli?«, fragte Eddy.

»Ja, sie kommt.«

»Sag, wie lange hast du Fredo und Maria nimmer g'sehn?«

»Na ja, wo wollt ihr denn hin?«

»Wir treffen uns auf der Calvi-Hütt'n. Fredo und Maria kommen von Süden herauf. Wir können den Klettersteig auf den Hochweißstein machen. Natürlich muss das Wetter passen. Was meinst du?«

»Ist das der Monte Peralba?«

»Ja, zwei Namen für denselben Berg.«

»Hört sich schön an. Da war ich noch nie. Gibt es da net zu viele Gewitter um die Zeit?«

»Wird schon passen«, sagte Eddy.

Susanne ging auf ihn zu und drückte ihn an sich. »Eddy, ich freu mich riesig, dass wir zusammen was unternehmen. Auch wenn du wieder den Dienst nicht lassen kannst.« Sie knuffte ihn in den Bauch. »So, und jetzt verschwind, ich hab noch viel zu tun im Haus, und dann muss ich zur Arbeit, sonst …«

»Jaja, dein Chef, ich weiß, der alte Dampfplauderer. Immer was zu mosern.« Eddy schloss die Tür hinter sich, nahm seine Dienstmütze und warf sie in die Luft. »Heißa, auf ein Neues. Mit so einer Frau muss ein Tag beginnen.«

Wie glücklich er war mit seiner Familie! Dann hielt er inne und drehte sich kurz um. Nur so ein Gefühl, er schüttelte den Kopf. Nur so ein blödsinniges Gefühl.

MIT SONDERVOLLMACHT

Kötschach, am selben Morgen (Mittwoch, 16. Juli 2014)

»Fassen wir zusammen, Michel«, sagte Eddy und lehnte sich in seinem Schreibtischsessel zurück.

Der Gruber Michel war aus Klagenfurt angereist, um mit Eddy die aktuelle Lage zu besprechen. Seine Augen wirkten müde. Er hob die Hand an den Mund und gähnte. »Okay, Eddy, leg los.«

»Also, wir haben einen Mann.« Eddy stockte. »Oder doch eine Frau?«

»Eher unwahrscheinlich«, grummelte der Michel.

Eddy nickte. »Also, ein Mann. Alter unbestimmt. Niemand hat ihn bisher gesehen, außer der Katt. Hat sie ihn gekannt? Können wir nicht sagen. Landsmann? Unsicher, einiges spricht für einen Italiener. Er hat stets kurz hinter der Grenze auf österreichischer Seite zugeschlagen. Er kann also jederzeit auf die italienische Seite wechseln und der österreichischen Exekutive entfliehen. Das erscheint doch logisch.«

»Die Analyse der DNA aus dem Handtuch, das bei der Fanni gefunden wurde«, sagte Michel, »hat keine zuverlässigen Ergebnisse gebracht. Zu viele Fremdeinflüsse, sagen die Techniker. Das Kuhblut hat alles übertüncht. Und das Handtuch wurde in einen fluoreszierenden Farbstoff getaucht, bevor es benutzt wurde.«

»Wie?«, fragte Eddy. »Was soll das?«

»Na ja, gewisse Farben wirken als Inhibitoren.«

Eddy sah ihn fragend an.

»Also, sie reduzieren erheblich die Wirksamkeit der Erbgutanalyse.«

»Demnach war das Ganze unbrauchbar?«

»So kann man es sagen«, bestätigte Michel.

»Dann sagen wir das doch so.« Eddy setzte sich gerade hin und legte die Arme auf seinen Schreibtisch. »Erste DNA-

Analyse: unbrauchbar«, sagte er kurz. »Und die am Stock von der Katt?«

»Es scheint so, als hätten wir da was gefunden. Ist noch in Arbeit, aber der Techniker meint, das sieht gut aus. Anscheinend hat sie damit tatsächlich auf ihn eingedroschen.«

Eddy nickte. »Glaubst du, das mit dem Farbstoff, das hat der Täter absichtlich gemacht? Ich meine, um das mögliche Ergebnis zu verfälschen?«

»Liegt nahe.«

»Wer weiß denn so was?«

»Was?«

»Na, dass solche Farben die Analyse kaputt machen.«

Michel überlegte. »Alle Fachleute, die mit solchen Analysen zu tun haben. Biologen, Chemiker, Chemielaboranten, Genetiker, Pathologen, Forensiker …«

»Polizisten?«, fragte Eddy.

Michel stockte. »Ja, auch, aber wohl nur sehr wenige. Ich weiß es jetzt auch nur, weil es mir der Techniker erklärt hat. Zuvor wusste ich das nicht.«

Eddy nickte. Michel rutschte auf seinem Stuhl hin und her. Er sah auf seine Hände, in denen er einen Bleistift hielt. Eine halbe Minute lang fiel kein Wort. Dann fragte Eddy: »Michel, ist was, was ich wissen sollte?«

Zögerlich sagte Michel, ohne Eddy anzusehen: »Eddy, es ist so. Wir haben in Klagenfurt ein Problem. Uns fehlen die Leut.«

Eddy zog die Augenbrauen hoch. »Ja und?«

»Wir haben momentan ein paar Fälle, die uns in arge Bedrängnis bringen. In Kooperation mit Wien und so, organisierte Kriminalität, Tote. Üble Dinge. Und dann sind uns ein paar Leute krank geworden. Ich werde von dem Fall abgezogen.«

»Was? Und wer soll das dann machen?«

Michel sah in an. »Du, Eddy. Mit deinen Leuten hier.«

»Wir hier allein?«, fragte Eddy scharf. »Und wie soll das gehen, ohne entsprechende dienstliche Kompetenzen?«

»Die bekommst du. Ich hab mir Rückendeckung von ganz oben geholt. Die kennen deinen Fall. Du hättest schon längst befördert werden müssen. Und du hast das Zeug dazu. Du giltst als besonnen, unerschrocken und kreativ.«

»Michel, damals hat man was ganz anders gesagt, unbesonnen, draufgängerisch, schießwütig. Und als Eigenbrötler wurde ich bezeichnet. Und eben nicht befördert.«

»Ah was, das mit dem schießwütig, vergiss das. Das ist doch längst als Notwehr eingestuft worden. Der Eigenbrötler, genau das wird jetzt als deine Stärke gesehen. Man schätzt dich so ein, dass du das lösen kannst. Und du kennst den alten Fall von vor zwanzig Jahren besser als jeder andere.«

Eddy stützte seine Ellbogen auf die Tischplatte und verschränkte die Hände. »Weiter, das reicht ja noch nicht.«

»Du bekommst eine Sondervollmacht, Eddy. Mit denselben Kompetenzen, wie ich sie habe. Und du hast jederzeit unsere Techniker zur Verfügung.«

»Und steh dann jedes Mal in der zweiten oder dritten Reihe hinten an, wenn ich was brauch.«

»Eddy, ich sorg dafür, dass das nicht so ist.«

»Erstaunlich«, sagte Eddy skeptisch.

»Eddy, nimm's an. Das ist eine große Chance. Damit kriegst du den … Makel, mit dem …« Michel druckste verlegen, »also den Unfall von damals ...«

»Den Wilderer, den ich erschossen habe …«, half Eddy ihm.

»Ja«, er nickte. »Das kriegst du aus deiner Akte raus, wie neutralisiert.«

Eddy stand auf und ging zum Fenster. »Die werfen mich ins kalte Wasser, stimmt's?«

»In gewisser Weise ja«, musste Michel zugeben.

»Und warum soll gerade ich das machen?«

Michel räusperte sich. »Causa Porzescharte.«

Eddy nickte. »Das ist es also. Die fürchten die Medien, richtig?«

Michel nickte. »Eddy, sobald die Porzescharte irgendwie erwähnt wird, sind die Medien wieder da. So wie damals. Das Wort Porzescharte allein genügt, um jeden da oben in helle Panik zu versetzen. Verstehst du? Alle Personen, die involviert sind, werden von der Presse genau beobachtet. Und unser Killer wird in jedem Fall mit der Porzescharte in Verbindung gebracht werden.«

»Und ich soll den Kopf herhalten? Seid ihr eigentlich voll daneben?«

»Eddy, der Fall Porzescharte schwelt auch weiterhin noch zwischen Österreich und Italien. Exponierte Beamte dürfen da einfach nicht genannt werden.«

»Blödsinn, feig seid ihr!«

Sie schwiegen.

Dann fragte Eddy: »Michel, haben die immer noch Angst vor den Schreiberlingen?«

»Ja. Ich denke schon, Eddy.«

»Nix in der Hose.«

»Eddy, so kannst du es sehen, aber …«

»Ja, so sehe ich das.« Eddy ging hinter seinem Schreibtisch auf und ab.

»Ich erinnere mich, wie du damals vermutet hast, dass dir danach jede Beförderung gestrichen worden ist, um den Medien nicht noch mehr Angriffspunkte zu liefern.«

»Komm, Michel, so war's doch auch. Ihr habt mir jeden Schritt nach vorn verweigert. Ich bin gern hier, glaub mir. Das bereitet mir Freude und erfüllt mich. Aber ich glaube ganz einfach, dass ich mich besser hätte entwickeln können.«

»Ich weiß, Eddy. Du warst tatsächlich längst für den Kriminaldienst vorgesehen.«

Eddy setzte sich wieder hin. »Was sagst du da?«

»Sie haben das damals aber nicht gemacht. Man hätte denen den Kopf abgerissen. Vor allem wären uns die Italiener auf den Kopf gestiegen, das wäre ein vollendeter Skandal gewesen.«

Eddy schüttelte den Kopf. »Und ich musste es ausbaden.«

Michel nickte.

Eddy ließ Michel nicht aus den Augen. »Und du, Michel, du hast das gewusst?«

»Eddy, die wollen mich da raus haben. Ich soll nicht ins Rampenlicht, verstehst du das? Mein Name ist sauber. Deinen kennt eh schon jeder. Der ist durch die Medien gegangen wie sonst was. ›Eddy Zett‹ haben sie dich damals getauft. Und dabei ist es geblieben. Die Leute sagen immer noch Eddy Zett zu dir. Und das ja wohl mit großer Solidarität, was ich hier so mitbekomme.«

»Ich kann mich nicht beklagen«, gab Eddy trotzig zurück.

»Ähm, Eddy, gibt's da bei euch eigentlich einen Kaffee?« Michel schien verlegen.

Eddy grinste und rief laut: »Kittiii!«

»Die Leute respektieren dich, Eddy«, fuhr Michel fort. »Du hast sie damals vor einem Wilderer beschützt. Und jetzt erwarten sie, dass du den Mörder von der Katt findest.«

Kitti erschien in der Tür. »Brauchst was, Eddy?«

»Geh, bittschön, Kitti, bringst uns zwei Kaffee?«, fragte Eddy.

Kitti strahlte. »Ja, gern«, sagte sie. An Michel gewandt, fügte sie hinzu: »Milch, Zucker?«

»Schwarz. Wie die Nacht.«

Kitti nickte und verschwand.

»Nimm's an, Eddy!«

Eddy stand auf und ging um den Schreibtisch herum. Dann setzte er sich auf die vordere Ecke und beugte sich zu Michel hinab. »Okay, unter einer Bedingung.«

»Die wäre?«

»Ich will Fredo dabei haben.« Eddy wusste, dass das eigentlich unmöglich war. Fredo war damals im Wildererfall von italienischer Seite her in die Ermittlungen involviert gewesen. Zu jener Zeit war er noch in Cortina d'Ampezzo stationiert. Sie hatten eng zusammengearbeitet, dabei ihre gegenseitige Sympathie und Leidenschaft fürs Klettern entdeckt und waren dicke Freunde geworden. Doch auch das war den Vorgesetzten auf beiden Seiten damals ein Dorn im Auge gewesen.

»Ist bereits genehmigt, Chefinspektor Eddy Zett.«

»Kontrollinspektor«, sagte Eddy. »Mach mich nicht größer, als ich bin.«

Michel lächelte gönnerhaft, nahm ein Papier aus seiner Mappe und legte es ihm hin.

»Chefinspektor Edmund Zettler. Und hier …«, er legte noch ein Schreiben daneben, »hier die Sondervollmacht des Innenministers. Ab jetzt leitest du den Mordfall Katharina Osternig.«

Eddy nahm die Papiere und las sie in Ruhe durch. »Michel. Du hast mich überrumpelt.« Eddy setzte sich wieder in seinen Schreibtischsessel. »Ich werde das machen. Aber ich will den Chefinspektor Gruppe 7, nicht Gruppe 6. Und wenn ich auch nur einmal spüre, dass ich von euch nicht gedeckt bin, dann schmeiß ich den ganzen Kram hin. Das muss klar sein.«

»Gut, Eddy, ich steh dafür gerade. Ich versprech's dir.« Sie reichten sich die Hände. »Eddy, ganz ehrlich, ich freu mich für dich. Du hast es verdient.«

»Als Erstes muss ich wissen, was den Kerl umtreibt, Michel. Warum tut der das? Was treibt ihn an? Und warum ist er jetzt bei einer Frau gelandet? Das ist ein Dammbruch. Ich brauch so was wie ein Profil von dem Kerl.«

Michel nickte. In dem Moment kam Kitti mit einem Tablett herein. Lächelnd stellte sie jedem der beiden eine Tasse hin und Eddy zusätzlich Zucker und eine Kanne mit Milch.

»So eine Mitarbeiterin will ich auch haben«, meinte Michel bewundernd.

Eddy streckte den Kaffee zweifach mit Milch und rührte drei Stück Zucker hinein.

»Heftig, da schmeckst ja vom Kaffee nix mehr.« Michel lachte, dann trank er an seinem Schwarzen. Er verzog das Gesicht, als hätte er in eine Zitrone gebissen. »Uaaaaa, Eddy, was ist denn daaas?«

Eddy gab sich erstaunt. Er setzte sein überzeugendstes Gesicht auf und kommentierte: »Das, Michel, das ist der beste Kaffee im ganzen Gailtal. Ein Hochgenuss. Die Kitti, die kommt nämlich aus einem Gasthaus, ein Geheimtipp unter Feinschmeckern. Da fahren sogar die Italiener hin, um einen Kaffee zu trinken.« Eddy lehnte sich vor und fixierte Michel, der immer noch damit kämpfte, seine Gesichtszüge unter Kontrolle zu bekommen. »Spezialmischung, Michel, besonders spezial!«

Eddy trank und täuschte ein genießerisches Gesicht vor, als wäre er ein kleiner Junge, der zum ersten Mal ein Erdbeereis lutscht. »So was haben neben dem Gasthof von der Kitti nur drei der teuersten Kaffeehäuser in Wien – und wir.«

Michel sah noch mal auf die Tasse und kostete erneut einen kleinen Schluck. »Na ja, wenn man noch mal richtig … Tja, die Mischung macht's wohl.« Er nickte. »Manche Dinge brauchen wohl einfach einen zweiten Anlauf.«

Sie besprachen noch einige Details. Als Michel ausgetrunken hatte, fragte Eddy beiläufig: »Noch einen Kaffee?«

»Oh, nein danke, lieb von dir«, sagte Michel und griff sich an die Brust, »aber du weißt ja: mein Herz.«

Eddy täuschte Verständnis vor und nickte. Michel grinste, stand auf und ging zur Tür.

»Michel, noch eine Frage. Was das Täterprofil angeht. Kennst du diesen Schranner aus Innsbruck?«

»Ah geh, Eddy. Der Mann schwebt drei Meter über den Wolken. Wieso fragst du? Willst den etwa kontaktieren? Vergiss es, für di hat der kei Zeit.«

»So fängt es an, Michel. Das ist also deine angekündigte Unterstützung von oben?«

»Hey, Eddy, net gleich so! Bei dem kriegst keinen Termin, in drei Jahren vielleicht, aber nur, wenn du drei Jahre lang anstehst. Der ist europaweit gefragt und permanent unterwegs, wenn er nicht schon wieder einen Kongress leitet.«

Eddy verzog den Mund. »Passt schon, Michel. Danke für die Mühe.«

»Gern, und danke für den Kaffee.«

AM HAFELEKAR

Innsbruck, zwei Tage später (Freitag, 18. Juli 2014)

Der Wind am Hafelekar pfiff eisig. Als Eddy die mächtige Gondel der Seilbahn an der Bergstation verließ, packte ihn eine Böe. Der Blick von der Nordkette ins Tal war atemberaubend. Unten lag die Hauptstadt Tirols eingebettet zwischen den Bergen wie ein wuselnder Ameisenhaufen, der an den Rändern eines Futternapfs hochkriecht. Hier oben aber, im Karwendel, war Europa noch wild, denn das Gebirge zwischen Innsbruck und Mittenwald galt als eines der einsamsten Gebiete des Kontinents. Doch die Seilbahn zum Hafelekar in fast zweitausenddreihundert Metern Höhe war seit ihrem Bau in den zwanziger Jahren so etwas wie ein verlängerter Greifarm der Stadt Innsbruck hinein in die Abgeschiedenheit des Hochgebirges.

Eddy wandte seinen Blick nach Norden. Hoch aufragende Kalkberge, schräg geschichtet, bizarre Spitzen, wohin er sah. Hier oben wollte er also den Mann abfangen, von dem unter Experten behauptet wurde, er habe in der Kriminalpsychologie des deutschsprachigen Raums die Erstellung des Täterprofils über die Tatortanalyse hoffähig gemacht.

Eddy hatte erfahren, dass Schranner heute und morgen hier oben in der Station Hafelekar ein Seminar veranstaltete. »An einer ganz besonderen Location«, so hatte die Dame von der Event-Agentur am Telefon geschwärmt. »Da kann keiner so schnell ausbüchsen«, hatte sie noch lachend hinzugefügt. »Seminare können wir eigentlich nur in der Zwischenstation, also in der Seegrube, veranstalten. Die Station am Hafelekar kann man normalerweise gar nicht buchen. Aber für den Herrn Dr. Schranner haben wir eine Ausnahme gemacht.«

Der Mann schien Einfluss zu haben. Eddy öffnete die Tür zum Restaurant Karstube. Der Raum war halb abgedunkelt. Wie Hühner auf der Stange hockten etwa fünfundzwanzig

Teilnehmer zusammen. Vorn stand ein kräftiger Mann mit struppigem blondem Haar am Pult und sprach, neben sich ein Flipchart mit handgezeichneten Skizzen. Auf einer großen Leinwand war eine weibliche Leiche zu sehen, die auf einem Waldboden lag. Ihre Extremitäten waren merkwürdig verrenkt. Kleine schwarze Schildchen mit Nummern steckten im Boden.

Ein Kellner näherte sich im Laufschritt, nahm Eddy beim Arm und zog ihn aus der Tür.

»Das hier ist eine geschlossene Veranstaltung. Gehören Sie dazu?«

»Na ja, der Redner hat mich herbestellt.« Das war eine glatte Lüge. »Ist es in Ordnung, wenn ich da stehe und zuhöre?«

»Haben Sie einen Ausweis?«

»Darf man nur mit Ausweis zuhören?«, fragte Eddy.

»Das hier sind alles Polizisten. Da ist nur …«

Eddy zückte seinen Dienstausweis.

»Okay«, sagte der Kellner, »das konnte ich ja nicht wissen.« Er entschuldigte sich mit einem Schulterzucken.

»Schon in Ordnung«, sagte Eddy. Er ging in den Vortragsraum und setzte sich auf einen freien Platz.

Schranner blickte über den Rand seiner Lesebrille ins Auditorium und musterte Eddy, als er den Raum betrat. Die Anwesenden drehten ihre Köpfe. Man hätte eine Nadel fallen hören können. Eddy fühlte sich, als würde er nackt vor einem Rudel Hyänen stehen.

Schranner rückte seine Brille zurecht und fuhr in seinem Vortrag fort. »Das Tatfenster ist so etwas wie ein Tunnel zur Wahrheit«, sagte er mit deutlich tirolerischem Akzent. »Vor der Tat ist der Tunnel geschlossen, und danach schließt sich dieser Tunnel wieder und wir sehen nichts mehr. Vor der Tat ist der Täter darauf bedacht, uns mit jeder Faser seines Körpers zu täuschen. Er ist kontrolliert und lässt uns nichts über sein wahres Wesen erfahren. Und nach der Tat wird er erneut zum Tarner und Täuscher, zum Antizipierenden, der wieder Ausschau hält nach seinem nächsten Opfer. Aber während der Tat zeigt er sein wahres Gesicht. Alles, was er tut, tut er aus Leidenschaft. Das ist unsere Chance! Lassen Sie uns gemeinsam daran arbeiten, diese Menschen zu entlarven. Vielen Dank für Ihre Aufmerksamkeit.«

Applaus brandete auf. Das Licht ging an. Eddy beschloss, Schranner direkt anzusprechen. Das war seine einzige Chance, an ihn heranzukommen. Also fasste er sich ein Herz und ging nach vorn zum Pult, wo Schranner sein Manuskript zusammenpackte.

»Herr Dr. Schranner? Edmund Zettler. Ich weiß, dass ich Sie hier überfalle, aber ich bin in einer sehr schwierigen Situation.« Eddy reichte ihm seine Hand. »Ich möchte Sie gern mit einem Fall konfrontieren, der...«

Schranner sah kurz auf und nickte. Dann wandte er sich wieder seinen Papieren zu. Eddys Hand blieb unbeachtet.

»Zettler, Sie brauchen sich nicht vorzustellen. Man kennt Sie und Ihren Fall«, sagte er brummend. »Ich habe Ihr Bild in den Zeitungen gesehen, und wenn ich Sie eben nicht halbwegs wiedererkannt hätte, hätte ich sie längst rauswerfen lassen.«

»Dann wissen Sie, mit welchem Fall ich konfrontiert bin. Ich brauche Ihren Rat.«

Schranner hatte seine Unterlagen verstaut und kam um das Pult herum. Jetzt reichte er Eddy die Hand. »Die Sache mit Ihrem Wilderer damals, wie lange ist das her? Achtzehn, zwanzig Jahre? Die hat mich auch beschäftigt. Da war ich noch einfacher Polizist, und mich und meine Arbeit kannte noch niemand. Der Fall war hochinteressant für mich. War nur eine Frage der Zeit, bis der Kerl damals eine Frau umgebracht hätte. Aber den Fall haben Sie ja damals ... äh ... vorzeitig beendet.«

»So kann man es auch sagen. Aber jetzt ...«

»Jetzt haben Sie einen neuen Fall, der wohl eskaliert ist.«

»Haben Sie ein paar Minuten Zeit?«

»Nein, Zettler, dazu reichen ein paar Minuten nicht. Das müssen wir ein wenig ausdehnen, denke ich.« Er sah auf die Uhr. »Wir haben eine halbe Stunde, dann muss ich hier weitermachen. Wissen Sie was, Zettler? Wir gehen raus vor die Tür. Frische Luft und der Bergblick sind gut für einen klaren Kopf. Dort können wir uns ungestört unterhalten. Ich gebe Ihnen diese halbe Stunde. Sie haben Glück. Mein Terminkalender ist rappelvoll. Kommen Sie.«

»Das ist schade, dass Sie den Wilderer damals erschossen haben«, sagte Schranner, als sie im Freien standen. Sein Atem dampfte in der kalten Luft. Die hellleuchtenden Zacken der Karwendelberge hoben sich vom tiefen Blau des Himmels ab. »Also schade im Sinne der Kriminalpsychologie. Ich hätte den Mann gern kennengelernt.«

»Kennengelernt?«, fragte Eddy ungläubig.

»Ja, das ist mein Beruf. Ich führe Interviews mit solchen Menschen. Im Gefängnis. Auch noch jahrelang nach einer Tat.«

»Welchen Menschen?«

»Die sich durch ihre Tat auf ungewöhnliche Art und Weise präsentieren.«

»Sie sind also so was wie ein …«, er zögerte, »… ein Profiler.«

Schranner grinste. »So nennen mich die Medien gern, aber diesen Ausdruck mag ich nicht. Das ist mir zu amerikanisch. Und trifft die Sache nicht genau. Ich bin Kriminalpsychologe.«

»Haben Sie nicht in den USA Ihr Handwerk gelernt?«

Schranner nickte und ging ein paar Schritte auf dem gut befestigten Wanderweg entlang, der zur Hafelekarspitze führte. »Ja, da hab ich das alles gelernt. Und jetzt lernen die Amis von mir.« Er sagte das mit großer Genugtuung, ohne dabei überheblich zu wirken. »Wie kam das, dass Sie den Mann damals erschossen haben?«

Eddy sah zu Boden und setzte an: »Ich konnte gar nicht anders. Er hat eine Waffe gezückt. Auch wenn die Zeitungen ihre eigene Version erfunden haben.«

Schranner kickte einen Stein mit dem Fuß weg. »Sie sind ein interessanter Mann, Zettler. Ich schätze Ihre Fähigkeiten als außerordentlich ein.«

»Wieso?«

»Erstens: Ich habe von der Event-Agentur natürlich erfahren, dass Sie sich vorgestern erkundigt haben. Da habe ich mir Ihre Akte angesehen. Zweitens: Sie kommen einfach hierher, unternehmen eine weite Reise, ganz ohne Termin. Und wissen Sie, warum Sie das gemacht haben? Weil Sie genau wussten, dass Sie es schaffen würden, mich für Ihre Fragen zu gewinnen. Das ist außergewöhnlich selbstbewusst, Zettler.«

»Wenn Sie das so sehen … so hat mir das noch niemand gesagt.«

»Oh, jetzt enttäuschen Sie mich.« Er hob den Finger in die Höhe. »Fischen Sie jetzt nicht nach Komplimenten.«

Schranner war stehengeblieben. Der Wind pfiff ihm um den Kragen seiner Felljacke und er stellte ihn hoch. »Aber eines ist auffällig, Zettler. Wieso sind Sie nie befördert worden in all der Zeit?«

»In den letzten zwanzig Jahren nicht, aber dafür gestern gleich zweimal.« Eddy grinste.

»Die Leute beim Innenministerium, die haben nur selten Ahnung von Menschen. Wundern Sie sich also nicht darüber.« Schranner lachte.

Hier oben, weit über der Baumgrenze, grasten ein paar Ziegen und Schafe. Eddy betrachtete die Tiere, wie sie friedlich das Gras abweideten.

»Erinnern die Schafe Sie an etwas?«, fragte Schranner.

Eddy antwortete, ohne den Blick von den Tieren zu wenden: »Der Mann, den ich als Täter vermute, hat vor zehn Tagen zum wiederholten Mal ein Schaf um die Ecke gebracht.«

»Erzählen Sie mir alles von Beginn an.«

Eddy schilderte ihm den zeitlichen Verlauf und fasste auch die Geschehnisse von vor zwanzig Jahren zusammen.

»Betrachten wir zunächst einmal nur den aktuellen Fall«, schlug Schranner vor.

Eddy nickte. »Wissen Sie, mir ist aufgefallen, dass die Tiere immer größer wurden«, sagte er. »Erst waren es Schafe und eine Gams, irgendwann eine Hirschkuh und dann Kühe. Er hat die Tiere fachmännisch aufgebrochen und darin herumgewühlt. Und ihnen jedes Mal das linke Ohr abgeschnitten.«

Schranner blinzelte in den Himmel und sagte dann: »Es gibt solche Fälle, wo Täter früh anfangen, oft schon als Kinder. Sie quälen Kleintiere, manchmal sogar Mitschüler oder Freunde. Ab einem gewissen Alter erleben sie ihre Quälereien dann als sexuelles Erlebnis.«

»Also in der Pubertät?«, fragte Eddy.

»Ja, ihre tief verwurzelten sadistischen Quälereien und ihr neu aufkommendes Sexualleben werden dann auf seltsame Weise verknüpft.«

»Aber dazu muss doch etwas … schon vorher … schiefgelaufen sein«, wandte Eddy ein.

»Natürlich, und zwar ganz gewaltig. Ihnen fehlt oft jegliche Empathie. Wenn ihr Verhalten noch im jungen Alter entdeckt wird, kann einer weiteren Entwicklung zumeist noch ein Ende bereitet werden. Wenn sie aber schon sehr früh lernen, ihrer Leidenschaft im Stillen und Verborgenen nachzugehen, vorausschauend zu planen und zu antizipieren, wie die Umgebung reagieren wird, dann glimmt ein Schwelbrand, der irgendwann lichterloh zu brennen beginnt.«

»Und dann?«, fragte Eddy gespannt.

»Dann kommt der Punkt, an dem der Täter den tiefen Wunsch verspürt, sich an eine Frau oder einen Mann heranzumachen, oder an ein Mädchen oder einen Jungen, je nachdem, welcher Typ Mensch ihn sexuell erregt. Da sind alle Täter festgelegt. Und je nachdem, ob sie eher aktive oder passive Typen sind, ergibt sich früher oder später eine Möglichkeit, meist wenn sie so zwischen dreißig und vierzig sind. Dann schlagen sie zum ersten Mal zu. Manche früher, manche später. Und dann hören sie nicht mehr auf, bis wir sie stoppen, Zettler.«

Eddy lief ein Schauer über den Rücken.

Schranner beobachtete eine Wolke und atmete tief ein. Er legte die Hände auf den Rücken und ging weiter. »Wir hatten einen Fall in Deutschland. Ein unauffälliger Mann. Er führte ein scheinbar normales Familienleben. Eine Frau, eine kleine

Tochter. Doch nachts, wenn alle schliefen, da war er unterwegs. Angeblich auf Montage, niemand hat etwas bemerken wollen. Dann hat er sich mehrfach eine wildfremde Frau ins Auto geladen, eine Anhalterin oder Prostituierte, hat sie zuerst erschossen, dann aufgeschnitten und sich an den Eingeweiden zu schaffen gemacht.«

Eddy erschrak. »Das klingt ähnlich wie bei meinem Fall. Weiß man mehr über den Mann?«

»Ja, er war sehr auskunftsfreudig. Nachdem ich ihn enttarnt hatte, hat er mir alles haarklein erzählt. So wie andere Menschen gern erzählen, wie sie eine Modelleisenbahn aufgebaut oder ein Hemd gebügelt haben. Er hat als Kind bereits angefangen, mit Hamstern, die er erschlagen und ausgenommen hat. Später ist er in Leichenhallen eingedrungen und hat dort sein Unwesen getrieben. Er hat sogar einen Jagdschein gemacht. Dann kamen Pferde und Kühe an die Reihe. Er hat sie aufgeschlitzt und sich hineingelegt. Und wissen Sie warum?«

Eddy schluckte seinen Ekel hinunter und schüttelte den Kopf.

»Sie werden es kaum glauben. Weil er Geborgenheit finden wollte. Das hat er mir sehr glaubwürdig gesagt.«

»Wie war sein soziales Umfeld?«

»Mehrfach geschiedene Mutter, Vater früh auf und davon, dann hat die Frau einen anderen Mann geheiratet, der Junge wurde zurückgewiesen, durfte nicht mehr kuscheln und so weiter. Er war allein auf der Welt. Er hat gelernt, seine Mutter dafür zu hassen, dass sie sich mit anderen Männern vergnügte, während er nach Liebe dürstend allein in seinem Bettchen lag.«

»Reicht Ihnen denn so was als Begründung aus?«, fragte Eddy skeptisch.

»Natürlich nicht. Nur weil ein Mensch eine zerrüttete Kindheit hat, wird er ja nicht zum Frauen- oder gar Serienmörder. Dann bestünde ja die halbe Welt aus Mördern«, erwiderte Schranner. »Also, nicht jede zerrüttete Kindheit bringt einen Mörder hervor. Aber umgekehrt kann man sehr wohl sagen, dass jeder Serienmörder eine zerrüttete Kindheit hatte.«

»Sozusagen als Voraussetzung?«
»Vielleicht als eine Art Vorverstärker.« Schranner dozierte gestikulierend. Seine Stimme wurde leise und eindringlich und nahm jetzt ein kehliges Knarzen an. »Stellen Sie sich nur vor, es ist ein genetisch angelegter … hmmm, sagen wir ... Defekt, mit dem solche Menschen auf die Welt kommen, also ohne irgendein äußerliches Dazutun. Und dann folgt eine völlig fehlgeleitete Erziehung …« Er machte eine Pause.
»Entschuldigen Sie die Zwischenfrage«, sagte Eddy. »Bedeutet das, dass Sie Gewalt für vererbbar halten?«
Schranner lächelte dünn. »Nein, nicht Gewalt ist vererbbar. Persönlichkeitsmerkmale werden vererbt, wie zum Beispiel Gefühlskälte oder fehlende Empathie, vielleicht auch sadistische Veranlagung.« Schranner machte eine Pause und verfolgte den Flug einer Dohle, die sich lauthals mit einer anderen stritt. Dann sprach er weiter: »Sehen Sie es so: Wenn ein Mensch auf die Welt kommt, dann hat er nichts als seine Gene. Wie diese Dohle. Kinder sind oft roh und grausam, sie schlagen, beißen, kratzen, treten und tun sich gegenseitig Gewalt an. Erst die Erziehung macht aus Kindern kontrollierte Menschen, die wissen, was gut und was nicht gut ist. Aber doch nur, weil man es ihnen beigebracht hat. Wenn diese Erziehung versagt, dann verrohen die Kinder. Das nennt man erzieherische Verwahrlosung.«
»Kinder, die von den Eltern geschlagen werden, die schlecht behandelt werden?«
»Wenn das das Einzige wäre. Auch Eltern, die ihren Nachwuchs mit Liebe förmlich zuschütten, verursachen solche Verrohungen. Bereits Kleinkinder lernen sehr schnell, dass sie mit permanentem Quengeln und Weinen ihren Willen durchsetzen können, wenn sie nur lange genug durchhalten. Die Mütter erdrücken die Kinder dann beinahe mit ihrer Fürsorge, aus schlechtem Gewissen. Andere schlagen sie. Sie setzen den Kindern aber keine Verstandesgrenzen und bringen sie nicht zur Einsicht. Das alles kann bei solchen Kindern, bei denen die Gefühlskälte bereits angelegt ist, Grausamkeit anderen ge-

genüber herausschälen, kultivieren und schließlich zementieren. Denn man zeigt ihnen nicht, wo die Grenze ihres Verhaltens ihren Mitmenschen gegenüber zu ziehen ist.«

Eddy nickte. »Klingt fürchterlich. Und was wird dann aus diesen Kindern?«

»Tja, das kann ganz unterschiedlich sein. Wir glauben, dass es im Wesentlichen tatsächlich eine Sache der Umweltfaktoren ist. Ob aus diesen genetisch aggressiven Menschen im Fall der Verwahrlosung Perverse und Mörder, im Falle der lenkenden Erziehung Spitzensportler und Manager werden, das entscheiden vielleicht bedingt die Lehrer und der Freundeskreis, vor allem jedoch die Eltern.«

»Aber man kann doch wohl kaum hingehen und ernsthaft alles auf Erziehung und Umwelteinflüsse in der Kindheit zurückführen.«

Schranner nickte. »Für Serienmörder, die aus sexuellen Motiven heraus handeln, ist nur die eigene Erregung, das Erlebnis von Bedeutung. Wenn ein Kind auffällig wird durch Gewalt an Kleintieren beispielsweise, dann müssen die Eltern einschreiten. Viele aber machen die Augen zu oder verharmlosen diese Dinge. Diese Ignoranz, auch von Lehrern, ist brandgefährlich. Die Neigung bildet sich umso stärker heraus, desto weniger man solchen Kindern früh erklärt, dass ihr Handeln Unrecht ist.«

»Vielleicht kann man eine missratene Kindheit als eine Art Beschleuniger für Vererbtes sehen?«, schlug Eddy vor.

»Ja, in der Tat, Zettler. Aber das ist alles graue Theorie und für meine Betrachtung nahezu nicht relevant. Denn ich frage nicht danach, wie es dazu gekommen ist, dass ein Täter das macht, was er tut, sondern ich frage danach, was ihn während der Tat bewegt, was ihn antreibt. Denn nur zu diesem Zeitpunkt zeigt er mir seinen wahren Charakter, sein enttarntes Gesicht – wenn ich Glück habe. Und das führt mich dann zu ihm.«

»Kann es auch eine Frau sein?«, fragte Eddy.

»Theoretisch ja, jedenfalls ist bei Mörderinnen in Europa ein Messer die häufigste Tatwaffe, wie in Ihrem Fall. Aber Frauen überrumpeln ihre Opfer, machen sie erst wehrlos, überraschen sie im Schlaf, bevor sie zustechen …«

»… weil ihnen die schiere Kraft fehlt«, ergänzte Eddy.

Schranner nickte. »Außerdem: Frauen töten selten Unbekannte. Bei Frauen sind es fast immer Beziehungstaten. Eine Frau als Täterin ist in Ihrem Fall also höchst unwahrscheinlich.«

»Gut. Und wie findet man den entsprechenden Mann?«

Schranner hob die Hand. »Nur über die Tat. Haben Sie Tatortfotos dabei?«

»Ja, hab ich. In meiner Tasche, die habe ich allerdings in der Garderobe gelassen.«

»Okay, sehen wir sie uns an. Ein sehr spannender Fall, wie ich meine.«

Zurück in der Bergstation, holte Eddy seine Tasche. Im Vortragsraum warteten bereits die Seminarteilnehmer. Schranner trat zielstrebig ans Rednerpult.

»Meine Damen und Herren«, sagte er ins Mikrofon, »es tut mir leid, aber ich muss den Wiederbeginn der Tagung um eine halbe Stunde verschieben.« Er deutete auf Eddy, der an einem Tisch am Ende des Raums stand. »Der Kollege dort hat einen ungeheuerlich interessanten Fall zu klären.« Er sah wieder ins Auditorium. »Vielen Dank für Ihr Verständnis. Bitte nutzen Sie die Zeit, noch einmal in unsere schöne Bergwelt einzutauchen und sich zu regenerieren.«

Schranner kam auf Eddy zu. »Nehmen Sie Platz, Zettler. Wie lautet denn übrigens Ihr Dienstgrad? Chefinspektor?«

Eddy nickte.

»Gut, Chefinspektor. Einen Kaffee?«

»Wenn die einen guten haben hier oben, gern.«

Schranner bestellte zwei Kaffee, und Eddy breitete die Bilder aus. Erst die von dem Schaf, dann von Fanni, und auch die von der Hirschkuh und der Gams. Und schließlich die Bilder von der toten Katt.

»Sowohl die Tiere als auch die Frau haben einen Zweig im Maul beziehungsweise im Mund«, sagte Schranner. »Ihr

Mann ist also Jäger, er achtet die Tradition des letzten Bissens. Damit erweist ein Jäger seiner Strecke Ehrfurcht. Auch wenn er jetzt den Ehrenkodex der Jäger zutiefst missachtet und sich zu ihrem Feind gemacht hat, ihre Traditionen achtet er sehr wohl.«

Eddy nickte. »Weiterhin haben alle gemeinsam, dass ihnen das linke Ohr abgeschnitten wurde.«

»Ja, und auch das steht in einer Tradition, wenn auch in einer pervertierten, nämlich vom erlegten Opfer eine Trophäe zu behalten. Aber der Täter sagt uns noch mehr.«

»Und was?«, fragte Eddy gespannt.

»Was sehen Sie auf den Bildern?«

Eddy zögerte.

»Na los, Chefinspektor. Sehen Sie sich alles genau an. Vor allem die Bilder von der Frau.«

Obwohl er das Foto von der Katt schon so oft betrachtet hatte, musste Eddy schlucken. Er begann es zu beschreiben: »Ihre Beine liegen sehr gerade, parallel. Ihre Arme auch. Ihr Haar ist um ihren Kopf aufgefächert. Wie ein Kranz.«

Schranner wirkte hochkonzentriert. »Gut, Chefinspektor, weiter.«

»Ich glaube, der Täter hat der Frau die Beine ausgerichtet.«

»Wie kommen Sie darauf?«

»Niemand fällt nach einem Schuss in den Hals um und liegt mit ausgestreckten und parallelen Beinen da. Das ist nur eine einzige Position von tausend möglichen Positionen und wäre demzufolge ein kaum anzunehmender Zufall.«

»Gut!«, sagte Schranner. »Weiter.«

»Kein Zweifel, der Täter hat sie ausgerichtet. Ihre Arme ebenfalls, sie liegen direkt und eng am Körper an. Sehen Sie, ihre Hand ist voller Blut, sie hat sich vielleicht an den Hals gefasst, nachdem sie getroffen wurde.«

»Ist es das Blut vom Opfer?«, fragte Schranner.

»Ja, das haben wir überprüft.« Eddy geriet jetzt so richtig in Fahrt. »Die Hand kann nur der Täter so hingelegt haben.«

Schranner nickte.

»Die aufgefächerten Haare können so etwas sein wie … wie eine Art … hmm … Heiligenschein? Also im weitesten Sinne.«

»Weiter, Chefinspektor, das ist gut.«

»Er hat sein Opfer in eine hoch respektable Lage gebracht – wenn man das angesichts der Tat so sagen kann.«

»Zögern Sie nicht, sagen Sie, was Sie sehen, Chefinspektor, ohne ethische und moralische Hemmschwellen. Analysieren Sie nur die Fakten, das Sichtbare.«

»Er respektiert sein Opfer, ich bin versucht zu sagen, er achtet es hoch, ja er verehrt es sogar. Das deutet auf einen Mann hin, der zu Frauen aufsieht, sie nahezu abgöttisch verehrt und überhöht. Aber aus irgendeinem Grund muss er sie gleichzeitig abgrundtief hassen. Ein völlig zerrissener Charakter.«

Schranner nickte zustimmend. »Warum hasst er sie? Warum?« Seine knarzende Stimme forderte Eddy heraus.

»Mmmh, ich weiß nicht.« Eddy wischte sich über die Stirn.

»Ja, Sie haben es auf der Stirn stehen, Chefinspektor. Warum schwitzen Sie so?«

»Weil ich unter … unter Druck stehe.«

»Jaaaaa!«

Eddy sagte leise: »Er hasst Frauen, weil er ständig unter Druck gesetzt wurde und die Schuld dafür … einer … einer Frau zuschiebt, die er trotz allem verehrt?«

Schranner lehnte sich zurück. »Treffer. Sie haben es gesehen«, sagte er mit ehrlicher Bewunderung. »Chefinspektor, Sie haben es gesehen! Großartig.« Er beugte sich wieder vor. »Und jetzt: Was ist mit der Trophäe? Schauen Sie genau hin.«

Eddy betrachtete die Bilder erneut und sehr konzentriert. »Er hat die Trophäe, also das Ohr, ganz zum Schluss, nach der eigentlichen Tat abgeschnitten.«

»Wie kommen Sie drauf?«

»Es sind fast kreisrunde dicke Bluttropfen auf dem Kranz aus Haaren. Blut ist also auf den Kranz getropft. Aber erst nachdem er alles so drapiert hatte.«

»Sehr gut, Chefinspektor, sehr gut. Und was bedeutet das?«

Eddy dachte nach und sagte fast zaghaft: »Die Trophäe ist erst etwas wert, wenn sein Werk getan ist?«

Schranner nickte. »Ja, machen Sie weiter, weiter.«

»Das Werk ist ihm heilig, wie ein Kunstwerk. Bevor nicht alles so ist, wie er das Opfer drapiert hat, hat sein Werk für ihn keine Bedeutung. Erst diese Pedanterie und Genauigkeit machen es vollkommen und die Trophäe zu einem einzigartigen Fetisch.«

»Respekt, Chefinspektor. Respekt. Das ist großartige kriminalpsychologische Arbeit. Und jetzt, sagen Sie jetzt genau, wen Sie suchen. Formulieren Sie ein Profil.«

Eddy hielt inne und nahm noch einmal das Bild mit der toten Katt. »Wir suchen einen traditionsbewussten Menschen. Einen Mann. Jagdausbildung. Vielleicht Mitte dreißig, Anfang vierzig? Einen narzisstischen und antisozialen Menschen, dem alles egal ist, was andere Menschen betrifft. Einen Täuscher.«

»Gut! Wie nennt man einen Menschen, der narzisstisch und antisozial ist, antizipiert und andere permanent täuscht?«

»Einen Psychopathen?«, fragte Eddy.

»Ja, sehr gut. Obwohl man den Begriff heute nicht mehr verwendet. Heute spricht man von Menschen mit Persönlichkeitsstörung. Mir ist aber der Ausdruck Psychopath lieber. Aber weiter. Wie ist er?«

»Er ist einerseits zweifelsohne sadistisch. Andererseits sehr gewissenhaft, pflichtbewusst, ich würde sogar sagen ordentlich. Er hat einen Heidenrespekt vor Frauen, sieht zu ihnen auf, aber er fürchtet sie auch. Er verspürt einen großen Drang, sie so zu formen, wie er es sich wünscht. Bei jeder kleinsten Missachtung seiner Person aber kommt unbändige Verzweiflung, ja Hass bei ihm auf. Er sucht seit seiner zweifelsohne verwahrlosten Kindheit nach Geborgenheit. Er ist stolz auf das, was er tut. Daher nimmt er – als Andenken quasi – vom Opfer eine Trophäe mit. Und jetzt hat er endlich das gefunden, worauf er seit seiner sexuellen Reifung wartet.«

»Warum, Chefinspektor?«

Eddy hob die Schultern. »Worauf wollen Sie hinaus?«

»Überlegen Sie«, forderte Schranner. »So schnell kommen Sie mir nicht davon.«

Eddy sah auf das Bild, das die Katt mit geschlossenen Augen und ihrem Haarkranz zeigte. »Er ist kaum mit einem Plan zur Katt gekommen. Es war ganz einfach eine Gelegenheit, die sich bot. Er hat sich zuerst an eine Kuh herangemacht, weil er dachte, dass die Katt schon im Bett war. Aber sie hat ihn dabei überrascht. Und das war die Gelegenheit, auf die er sein Leben lang gewartet hatte.«

»Sehr gut, Chefinspektor. Und warum war er dort oben auf der Alm?«

»Er war vielleicht als Tagesgast dort. Und hat bis zum Abend abgewartet. Jetzt müssen wir nur noch herausfinden, wer an dem Tag oben auf der Sternberg-Alm war, und unser Profil mit diesen Gästen abgleichen.«

Schranner lächelte anerkennend und legte ihm eine Hand auf den Unterarm. »Chefinspektor, das war eine hervorragende Analyse. Woher können Sie das?«

Eddy trank an seinem Kaffee. »Hab ein paar Bücher gelesen. Unter anderem eines von Ihnen.« Er setzte die Tasse ab. »Die Frage jetzt ist wohl ziemlich blöd, aber sehen Sie auf den Bildern irgendwas, was auf eine Nationalität schließen lässt?«

Schranner lachte. »Bitte, Chefinspektor, sehen Sie etwas?«

»Nein«, sagte Eddy und schüttelte den Kopf.

»Na dann. Vertrauen Sie dem, was Sie sehen. Solche Menschen, die gibt es in allen Ländern auf der weiten Welt.«

»Ja, hab ich mir schon gedacht. Ich wollte die Frage aber nicht ungestellt lassen. Ich bin etwas verwirrt, weil der Fall von vor zwanzig Jahren doch so ähnlich war. Der Mann, den ich damals erschossen habe, den habe ich dabei beobachtet, wie er sich in eine Hirschkuh hineingelegt hat, nachdem er sie aufgebrochen hatte. Er war italienischer Staatsbürger. Irgendwie drängt sich mir das Gefühl auf, dass der Täter jetzt auch von Italien her rüberkommt.«

»Vielleicht hängen die beiden Fälle tatsächlich zusammen. Die Trophäen sprechen dafür. Der Mann ist seelisch schwer anormal, fortschreitend sadistisch pervers. Vielleicht vor dem Hintergrund einer Borderlinestörung.«

»Was bedeutet das?«, fragte Eddy.

»Ein Borderliner ist ein Mensch, der sich in bestimmten aufgeladenen Situationen seiner selbst kaum gewahr ist. Er fühlt sich fremd, verliert die Kontrolle über die reale Welt um sich herum. Er nimmt sein Umfeld verzerrt wahr. Ein Grenzgänger zwischen seinem Erleben und der Wirklichkeit.«

»Er verwechselt also seine Vorstellung mit der Realität?«

»So könnte man sagen. Aber auch nur vielleicht. Konzentrieren Sie sich auf den Mann, Eddy. Sie wissen jetzt, was den Täter antreibt. Vor allem das extrem Ritualisierte an dem Mann. Suchen Sie in seiner Kindheit, befragen Sie Nachbarn, Lehrer, Mitschüler und alle, die sie kriegen können – aber erst brauchen Sie natürlich einen Verdächtigen.«

»Und dann?«

»Stellen Sie ihn. Dann sind Sie im Vorteil. Das Gute an Psychopathen ist, dass sie mitteilsam sind, sobald sie sich in die Enge getrieben fühlen. Dieser Mann hat mit höchster Wahrscheinlichkeit noch nie mit jemandem über seine Leidenschaft gesprochen, weil niemand ihn verstehen würde. Er sehnt sich aber wie jeder Mensch nach Mitgefühl, nach Verständnis. Wenn Sie ihn einmal haben, dann bringen Sie ihn in Bedrängnis. Signalisieren Sie Verständnis, auch wenn es Sie anekelt. Schlagen Sie ihn mit seinen Waffen. Antizipieren Sie. Wenn Sie dabei eine glückliche Hand haben, dann sprudelt dieser Mensch wie ein Wasserfall. Er wird Ihnen jedes Detail erzählen, so als wäre es das Normalste von der Welt.«

Eddy nickte.

»Chefinspektor, noch eine Frage. Haben Sie gute Verbindungen zur italienischen Exekutive?«

»Zu den Carabinieri.« Er erzählte ihm von Fredo. »Aber der kann da kaum etwas entscheiden.«

»Ich bin ein international gefragter Experte.« Schranner sagte das ohne Eigenlob. »Natürlich habe ich auch entsprechende Kontakte. Erst letztes Jahr habe ich den Italienern in einem Fall geholfen, der anfangs aussichtslos schien, und wir haben den Täter erwischt. Ein total Verrückter, hat in Rom fünf Frauen umgebracht, indem er sie auf große Holzplatten genagelt hat.« Er schüttelte den Kopf. »Aufgrund meiner Tatortanalyse haben wir dann herausgefunden, dass er einem Cäsarenwahn unterlag. Und wissen Sie, warum er Holzplatten genommen hat?«

Eddy verneinte gespannt.

»Weil ihm das Herstellen von Kreuzen zu kompliziert und teuer erschien. Er wollte sie hinrichten wie die römischen Kaiser das gemacht haben.«

»Und wer war dieser Mann?«

»Ein Ingenieur. Ein Tüftler, unauffällig, eher schüchterner Typ. Übermächtige Mutter, der Vater Trinker und Totalversager. In seinem Job zwar nicht erfolglos, aber ständig unterdrückt und verhöhnt vom Chef und von Kollegen. Vor allem von Kolleginnen. Das alles ist in ihm gereift. Dann gab es eine Initialzündung. Und rums, hing die Erste an der Holzwand. Macht und nochmals Macht. Begegnet mir immer wieder.« Schranner machte eine kurze Pause. Nachdenklich blickte er in Eddys Augen, als ob er dort etwas finden wollte. »Ich bin von Ihnen überzeugt, Chefinspektor. Sie sind ein fähiger Mann. Ich rede mit meinem Kontakt im Innenministerium in Rom. Es wird sich sicher etwas Gutes arrangieren lassen.« Schranner legte die Hände ineinander. »So, lieber Chefinspektor, und jetzt muss ich wieder an mein Seminar denken.«

Eddy stand auf und reichte Schranner zum Abschied die Hand. »Ist es denkbar, dass ein solches Verhalten ... genetisch bedingt ist?«

Schranner stutzte. »Ich glaube, das kann Ihnen keiner mit Sicherheit beantworten. Also, ich meine, ob es so etwas wie ›ein böses Gen‹ gibt. Wir haben absolut keinen Beweis dafür.«

»Wir müssen das also offen lassen«, sagte Eddy.

»Es ist vielleicht nicht erbbar«, fügte Schranner hinzu, »aber ich bin mir ziemlich sicher«, er hob die Augenbrauen, »dass dieses Verhalten erlernbar ist.«

ZUR INGRID-ALM

Mauthen, am nächsten Morgen (Samstag, 19. Juli 2014)

Eddy war früh aufgestanden. Im Haus duftete es bereits nach Gailtaler Speck, Zwiebeln und gebratenen Eiern. Um fünf Uhr ging er ins Schlafzimmer und weckte Susanne mit einem zarten Kuss auf die Wange. Dann klopfte er an die Tür seiner Tochter. »Uli, aufstehen, Frühstück ist fertig. Wir wollen in die Wand.«

Fünfzehn Minuten später kam Susanne in die Küche und machte Kaffee. Als Uli erschien, gähnte sie theatralisch und rieb sich den Schlaf aus den Augen. »Ma, net scho wieder Speck und Eier, Papa.«

Susanne lachte. Sie bot ihrer Tochter einen Kaffee an.

»Nein, keinen Kaffee. I mag doch so was net mehr!«, sagte Uli.

»Ah, vergessen.« Susanne stöhnte. »Wie heißt des Zeug, das du jetzt trinkst?«

»Pu-Erh-Tee«, gab Uli zurück.

»Dampft schon in der Kanne, steht hier neben mir.« Eddy zwinkerte ihr zu und schnitt das Brot auf.

»Macht schlank«, gab Uli zurück.

»Des kommt aber sicher net vom Tee!«, bemerkte Eddy. »Des kommt von nix mehr G'scheits zum Essen. Deshalb hab i dir eine Frigga g'macht, mit Speck, Zwiebel, Eier, Erdäpfel und an guat'n Kas von der Tröpolacher Alm.« Er nahm die gusseiserne Pfanne vom Herd und stellte sie dampfend auf den Tisch. Sein Grinsen ging von einem Ohr zum anderen.

»Papa, da werd i ja fett wie a Drossel!«

Eddy stemmte die Hände in die Hüften und musterte sie von oben bis unten. »Du bist viel zu dünn. Wird Zeit, dass'd wieder a biss'l fester wirst!«

Uli nahm ihr Handy und ignorierte Eddys Bemerkungen. »Hey, super, fünf von meinen Freunden wünschen uns a schöne Tour auf den Monte Peralba.«

»Woher wissen die das?«, fragte Eddy.

»Na, ich hab das gestern mitgeteilt.«

»Wie, und das weiß jetzt die ganze Welt? Na toll!«

»Papa, manchmal bist du echt hinterm Mond. So was geht heut ganz schnell. Und von der Tour will ich auch ein oder zwei Bilder online stellen.«

»Ich will aber net drauf sein und im Internet landen, klar?«, schimpfte Eddy. »Dämliches Internet. Was bleibt denn noch geheim?«

»Eddy, jetzt reicht's.« Susanne setzte einen strengen Blick auf. »Lass sie in Ruh!«

»Is ja gut. Ich leg's ja schon weg«, sagte Uli beleidigt.

Eddy strich seiner Tochter über die Wange. »Madel, wirst scho selber wissen.« Er blinzelte ihr zu.

Uli grinste und gab Eddy einen flüchtigen Kuss. Schon war sie bei der Teekanne. »Des is a ganz besonderer Tee«, erklärte sie. »Ganz g'sund und super guat.«

»Hab was g'lesen, der is voll mit Koffein, viel mehr als Kaffee, da is der Mama ihr Gebräu a Abwaschwasser dagegen«, rief Eddy frotzelnd.

»Hey!«, kam ein Protestschrei von Susanne. »Demnächst kann die Kitti dir auch am Wochenende den Kaffee kochen!«

»Gott bewahre, i nehm alles zurück«, rief Eddy. »Aber der Pu-Dings-Tee is von der Deutschen Gesellschaft für Ernährung als nicht gesund klassifiziert worden. Und abnehmen tut ma davon a net, sagen die.«

»Mir san in Österreich und net bei die Deutschen. Dass die net abnehmen davon, das sieht ma denen ja an. Aber wir schon«, sagte Uli.

Eddy lachte und freute sich. »Schön, dass wir mal wieder ein paar Stunden zusammen sein können.«

Susanne lächelte, Uli sah eher motzig aus.

»Denkt dran, heut sind wir stundenlang unterwegs. Esst und schlagt euch den Bauch voll.«

Zwanzig Minuten später stand Eddy vom Tisch auf, weichte die Pfanne ein und rief: »Um sechs ist Abfahrt.«

Er ging zur Garage und packte zwei Rucksäcke in den Kofferraum. Helme, Bergschuhe, Klettergurte und Klettersteigsets für alle drei und ein Neun-Millimeter-Seil für den Notfall.

»Na, Papa, alles klar bei dir?«, fragte Uli frech und küsste ihn erneut auf die Wange.

Eddy gab ihr einen Klaps, setzte sich ans Steuer und fuhr den Wagen aus der Garage.

Kurze Zeit später waren sie auf der Serpentinenstraße hinauf ins Lesachtal. Die Sonne ließ sich schon erahnen, es war ein wolkenloser Morgen.

»Super Wetter! Des wird wunderbar heut!«, sagte Eddy. Er wusste, dass es später wolkig werden würde, aber das schmälerte seine Vorfreude nicht.

Uli gähnte so laut, dass Susanne sich nach ihr umdrehte und Eddy in den Rückspiegel sah. Sie rieb sich ihre restliche Müdigkeit aus den Augen. Dann beugte sie sich vor und sprach ziemlich laut, um Eddys alten Land Rover zu übertönen: »Sag mal, Papa, wie war des mit der Katt? Das war doch gar net so weit weg vom Trogkofel, oder?«

»Net weit. Am Zottachkopf, oberhalb der Rattendorfer Alm. Kennst eh, da waren wir schon mal, als du so zehn warst. Da sind wir auf den Gipfel gegangen. So a kleiner Klettersteig. Kannst dich erinnern?«

»Ja. Und da is es passiert?«

Eddy nickte. »Ja, da steht jetzt a neue Almhütte. Die Sternberg-Alm, so hatte die Katt sie getauft.«

»In Klagenfurt wird viel drüber geredet«, sagte Uli und stockte.

»Und?«, fragte Susanne.

»Na ja, auch über … auch über Eddy Zett. Den Polizisten, der angeblich total überfordert ist. Und ob es gut ist, den damit zu beauftragen, hat er doch vor zwanzig Jahren schon einmal … schon einmal …«

»Versagt?«, fragte Eddy.

»Ja«, antwortete Uli und sah auf ihre zusammengefalteten Hände.

»So was sagen die Leut zu dir, Uli?«, fragte Susanne entsetzt.

»Na ja …« Uli biss sich auf die Unterlippe.

»Es weiß niemand, dass ich dein Vater bin, stimmt's?«, fragte Eddy.

Uli sah beschämt zu Boden.

»Is net schlimm, Uli, passt schon. Hör's dir an und scheiß drauf, was d'Leut sagen! Hauptsach is, wir drei halten zusammen.«

Uli umarmte ihren Vater von hinten so überschwänglich, dass er ein Geräusch machte wie ein erstickender Bär und Mühe hatte, das Steuer gerade zu halten.

»Danke, Paps, du bist der Größte!« Dann ließ sie ihn wieder los. »Eddy Zett, der mal wieder die Welt retten muss!«, schrie sie.

»Uli, du bist wie ein kleines Kind!«, schimpfte Susanne. »Steh zu deinem Vater, er hat es verdient.«

»Lass sie.« Eddy knuffte Susannes Bein.

»Ja, du und die Tochter, sonst wie Hund und Katz. Und mischt sich mal die Mama ein, seid ihr wie Pech und Schwefel.«

Sie fuhren durch Liesing, und Uli sagte: »Weißt du, wer es war, Papa?«

»Wer was war?«

»Der Mörder von der Katt.«

Eddy schüttelte den Kopf.

»Aber der Bernsteiner Bruno schreibt, es ist wichtig, dass man in den ersten achtundvierzig Stunden den Mörder findet. Ansonsten stehen die Chancen schlecht.«

Eddy steuerte den Wagen hinter St. Lorenzen nach Süden, hinab zur Brücke über die Gail. »Der Bernsteiner Bruno. Das ist ein absoluter Fachmann. Für Besserwisserei. Hier bei uns, da machen wir das mit ein wenig mehr Akribie. In den letzten Tagen haben wir die Leute befragt, die an dem Tag bei der Katt waren. Sie hatte Alm-Kirtag. Da waren a ganze Menge Leut oben. Die musst du erst einmal alle finden, sie haben ja keine Adressen hinterlassen. Die Kitti und der Waberer sind unterwegs und fragen sich durch bei den Einheimischen und den Feriengästen. Und die Kollegen aus Hermagor und Osttirol, die helfen uns dabei. Und weißt was, Uli? Die haben die Katt alle gekannt. Jeder von denen. Sogar der Waberer. Und das ist mir allemal wichtiger, als einen Tag schneller zu sein als andere. Weil die ihr Herzblut investieren. Die wissen, für wen sie das machen. Nämlich für uns alle hier. Anders als in der Stadt. Und der Bruno, der weiß goar nix.«

»Ja, und müsstest du heut net arbeiten?«

»Ob ich meine Besprechung mit Fredo im Polizeiposten oder am Berg mach, das ist völlig Wurscht.«

Uli nickte in den Rückspiegel, sodass Eddy sie sehen konnte.

Sie ließen die Brücke hinter sich, fuhren auf dem holprigen Weg durch das lang gezogene Frohntal immer nach Süden, bis sie schließlich an der Ingrid-Alm angekommen waren. Eddy parkte sein Auto.

»Wo treffen wir Fredo und Maria?«, fragte Uli.

»Auf der Calvi-Hütte.«

»Wo ist die?«

»Dort, wo der Papst vor ungefähr fünfundzwanzig Jahr für mächtigen Wirbel gesorgt hat.«

»Wie das denn?«

»Weil er aus heiterm Himmel in die Hütte reinmarschiert ist. Nachdem er auf dem Monte Peralba zur Madonna gebetet hat.«

VIA FERRATA SARTOR

Am Monte Peralba, drei Stunden später (Samstag, 19. Juli 2014)

Es war halb zehn. Den Weg vorbei am Hochweißsteinhaus zum Rifugio Pier Fortunato Calvi hatten sie in einem guten Tempo hinter sich gebracht. Eddy hatte mehrfach in den Himmel gesehen. Er war blau, vom Tal aus stiegen weiße Nebelfetzen den Berg empor.

Maria und Fredo saßen bereits vor der Hütte und warteten. Als die drei sich näherten, sprang Maria auf und lief ihnen entgegen. Sie umarmte alle drei nacheinander. Die Begrüßung mit Fredo fiel ebenso herzlich aus.

»Schön, euch auch mal wieder zu sehen«, sagte Maria. »Gehen wir es an?«

Eddy nickte. »Viele unterwegs heut?«, fragte er Fredo.

»Nein, kaum Leut gesehen, nur ein Mountainbiker war vor uns, als wir aufgestiegen sind. Aber wir sollten keine Zeit vertrödeln. Von der Adria her kommt ein Wetter auf. Aber heut wird es sich wohl noch halten.«

»Wird's a Gewitter geben?«, fragte Susanne besorgt.

»Na, hoffentlich net, vielleicht ein paar Wolken«, beruhigte Fredo sie lächelnd. »Die Nebel ziehen den Berg hinauf, aber das ist normal um diese Jahreszeit.«

Wie ein Reißzahn im Zahnfleisch eines Riesen steckte der Kalkklotz des Pic Chiadenis hinter der Hütte im schiefrigen Untergrund. Der Weg führte sie am Fuß dieses hell strahlenden Berges vorbei, zurück und ansteigend in Richtung Passo Sesis. Kurz unterhalb des Einschnitts bog der Weg nach Westen ab zum Fuß der Südwand des Hochweißsteins, den die Italiener Monte Peralba nennen. Hinter der Abzweigung sah Eddy in etwa hundertfünfzig Metern Entfernung einen Mann sitzen, der mit einem Fernglas die Gegend beobachtete. Er drehte sich zu ihnen her. Als er die kleine Gruppe erblickte, stand er auf und ging schnell Richtung Wand.

Fredo lachte. »Das könnte der von heut Morgen sein. Da hat wohl einer Angst, am Einstieg den Kürzeren zu ziehen und hinter uns hersteigen zu müssen. Der rennt ja förmlich.«

Eddy grinste. »Wie von der Tarantel gestochen.« Er schüttelte den Kopf.

Am Einstieg der Felsschlucht verteilte Eddy die Gurte. »Uli, ich erklär's dir noch mal.«

»Papa«, sagte sie leicht empört. »I kenn mi aus!«

»Aber net mit diesem neuen Klettersteigset. Also, die Schlaufe am Ende hängst du in den Klettergurt ein. Das aufgerollte Band ist vernäht und so was wie ein Bremsdämpfer. Die Karabiner hängst du ganz normal ins Metallseil an der Wand ein, du weißt schon, erst den einen, dann den anderen, sodass du immer gesichert bist, klar?«

»Mannomann, ja denkst i bin blöd?«, schimpfte Uli. »Das hast schon zig Mal mit mir gemacht früher.«

»Eben, ist schon eine Weile her, deshalb.« Er gab ihr einen liebevollen Klaps auf den Helm. »Reihenfolge?«, fragte er Fredo.

»Du gehst vor, Uli und Susanne hinterher. Maria und ich bilden den Schluss.«

Eddy war einverstanden.

»Hey Uli, und keinen Steinschlag bitte!«, rief Fredo.

Uli verdrehte die Augen. »Is schon recht, Fredo.« An Eddy gewandt, fragte sie: »Gibt's oben an Schnaps?«

»An der Hütte, vorher net. Wir müssen auch wieder runter.« Er blinzelte ihr zu. »Okay? Alles angelegt?«

»Los!«, rief Fredo.

Eddy stieg langsam vor, die Wand begann steil. Er bewegte sich an Eisenklammern und Tritten empor, immer an einem festmontierten Stahlseil gesichert. Ab und zu achtete er darauf, ob Uli hinter ihm Probleme hatte. Doch sie war gewandt, trittsicher und schnell. »Uli, alles in Ordnung?«

»Könnt net besser sein«, rief sie fröhlich. Sie war vollkommen angstfrei. Wie früher. Es hatte sich nichts geändert.

Eddy sah nach oben. Mittlerweile hatte es sich zugezogen. Die Wolkenfetzen hingen bereits in der Wand, und weiter oben war die Sicht verhangen. Er konnte gerade noch die Schuhe und die Hose des Mannes erkennen, der zuvor so hektisch aufgebrochen war. Geschickt bewegte er sich nach oben, dann war er im Nebel der Wolke verschwunden.

Der Fels war scharfkantig und splittrig. Er wirkte brüchig, doch er war erstaunlich fest. Die einzelnen Platten aus dem marmorisierten, fast weißen Kalkstein waren fest miteinander verbunden. Während die Wand im unteren Teil sehr steil war, neigte sie sich weiter oben etwas zurück, hier wurde sie kompakter. Weiter oben sah Eddy die Silhouette des Mannes kurz aus der Wolke auftauchen. Er beobachtete sie, doch sein Gesicht war aus der Entfernung nicht zu erkennen.

Vor dem letzten Aufschwung wartete Eddy an einem tief im Fels versenkten und einbetonierten Moniereisen, an dessen Ende eine große Öse festgeschweißt war, durch die das Stahlseil lief und mit einer Schraubklemme befestigt war. Sie waren bisher zügig, aber nicht zu schnell gestiegen und hatten jetzt etwa zweihundertfünfzig Höhenmeter hinter sich. Uli und Susanne schlossen zu ihm auf.

»Geht's gut?«, fragte er fürsorglich.

»Eddy, sag, wird's a G'witter geben?«, fragte Susanne erneut.

Er sah in den Himmel. »Nein, ich glaube nicht. Und wenn, wir sind schneller!«, antwortete Eddy ruhig.

Uli löste die Karabiner und hängte sich an der anderen Seite der Öse ins Stahlseil ein. »I bin noch schneller!«, rief sie und stürmte davon Richtung Gipfel.

»Uli!«, rief Susanne.

»Lass sie«, sagte Eddy. »Sie kann das und ist gut in Form. Da hab ich keine Bedenken.«

Susanne nickte besorgt.

»Wo bleiben denn die zwei?«

Susanne hob die Schultern und sagte: »Maria hat an einer Stelle Schwierigkeiten gehabt.«

»Fredoooo«, rief Eddy in die Tiefe.

»Alles okay, wir sind gleich bei euch. Geht weiter«, hallte es dumpf von unten.

Eddy grinste Susanne an und stieg los. Die Wolken, die sie jetzt umgaben, wurden dichter. Eddy rief nach oben: »Uli, alles in Ordnung?«

»Ja, bin gleich am Gipfel.«

Nach drei Minuten glaubte Eddy einen Schrei zu hören, sicher Ulis Gipfelschrei. Er sah nach Susanne, doch die hatte anscheinend nichts gehört und kletterte konzentriert weiter.

»Uliiii!«, rief Eddy. Keine Antwort. Verflucht, sie konnte doch nur kurz oberhalb von ihm sein. Im Nebel schien alles weiter weg, als es in Wirklichkeit war, sowohl optisch als auch akustisch. Das Phänomen kannte Eddy.

»Eddy, warte auf mich«, rief Susanne. »Wie weit noch?«

»Dreißig Meter, dann sind wir oben.«

Susanne war kurze Zeit später bei ihm. Sie war außer Atem. »Eddy, du bist zu schnell«, sagte sie hechelnd.

»Okay, du bestimmst das Tempo.«

Sie nickte. »Wo ist Uli?«

»Schon oben. Geh du jetzt voran. Ich bleib hinter dir.«

Susanne hängte ihre Karabiner vor Eddy ins Stahlseil und kletterte los. »Mistnebel«, fluchte sie.

Nach wenigen Minuten war sie am Ende des Seils angekommen. Sie hockte auf dem Gipfelgrat im dichten Nebel und sah sich hektisch um. »Uli?« Sie klinkte ihre Karabiner aus. »Uli!«, schrie sie lauter. Sie ging auf dem breiten Grat ein paar Schritte nach vorn.

Eddy war gerade dabei, seine Karabiner auszuhängen und seine Sachen im Rucksack zu verstauen. »Susanne, warte.«

»Wo ist Uli?«, rief sie und lief schneller. Jetzt war sie bereits im Nebel verschwunden. Da hörte Eddy Susanne schreien, danach einen Schuss und ein dumpfes Röcheln. Noch ein Schrei: Der kam von Uli. Der Adrenalinschock ließ ihn aufspringen wie eine Stahlfeder, und er hastete den Grat entlang. Doch er kam nicht weit. Nur zehn Meter entfernt lag Susanne am Boden und hielt sich den Hals.

»Susanne!«, schrie Eddy, bückte sich und sah, dass sie stark blutete. Er drückte seine Hand auf die Blutung, öffnete hektisch den Rucksack und entnahm ihm ein verpacktes Wundtuch und eine Mullbinde. Mit dem Mund riss er die Verpackung der Mullbinde auf und presste sie auf ihre Wunde. Susanne röchelte. Eddy drückte fest zu.

Er wollte ihr das Wundtuch um den Hals binden, als er erneut einen Schrei hörte: »Pap…« Der Schrei brach ab. Er sah nach oben. Halb vom Nebel verschluckt, stand Uli ein paar Meter entfernt vor ihm. Sie zitterte am ganzen Leib. Unmittelbar hinter ihr konnte Eddy diesen Mann erkennen. Sein Kopf war von einer schwarzen Mützenmaske verhüllt. Und dieser Kerl hielt seiner Tochter ein abgesägtes Kleinkalibergewehr an die Schläfe.

Eddy machte eine beschwichtigende Bewegung in Richtung des Mannes. Mit der anderen Hand presste er weiterhin die Mullbinde auf den Hals von Susanne. Ulis Augen waren vor Angst weit aufgerissen, der Mann hielt ihr den Mund zu. Als Uli sich bewegte, drückte er die Mündung des Gewehrs fester an die Schläfe, sodass sie ängstlich wimmerte.

Eddy sprach ganz ruhig: »Tun Sie das nicht, bitte. Prego non fare!«

Für zehn Sekunden war Ruhe. Der Mann legte langsam den Kopf zur Seite. Er schien Eddy durch seine Sehschlitze tief in die Augen zu sehen. Eddy rührte sich nicht, senkte den Kopf und wollte Unterwerfung signalisieren. Das Beste, was er jetzt tun konnte, um den Mann zu beruhigen, dachte Eddy, war ihm einen Sieg zu schenken. Wo blieb Fredo?

»Sieh her!«, hauchte der Mann mit verstellter Stimme.

Eddy überkam ein Gefühl des Grauens. Langsam blickte er auf, bis der Mann ihn wieder mit seinen Augen eingefangen hatte. Eddy wusste, was jetzt kam. Er musste sich entscheiden.

Eddy ließ Susannes Hals los, sprang auf und hechtete nach vorn. Im Sprung sah er Uli in die Augen und wusste, dass auch sie es wusste. Es war ein Abschied. Zwischen Vater und Tochter.

In dem Moment drückte der Mann ab. Der Schuss traf Uli direkt in die Schläfe. Sie sank nieder, der Mann ließ sie los.

Eddy kriegte Uli zu fassen, als sie fiel. Er sah noch, wie der Mann nach einem grauen Rucksack griff und den Grat entlang sprintete. Dann war er im Nebel verschwunden.

Eddy schrie den Namen seiner Tochter so laut, dass es von den umliegenden Bergen widerhallte wie ein Donnerschlag. Er kniete nieder, seine Tochter im Arm. Fredo war jetzt da. »Was ist los, Eddy?«, fragte er völlig durcheinander.

»Geh zu Susanne, drück ihr die Wunde ab!«, schrie Eddy.

Uli lag in seinen Armen und Eddy wusste, dass sie starb. Ein letztes Mal öffnete sie kurz die Augen. Sie lächelte. Dann fiel ihr Kopf zur Seite. Und Eddy weinte und schrie, als hätte ihn die ganze Welt allein gelassen.

DIE SCHWARZE RINNE

Monte-Peralba-Gipfel, nach Ulis Tod (Samstag, 19. Juli 2014)

»Bei dem Wetter kommt kein Hubschrauber, Eddy!«

Eddy wusste das, doch er wollte es nicht akzeptieren. »Der muss aber kommen!«, schrie er. »Hast g'hört, der muss!«

Fredo nahm ihn bei den Schultern und sprach ganz ruhig: »Eddy, es geht nicht.«

Maria war bei Susanne und kümmerte sich um sie. Sie wusste, was zu tun war.

Eddy sank in sich zusammen und weinte. »Fredo, wer ist dieses Schwein?«

»Ich weiß es nicht, Eddy.« Er konnte den Schmerz, der Eddy quälte, jetzt geradezu körperlich nachempfinden.

»Uli ist tot! Tooot, verstehst du?«, schrie Eddy ihn voller Verzweiflung an.

»Susanne braucht uns jetzt«, sagte Fredo ruhig, »Wir müssen sie runtertragen! Zur Calvi-Hütte. Von dort aus können wir sie ins Tal bringen.«

»Eddy, Susanne schafft das«, rief Maria. »Der Hals ist nur am Rand verletzt, nichts Lebenswichtiges. Die Kugel ist wieder ausgetreten. Ich hab ihr einen Druckverband gemacht. Komm, Eddy.«

Eddy warf den Rucksack hin und schrie: »Ich pack das Schwein!« Dann wollte er loslaufen, doch Fredo hielt ihn fest.

»Eddy, das ist unsere Sache. Du bist nicht in Österreich. Wir sind im Veneto. Du bist in Italien, Eddy!«

Mit weit aufgerissenen Augen sah Eddy ihn an, wie abwesend. »Na und? Das ist meine Tochter!« Verzweifelt zeigte er auf Uli. »Er hat sie umgebracht!«, schrie er verzweifelt. »Mei einzige Tochter!«

»Eddy, lass mich das jetzt machen.« Fredo trat ein paar Schritte beiseite und telefonierte mit den Carabinieri, während Maria Susanne einen zusätzlichen Verband anlegte. Sie nahm

Fredos Teleskopstöcke und seine Jacke. Sie band je zwei seiner und ihrer Stöcke zusammen, schloss den Reißverschluss der Jacke und steckte die Stöcke durch die Ärmel. Dann ging sie zu Eddy. »Eddy, du musst mir helfen. Ich brauche deine Jacke.«

Eddy nickte wie abwesend. Behutsam half sie ihm, seine Jacke auszuziehen. Maria streichelte seine Wange.

Sie steckte auch die zweite Jacke über die Stöcke, sodass eine Trage entstand. »Helft mir, wir müssen sie drauflegen und festbinden.«

Eddy und Fredo hoben Susanne vorsichtig an und legten sie auf die Trage. Dann nahmen sie das Seil und banden Susanne fest.

»Eddy, wir müssen Uli hier lassen. Sie wird später geholt«, sagte Fredo.

Eddy atmete schwer, kniete nieder, küsste Uli ein letztes Mal und nahm ihre Hand. Er flüsterte: »Oh Jungfrau der Gipfeln, reiche du die Hand denen, die sich zum Himmel bestreben.« Dann legte er ihre Jacke über ihr Gesicht und um die Schultern. Er beschwerte die Jacke mit ein paar Steinen. Er stand auf und ging zu Susanne. Er kniete sich hin, legte seinen Kopf in Susannes Hand und schluchzte herzzerreißend.

»Was … was hat er eben gesagt?«, fragte Maria leise.

»Das ist die Inschrift der Madonnenstatue weiter vorn am Gipfelgrat.« Fredo kämpfte mit den Tränen und nahm seine Frau in den Arm. »Dort hat der Papst gebetet, da war die Uli grad noch net auf der Welt.«

Sie machten sich bereit zum Abstieg.

»Du gehst vorn, Fredo«, sagte Maria. »Eddy, du bist hinten. Ich zähl bis drei.«

Vorsichtig hoben sie Susanne hoch. Fredo ging langsam voran. Maria blieb neben Susanne und hielt ihre Hand, solange es die Breite des Grats erlaubte. Sie passierten die Gipfelglocke, die Madonna und das Kreuz.

Kurz darauf erreichten sie die schwarze Rinne, die den Berg in nordöstlicher Richtung durchzog. Das Geröll war grob, erlaubte es den beiden Trägern jedoch, aufrecht zu gehen und sich teilweise mit dem Körper abzustützen, auch ohne sich am Sicherungsseil festzuhalten. Es gab nur wenige Stellen, wo sie absetzen und Susanne heben mussten. Beim dritten Mal stöhnte sie laut auf.

Maria sah sofort nach ihr. »Ihr Puls wird schwächer, sie wird gleich wieder in Ohnmacht fallen.«

»Was heißt denn das?« fragte Eddy ungehalten. »Stirbt sie?«

Maria schüttelte heftig den Kopf. »Nein, Eddy, nein. Sie wird nicht sterben. Das versprech ich dir! Geht weiter, vorsichtig. Sie schafft es.«

Nach eineinhalb Stunden waren sie am Wandfuß angekommen. Dort trafen sie auf drei Bergretter und einen Notarzt, die ihnen im dichten Nebel entgegengekommen waren. Sie hatten eine Gebirgstrage dabei.

Der Notarzt kümmerte sich augenblicklich und fragte ungläubig: »Eine Schussverletzung? Hier oben?« Er untersuchte Susanne genauer und erklärte: »Aber keine Sorge: Sie schafft es. Nicht lebensgefährlich verletzt.«

Zwei der Bergretter und Fredo machten sich wieder auf zum Gipfel.

»Eddy, ich werde darauf achten, dass sorgsam mit ihr umgegangen wird.« Fredo fasste seinen Freund am Arm.

Eddy nickte nur, er brachte kein Wort heraus.

Susanne wurde festgeschnallt, sodass sie von dem Notarzt und dem dritten Bergretter auf der einrädrigen Trage zur Hütte gebracht werden konnte. Maria und Eddy trugen die Ausrüstungen. Von der Hütte wurde Susanne mit einem Geländewagen der Bergretter ins Tal transportiert.

Am Rifugio Sorgenti del Piave, nahe der Quelle des Piave, wartete bereits der Krankenwagen, um Susanne ins Hospital nach Auronzo zu bringen.

Noch von der Calvi-Hütte aus gab Eddy Waberer Bescheid, er solle ihn vertreten, solange er nicht zurück sei. »Jaja, ich weiß schon, was ich tu, macht euch keinen Kopf. Ich bin für euch immer erreichbar.«

Dann stiegen Maria und er ab, so schnell es ging.

An der Piave-Quelle drehte Eddy sich noch einmal um und sah zum Monte Peralba hinauf, über dem sich die Wolken mittlerweile aufgelöst hatten.

»Dieser schöne Berg!«, sagte Eddy verzweifelt. »Er hat mir immer viel bedeutet.« Maria nahm seine Hand. »Meine Heimat, Maria«, sagte er. »Meine Heimat hat mich verraten.« Eddy drückte ihre Hand und ließ sie los.

»Es ist nicht deine Heimat, die dich verraten hat, Eddy«, sagte Maria sanft.

Eddy ging zu der kreisrunden Einfassung der Quelle hinüber, die sich neben der Hütte befand, und stützte sich auf das Holzgeländer. Er beobachtete, wie das Wasser des Piave kaum merklich aus dem Boden quoll und hörte, wie es durch die eingefasste Rinne davonplätscherte. »Da fließt es dahin, das Wasser vom Peralba, und nimmt das Leben meiner Tochter mit.« Mehr brachte er nicht heraus. Er senkte den Kopf und schluchzte.

»Eddy …« Maria empfand tiefes Mitleid.

Er wandte ihr den Kopf zu, nickte mit hohlem Blick und sah dann wieder ins Wasser. Eine Träne löste sich und tropfte in das Rinnsal unter ihm. Sie war das Letzte, was er seiner Tochter mit auf den Weg gab.

OSPEDALE DI AURONZO

Auronzo di Cadore, einen Tag später (Sonntag, 20. Juli 2014)

Die Ärzte hatten die Wunde an Susannes Hals genäht, sie versorgt und dann in den Schlaf geschickt. »Die Kugel ist nur am Rande eingedrungen und gleich wieder ausgetreten, sie ist ihr sozusagen nicht im Hals stecken geblieben.« Dabei hatte die Ärztin gequält gelächelt. Aber Susanne müsse sich schonen, dürfe erst einmal nicht sprechen.

Jetzt lag Susanne in einem cremefarbenen Bett. Vor ihrer Tür saß eine Beamtin zu ihrem Schutz und hielt Wache. Man hatte sie in einen Trakt gelegt, der gerade im Umbau war und wo deshalb nur selten jemand hinkam. Hier war kein Publikumsverkehr. Man wollte kein Aufsehen erregen.

Eddy war das recht, so würde sie kaum auffallen. Er hatte die ganze Nacht bei ihr verbracht. Die Krankenschwester hatte ihm ein Bett dazugestellt, doch er hatte auf dem Holzstuhl neben ihr gesessen.

Um elf Uhr wachte sie auf. Eddy war bei ihr und hielt ihre Hand.

»Wo … wo ist Uli? Der Mann …«, hauchte sie.

Eddy deutete ihr, nicht zu sprechen. Der Kloß in seinem Hals saß so fest, dass er nur mit leiser Stimme herausbrachte: »Uli ist tot.«

Susanne sah ihn mit starren Augen an. Anscheinend konnte sie es nicht begreifen. Fast unmerklich schüttelte sie den Kopf.

Eddy nickte sehr vorsichtig. Er drückte sanft ihre Hand. Eine Krankenschwester betrat das Zimmer. Susannes Anspannung war deutlich zu sehen. Sie war kurz davor loszuschreien. Sofort gab ihr die Schwester eine Beruhigungsspritze. In Susannes Augen spiegelte sich herzzerreißende Verzweiflung. Dann schlief sie wieder ein.

»Ihr Wagen ist da«, sagte die Schwester zu Eddy. Sie überreichte ihm einen Schlüssel.

»Ich würde gern noch hier bleiben, aber ich muss weg«, sagte Eddy. »Rufen Sie mich an, wenn sie wieder aufwacht?« Eddys Blick war stumpf und leer.

»Ja, das mache ich.« Die Schwester nahm seine Visitenkarte entgegen und steckte sie in die Tasche ihres Kittels.

»Ich werde das Schwein finden, das uns das alles angetan hat«, sagte er, obwohl er wusste, dass die Schwester die Tragweite seiner Worte gar nicht verstehen konnte. Sie nickte nur mitfühlend, aber allein das half Eddy jetzt schon.

Er küsste Susanne zum Abschied auf die Stirn. Dann lief er die Treppen hinunter und sprang in den Mietwagen, den er hierher bestellt hatte. Er trat aufs Gas. Die Straße glitt unter ihm hinweg, der Ansiei floss an ihm vorüber. Für die Landschaft hatte er jedoch keinen Blick. Er stierte nur nach vorn und raste Richtung Nordwesten.

Bald sah er direkt auf die Südwände der Drei Zinnen. An besseren Tagen war er dort mit Fredo geklettert. Doch heute hatte er keinen Kopf dafür.

Vor Misurina bog er nach Westen ab. Er durchquerte Cortina und raste den Falzaregopass hinauf. An der Station der Lagazuoi-Seilbahn bog er zum Valparolapass ab. Unterhalb der Kehren klingelte sein Telefon. Er ging ran und hörte zu. Michel hatte offensichtlich erfahren, was passiert war.

»Danke, Michel. Ja, es stimmt. Uli ist tot. … Ja, wirklich. … Susanne lebt. Mir geht es … na ja, mir geht es … Scheiße.« Eddy schluckte. Der Gedanke an seine Tochter ließ ihn wieder in die tiefe, schmerzhafte Traurigkeit abgleiten. Bis vor einer Stunde hatte er gar keine Zeit gehabt, die Trauer war irgendwo in ihm stecken geblieben. Doch jetzt bahnte sie sich ihren Weg. Erst jetzt, da er es ausgesprochen hatte, begriff er allmählich, wie endgültig die Aussage war, dass Uli tot war. Unwiederbringlich. Sein Magen rebellierte. Er krümmte sich hinter dem Steuer und hielt am Straßenrand an. Er hatte kaum etwas gegessen seit gestern Morgen.

»Hallo, Eddy!«, schnarrte es aus seinem Handy. »Bist du noch dran?«

Er richtete sich wieder auf, verzog das Gesicht und stieg aus. Er stand vornüber gebeugt neben dem Wagen und übergab sich. Dann atmete er lange und tief durch und nahm das Handy wieder ans Ohr. »Ja, ist schon in Ordnung. Gibt's noch was?«

Michel zögerte. »Eddy, ich muss dich von dem Fall abziehen.«

»Was soll das heißen?«, fragte Eddy scharf.

»Du bist raus, Eddy. Du kannst die Ermittlungen nicht mehr führen.«

Er schlug mit der Faust auf das Autodach. »Was?!«, schrie er in den Hörer. »Du bist wohl völlig irre! Du mieses Arschloch! Was soll das? Ich will den Kerl kriegen, ihn schnappen, diese Drecksau.«

»Eddy, wenn du dir zuhörst, dann weißt du, warum du raus bist. Es geht nicht mehr.«

»Hör zu, Michel, ich bin nicht raus«, dröhnte er. »Ich bin jetzt erst richtig drin. Und verlass dich drauf, du kannst mich gar nicht abziehen! Ich bin dein Mann, Michel, dein Mann. Ich bin Eddy Zett. Und ich regle das. Hast du das kapiert? Ein für alle Mal kapiert? Ich bin nicht raus, ich bin drin«, schrie er und legte auf. Er trat gegen den Reifen und brüllte nach Leibeskräften wie ein weidwundes Tier.

Er setzte sich hinters Steuer und raste die Straße nach St. Kassian hinunter, durch Stern und weiter nach Kurfar. Vor der Carabinieri Comando Stazione Corvara blieb er stehen und rannte hinein.

»Buon giorno, Kollege, ist Fredo hier?«

Der Carabiniere sah ihn an, als wäre er einer anderen Welt entsprungen. Mit weit aufgerissenen Augen stand er auf und reichte Eddy die Hand. »Eddy, ich habe gehört, was … was passiert …« Der Mann wusste vor Verlegenheit kaum, was er sagen sollte. »Es tut mir so leid!« Er legte ihm die Hand auf die Schulter.

»Danke, passt schon.«

Fredo saß weiter hinten am Schreibtisch und telefonierte. Er lief zu ihm. Fredo legte auf.

»Wo ist Uli?«, fragte Eddy.

»Eddy! Was machst du hier? Wie geht's Susanne?«

»Geht schon, sie schläft. Wo ist Uli?«

»Bei der Obduktion. In Brixen.«

Eddy stützte sich auf der Schreibtischplatte ab. »Du lässt sie obduzieren?«, fragte er aggressiv.

»Ja, was denn sonst, Eddy? Ich kann ja verstehen, dass ...«

»Gar nix kannst du! Lässt meine Tochter auch noch aufschneiden, als ob das nicht genug war!«, schrie Eddy.

Fredo stand auf und ging um den Tisch herum. »Hey, ich versteh dich ja, Eddy, aber du weißt, dass das richtig ist, was ich tue. Und hier, hier leitet Commissario Galbani die Ermittlung. Wir sind in Italien!«

»Hör zu, Fredo, ich werde in jedem Fall mitmachen. Auch wenn das in Italien passiert ist. Ich werde mitmachen!« Eddy ließ seinen Blick nicht von Fredo.

»Was soll ich tun, Eddy? Sag mir, was ich tun soll!«, erwiderte Fredo ruppig. »Du weißt wie ich, dass mir die Hände gebunden sind.«

Eddy sah zu Boden. »Ich kann nicht tatenlos zusehen.«

Fredo setzte sich wieder hin und bot Eddy einen Stuhl an. »Eddy, wir machen das. Vertrau mir.«

»Wer ist das, dieser Commissario?«

»Kommt aus Belluno, arbeitet mit der Questura in Bozen zusammen. Kennt die Berge ganz gut. Ist aber kein Bergsteiger.«

Eddy richtete sich auf. »Kein Bergsteiger? Wieso nicht?«

Fredo hob die Schultern. »Ich weiß es nicht. Sie haben halt ihn geschickt.«

»Nicht wichtig genug, was?« Eddy wurde rot vor Zorn.

Fredo beugte sich leicht vor und flüsterte: »Hat den Vorteil, dass er mich beauftragt, wenn es was zu klären gibt. Er hat mich angefordert, weil ich an dem Fall vor zwanzig Jahren beteiligt war. Beratend, sozusagen. Er führt die Untersuchungen, aber eher auf dem Papier. Operativ mach ich das. Das bedeutet, wir zwei können zusammenarbeiten.« Fredo fixierte ihn. »Versau's net, Eddy!«

Eddy schloss die Augen. »Warum Uli? Warum Susanne?«

Fredo sagte vorsichtig: »Der meint nicht Uli. Und der meint nicht Susanne. Der meint dich. Dir will er wehtun. Dir, Eddy. Du bist sein Feind. So sehr, dass er dich da treffen will, wo es dich am allermeisten schmerzt!«

Eddy schluckte. Mit belegter Stimme sagte er: »Das hat er geschafft. Das hat er geschafft, Fredo.«

»Dich schafft keiner, Eddy, dich nicht. Und eines sag ich dir: mich auch nicht. Ich bin da, wann immer du mich brauchst.«

Eddys Handy klingelte. »Ja, aufgewacht? … Ja, ich komme, so schnell ich kann.«

»Du siehst völlig fertig aus. Ich fahr dich.«

»Kommt nicht in Frage.«

»Eddy, sei vernünftig!«

Doch Eddy stürmte hinaus und bretterte nach Auronzo zurück, als wäre die ganze Welt hinter ihm her.

Im Krankenhaus setzte er sich wieder neben Susanne. Sie sah ihm in die Augen und wimmerte leise. Er senkte seinen Kopf und legte ihn auf ihren Bauch. Sie krallte sich in seinen Haaren fest. Eddy weinte hemmungslos. Sie hatten das Liebste verloren, das sie jemals gehabt hatten.

ÖSTLICH DER KIRCH

Kötschach, am frühen Morgen (Montag, 21. Juli 2014)

Waberer schwitzte. Fast vierzig Grad würde es heute werden! Schon jetzt um acht war die Luft zum Schneiden. Seit Tagen nur Hitze, kein Windhauch. Da hielt man es am besten in den Bergen aus. Mittlerweile hatten sich selbst die Räume in dem Betonbau der Gemeinde aufgeheizt, in dem auch der Polizeiposten unterbracht war.

Als Eddy das Büro betrat, war Schweigen im Raum. Kitti sah ihn an, ihre Lippen bebten, sie war kurz vorm Heulen. Waberer verzog den Mund und wusste nicht, wie er seinen Chef begrüßen sollte.

Kitti stand auf und ging auf ihn zu. »Chef, wir beide, ich meine wir alle, auch die anderen … wir alle wollten sagen, dass es uns unendlich leidtut, und wenn Sie irgendwas brauchen …«

Eddy strich kurz über ihre Wange. Sie war nicht viel älter, als seine Tochter geworden war. »Schon gut, Kitti. Was ich brauch, das kann mir keiner mehr zurückgeben.« Er schluckte und ging in sein Büro. »Und Kitti, bitte einen Kaffee«, sagte er über die Schulter.

»Mensch, Eddy«, sagte Kitti leise mit zitternder Stimme.

In der Tür drehte er sich noch einmal um. »Ihr beiden, danke. Wir fahren gleich los. Wenn der Ribernig endlich kommt.«

In dem Moment öffnete sich die Tür und Bezirksinspektor Hans Ribernig betrat die Wache. Drei Wochen hatte er mit seiner Frau in Caorle am Strand gebraten, und genau so sah er auch aus.

»Guten Morgen allerseits«, rief er fröhlich. Er breitete die Arme aus. »Hey, was ist denn das für eine Begrüßung?«

»Schönen Urlaub gehabt?«, fragte Eddy.

»Ja, sieht man das?« Er grinste von einem gebräunten Ohr zum anderen.

»Schaust aus wie a Grillhendl, Hans. I bin a Gasthauskind. I weiß, wovon i red!«, sagte Kitti mürrisch.

»Grillhendl … hmm … na, des is doch was für di, gell?«, gab Ribernig zurück. Er hatte die Stimmung immer noch nicht erfasst.

Eddy schüttelte den Kopf und schloss die Tür.

»Komm mal her.« Kitti machte Ribernig ein Zeichen mit dem Kopf. »Die Uli ist tot«, flüsterte sie. »Und Susanne schwer verletzt.«

»Ach du Sch …«

»Na, des behältst für di«, sagte Kitti schnell. Dann sagte sie leise: »Erschossen beziehungsweise angeschossen, auf dem Peralba. Mit einem Kleinkaliber.«

Ribernigs Mund blieb offen. »Auf dem Peralba? Du meinst oben am Gipfel?«

Kitti nickte.

Er ließ sich auf den Holzstuhl fallen, der vor ihrem Schreibtisch stand. Nachdem er sich gefangen hatte, fragte er: »Wann?«

»Vorgestern. Näheres wissen wir noch nicht. Eddy wird es uns gleich berichten, nehme ich an.«

Ribernig zog seine Dienstjacke aus. »Hier is ja heißer als an der Adria«, sagte er beiläufig. »Erschossen, sagst du? Kleinkaliber? War das etwa der …«

»Wir wissen's net«, mischte sich Waberer ein. »Wer'n ma schon sehn.«

Eddy kam wieder aus seinem Büro. Ribernig schlurfte verschämt auf ihn zu. »Eddy, tut mir leid. I wusst ja net, was passiert is.«

»Lass gut sein, Hans. Schau du, dass hier alles gut läuft. Wir sind den ganzen Tag unterwegs.«

Er ging voraus zum Parkplatz und setzte sich auf den Beifahrersitz. Waberer nahm am Steuer Platz, Kitti stieg hinten ein.

»Wo müssen wir hin heut?«, fragte Eddy.

»St. Daniel«, antwortete Kitty. »Östlich der Kirch. Bis dahin waren wir gestern.«

»Und, keiner der Befragten bei der Katt gewesen?«

»Na, Eddy, keiner. Bisher net. Aber wir werden schon jemand finden, der uns weiterhelfen kann.«

Eddy sah auf die Straße. »Ja, das werden wir. Und wenn ich bis an mein Lebensende suchen muss.«

KINDERTAGE

Sennesalpe, zur selben Zeit (Montag, 21. Juli 2014)

Der Mann hatte seinen Fiat abgestellt, nahm das Mountainbike vom Träger und stieg auf. Es war ein herrlicher Tag. Er kam oft hierher in die Sennes. Der Weg führte hinter der Schranke an der Abzweigung nördlich von Cortina d'Ampezzo auf einem befestigten Weg zur Malga Ra Stua. Obwohl er keinerlei Befugnis hatte, schloss er die Schranke hinter sich, sodass kein Auto hinter ihm hochfahren konnte. Jetzt wollte er sich die Seele aus dem Leib strampeln.

Sein Kopf war wieder voll von diesen Gedanken, die ihn beherrschten, seit er ein Kind war. Er musste sich diese Gedanken hinausschwitzen. Man konnte das. Ja, man konnte sich lästige Gedanken hinausschwitzen. Das hatte ihm der Pfarrer erzählt, als er noch ein kleiner Junge war und dabei erwischt wurde, als er langsam einen Frosch zertrat.

Heute war wieder so ein Tag. Seine Phantasie und seine Erregung drohten mit ihm durchzugehen. Deshalb musste er schwitzen, sich quälen und dadurch frei werden. Dann würden auch seine rasenden Kopfschmerzen verschwinden. Er strampelte den Berg hinauf. Der Weg war zwar asphaltiert, doch so schmal, dass gerade ein Auto Platz hatte. Ab und zu gab es kleine Ausweichbuchten. Es ging so steil bergan, dass der Mann im ersten Gang nur sehr langsam vorankam.

Nach dreieinhalb Kilometern durch dichten Wald wurde das Gelände offen und flacher. Er sah das weißgetünchte Haus der Malga Ra Stua. Unterhalb lag ein Parkplatz, der jedoch noch leer war. Nur der Wagen der Wirtsleute stand vor dem Haus.

Er liebte diesen Ort. Hier machte er wie immer seine Rast, trank einen Schluck Wasser und setzte sich in die Wiese, die noch vom Tau bedeckt war und wo ein paar kräftige Haflinger weideten. Wenn er die Pferde grasen sah, kroch jedes Mal ein Gefühl der Wollust durch seine Adern und blieb in seiner Magengrube hängen. Er liebte diese Pferde. Und wenn er sie betrachtete, dann wuchs in ihm die Sehnsucht, in ihnen zu sein. In ihrem stolzen Körper mit ihnen eins zu werden. Mit ihrer Kraft, mit ihrer Anmut. Wie wunderbar es wäre, ihre Wärme zu spüren, in sie hineinzukriechen und ihre Geborgenheit zu fühlen.

Doch heute war es anders als sonst, nicht so intensiv. Heute würde er es ihnen sagen. Er musste es klarstellen.

Als kleines Kind hatte er Tiere gestreichelt, wie jedes Kind das tat. Als sein Vater für ein paar Wochen verschwunden war, als er sechs Jahre alt war, hatte seine Mutter ihm eine Katze geschenkt. Seine Mutter aber verbrachte all ihre Zeit mit ihrem neuen Liebhaber. Er suchte Zuflucht bei der Katze. Er liebte es, die Katze so fest an sich zu drücken, wie es nur ging. Dann fauchte sie. Und einmal hatte sie ihm das Gesicht so zerkratzt, dass er stark blutete und ins Krankenhaus musste.

Später bekam er einen Hamster, und der wehrte sich nicht. Er hatte den Hamster sehr lieb gehabt. So lieb, dass er ihn erdrückt hatte. Und es war seltsam gewesen, als das Tier starb. Er lächelte bei dem Gedanken daran. Nein, er hatte es nicht als grausam oder falsch empfunden, obwohl alle Leute mit ihm geschimpft hatten. Es war schön gewesen. Und wenn er jetzt daran dachte, so kamen seine zärtlichen Erinnerungen wieder in ihm hoch. Nachdem das Tier tot war, hatte er es noch eine Stunde lang gehalten und gestreichelt. Aber das waren ja verspielte Kindertage, eine wunderbare Zeit. Er lächelte bei dem Gedanken daran.

Nein, ein Hamster wäre jetzt nichts mehr für ihn. Er war doch erwachsen. Nun waren die Pferde seine große Liebe. Und hier, an diesem himmlischen Platz, auf den saftig grünen Weiden im Tal des Boite, der weiter oben in der Sennes entsprang, hier waren die schönsten Pferde, die er je gesehen hatte. Aber er hatte sich nie an sie herangetraut. Sie waren wie Heilige für ihn. Seine Pferde. Er hatte ihnen nie etwas antun können. Die Zeit war nicht reif dafür gewesen. Obwohl, der Gedanke daran … es erregte ihn jedes Mal, wenn er herkam.

Doch jetzt hatte er vor einer Woche eine Frau kennengelernt, die Sennerin von der Sternberg-Alm. Die Erinnerung an diese Frau, an ihren Duft, an ihr zartes Röcheln. Wie schön sie in dem Moment gewesen war! Und so ausgeliefert! Der tiefe Blick in ihre Seele! Wie verliebt sie ihn angesehen hatte! Nur schade, dass es nur einmal ging. So war das eben mit der Liebe, dachte er versonnen. Die Erinnerung daran erregte ihn. Starke Sehnsucht nach diesem Moment überkam ihn.

»Meine Pferde, meine wunderbaren Pferde«, sagte er fast bedauernd. Er sprach zu ihnen wie mit Kindern. Er biss sich leicht auf die Unterlippe. »Ich muss euch etwas gestehen.« Er lächelte verschämt, als er das sagte. Er hob die Arme und versuchte eine Entschuldigung. »Ich war euch nicht treu, ich bin auch bei Schafen gewesen. Und Kühen. Und ich habe sie geliebt. Es tut mir aufrichtig leid. Und wisst ihr was? Ich habe jetzt etwas ganz Neues gefunden. Ich habe jetzt etwas anderes als euch.« Er strahlte die stoisch grasenden Pferde an. Dann kniete er sich hin. »Ich habe … endlich mein Glück gefunden.« Er gluckste vor Freude. »Ich habe eine Frau kennengelernt!« Er warf den Kopf in den Nacken und stieß ein laszives Keuchen aus.

»Ich bin froh«, sagte er zu den Haflingern. »Ihr habt mich jahrelang an der Nase herumgeführt. Habt immer so getan, als würdet ihr mich lieb haben.« Fast beleidigt sprach er jetzt zu ihnen. »Und ich habe euch geglaubt«, rief er. Dann richtete er sich auf und herrschte sie trotzig an: »Ich werde euch verlassen. Ja, verlassen werde ich euch.«

Einem Knecht, der in einiger Entfernung arbeitete, fiel auf, wie der Mann lamentierte und schrie, und hielt inne. Als der Mann ihn bemerkte, zuckte er zusammen und hatte sich wieder unter Kontrolle. Er lächelte und winkte dem Knecht zu. Der Knecht winkte zurück und ging ins Haus.

Der Mann rupfte einen Büschel Gras aus und warf es nach einem der Pferde. Der Haflinger hob den Kopf, ignorierte ihn und graste weiter. »Blödes Pferd. Ja, du! Immer hab ich dich geliebt, und jetzt schaust du einfach weg!«

Er stand auf, reinigte seine Hose und bestieg sein Fahrrad. Er sah sich kurz um und lächelte das Pferd noch einmal zwinkernd an. »Vielleicht heute?«, sagte er verspielt. »Du schönes Pferd. Vielleicht heute? Hmm …«

Er schmunzelte, spürte, wie die Erregung erneut in ihm hochstieg, und fuhr los.

DER ROTE FLECK

St. Daniel, gegen Mittag (Montag, 21. Juli 2014)

Eddy stand vor dem kleinen Haus und klingelte. Eine ältere Frau öffnete und rieb sich die Hände an ihrem Kittel trocken. Als sie Eddy sah, erschrak sie. »Herr Inspektor! 'tschuldige, bin grad beim Erdäpfelschälen … Äh … ja kummen S' doch eini. Ja des is …« Sie hielt inne. Tränen standen in ihren Augen. »Des mit der Tochter tut mir so leid! Und des mit der Katt auf der Alm. So was! Wie geht's der Frau, Herr Inspektor? I hab g'hört, was passiert is.«

Eddy nickte und bedankte sich. »Meiner Frau geht's schon besser. Sie wird wieder. Dauert a Weil.«

»Aber die Tochter, die kommt net wieder«, sagte die Frau und spürte in dem Moment, dass sie das nicht hätte sagen sollen. »Mei, i red so an Blödsinn. 'tschuldige, Herr Inspektor.«

»Ist schon gut, Frau Röder, ist schon gut. Wissen Sie von irgendjemandem, der auf der Sternberg-Alm war, an dem Tag, als die Katt gestorben ist?«

Sie schüttelte den Kopf. »Na, i weiß nix. I war im Tal an dem Sonntag.«

»Und sonst fällt Ihnen niemand ein, aus der Nachbarschaft, der am Berg war?«

»Na ja, der Nachbarbua, der Toni, der war am Berg. Den könnten S' fragen.«

Eddy bedankte sich und ging zum Nachbarhaus. Eine Frau öffnete, die Eddy freundlich anlächelte. Sie kannten sich seit ihrer Jugend.

»Servus, Leni, ist dei Bua daheim?«

»Hat er was ausg'fressen, der Toni?«

»Nein, ich hab nur a Frage an ihn«, sagte Eddy. Er stützte sich am Türpfosten ab.

»Ja, Moment, Eddy.« Sie drehte sich um und rief den Namen ihres Sohnes ins Treppenhaus. Dann sagte sie leise: »Eddy …«

Er wusste schon, was kommen sollte. »Schon gut, Leni. Ich kann eh nix ändern.«

Sie umarmte ihn.

»Was is denn los?«, rief der Junge gelangweilt aus dem ersten Stock.

»Komm her, da ist die Gendarmerie.«

»Gibt's net, Mama.«

»I mein die Polizei!«

Eddy hörte Schritte auf der Treppe. Dann stand Toni vor ihm, schlaksig, groß und pickelig. Er strich sich die langen blonden Haare nach hinten und sah Eddy teilnahmslos an.

»Servus, Toni. Na, immer noch kei Arbeit?«

»A Scheiß is des. I such jetzt schon im zweiten Joahr. Und nix is da im Tal.«

»Ja, schlimm is des. Du, Toni, warst du vorletzten Sonntag am Berg?«

»Na, wieso?«, sagte er und suchte mit seinen Augen links unten an der Türschwelle Halt.

»Weil ich das g'hört hab, dass du am Berg warst.«

»Ja, des stimmt, aber net bei der ...«

»Toni, sieh mich an«, forderte ihn Eddy auf. »Sieh her!« Eddys Blick war streng. Toni schaute kurz in seine Augen, dann wanderte sein Blick wieder nach links unten zur Türschwelle.

»Toni, wenn du an dem Tag oben warst, bei der Katt, dann weißt du eventuell Dinge, die wir benötigen, um den Täter zu schnappen. Du hast ja sicher gehört, was da am Abend passiert ist.«

In dem Moment hielt ein Auto. Ein Mann stieg aus, der Bernsteiner Bruno. Er kam auf Eddy zu und zückte einen Fotoapparat. Sofort surrte der Kameramotor, und einige Bilder waren im Kasten.

»Servas Eddy, wie geht's dem Helden vom Hochweißstein?«, sagte Bruno mit sarkastischem Unterton.

Eddy spürte den Satz wie einen Messerstich. »Bruno, wenn du das Bild veröffentlichst, dann ...«

»Dann was, Eddy? Die Öffentlichkeit hat das Recht ...«

»… vor Schmierfinken wie dir beschützt zu werden«, funkte Eddy dazwischen.

»Was ist passiert mit deiner Tochter, Eddy? Konntest du sie nicht beschützen? Wie war das mit deiner Frau, Eddy? Sie wäre doch auch fast gestorben, wenn dein Freund, der Italiener, nicht dabei gewesen wär.«

Eddy ging die Treppe hinab und hob die Faust.

»Klar, Eddy, schlag zu. Ich mach ein Bild davon«, rief Bruno, hob die Kamera und drückte ab. »Unfähiger Polizist verprügelt Reporter. Hähä!«

»Na wenn du eh schon a Bild hast von mir mit der Faust, dann soll es sich auch …«, Eddys Faust krachte mit voller Wucht auf Brunos Nase, »… lohnen!« Eddy rieb sich die schmerzende Hand.

Bruno hielt sich völlig konsterniert das Gesicht. Eddy packte sich die Kamera und ging die Treppe hinauf. Dann nahm er den Chip aus dem Gehäuse. »Da, fang, Bruno!«, rief er und warf dem Reporter die Kamera zu, der sie gerade noch erwischte. Den Chip ließ er auf den Boden fallen und zertrat ihn mit dem Absatz seines Schuhs.

»Du Sau, Eddy!« Bruno war außer sich vor Wut. »Des wirst büßen, du Arsch!«

»Beamtenbeleidigung ist kein Kavaliersdelikt, Bruno. Und büßen werd i gar nix, damit des klar is.« Eddy ging auf Bruno zu und rieb seine Hand unter dessen blutende Nase.

»Aua, du Idiot!«, schrie Bruno.

Eddy ging unbeeindruckt zur weiß verputzten Hauswand und schätzte die Höhe ab. Dann klatschte er seinen Handballen dagegen, sodass ein roter Fleck zurückblieb. »Hier sind eins, zwei, drei Zeugen, die g'sehn haben, wie du vor lauter Deppertsein mit deiner schiefen Nas'n voll gegen die Mauer g'stolpert bist, stimmt's?«, fragte er laut in die Runde.

Frau Röder, die vor ihrer Haustür stand, und Leni nickten, Toni grinste.

»Siehst, Bruno, und da ist noch der Blutfleck an der Wand von deiner Rotzgurk'n. Igitt, wie ekelig!« Eddy verzog das

Gesicht, reinigte seine Hand mit einem Taschentuch und drehte sich von ihm weg.

Bruno zischte.

»Ma, Bruno, du stinkst net nur wie a Fuhre Mist, du bist auch noch blöd!«, rief Toni und lachte wie eine Hyäne.

Bruno fixierte Eddy hasserfüllt. Wortlos ging er rückwärts und drohte ihm mit dem ausgestreckten Zeigefinger. Dann stieg er in seinen Wagen und fuhr mit durchdrehenden Reifen davon.

HEINZIS SCHAM

St. Daniel, kurz darauf (Montag, 21. Juli 2014)

Toni grinste immer noch. »Super, Eddy. Des war großes Kino!«

»Und wer macht jetzt den Fleck weg?«, fragte Leni unterkühlt.

»Mama, des mach i schon. Der Eddy is der Wahnsinn!«, rief Toni glucksend.

»Lass ihn noch a paar Tag an der Wand. Bis die Sache gegessen ist«, bat Eddy. »Aber das befreit dich nicht von meiner Frage, Toni. Also, warst oben auf der Alm?«

Toni druckste. »Ja«, sagte er schließlich kleinlaut. Mit'm Heinzi. Weißt eh. Die Katt a bisserl hochnehmen. War a superlustiger Tag!«

»Ja, und? Was genau is passiert? Wer war alles dort?«

»Ich sag's dir, komm mit.« Toni ging in den Garten, Eddy und Leni folgten ihm. Sie setzten sich an einen Tisch. Eddy hob die Hand und nahm sein Telefon heraus. »Moment noch, Toni!« Er wählte Kittis Nummer. »Ja, kommt her. Wir haben was.« Er steckte das Handy wieder in die Tasche, dann forderte er Toni auf: »Also? Wer war dort?«

»Na ja, wer war alles dort? I weiß nur, wir war'n die Letzten.«

Leni war völlig überrascht von dem, was ihr Sohn da erzählte. »Wieso hast mir davon nix g'sagt, Toni? Spinnst jetzt oder was?«

»I hatt a bissl Angst, dass sie uns drankriegen.«

»Wer ist sie?«, fragte Eddy forsch.

»Na ihr, die Kiberei! Wir waren doch die Letzten, die oben waren!«, sagte er beinahe flehend.

»Tja, und jetzt? Was soll i jetzt denken, ha? Glaubst, jetzt is besser?«

In dem Moment kamen Waberer und Kitti in den Garten. Sie blieben etwas abseits, stellten sich aber so, dass sie zuhören konnten. Waberer nahm ein Diktiergerät aus der Tasche.

Tonis Mundwinkel zitterten. Er rutschte hin und her.

Eddy packte Tonis Schulter mit der rechten Hand. »Toni, wenn's nix getan habt's, dann brauchst di net fürchten, okay?«

Toni sah ihn an und nickte.

»Also, Toni. Wenn ihr beiden die Letzten wart und ihr nix g'macht habt«, sagte Eddy ruhig, »dann war folglich noch jemand nach euch oben.«

Toni richtete sich erleichtert auf. »Du glaubst mir also?«

»Mal sehen, ob ich das kann. Ist jedenfalls merkwürdig, dass du dich nicht gemeldet hast, und der Heinzi auch nicht.«

»Langsam, Eddy, du meinst doch nicht, dass mein Sohn was damit zu tun hat!«, mischte sich Leni empört ein. »Du spinnst wohl!«

»Hey, Leni, ich mach hier meine Arbeit. Wenn es nötig ist, dann bestell ich die beiden auf den Posten. Die sind beide volljährig.«

Leni war sauer. »Na bravo, Herr Inspektor. Des is ja wohl das Allerletzte!«

»Leni, was würdest du an meiner Stelle tun?«, fragte Eddy. »I muss die Fragen stellen. Oder glaubst etwa nicht?«

Leni blieb stur. »Aber net mein Sohn.«

»Leni, niemand hat Toni beschuldigt. Ich will nur genau wissen, was vorgefallen ist.«

»Is schon in Ordnung, Mama. Lass ihn machen. Er hat ja recht, ich hätt mich melden müssen«, sagte Toni und legte seine Hände in den Schoß.

»Geh, Leni, bitte ruf doch einmal den Heinz an, der soll rüberkommen. Der wohnt doch gleich drei Häuser weiter.«

Leni zögerte und presste die Lippen zusammen, doch dann nickte sie und ging ins Haus.

»Also, Toni, wer war oben an dem Tag?«, fragte Eddy, doch bevor Toni antworten konnte, klingelte Eddys Handy. »Entschuldigung, das Krankenhaus.« Eddy stand auf und ging in eine Ecke des Gartens.

Am anderen Ende war Susanne. »Eddy, du musst kommen. Ich brauch dich.« Susanne schluchzte. »Eddy … ich pack das nicht … tot!« Wie einen Messerstich spürte er ihre Worte tief in sich, wühlend und brennend. Doch sie hatte es ausgesprochen, dachte Eddy, sie hatte es zumindest jetzt angenommen.

»Versuch zu schlafen. Wenn ich komme, dann weck ich dich! Ich bin … bald bei dir, meine Liebe.« Sie legte auf. Eddy hielt das Handy krampfhaft umschlossen, legte den Kopf in den Nacken und atmete mit geschlossenen Augen durch. Wie grausam dieser Schmerz sich den Weg bahnte. Er wusste, dass er ihn zulassen musste. Denn der Schmerz würde nicht weniger werden. Aber er musste lernen, ihn zu ertragen. Sich zu wehren hatte keinen Sinn.

Sein ganzer Körper war in Aufruhr. Oh Gott, was hast du zugelassen?, schrie er in Gedanken. Oh Gott, was hast du getan?

Eine Hand legte sich auf seine Schulter. Kitty. Er spürte die Gegenwart wieder. Allmählich fing er sich, das Brennen ließ nach. Er steckte das Handy in die Tasche und ging mit glasigen Augen zum Tisch.

Leni war zurück und erkannte seine Lage. Eine Träne hatte sich aus seinem Auge gelöst. Sie schaute ihn traurig an und nahm seine Hand. »Ach, Eddy! Es ist schrecklich!«

Er nickte und sah kurz zu Boden. Dann hob er den Blick, sah ihr dankend in die Augen und wandte sich gleich wieder an Toni. »Also, wer war oben?«

»I hab dei Tochter gekannt. Von der Schul. Sie war zwar a paar Jahr älter als i, aber gekannt hab i sie. Des is a Scheiß, Eddy, des is so a Scheiß!«

Eddy schloss fest die Augen und nickte. »Ja, Toni, danke.« Noch einmal ein tiefes Durchatmen. »Aber jetzt zur Sternberg-Alm. Bitte!«

»Na ja, jede Menge Touristen vom Gailtal her und ein paar aus Italien waren oben.«

»Weißt du, welche Touristen?«

Toni dachte nach. »Viele Deutsche halt. Hatte sich ja wohl rumgesprochen, dass die Katt da oben ihr neues Reich hatte.«

»Irgendwelche Besonderheiten? Ist dir irgendjemand aufgefallen?«

Toni schüttelte den Kopf. »Nein, Eddy, ehrlich, ich kann nix sagen.«

In dem Moment kam Heinz in den Garten gewackelt. Sobald er Eddy sah, hielt er sich gerade wie ein Brett, die spitze Nase nach oben gereckt. Er war etwa einen halben Kopf kleiner als Toni und viel kräftiger. Seine dunklen Haare waren kurz geschnitten, und sein gesamtes Auftreten hatte etwas von einem kleinen Feldwebel. »Servus«, sagte er freundlich und laut.

»Setz dich, Heinz. Mich kennst du?«

»Klar, der Eddy Zett!«

Eddy grinste verhalten. »Hast du irgendwas gesehen am vorletzten Sonntag auf der Sternberg-Alm?«

Heinz zögerte. Dann schüttelte er langsam den Kopf. »Nix, na! A Haufen Deutsche und Italiener halt. Weißt eh, die Italiener kommen von Paularo über die Malga Cason di Lanza rüber. Die kennt man ja fast alle. Früher waren die oft auf der Rattendorfer Alm, jetzt bleiben sie halt bei der Katt hängen.«

»Und euch ist wirklich sonst nix aufgefallen?«, fragte Kitti von hinten. Die beiden drehten sich um.

»Hmmm …«, brummte Heinz und musterte nachdenklich die Tischplatte.

»Wennst was weißt, Heinzi, dann sags um Gottes willen jetzt!«, flehte Leni.

Er sah auf. »Na ja, da war der komische Kauz, der den ganzen Nachmittag weit oben saß. Gar nix getrunken hat er. Die ganze Zeit bei die Küh war er. Kannst dich erinnern, Toni?«

Toni nickte. »Ja, da war einer.«

»Wie sah er aus?«, fragte Eddy gespannt.

»Pfffff, du fragst Sachen!«, sagte Heinz forsch. »Wie a Italiener halt.«

»Und wie sieht a Italiener aus?«, fragte Eddy. »Kommt, Heinz, Toni, denkt nach, beide!«

»Na ja, groß war er. Dunkle Haar, würd i sagen«, sagte Toni.

»Na, so groß war er net, und die Haar waren eher blond, oder?«, meinte Heinzi.

»Wie groß war er denn jetzt? Wie du oder eher wie der Toni?«

»Na so«, sagte Heinz und hob den Arm im Sitzen.

Eddy verdrehte die Augen. »Steh mal auf, und dann zeigst du es mir genau.«

Heinz stand auf, sah nach oben und hielt die Hand etwa fünfzehn Zentimeter über seinen Kopf. »Eher wie der Toni.«

»Also, in etwa eins achtzig?«

»Ja«, antwortete er und bewegte unsicher den Kopf hin und her.

»Ja oder nein?«

»Ja, ja. Eins achtzig.«

»Kannst du dich auch an die Haarfarbe erinnern?«

»Na, net richtig. Er hat ja so a Baseballmütze getragen. Und er hatte normale Wandersachen an. Und an grauen Rucksack, unauffällig halt«, meinte Heinz.

»Grauen Rucksack? Ziemlich ungewöhnlich, oder?«, fragte Eddy.

Toni nickte. »Ja, wenn man die anderen Farben alle so sieht. Stimmt.«

»So an alten Jagerrucksack, mein i«, sagte Heinz.

»Würdet ihr den Kerl wiedererkennen?«

Toni schüttelte den Kopf. »Na, i net. I hab mir den überhaupt net g'merkt.« Er zog die Mundwinkel herunter.

Heinz zögerte. »I schon. Hmm, merkwürdig fand i …«

»Was?« fragte Eddy. »Was fandst du merkwürdig?«

»… dass der die Küh … na ja … so deppert g'streichelt hat.«

»Wie gestreichelt?«, fragte Eddy.

»Na ja, er hat mit ihnen g'redt. So wie man mit an Pferdl red. Aber a Pferd rennt ja net weg, normalerweise. Aber a Kuah schon. Die rennen weg, wenn sie di net kennen. Aber net bei dem Kerl. Der hat sie am Kopf gestreichelt und mit ihnen g'sprochen. So wie wenn er sie ... sie kennt.«

»Wie kennt? Bist sicher?«, fragte Toni. »I hab das net g'sehn.«

»Du warst wieder mal im Öl, eins nach dem anderen hast g'soffen. Bei die Rattendorfer Deppen, und hast mitg'sungen. Da hast nix mit'kriegt.«

»Und ist dir noch was aufgefallen, Heinzi?«

»I weiß net, ob i des sagen soll. Na, des sog i net«, grummelte er gehemmt.

Eddy packte ihn an der Schulter. »Los, Heinz, sag's. Sag, was du gesehen hast.«

Heinz sah Toni an, und dann Leni. »Aber net, wenn die Leni dabei is.«

»Sag schon, Bua! I friss di net auf!«, forderte Leni bestimmend.

»Huuu, des is so grausig. Blöd is des. Uaaaa.« Heinz wand sich, und Eddy spürte, wie sich der Junge schämte.

»Na los, stell di net so an!«, befahl Leni.

»Also gut. Als es schon später war, da hatt i auch schon ein paar gekübelt. Da waren nur noch wenig Leut dort. Ahhhh, der Kerl hat der Kuh halt immer wieder ...« Er stockte und machte eine eindeutige Geste. Er schüttelte sich.

»Was meinst?«, fragte Toni.

»Na ja, das hast du doch auch g'sehn. Der war zwar weit weg, aber da warst du grad mal bei mir, und net am Tisch bei die Rattendorfer. Aber b'soffen warst halt.«

»Ahhhhh«, Toni schlug sich die Hand vor die Stirn. »Du meinst, wo wir so g'lacht haben?«

»Jaaaa.« Heinz grinste und wand sich vor Scham.

»Also?«, fragte Eddy. »Los jetzt, sag's genau.«

Toni konnte sich nicht mehr halten, ließ sich in seinem Gartenstuhl zurückfallen und brach in schallendes Gelächter aus, wobei ihm die Röte ins Gesicht stieg. Er schlug sich die Hände vors Gesicht, wobei er wie ein Huhn gackerte.

Dann atmete Heinz tief durch und schrie fast: »Er … also … i mein, der hat der einen Kuah halt immer wieder zwischendurch ans Euter g'langt.« Unterstützend machte er entsprechende Handbewegungen. »Wia wenn's a Frau g'wesen wär. Total krank!«

LUIGIS HAFER

Malga Ra Stua, am Morgen (Dienstag, 22. Juli 2014)

Als Luigi, der Knecht, am frühen Morgen vor das weiße Almhaus trat, spürte er, dass etwas nicht in Ordnung war. Luigi war schon seit ewigen Zeiten hier zu Hause. Wenn die Alm bewohnt war, war auch er hier. Er liebte die Tiere und kannte jedes einzelne von ihnen, als wenn sie seine Kinder wären.

Auf den Weiden lag noch der Tau, der Himmel war eisblau und die Pferde grasten bereits. Die Nacht war kühl gewesen, doch die Tiere waren bis auf ein paar Wieherer ruhig geblieben. Er wusste nicht was, aber irgendetwas beunruhigte Luigi. Scheppernd stellte er den Blecheimer mit dem Hafer ab und sah auf die Weide. Er zählte durch. Zehn Pferde. Eines fehlte.

Zwei Minuten später waren der Senner, seine Frau und er damit beschäftigt herauszufinden, um welches Tier es sich handelte. Schnell hatten sie entdeckt, dass Cora nicht da war. Das schönste Pferd unter den elf Haflingern, wie Luigi fand.

Sie beschlossen, die Gegend abzusuchen. Es war nicht das erste Mal, dass ein Tier abgängig war. Zumeist waren sie auf der Suche nach anderem, frischerem Gras, würzigeren Kräutern oder einfach Abwechslung. Luigi wusste das, weil er die Tiere schon lange kannte. Jedes einzelne hatte er aufwachsen sehen. Jeden Tag sprach er mit ihnen, väterlich und fürsorglich. Und die Tiere sprachen mit ihm. Zumindest behauptete Luigi das, und sein Senner und seine Sennerin glaubten es ihm.

Wenn ein Tier weg war, dann war es zumeist nicht sehr weit gekommen. Nach einer halben Stunde spätestens hatten sie es immer wieder friedlich grasend irgendwo am Weg oder am Waldrand weiter oben im Val Salata gefunden. Aber Cora war noch nie abgehauen. Und das beunruhigte Luigi so sehr, dass er sich Sorgen machte. Das passe nicht zu Cora, sagte Luigi zu seiner Sennerin.

Sie beschlossen, in verschiedenen Richtungen zu suchen. Luigi ging zurück zum Haus und holte den Hafereimer. Damit würde er das Tier locken können, wenn er es sah. Er stieg ruhig und langsam den grünen Hang hinter dem Haus hinauf, während der Senner und die Sennerin mit dem kleinen Suzuki den Weg zur Sennesalpe hinauffuhren.

Luigi erreichte den Rand des Nadelwaldes. Immer wieder rief er das Pferd in dem noch lichten Wald. »Coraaaaa, Coooooraaaa!«

Nach etwa zehn Minuten kam er zu einer flachen Stelle inmitten hoher Bäume. Er sah Cora am Boden liegen. Bewegungslos.

»Cora«, sagte er fast fragend mit sanfter Stimme, so wie ein Vater seine Tochter ansprechen würde. Das Tier hatte seine Beine merkwürdig weit auseinander gestreckt. Luigi ging um das Tier herum. Er wollte seinen Augen nicht trauen. Der Hafereimer fiel ihm aus der Hand.

Als er erkannte, in welchem Zustand sich das Tier befand, erschrak er derart, dass ihm das Herz stockte. Er kniete nieder, spürte Trauer und Schmerz, dann einen brennenden Krampf. Luigi packte sich an die Brust und atmete schwer röchelnd. Er reckte die Hände, als wenn er beten wollte, verzog vor Schmerz das Gesicht und brach zusammen.

ALTE FREUNDE

Sappada, am Morgen (Dienstag, 22. Juli 2014)

Nach der Befragung der beiden Jungs waren Eddy, Kitti und Waberer zum Posten-Büro gefahren, um die Aussage der Burschen zu protokollieren. Sie wussten jetzt, wonach sie suchen mussten.

»Lasst uns mal zusammenfassen, was wir wissen«, sagte Kitti. »Italiener mit grauem Jagdrucksack. Offensichtlich verhaltensauffällig in Gegenwart von Tieren, sexuell abnorm. Hasst und liebt Frauen gleichzeitig. Jagdausbildung. Und er versteht was von Chemie. Das alles deckt sich auch mit deinen Vermutungen, Eddy, die du aus dem Gespräch mit Schranner gewonnen hast. Richtig?«

Eddy nickte. »Und das deckt sich außerdem mit dem Mörder, dem wir auf dem Hochweißstein … begegnet sind.« Eddy atmete tief durch.

»Es ist vielleicht an der Zeit, die italienischen Kollegen einzuweihen«, sagte Waberer.

»Ihr informiert jetzt erst mal die Kollegen aus den anderen Polizeiposten, dass wir eine Spur haben«, stellte Eddy klar. »Gib ihnen die Personenbeschreibung und die Fakten aus der Befragung weiter. Ich fahr eventuell heute noch oder morgen nach Auronzo ins Krankenhaus und nehme danach Kontakt mit Fredo auf. Okay?«

»Geht klar, gell, Franz? Wir machen das!«, sagte Kitti, und Waberer nickte.

Eddy selbst war so fertig, dass er sofort heimgefahren war. Er hatte im Krankenhaus angerufen, und die diensthabende Schwester hatte ihm gesagt, er könne beruhigt zu Hause bleiben, Susanne würde tief und fest schlafen, und das noch mindestens fünfzehn weitere Stunden. So war Eddy kurz darauf halbwegs beruhigt auf dem Sofa eingeschlafen.

Am nächsten Morgen verließ Eddy das Haus gegen acht und stieg ins Auto. Er entschied sich für die Route über den Plöckenpass und Sappada südlich des Karnischen Hauptkamms. In Bladen, wie Sappada auf Deutsch hieß, war er lange nicht gewesen. Er könnte kurz seinen alten Freund Angelo begrüßen und in seiner Bar einen Kaffee trinken. Ihm war danach, ihn zu sehen, denn Angelo hatte Uli sehr gern gehabt. Er sehnte sich nach seinem Trost.

Angelo und er hatten sich vor einigen Jahren in den Bergen kennengelernt. Danach hatte er sie öfter begleitet, wenn Eddy und Uli auf Schatzsuche gegangen waren. Von Sappada aus konnte man in der Umgebung des Monte Ferro alte Bergwerkstollen und Erzminen ausfindig machen. Sappada war vor mehr als neunhundert Jahren von ausgewanderten Tirolern aus dem Pustertal gegründet worden, um Bergbau zu betreiben. Und sie waren damit sehr erfolgreich.

Nach eineinhalb Stunden Fahrt parkte er den Wagen auf der Hauptstraße und ging in Angelos Bar. Als der Eddy sah, kam er hinter dem Tresen hervor, breitete die Arme aus und umarmte ihn. Er begrüßte ihn auf Bladnerisch. Man sprach hier immer noch ein mittelalterliches Tiroler-Deutsch, das sich über die Jahrhunderte wie auf einer Insel gehalten hatte.

Angelo wusste Bescheid, es hatte sich schnell herumgesprochen. Er drückte Eddy an sich und ließ ihn eine Zeitlang nicht mehr los. »Es tut mir so leid, mein Freund«, sagte Angelo.

Eddy setzte sich an die Bar, und Angelo machte ihm einen doppelten Espresso.

Angelo lächelte. »Weißt du noch, mein Freund, wie Ulis Augen geleuchtet haben, als sie den kleinen Pyritwürfel gefunden hat?«, fragte er.

Eddy nickte und presste zitternd die Lippen zusammen. »Ja, wir waren auf Schatzsuche. Du hast uns die alten Minen gezeigt.« Eddy schluckte. Dann stöhnte er auf und versuchte sein Weinen zu unterdrücken.

»›Gold!‹, hat sie gerufen.« Angelo lächelte traurig. »›Schau her, Papa, Gold!‹, hat sie immer wieder gesagt.«

»Und du hast dir den Würfel angesehen und sie bestätigt und gestaunt wie ein kleiner Junge.« Er schniefte. »Ach, Angelo, was mach ich bloß ohne sie?«

»Ja, sie hat vor Freude nur so gequiekt damals.«

»Ich musste dir das Versprechen geben, ihr nie zu erzählen, dass es nur Katzengold war.«

Jetzt löste sich auch bei Angelo eine Träne. »Katzengold«, lachte er bitter, »nur Schwefel und Eisen.« Er lachte und weinte zugleich.

Eddy griff nach seinem Arm. »Ja, Katzengold, aber es sah genau so aus wie Gold. Uli hat damals ihren kleinen Schatz daheim in ein Schmuckkästchen gelegt, das mit Samt ausgekleidet war.«

»Gibt es den Schatz noch?«, fragte Angelo und putzte seine Nase.

Eddy nickte und sagte leise: »Ja, der Würfel ist zwar mit der Zeit an der Luft verrostet, aber Uli war das wurscht«, sagte er dünn. Er schluckte und schluckte, bekam kein weiteres Wort heraus.

Angelo nahm Eddys Kopf in die Hände. »Für sie war es ihr erstes Gold, Eddy. Sie war ein wunderbares Mädchen.«

»Ihr Schatz ist nur noch Rost, und sie ist tot.« Eddy ließ die Tränen laufen, denn sie halfen ihm, seine bittersüßen Gefühle und Gedanken zu verkraften.

Angelo legte die Hände auf den Tresen. »Ja, Eddy, das ist sie. Und es ist eine Tatsache, die kaum zu ertragen ist.« Er machte eine kurze Pause. »Wie geht es Susanne?«

Eddy wischte sich die Tränen aus den Augen. »Den Umständen entsprechend gut.« Seine Stimme klang verschnupft. »Sie liegt in Auronzo im Krankenhaus. Sie wird wieder. Ich bin gerade auf dem Weg zu ihr.«

»Holst du sie nicht nach Österreich?«

»Ich glaube, es ist besser, wenn sie hier bleibt. So merkwürdig sich das anhört, aber in Österreich würde es gar nicht so einfach sein, für sie einen Polizisten abgestellt zu bekommen, der sie rund um die Uhr bewacht. Denn das Verbrechen ist ja nicht in Österreich passiert. Bevor der Antrag durch ist, ist sie wieder raus aus dem Krankenhaus. Ich glaube, hier ist sie erst mal sicher.« Er presste die Lippen zusammen. »Ich fahr jetzt zu ihr. Was bekommst du für den Kaffee?«

»Nichts, Eddy. Ist schon gut.«

»Danke, Angelo, aber so was fang ich erst gar nicht an«, sagte Eddy, kramte zwei Münzen aus der Tasche und legte sie auf den Tresen. »Alles soll möglichst normal sein, auch das Zahlen.«

Angelo nahm das Geld und warf es in die Trinkgeldkasse.

Kurz vor der Tür blieb Eddy noch einmal stehen und drehte sich um. »Angelo, noch was. Wenn du einen Typen siehst, Italiener, eins achtzig groß, schlank, gut gebaut, mit einem alten grauen Jagdrucksack, dann sag Bescheid. Der hat nämlich Uli auf dem Gewissen. Und wahrscheinlich noch viel mehr. Und hoffentlich, hoffentlich werden es nicht noch mehr werden.«

COMMISSARIO GALBANI

Corvara, Vormittag (Dienstag, 22. Juli 2014)

Nach seinem Besuch bei Angelo fuhr Eddy weiter nach Auronzo. Susanne war körperlich außer Gefahr. Ihre Verletzung musste noch nachbehandelt werden, aber im Großen und Ganzen ging es ihr körperlich gut. Seelisch aber hatte sie sich komplett zurückgezogen. Eddy kam kaum an sie heran. Es war wohl ihre Art, Ulis Tod zu verarbeiten, dachte er.

Sie starrte die ganze Zeit aus dem Fenster. Nicht, dass sie abweisend zu Eddy gewesen wäre: Sie hatte ihn angefasst, gestreichelt, sogar kurz in seinen Haaren gewühlt. Aber sie konnte nicht reden. Egal, was Eddy fragte, er bekam keine Antwort. Nur leere Blicke.

Zum Abschied küsste er Susanne auf die Stirn und nahm sie fest in die Arme. Er versprach ihr, wiederzukommen, sobald es ihm möglich war. Als er ging, sagte sie doch noch etwas: »Find das Schwein, Eddy. Find ihn! Versprich es mir.«

Eddy nickte. »Ich verspreche es dir! Ich find ihn.«

Als Eddy im Auto saß, dachte er, dass der Besuch bei Angelo ihm gut getan hatte. Das Weinen hatte ihn befreit. Die Wut, die sich während der letzten Tage aufgebaut und ihn völlig aufgewühlt hatte, war eingedämmt. Er rief Fredo an, um seinen Besuch anzumelden. Dann raste er nach Corvara.

Als Eddy die Comando Stazione betrat, empfing ihn Fredo mit den Worten: »Eddy, wir haben einen neuen Fall.«

»Was, eine Frau?«, rief Eddy.

»Nein, einen toten Knecht. Und ein massakriertes Pferd. In der Sennes. Komm mit.«

»Seit wann weißt du das?«, rief Eddy Fredo hinterher.

»Seit eben. Jetzt komm schon, Eddy!« Fredo forderte ihn durch einen Wink mit dem Kopf auf, ihm zu folgen. Dann eilte er weiter. »Ein Kollege aus Cortina hat angerufen. Die wissen von unserem Fall. Commissario Galbani von der mobilen Einheit der Questura war zufällig heute Morgen bei uns, weil er mich wegen … wegen des Tods von Uli sprechen wollte. Er ist schon zum Tatort gefahren. Ich hab noch auf dich gewartet.«

Sie sprangen in Fredos Dienstwagen. Fredo raste den Valparolapass hinauf, als würde er den Teufel jagen. Und in gewisser Weise tat er das ja auch. Im gleichen Fahrstil und mit quietschenden Reifen donnerten sie den Falzaregopass hinab nach Cortina, wo sie zwei Carabinieri trafen, die dann voranfuhren. An der Malga Ra Stua stellten sie die Fahrzeuge ab. Ein weiterer Kollege erwartete sie bereits.

»Das ist Eddy Zettler, österreichische Polizei.«

»Da oben, am Waldrand. Ich bring euch hin«, sagte der Kollege. Die beiden anderen verabschiedeten sich von ihnen.

Als Eddy und Fredo zum Tatort kamen, bot sich ihnen ein merkwürdiges Bild. Das Pferd lag in einer riesigen eingetrockneten Blutlache, die Gedärme quollen hervor. Die Mähne war wie frisch gekämmt. Ihm fehlte ein Ohr. Neben der Blutlache lag der Tote im Gras. Die Arme waren weit ausgestreckt, seine verschränkten Hände in der Blutlache des Pferdes. Neben dem Pferd hockte ein Mann in einem dunkelbraunen Mantel. Seine pechschwarzen Haare waren gegelt und zurückgekämmt.

Fredo sagte auf Italienisch: »Commissario Galbani, darf ich vorstellen? Das ist Chefinspektor Edmund Zettler aus Kärnten. Er versteht Italienisch. Er ist der Mann, der von österreichischer Seite her die Untersuchungen durchführt. Und der Vater der …«, Fredo sah zu Boden, »… der jungen Signorina, die auf dem Monte Peralba zu Tode gekommen ist.«

Galbani stand auf und reichte Eddy die Hand. »Mein tiefes Mitgefühl, Ispettore Settlerrr«, sagte Galbani auf Deutsch und machte eine salbungsvolle Handbewegung an sein Herz. Sein Gesicht jedoch war kühl wie eine venezianische Trauermaske. Dann sprach er auf Italienisch weiter: »Eigentlich dürften Sie nicht hier sein. Die Polizei-Kooperation in diesem Fall zwischen den beiden Ländern ist noch nicht unterschrieben.«

»Von wem nicht unterschrieben?«

»Von Österreich«, sagte Galbani knapp.

Eddy fauchte. Michel. Dieser Idiot! Hatte die Unterschrift zurückgehalten. Er wollte ihn also tatsächlich vom Fall abziehen. Dieses feige Schwein! Na warte!, dachte Eddy. Er ging ein paar Meter den Weg zurück, packte sein Handy aus und wählte. Bevor Michel etwas sagen konnte, herrschte Eddy: »Michel, wieso ist das Abkommen nicht unterschrieben? Wer hat das zurückgehalten?«

Michel maulte etwas von einem vorgesetzten Oberst, der in Wien im Krankenhaus wäre und nicht unterschreiben könne. »Michel, wenn du das nicht sofort erledigst, dann dreh ich dir eigenhändig den Hals um!«, schrie er in das Telefon. »Das interessiert mich einen Scheiß, ob du das darfst oder nicht. Dann hol den Oberst halt aus dem Krankenhaus raus. Unterschreib das Ding, geh zum Minister, oder zum Papst!«

Galbani hörte aufmerksam zu und wunderte sich sichtlich über Eddys Ausbruch.

Eddy drehte sich ein Stück weiter zur Seite. »Du Arsch, willst du mich verladen?«, zischte er ins Telefon. »So, und jetzt sagst du dem Commissario Galbani hier neben mir, dass das alles in Ordnung ist und es sich nur verzögert. Du kannst doch Italienisch!« Er reichte Galbani sein Handy, der verwundert die Hand nach dem Gerät ausstreckte und süffisant fragte: »Il papa?« Dabei machte er ein Gesicht, als hätte Eddy ihm den Herrgott persönlich ans Telefon geholt.

Nach zwei Minuten gab Galbani das Gerät an Eddy zurück. »Ihr Chef ist … äh … ziemlich sconcertato, äh? … verwirrt.«

»Na ja, nicht immer, nicht immer. Entschuldigen Sie, Commissario. Aber wie Sie wissen, so etwas kommt vor.«

Galbani nickte. »Kommt vor, ja, kommt vor. Aber entschuldigen Sie, Ispettore, ich muss mit dem Kollegen allein reden.«

Eddy nickte und entfernte sich, um sich den Tatort genauer anzusehen.

»Sind Sie nicht bei Trost?«, fauchte Galbani Fredo an. »Was haben Sie mir da für einen Verrückten angeschleppt? Der soll Ermittlungen leiten? Ein Mann, der seinen Vorgesetzten vor allen anderen zur Schnecke macht? Schaffen Sie mir den Kerl vom Hals. Sofort!«

Fredo versuchte den Commissario zu beschwichtigen. »Commissario, der Mann hat gerade seine Tochter verloren, seine Frau ist schwer verletzt worden. Er steht unter enormem Druck.«

Der Commissario fixierte Fredo unterkühlt. »Eben deshalb. Der kann das nicht!«

»Commissario, er ist der Beste! Er ist ein unglaublich guter Polizist. Wir brauchen ihn.«

Galbani schüttelte den Kopf. »Nein!«

»Bitte!« Fredo flehte. »Ohne Eddy geht es nicht!«

Der Commissario starrte Fredo in die Augen. Zehn Sekunden lang, die Fredo erschienen wie zehn Minuten. Doch er hielt ihm stand.

»Na gut«, sagte Galbani schließlich zischend. »Aber noch einen solchen Ausfall, und er ist raus! Und Sie garantieren für ihn!« Dann warf er seine Hand in die Luft und machte eine abfällige Geste. »Ihr Südtiroler«, schimpfte er. »Ihr macht doch ohnehin immer was ihr wollt. Also, holen Sie ihn schon her, Ihren Eddy. Ich will noch heute einen Bericht! Ich fahre zurück nach Bolzano. Und keine Alleingänge, klar?«

Fredo nickte. »Sie können sich auf mich verlassen.«

Der Commissario blieb vor Eddy stehen und sagte: »Sie haben gute Freunde in Rom. Man hat sich für Sie eingesetzt.«

Eddy zuckte mit den Schultern.

»Sie wissen schon wer. Dieser Dottore. Der Mann hat Einfluss.« Er musterte Eddy von oben bis unten. »Na ja, von Toten mag er etwas verstehen, Ihr Dottore. Aber von Menschen?«

Er wandte sich ab und warf wieder seine Hand in die Höhe, als wenn er kapituliert hätte. Wortlos und scheinbar stinksauer verließ er den Tatort. Doch Fredo wusste es besser. Er lächelte vor sich hin. Einerseits, weil er Galbani rumgekriegt hatte, andererseits, weil er wusste, dass Galbani ihn als Südtiroler in Wirklichkeit mochte. Galbani hatte sie in einem Bericht nach Rom einmal als den zuverlässigsten Menschenschlag bezeichnet, den er kenne. Das hatte ihm dort nicht nur Freunde beschert. Andererseits konnte sich Galbani seither sicher sein, dass man ihn fortan in Südtirol immer zu einem Glas Wein einladen würde.

EDDYS VERSPRECHEN

Malga Ra Stua, kurze Zeit später (Dienstag, 22. Juli 2014)

Während sie den Tatort genau betrachteten und analysierten, versuchte Fredo immer wieder, mit Eddy ein Gespräch zu führen, wie es in dieser Situation normal war. Doch Eddy sagte nur das Allernötigste. Er wollte einfach nicht reden.

Der tote Knecht wurde schließlich in einem Leichensack abtransportiert, während das aufgeschlitzte Pferd noch von Spezialisten der Spurensicherung untersucht wurde.

Fredo war verärgert. Er wollte Eddy jedoch nicht kritisieren, denn er wusste, dass sein Freund momentan für vernünftige Argumente kaum zugänglich war. Wortlos gingen sie zum Parkplatz zurück. Am Auto hatte Eddy erneut einen Ausbruch. »Ich muss das Schwein zur Strecke bringen!«, rief er und schlug mit der Faust eine Beule ins Autodach.

»Allein?«, fragte Fredo angesäuert. »Ich glaub, der Commissario hat recht. Du bist emotional gelähmt.«

Eddy sah ihn an wie einen faulen Apfel. »Emotional gelähmt. Du meinst, ich bin ein seelischer Krüppel? Ja, Fredo das bin ich. Ich könnte rasen vor Wut. Und andererseits könnte ich schreien vor Unglück. Aber ich entscheide mich für Ersteres. Ich werde rasen vor Wut und diesen Schlächter bei lebendigem Leib skalpieren.« In Eddys Gesicht spiegelte sich purer Hass.

Fredo ging zwei Schritte auf ihn zu. »Bist du eigentlich total bescheuert?«, herrschte er ihn an. »Ich weiß, unter welchem Druck du stehst, Eddy, aber dein Benehmen ist vollkommen inakzeptabel!«

Eddy drehte sich um und sagte aufgebracht: »Auf welcher Seite stehst du eigentlich, Fredo?«

»Auf welcher Seite ich stehe? Du fragst mich, auf welcher Seite ich stehe? Das fragst du mich wirklich? Weißt du was, Eddy? Du kannst mich mal kreuzweise!« Fredo drehte sich weg. Er war tief getroffen und lief rot an.

»Ah, so fängt das jetzt an! Du willst mich raushaben, rausekeln, was? Schöner Freund! Das fädelst du ja großartig ein, Fredo!«

Fredo war kurz vor dem Platzen. »Du blöder Idiot, ich halte hier meinen Kopf für dich hin, Eddy! Ist dir das eigentlich klar? Ich müsste das alles nicht tun. Ich kann das allein mit dem Commissario machen. Aber ich hab dich hier reingeholt, weil du gut bist, weil du mein Freund bist, weil ich dir vertraue. Und du? Misstraust mir auf der ganzen Linie, oder wie?«

Eddy rührte sich nicht.

»Ich erwarte von dir, dass du mich dabei nicht beschädigst! Der Commissario wollte dich rauswerfen. Ich hab dir eben da oben den Arsch gerettet«, schrie Fredo und zeigte zum Wald. »Und meinen dabei in den eiskalten Regen gehalten. Also: Halt … dich … zurück! Ich leite das hier. Klar?«

Eddy schwieg. Am Rand des Parkplatzes sah er, dass jemand aus einem Auto heraus ein Bild von ihm und Fredo machte. »Hey!«, schrie er. Er wollte hinlaufen, doch der Wagen fuhr los. Eddy stolperte und fiel der Länge nach in den splittrigen Schotter. Als er aufstand, fluchte er und besah sich die aufgerissenen Handflächen. Er stützte sich am Auto ab. »Ich habe es Susanne versprochen«, sagte er zu Fredo und legte die Stirn auf das Autodach.

Fredo wartete, bis Eddy den Kopf wieder hob. Dann sah er ihm tief in die Augen und sagte: »Ich auch, Eddy, ich auch.«

EIN KOLLATERALSCHADEN

Santo Stefano di Cadore, am Morgen (Mittwoch, 23. Juli 2014)

Der Mann saß an einem kleinen Tisch vor der Bar in Santo Stefano. Er beobachtete, wie weiter unterhalb der Piave dahinfloss, und rührte in seinem Cappuccino. Das Wasser des Flusses glitzerte in der Sonne. Er holte sich zwei Zeitungen, setzte sich zurück an den Tisch und schlürfte an seinem Kaffee. Er hatte mit kleinen Meldungen gerechnet wegen des Pferdes. Es tat ihm nicht leid, das mit dem Pferd. Geschah ihm recht. Es hätte sich ihm gegenüber respektvoller verhalten sollen. Blödes Tier! Es hatte verdient, jetzt tot zu sein. Aber der Gedanke daran, wie es geschehen war, ließ ihm einen Schauer der Lust durch den Magen schießen. Er lächelte. Seine Schneidezähne verbissen sich erneut kurz in seiner Unterlippe.

Er blätterte im ›L'Amico del Popolo‹, bis zur letzten Seite. Er fand keine Meldung. Dann blätterte er zurück. Auf Seite zwei stand »Herzinfarkt auf der Alm«. Er hatte das übersehen. Dann las er, ein Knecht habe einen Herzinfarkt bekommen, nachdem er ein übel geschändetes Pferd gefunden habe. Ihm wurde schlecht. Das hatte er nicht gewollt! Ein Knecht, womöglich der Knecht, der ihm öfters zugewunken hatte, wenn er bei den Pferden war? Oh Gott! Er griff sich in die Haare. Das war ja schrecklich! Das durfte nicht sein. Nicht, dass er Mitgefühl für den Knecht empfand, nein. Der war bloß ein Kollateralschaden. Nein, er empfand Wut und Panik, weil es nicht nach seinem Plan gelaufen war. Ein Fehler, ein dummer Unfall!

»Dio mio«, sagte er leise zu sich. »Das darf doch nicht wahr sein!« Er biss sich auf die Zunge, bis sie blutete. Augenblicklich bekam er wieder diese starken Kopfschmerzen.

Dann blätterte er äußerst nervös in der ›Neuen Südtiroler Zeitung‹. Da war auch ein Bericht. Ein Bild mit Eddy Zett und seinem Kumpel. Er erschrak. Wie getrieben las er den Artikel, summte dabei einen Dauerton und wiegte mit dem Oberkörper vor und zurück. Da stand, dass Chefinspektor Edmund Zettler aus Kärnten wohl an dem Fall beteiligt wäre. Er habe vor kurzem erst seine Tochter bei einem Anschlag auf dem Monte Peralba …

»Blablabla«, schrie er und ließ seinem Ärger freien Lauf, indem er auf die Zeitung einschlug.

Die Kellnerin hatte seine Aufregung bemerkt, kam zu ihm und fragte: »Is was?«

Er schüttelte den Kopf. »Nur der blöde Wind«, sagte er und lächelte gequält. Er las weiter. Dort stand, dass die Frau des Chefinspektors in einem nahen Krankenhaus behandelt würde. Sie hätte den Anschlag überlebt.

Er legte drei Euro auf den Tisch und ging schnellen Schrittes zu seinem Wagen. Er setzte sich auf den Fahrersitz und stöhnte. »So ein Mist!«, schrie er aus Leibeskräften und schlug aufs Lenkrad. »Mist! Mist! Mist!« Er trommelte gegen seinen Kopf. Du Idiot!, schrie es in ihm. Nicht aufgepasst! Warum hatte der Knecht sterben müssen, aber das Miststück hatte überlebt? Das hätte nicht sein dürfen. Wie demütigend! »Idiot! Idiot! Idiot!«, schrie er sich selbst an und knallte mehrfach den Kopf auf das Lenkrad.

Er musste sich abreagieren. Er hielt es einfach nicht aus, wenn er unzufrieden war. Er musste etwas unternehmen. Die Kellnerin. Wie lustvoll sie ihn angesprochen hatte. »Is was?«, hatte sie gesagt. Sein Blut wallte. Sie wollte, ja sie wollte. Hmmm. Aber hier ging das nicht. Zu gefährlich. Nein, nicht die Kellnerin, ein anderes Mal. Er musste sich rächen, ja! Rächen musste er sich. Alle hatten ihn allein gelassen, seit er ein kleiner Junge war, immer ihm die Schuld zugeschoben. Dabei hatte er nie Schuld gehabt, nein. Schuld waren die, die gar nie verstehen wollten, wie es ihm ging. Diese vielen dummen Menschen um ihn herum. Er hasste sie, diese Menschen. Bis auf seine Mama, aber die war ihm ja auch abgehauen. Oh, das würde er ihr heimzahlen. Man verließ seinen kleinen Jungen nicht.

»Das tut man nicht, Mama!«, schrie er gegen die Windschutzscheibe. Er schlug erneut auf seinen Kopf. Das musste hinaus aus dem Kopf. Raus, raus, raus! »Wahhhh!!!«, brüllte er und krallte die Fingernägel der rechten Hand in seinen linken Unterarm, wo er auf eine stattliche Ansammlung von Narben sah. Narben, die er sich im Laufe seines Lebens selbst zugefügt hatte. Unter Schmerzen verzerrte er sein Gesicht zur boshaften Maske.

Er startete den Motor und fuhr in Richtung Auronzo, zu dem Krankenhaus, das dem Tatort am nächsten war. Hier würde er es finden, das Miststück vom Gipfel des Monte Peralba.

DIE KÖHLERS

Mauthen, am Morgen (Mittwoch, 23. Juli 2014)

Eddy saß am Küchentisch. Neben ihm stand eine Tasse Kaffee, der schlimmer schmeckte als der von Kitti. In der Hand hielt er ein Stück Brot, das so hart war, dass er damit jemanden hätte erschlagen können. Die Marillenmarmelade hatte Schimmel angesetzt. Eddy war unrasiert, seine Haare waren fettig, und er roch beißend nach Schweiß. Er trug ein fleckiges T-Shirt und zerknüllte Boxershorts.

Er ging zum Kühlschrank, holte den Milchkrug und schüttete etwas Milch in seinen Kaffee. Die Milch flockte aus, sie war sauer. Eddy stellte den Krug auf den Tisch, stützte sich an der Tischkante ab und versuchte, seinen Schmerz hinunterzuschlucken. Nicht nur, dass er seine beiden Lieben vermisste, weil sie nicht da waren. Er kam sich darüber hinaus so hilflos, so unfertig vor. Er schrie. Wo war sein Leben? Herrgott, wenn es dich gibt da oben, gib mir mein Leben zurück!

Ihm war klar, dass es so nicht weiterging, doch er hatte nirgendwo eine Ecke frei, um der Vernunft Platz zu lassen. Er bestand aus Verzweiflung und Wut. Und dann dieser unbändige Hass, der an ihm nagte. Dieser Hass, der ihn langsam auffraß. Wieso hatte dieser Dämon diese Macht über ihn?

Eddy machte eine fahrige Bewegung und schüttete den Kaffee über die noch zusammengefaltete Morgenzeitung. Er stieß einen Fluch aus. »Hau ab!«, schrie er, schnappte sich den Krug und warf ihn gegen das Bild des Mannes, das er ständig vor sich sah. Er traf die Wand hinter der Küchenbank. Der Krug zersprang in hundert Scherben, die vergammelte Milch lief die Wand hinab. Die Zeitung sog den Kaffee auf. Alles roch bittersauer.

Er setzte sich hin, nahm den Kopf zwischen die Hände und weinte. Ja, das Weinen half ihm. Es war wie Wasser, das in ein trockenes Wadi zurückfloss und sein verkrustetes Herz vor dem Sterben bewahrte. Weine, Eddy, weine. Die Tränen lassen dich deine Lieben wiederfinden, flüsterte es in ihm.

Es klingelte. Eddy sah auf die Uhr. Zwei Stunden waren vergangen, seit er in der Küche saß. Elf Uhr. Verdammt, die Sachsen. Er sprang auf und holte sich seinen Bademantel. Er rannte zur Tür. Riss sie in einem Ruck auf.

»Oh, guten Morschen. Stören wir?«, fragte Frau Köhler. »Äh, wir hatten uns doch angemeldet. Wie jeds Johr. Elf Uhr kömmen die Köhlers. Pünktlich wie die Maurer.« Sie lachte steif und reichte Eddy die Hand.

»Äh, ja … entschuldigen Sie, Frau Köhler, Herr Köhler. Herzlich … äh … willkommen. Servus!« Eddy versuchte ein Lächeln, doch seine Augen blieben starr und leer.

»Morgen ooooch«, sagte Herr Köhler und lächelte dünn.

»Wo is denn de Susanne?«, fragte Frau Köhler und ließ den Kopf hin- und herzucken wie ein Frettchen.

»Im Krankenhaus.«

»Ei verbibbsch. Was is'n los?«, fragte sie.

»Angeschossen.« Eddy stand da wie festgewachsen.

»Das is ja schrecklich! Wie, angeschossen? Hier bei euch? So friedlich alles.« Frau Köhler nahm ihren Koffer und die Reisetasche und ging an Eddy vorbei in die Wohnstube. »Na, des müssen se uns aber jetzt genauer erzählen, Herr Zettler«, rief sie. »Manfred, kommst du?«

Köhler sah Eddy um Entschuldigung heischend an und folgte seiner Frau.

Eddy ging in die Küche, blieb dort stehen und stützte sich rücklings an der Kochzeile ab. Er sah zur Decke und atmete tief durch. Frau Köhler kam zu ihm. »Herr Zettler, steht es schlimm um de Susanne?«

»Nein, sie ist übern Berg«, sagte Eddy. Ihm kam diese Redewendung jetzt ziemlich albern vor. Besser hätte er »wurde übern Berg getragen« sagen sollen. »Wie man so schön sagt«, fügte er hinzu. »Ja, wie man … so sagt.« Eddy drehte sich weg. Er nahm einen Lappen, ließ Wasser darüber laufen und wusch die verdorbene Milch von der Wand.

Köhler nahm seine Frau vorsichtig beim Arm. Sie drehte sich noch einmal um und setzte an: »Herr Zettler, wenn Sie ...«

Eddy hob die Hand zum Zeichen, dass er jetzt nichts hören wolle. »Nehmen Sie sich, was Sie brauchen. Sie wissen sicher, wo alles liegt. Meine Frau hat ihre Ordnung nie geändert. Ich hatte einfach keine Zeit, entschuldigen Sie.« Eddy konnte sie einfach nicht ansehen. Bestimmt, dachte er, würde Frau Köhler jetzt wieder mit irgendeinem unpassenden Ratschlag kommen wie »Bei uns macht man des so« oder so ein Blödsinn.

Sie wollte etwas sagen, aber ihr Mann mischte sich ein: »Irmgard, wir lassen den Herrn Zettler jetzt mal allein.« Er verstärkte den Druck seiner Hand. »Au!«, schrie sie auf und schlug nach seiner Hand, doch sie folgte ihm. Sie trugen ihr Gepäck in den ersten Stock in ihr gewohntes Fremdenzimmer.

»Herr Zettler, es ist gar nicht gedeckt. Die Betten sind nicht gemacht!«, rief Frau Köhler die Treppe hinunter.

Eddy war kurz vor dem Explodieren. »Ja dann nehmen Sie sich doch Bettwäsche und machen Sie es selbst. Sehen Sie denn nicht, dass ich hier alle Hände voll zu tun hab!«, schrie er durchs Haus. »Mein Gott, wie unselbstständig sind Sie denn? Das darf ja nicht wahr sein«, sagte er mehr zu sich selbst, als er wieder in die Küche zurückging. Er war außer sich vor Ärger und knallte den Lappen ins Spülbecken.

Er griff zu der nassen Zeitung und blätterte, ohne richtig zu lesen. Seite zwei. Ein Bild von ihm am Auto auf der Malga Ra Stua. Er riss die Augen auf. Darunter stand irgendwo, dass seine Frau überlebt hatte und in einem nahen Krankenhaus liegen würde. Bernsteiner Bruno. »Die Drecksau«, schäumte Eddy. Es musste bei Fredo eine undichte Stelle geben. Er zog sich an, so schnell er konnte, nahm den Gästeschlüsselbund aus der Schublade, legte ihn auf den Küchentisch und rannte aus dem Haus.

Eddy raste zum Plöckenpass hinauf. Er atmete schwer und hielt das Steuer fest in der Hand. Die kurvenreiche Strecke hatte ihm keinen Moment ermöglicht, zu telefonieren. Jetzt nahm er das Handy und drückte auf Fredos Nummer. Mist, er meldete sich nicht.

Eddy fuhr am Plöckenhaus vorbei, dann tauchte er in den Straßentunnel unterhalb des Cellons ein. Als er auf der Passhöhe wieder herauskam, bremste er nicht ab. Der Nebel machte die Straße und den Parkplatz unübersichtlich. Er bereitete sich auf die engkurvigen Serpentinen vor, die bergab nach Timau führten. Nach den ersten steilen Streckenteilen konnte er wieder Gas geben.

Kurz vor Timau klingelte sein Handy.

»Fredo, hör zu! Ihr habt einen Maulwurf bei euch! Irgendjemand verrät der Presse Details! Der Bernsteiner Bruno hat geschrieben, dass Susanne im Krankenhaus liegt. Aus dem Text kann man sich denken, welches Krankenhaus gemeint ist. Mit einem Foto von uns beiden. Er schreibt auch für die ›Neue Südtiroler Zeitung‹. Hast du die? Steht da auch was drin?«, rief er ins Telefon.

»Moment!« Fredo lief zum Kaffeetisch und suchte nach der Zeitung. »Oh Mann, Eddy. Ja, hier steht es auch. Auch der Satz mit dem Krankenhaus. Wo bist du, Eddy?«

»Hinter Timau, kurz vor Paluzza!«

»Ich fahr sofort los, wir dürften gleichzeitig dort sein.«

»Kannst du Kollegen anrufen, die näher dran sind?«

»Mache ich, aber die wissen, dass jemand dort ist, der Susanne bewacht. Die werden kaum etwas tun außer den Kollegen anrufen und vorwarnen.«

»Wenn es nicht schon zu spät ist!«, schrie Eddy und schmiss das Handy auf den Beifahrersitz.

EIN GUTER ZEITPUNKT

Auronzo di Cadore, kurz vor Mittag (Mittwoch, 23. Juli 2014)

Die Unruhe und die Wut in dem Mann wurden unermesslich. Er biss die Zähne zusammen und stieß unkontrolliert Schreie aus, als er in Richtung Auronzo fuhr. Ein Dämon wütete in ihm. Und er wusste, wie es ausgehen würde. Er wusste, was er jetzt zu tun hatte.

Über das soziale Netz, in dem Uli Zettler ihr Leben dokumentierte, hatte er alles herausgefunden. Das kleine Luder hatte am Tag zuvor ihren Freunden angekündigt, dass sie und ihre Familie zum Monte Peralba gehen wollten. Sogar die Route hatte sie der Welt verraten. Ha, und er hatte sie dort kaltgestellt.

Am Gipfel hatte er dieses kleine Luder bereits im Griff gehabt, da tauchte ihre Mutter plötzlich aus dem Nebel auf und sprang ihn an wie eine Löwin. Schrie auf ihn ein. Wie automatisch richtete er die Büchse auf sie und schoss. Sie taumelte zurück und fiel hin. Wie gelähmt vor Angst stand ihre Tochter neben ihm. Er lud die Waffe durch und wippte vor Anspannung von einem Fuß auf den anderen, bis die Mutter am Boden sich nicht mehr rührte. Wie befriedigend das gewesen war, Eddy Zett in die Augen zu sehen, als er dann das zweite Mal abgedrückt hatte. Wie erfüllend und wonnig. Doch fast, fast hätte er nicht aufgepasst. Sein Rausch hatte kurz verdrängt, dass Eddy Zett direkt vor ihm hockte. Eddy hätte ihn beinahe zu packen gekriegt. Da hatte er das kleine Luder einfach fallen gelassen, und Eddy Zett hatte nach ihr gegriffen statt nach ihm.

Und jetzt hatte er erfahren, dass das Miststück von Mutter das alles überlebt hatte.

Seine Mutter hätte sich niemals für ihn … Sein Gedanke riss ab, er schüttelte sich und fluchte. Grenzenloser Hass überkam ihn. Hass, der so stark war, dass er sich mit körperlichem

Begehren vermischte, sich steigerte und steigerte. Er genoss es, das zu empfinden. Ein kaltes Lächeln umspielte seine zitternden Lippen. Lust und Wut zugleich rauschten durch seine Adern und stiegen in sein Hirn. Er wollte ihr in die Augen sehen, wenn er sich an ihr laben würde.

In Auronzo, etwa einen halben Kilometer vor dem Krankenhaus, hielt er an der Via Venezia vor dem Friedhof an. Er stieg aus dem Wagen und ging zum Zerreißen angespannt den Hauptweg an gepflegten Gräbern entlang. Kein Mensch war zu sehen. Von fünf Gräbern stahl er die frischen Blumensträuße und wickelte sie in seine Jacke.

Nur ein paar hundert Meter weiter stellte er das Auto an der Via Calvi Pier Fortunato ab. Nicht weit vom Krankenhaus entfernt, aber immerhin so weit, dass ihn niemand beobachten würde. Und nah genug, um den Wagen durch kleine Gassen schnell wieder zu erreichen und unbemerkt verschwinden zu können.

Er griff nach seinem grauen Rucksack. Der Werkzeugtasche im Kofferraum entnahm er einen großen Schraubenzieher und steckte ihn hinein. Das Kleinkalibergewehr legte er in den Kofferraum. Die Blumensträuße band er locker zu einem großen zusammen. Er setzte sich ins Auto, entnahm dem Rucksack einen sehr weiten, weißen Overall, streifte ihn über und klebte sich einen Kinnbart an. Er setzte sich eine große Sonnenbrille auf und zog sich eine dunkelblaue Baseballmütze tief in die Stirn. Er betrachtete sich im Spiegel und grinste. Das gab ihm Selbstvertrauen.

Im Krankenhaus war Mittagspause. Das war ein guter Zeitpunkt. Die meisten Ärzte würden zum Essen gehen. Das Pflegepersonal würde beschäftigt sein, die Mahlzeiten für die Kranken zu verteilen. Er musste damit rechnen, dass sie bewacht würde. Wie kam er an ihre Zimmernummer?

Gleich links hinter dem Eingang war die Pförtnerloge mit Information. Augenblicklich tauchte er in seine Rolle ein, die er so perfekt beherrschte, seit er ein Kind war. Die Rolle eines braven und liebenswerten Menschen, der sich bemühte, überaus korrekt zu sein. Er machte von außen auf sich aufmerksam, indem er den unbeholfenen Boten spielte und mit dem riesigen Blumenstrauß wedelte, hinter dem er seinen Kopf versteckte. Laut und deutlich rief er mit heiterer Stimme: »Zu Frau Susanne Zettler, von ihrem lieben Mann!«

Die Frau lächelte. »Erster Stock«, sagte sie und wusste augenblicklich, dass sie sich verplappert hatte. »Aber da ist eine Baustelle!«

»Das find ich schon«, rief der Mann fröhlich, winkte ihr im Vorübergehen zu und ging einfach weiter.

»Ja aber, sie darf niemand empfangen…«, rief sie ihm hinterher, sah zu wie er die Treppe hochlief und schüttelte den Kopf.

Im ersten Stock klebte an einer schweren Glastür ein Schild mit der Aufschrift »Achtung Baustelle – kein Zutritt«. Der Mann öffnete die Tür kurz und nur einen Spalt weit. Weiter hinten konnte er vor einer Zimmertür die Silhouette eines Mannes erkennen. Vermutlich hatten sie Eddy Zettlers Frau hier in diesem Trakt untergebracht, damit sie abseits vom allgemeinen Betrieb besser überwacht werden konnte, dachte er. Er suchte eine Toilette auf. Aus seinem Rucksack fischte er feine schwarze Handschuhe, zog sie über und säuberte den Griff des Schraubenziehers. Dann verließ er die Toilette wieder, ging durch die Glastür und schlenderte den dunklen Gang entlang.

Ein diabolisches Kribbeln kroch durch seinen Körper. Den Rucksack hatte er locker über eine Schulter gehängt. Mit dem großen Blumenstrauß im Arm ging er grinsend auf den Carabiniere zu. Seine rechte Hand umklammerte den Griff des Schraubenziehers in der tiefen Tasche des Overalls so fest, dass ihm die Knöchel schmerzten.

SUSANNES GRAUEN

Ospedale di Auronzo, Mittag (Mittwoch, 23. Juli 2014)

Eddy ließ das Auto mit offener Tür stehen und stürmte ins Krankenhaus. Er lief an der Information vorbei, die Treppe hinauf und den Gang entlang. Dann stieß er die Glastür auf und sah am Ende des dunklen Flurs den Carabiniere am Boden liegen. Als Eddy näher kam, erkannte er, dass ein großer Schraubenzieher in seiner Brust steckte. Er war tot und mit Blumen übersät.

Er öffnete die Tür des Zimmers. Susanne war mit vier Kabelbindern ans Bett gefesselt. Ihr Kittel war vorn bis zum Schambein aufgerissen. Auf dem ausklappbaren Tisch des Nachtkastens dampfte das Tablett mit ihrem Mittagessen. Am Boden lagen Scherben von einem Glas. Der Mann stand auf der anderen Seite des Betts, über Susanne gebeugt. Er trug eine schwarze Maske, feine schwarze Lederhandschuhe und steckte in einem unförmigen, viel zu weiten weißen Overall. Er hielt ein großes Jagdmesser in der Hand und war dabei, sich an Susanne zu schaffen zu machen.

Eddy fuhr der Schreck in die Glieder. Adrenalin jagte durch seine Adern. Wie ein Trugbild verschwamm alles für einen Moment vor seinen Augen. Als Susanne Eddy bemerkte, versuchte sie zu schreien, doch ihr Mund war mit Pflaster verklebt. Der Mann richtete sich auf. Er wirkte äußerst steif in seiner Bewegung, merkwürdig maschinenhaft. Er fixierte Eddy, ohne das Messer von Susannes Bauch zu nehmen. Susanne bäumte sich auf. Er stach nicht zu, doch sie blutete leicht. Eddy stürmte nach vorn. Blitzschnell griff der Mann hinter sich ans Fenster, öffnete es und sprang in einem Satz hinaus. Als Eddy nach unten blickte, sah er, wie der Kerl um die Ecke verschwand.

Eddy riss Susanne das Pflaster vom Mund. Sie schnappte nach Luft. Dann schrie sie. Er nahm sie in die Arme und drückte die Bettdecke auf die Wunde. Mit seinem Taschenmesser schnitt er die Kabelbinder durch. Dann ertönte an der Tür ein Schrei. Die Krankenschwester, die Susannes Essenstablett abräumen wollte, hatte den toten Polizisten gefunden. Unter Schock rief sie sogleich einen Arzt und ein paar Helfer herbei. In dem Moment stürmte Fredo herein.

»Fredo, schnell, er ist mir entwischt. Zum Fenster raus.«

Fredo lief zum Fenster, kletterte hinaus, ließ sich an der Fensterbank hinabhängen und sprang hinunter.

»Hinten um die Ecke!«, schrie Eddy ihm hinterher.

Susanne bebte vor Angst. Sie hatte einen Nervenzusammenbruch erlitten. »Eddy, bleib hier!«, schrie sie panisch. Eddy versuchte sie zu beruhigen. Doch sie schlug wie wild um sich und brüllte vor Grauen.

»Ich bin doch hier. Ich bin bei dir. Ich geh nicht weg«, sagte er ruhig und umarmte sie erneut, streichelte sie.

Nach einigen Minuten hatte sie sich so weit beruhigt, dass sie nicht mehr weinte, doch sie rang immer noch heftig nach Luft.

»Hat er was zu dir gesagt?«, fragte Eddy schließlich.

»Ja, er hat …«, sie schluckte, »er hat mich … begrüßt. ›Hallo, meine Liebe‹, hat er gehaucht.« Sie schüttelte sich und stieß dabei einen Schrei der Abscheu aus. »Wo warst du, du verdammter Kerl!« Sie schlug mit den Fäusten gegen Eddys Brust.

Schließlich kam Fredo angelaufen. Er war außer Atem und stützte sich auf seine Knie. Eddy ließ Susanne los und stand auf. Fredo schüttelte den Kopf. »Er ist mir …«, stieß er keuchend hervor, »… entwischt.«

»Hast du ihn noch gesehen?«, schrie Eddy gereizt.

»Nein. Keine Spur, ich weiß nicht, wo er hin ist«, sagte Fredo. »Ich habe Straßensperren angeordnet. Eine in Santo Stefano, eine in Padola, eine unterhalb von Misurina und eine in Lozzo. Irgendwo muss er ja vorbeifahren.«

Zwei Carabinieri erschienen in der Tür.

»Die neue Bewachung. Diesmal sind es zwei«, sagte Fredo zu Susanne. »Entschuldige, Susanne. Das wird nicht wieder vorkommen. Wir werden dich auf ein anderes Zimmer verlegen. In den obersten Stock«, sagte Fredo.

»Geh nicht, Eddy, bitte!«

»Susanne, hier bist du sicherer als irgendwo sonst. Er wird es nicht noch einmal versuchen. Ich werde den Kerl kriegen!«, sagte Eddy. »Sei tapfer. Es wird dir nichts passieren.«

Er drückte noch einmal liebevoll ihre Hand. Dann verließen sie den Raum.

»Was treibt diesen Kerl an?«, fragte Eddy leise auf der Treppe.

»Und wie ist er zu dem geworden, der er ist?«, setzte Fredo den Gedanken fort.

»Der Kerl ist ein Grenzgänger. Im doppelten Sinne«, antwortete Eddy.

»Und der scheut kein Risiko mehr. Bis wir ihn haben.«

»Es ist nur eine Frage der Zeit, bis wir ihn schnappen. Und das ist dem Kerl egal, aber bis dahin …« Eddy wollte es nicht aussprechen.

»… wird er in immer kürzeren Abständen«, Fredo vollendete den Satz, »immer mehr Opfer fordern.«

Sie kamen zum Eingangsportal. »Fredo, er hätte Susanne eben umbringen können, als ich reinkam. Er hatte das Messer bereits angesetzt. Warum hat er sie wohl leben lassen?«

»Eddy, weißt du es nicht selbst?«, fragte Fredo ruhig, doch das Grauen war ihm ins Gesicht geschrieben.

Eddy sah seinen Freund an und sagte ebenso ruhig: »Weil es ihm so keinen Spaß gemacht hätte.«

Eddy blieb vor der Pförtnerloge stehen. »Sagen Sie, Sie haben den Kerl doch gesehen, der zu meiner Frau wollte?«

Die Frau nickte und konnte Eddys Blick nicht standhalten. »Ja«, hauchte sie sehr leise und beschämt.

»Und, können Sie ihn beschreiben?«

Abermals nickte sie, sah die beiden nacheinander an und sagte: »Dunkle Mütze, dunkle Brille, dunkler Bart, grauer Rucksack und ein Riesenblumenstrauß.«

DIE CARABINIERA

Auronzo di Cadore, kurz nach Mittag (Mittwoch, 23. Juli 2014)

Der Mann verschwand um die Ecke des Krankenhauses. Er lief an der Rückseite des Gebäudekomplexes entlang, schlängelte sich durch ein paar Häusergassen und war nach zwei Minuten an der Via Calvi Pier Fortunato, wo er seelenruhig in sein Auto stieg.

Am Ende von Auronzo, als er die westliche Spitze des Lago di Santa Caterina passiert hatte, nahm er die Via dell'Angelo, die ihn nach Norden führen würde. In Richtung Padola.

Kurz hinter Auronzo hielt er am Waldrand an. Er stieg aus, riss sich den Kinnbart ab und schlüpfte aus dem weißen Overall. Er lief ein paar Schritte in den Wald und verbuddelte den Overall unter einem Haufen Fichtennadeln.

Nachdem er die ersten Serpentinen oberhalb von Auronzo hinter sich gelassen hatte, kamen ihm Zweifel an seiner Route. Mist! Was wäre, wenn sie in Padola eine Straßensperre errichten würden? Er bewegte den Oberkörper wild vor und zurück. Außer sich vor Wut knallte er immer wieder die Faust auf das Lenkrad. Verdammt, diese Kopfschmerzen! Was sollte er tun? Er könnte die kleine Abzweigung nehmen. Nach Osten. Ja, dort würden sie kaum absichern, die Straße war zu unbedeutend.

Er bog ab. Nach ein paar Minuten müsste er das Dorf erreichen, von wo aus er über Serpentinen und Schleichwege nach San Pietro di Cadore fahren könnte. Dort müsste er außer Gefahr sein, so dachte er. Er befand sich auf einer langen Geraden, die ihn durch einen Wald hindurch schnurgerade nach Nordosten führte. Er müsste kurz vor dem Dorfanfang sein.

Als der Mann die leichte Rechtskurve etwa dreihundert Meter vor dem Ortsanfang passierte, sah er links an einem Forstweg einen roten Fiat auf der Straße stehen. Daneben erkannte er eine uniformierte Person, die eine rote Kelle in der Hand hielt und ihn zum Anhalten aufforderte. Mist!

Er fuhr rechts ran. Dem Carabiniere schien die Dienstmütze viel zu groß zu sein, sie saß auf den Ohren. Darunter verbarg eine dunkle Pilotenbrille große Teile des Gesichts. Der Uniformrock flatterte.

Als der Carabiniere näher kam, sah der Mann, dass es eine Frau war. Die langen blonden Haare hatte sie anscheinend unter der Mütze versteckt, doch einzelne Strähnen hingen heraus. Sie trug eine schwarze Hose, aber ohne die üblichen roten Biesen, außerdem ein Paar dunkelbrauner Sommerschuhe. Das weiße Bandelier, das schräg über ihrer Schulter hing, war viel zu lang, sodass die kleine schwarze Ledertasche auf Höhe ihrer Oberschenkel hing und bei jeder Bewegung hin- und herschwang. Die Ärmel der Uniformjacke waren umgekrempelt.

Sie deutete an, er solle die Fensterscheiben herunterfahren, was er tat. Die Frau ging langsam um sein Auto herum, steckte den Kopf zum Beifahrerfenster hinein und sah sich um. Sie machte keinen besonders gepflegten Eindruck, und der Mann nahm deutlich den Geruch von Alkohol wahr. Sie zog den Kopf wieder zurück und sagte: »Passsssa...porte!«

Der Mann machte den Motor aus und stieg aus. Dann kramte er in seinem Geldbeutel und reichte der Frau seinen Führerschein.

»Was tun Sie hier?«, fragte sie ihn forsch. »Und wieso tragen Sie Handschuhe, bei dem Wetter?«

»Nur zum Autofahren. Ich schwitze an den Händen, da ist es besser, mit Handschuhen zu fahren«, erklärte er und lächelte verlegen.

Sie nickte. »Woher kommen Sie?«

»Aus Belluno, wollte über den Passo San Antonio. Na ja, nach Padola. Ich muss beim Pfarrer ein neues Gewand anpassen. Ich bin Schneider.«

»Wie heißt der Pfarrer?«, fragte die Frau unbeeindruckt.

Für einen Moment hatte er das Gefühl, dass ihm der Schweiß auf die Stirn schoss. Doch das dauerte nur den Bruchteil einer Sekunde.

»Mit Goldbrokat und schönen Stickereien. Es gibt wohl ein Jubiläum für einen Mitbruder oder so. Der heißt Pater Anselmo und wohnt momentan im Pfarrhaus. Was weiß ich?« Er hob die Schultern und zog die Mundwinkel nach unten. »Aber«, sagte er, »da hab ich mich wohl verfahren, oder?«

»Da können sie sicher sein«, sagte die Frau leicht lallend und zischte: »Hier kommt kein Mensch lang. Nicht um diese Tageszeit. Und nach Padola, da müssen sie zurück.«

»Sind Sie hier aus diesem Dorf?«

»Ja, leider«, sagte die Frau frustriert.

»Und Sie sind Polizistin?«

»Pffff.« Sie schüttelte den Kopf, sagte aber weiter nichts. Dann wurde sie wieder förmlich. »Haben Sie einen Mann in einem weißen Overall gesehen?«

Der Mann lachte. »Bei der Hitze, ein weißer Overall? Wer trägt denn so was?«

»Also, jemanden gesehen?«

»Nein, nur eine … hübsche, hübsche Carabiniera, die sich mir in den Weg gestellt hat«, sagte er und lachte sie an.

Die Frau machte die Augen weit. Das hatte sie wohl lange nicht mehr gehört. Hübsch. Aha.

»Zeigen Sie mir noch, wo der Passo San Antonio liegt? In welcher Richtung?«

»Na, zurück müssen Sie«, sagte sie jetzt freundlicher.

Er drehte sich und stellte sich seitlich hinter sie. »Zeigen Sie einfach in die Richtung, bitte.«

»Na da!«, rief sie ungeduldig. Sie zeigte Richtung Westen, woher er gekommen war. In dem Moment packte er sie von hinten, riss ihr die Kelle aus der Hand und schlug ihr damit mehrmals auf den Kopf. Dann krachte seine Faust in ihr Gesicht, sodass sie das Bewusstsein verlor. Er warf sie auf die Rückbank seines Wagens und deckte sie zu. Dann fuhr er los. Nach Osten.

Nachdem er das Dorf hinter sich gelassen hatte, fuhr er die Kurven hinab nach Campitello. Eine schmale Serpentinenstraße führte ihn an der gegenüber liegenden Talflanke wieder den Berg hinauf. Er passierte das kleine Bergdorf Costalissoio und bewegte sich weiter Richtung Osten. Etwa einen Kilometer vor Costalta stoppte er und setzte rückwärts in einen kleinen Weg am linken Berghang. Er ging zum Kofferraum, streifte die Lederhandschuhe ab, zog stattdessen welche aus Latex über und steckte zwei Kabelbinder in die Hosentasche sowie eine große Mullbinde und Klebeband. Dann griff er nach dem Conaz-Jagdmesser, das in ein Tuch gewickelt war.

Von einer großen Lärche, die neben dem Auto stand, brach er einen Zweig ab. Er zerrte die bewusstlose Frau hervor, legte den Ast auf ihre Brust und trug sie den Weg empor in Richtung eines Heuschobers, dessen Lärchenholz im Laufe der Jahrhunderte eine Patina aus tiefem Bernsteinbraun angenommen hatte. In dem dunklen Gebäude legte er sie vorsichtig auf die dünne Heuschicht über dem knarrenden Holzboden. Er nahm den Lärchenzweig und drapierte ihn oberhalb des Kopfes der Frau. Er riss ihr das Bandelier vom Leib, drehte sie auf den Bauch und band ihre Hände auf dem Rücken mit einem Kabelbinder zusammen. Danach drehte er sie wieder zurück und setzte sich rittlings auf ihren Bauch. Er riss ihr die Mütze vom Kopf und warf sie in hohem Bogen zur Seite. Die verbogene Sonnenbrille schleuderte er hinterher. Dann tätschelte er ihre Wangen.

»Schöööne Carabiniera, schööööne Carabiniera!« Die Frau stöhnte benommen. Er lächelte sie an. Sie riss die Augen auf und wollte schreien. Er hielt ihr den Mund zu, legte einen Finger vor seine Lippen und deutete ihr, still zu sein. »Hier hört dich niemand. Niemand kann dich hören. Aber wenn du schreist, tu ich dir weh«, sagte er mit Sanftmut in der Stimme und kleidete seinen Mund in ein Lächeln, seine Augen jedoch blieben starr. Langsam nahm er seine Hand weg. Die Frau war still. Sie atmete heftig.

»Diese hässliche Jacke, die du trägst!«, sagte er. Er wickelte das Jagdmesser aus dem Tuch, klappte es auf und schnitt zwei der vier silbernen Knöpfe von ihrer Uniformjacke.

»Sie ist doch gar nicht von mir. Sie ist von meinem Mann«, stammelte sie.

Die nächsten beiden Knöpfe schnitt er mit solch einer Wucht ab, dass sie durch die Luft flogen. Dann zerriss er die Jacke, rasend und aufgebracht. Er durchtrennte den linken Ärmel an ihrer Schulter, dann den rechten, so weit er das bei ihren gefesselten Händen konnte. Er stach und schnitt immer wieder in die Jacke, ohne die Frau zu verletztten, bis der Stoff vollkommen zerfetzt war. Dabei stöhnte und schrie er, wieder und wieder. Abgrundtiefer Hass.

Als die Frau erneut zum Schreien ansetzte und mit den Beinen strampelte, stopfte er ihr den Mull in den Mund und klebte ihn mit Klebeband zu. In ihrem Gesicht stand blankes Entsetzen. Das löste in ihm ein Gefühl unendlicher Lust aus. Er lächelte. »Du Wunderbare. Du Schöne. Ach, könnte ich dich doch mehrmals besuchen. Aber nein, du willst ja nicht! Du bist böse mit mir!«, sagte er trotzig. »Du willst weglaufen, stimmt's?«

Sie warf wild den Kopf hin und her.

»Ach, das gibst du doch nur vor. Du sagst mir nicht die Wahrheit«, sagte er in bedrohlich leisem Ton, wie ein Lehrer, der ein Kind beim Lügen erwischt hat. Er leckte über seine Lippen und berührte ihr Gesicht. Dann streichelte er ihr Haar. »Fettige Haare, du musst duschen. Bist du eine Schlampe?«, fragte er sie kokett. »Das mag ich gar nicht. Schlampen mag ich nicht! Du böse … Carabiniera!«

Sie riss ihre Augen weit auf und strampelte erneut.

»Lass es sein. Bitte!«, sagte er sanft. Er rutschte tiefer bis zu ihren Füßen, legte den zweiten Kabelbinder um ihre Fesseln und zog ihn fest. Sie versuchte, ihren Oberkörper aufzurichten, doch er schob sie mit einer Hand zurück.

»Ich weiß, dass du schön sein kannst. Sehr schön. Ach, was soll es schon, diese fettigen Haare und diese … grausame Jacke. Ist eigentlich egal, was meinst du?«, fragte er fast väterlich.

Sie sah ihn mit weit aufgerissenen Augen an. Panik ließ sie heftig atmen.

»Ich werde dich lieben. Ja, das werde ich«, sagte er, und es klang abscheulich warmherzig. Er kramte sein Jagdmesser hervor und betrachtete sie. Als sie heftig Kopf und Oberkörper hin- und herwarf und erstickte Schreie von sich gab, stützte er sich auf ihre Schultern und schnalzte mit gespitzten Lippen, als würde er ein kleines Kind ermahnen.

Er durchtrennte ihr Uniformhemd von unten nach oben in einem Schnitt. Er spielte mit der Klinge an ihrem Spitzenbüstenhalter, bis er aufsprang. Mit geschlossenen Augen sah er nach oben und atmete tief durch. Danach hatte sie noch dreizehn Minuten zum Sterben. Es waren die grausamsten, die sie erleben musste.

EIN GUTER GEIST

Mauthen, am Nachmittag (Mittwoch, 23. Juli 2014)

Als Eddy nach Hause kam, war das Haus komplett geputzt und aufgeräumt. Von der Milch an der Wand war nichts mehr zu sehen oder zu riechen. Alles blitzte. Er stand sprachlos in der Küche und brachte den Mund nicht zu. Er ging ins Wohnzimmer und sah Frau Köhler, wie sie Staub wischte. Sie trug ein leichtes Sommerkleid, helle Leinenschuhe und hatte ihr blondes Haar hochgesteckt. Sie sah wirklich gut aus, und Eddy fiel auf, dass sie für ihr Alter eine äußerst attraktive Frau war. Sie bemerkte ihn und lächelte verschämt.

»Frau Köhler, was tun Sie denn da?«, fragte Eddy erstaunt.

»Nun ja, wenn Hilfe gebraucht wird, dann macht man das doch, oder? Zumindest bei uns ist das so.«

»Ja, aber … Sie sind doch unsere Gäste, ich meine …«

»Ist schon gut, Herr Zettler«, sagte Frau Köhler fröhlich, »Gäste sind schließlich ooch nur Menschen.«

»Wo ist denn Ihr Mann?«

»Eenkoofen. Is ja nix mehr da. Der Kühlschrank is leer. Sie müssen doch was essen.«

Eddy stand wie angewurzelt. Ihm fiel nichts ein, was er hätte sagen können.

Sie wischte weiter über die Schrankfläche. »Wissen Sie, vor Jahren, da ist es mir auch mal schlecht gegangen. Ich war auch im Krankenhaus. Verdammt unangenehme Darmgeschichte. Na ja, und mein Mann: völlig hilflos, so wie sie nun mal so sind, die Männer.« Sie wedelte mit dem Staubtuch. »Da hatte ich eine gute Freundin, die uns geholfen hat.« Ihr Blick verriet Mitgefühl. »Ach, Herr Zettler, ich mach's gern, und Sie können ja hier in Ihrem … sagen wir mal Durcheinander … ein bisschen Hilfe gebrauchen, oder?«

Eddy war gerührt, schaffte es aber nicht, das auch zu zeigen. Er drehte sich weg, nickte und ging nach oben in sein Zimmer.

Er setzte sich auf sein Bett, das frisch gemacht war, schlug die Hände zusammen und stützte seine Stirn ab.

»Verdammt noch mal Eddy, nimm dich zusammen«, schimpfte er leise mit sich selbst. »Das sind keine schlechten Leut.« Das waren Susannes Worte. Vielleicht sollte er es ihnen mal zeigen. Er erhob sich und zog seine Uniform an.

Unten standen Frau und Herr Köhler dicht nebeneinander in der Küche. Sie lächelten ihn an. Eddy wollte schon zur Haustür, dann hielt er inne, ging zurück und sagte zu den Köhlers: »Danke. Und entschuldigen Sie, ich meine heut Morgen … Ich war ein bisschen gereizt.«

»Ein bisschen gereizt ist gut. Ha! Sie waren kurz davor zu explodieren«, sagte Frau Köhler mit leisem Spott in der Stimme. Ihr Mann knuffte sie in die Seite. Dann fügte sie hinzu: »Ham Se ja ooch recht gehabt. Ich red manchmal son Blödsinn und sollte besser schon mal die Klappe halten, sagt mein Mann immer. Und ich hab jetzt mal alle Betten bezogen und gemacht. So schön, wie Ihre Frau das auch immer tut.«

BESTANDSAUFNAHME

Kötschach, später Nachmittag (Mittwoch, 23. Juli 2014)

»Wir haben eine DNA!«, rief Kitti ihm entgegen, als Eddy den Posten betrat. »Vom Stock der Katt.«

»Das wurde aber auch Zeit!«, entgegnete Eddy und nahm Kitti den Briefbogen aus der Hand.

»Aber keinen dazugehörigen Namen!«, sagte Kitti.

»Verdammt noch mal, dann ist es nutzlos. Es sei denn, wir hätten noch irgendwas von dem Kerl, dann könnten wir wenigstens ein paar Vergleiche machen.«

»Was gibt es Neues von Susanne?«, wollte Kitty wissen.

Eddy schwieg.

»Eddy?«

»Später.«

Waberer hatte telefoniert und kam jetzt dazu. Er lehnte sich an Kittis Schreibtisch.

»Habt ihr noch mehr Zeugen vernehmen können?«, fragte Eddy.

»Ja, ein deutsches Ehepaar. Die beiden waren auch an dem Sonntag bei der Katt. Ihnen ist allerdings rein gar nichts aufgefallen. Aber der alte Hirte, der früher auf der Rattendorfer gearbeitet hat, der hat den Italiener auch bemerkt. Er sagte aus, dass der Mann beachtlich viel Zeit mit den Viechern verbracht hat. Aber sein Gesicht hat er nicht erkannt, er hätte eine große dunkle Sonnenbrille getragen.«

»Haben die beiden Burschen auch von einer Sonnenbrille gesprochen?«

»Nein, haben sie nicht.«

»Und hast du noch mal …«

»… nachgefragt? Ja, habe ich. Die beiden wollen sich im Nachhinein auch an eine Brille erinnern.«

»Okay. Also: Wo stehen wir?«, fragte Eddy.

»So gut wie am Anfang«, antwortete Waberer resigniert.

Eddy nickte. »Einerseits ist das richtig. Andererseits gibt es doch was Neues.«

Kitti und Waberer warteten auf Eddys Erklärung. »Na mach schon, Eddy. Was denn?«, fragte Kitti ungeduldig.

»Also: Der Mann ist gesehen worden«, sagte Eddy leise und blickte auf eine Art Phantombild, das Waberer gezeichnet und an die Wand gehängt hatte.

»Wo?«

Eddy trat zu der Zeichnung. »Gar nicht so schlecht, Waberer. Gar nicht schlecht. Einen Bart kannst du ihm noch malen, einen Kinnbart.«

»Wieso?«

Kitti ließ nicht locker und hakte nach: »Also, wo ist er gesehen worden, Eddy?«

»In Auronzo. Im Krankenhaus.«

»Von wem?« Waberer war aufgesprungen.

»Von mir.« Eddy berichtete, was passiert war.

»Ja, dann musst du doch jetzt wissen, wie er aussieht, Eddy!«, sagte Kitti aufgeregt. »Was er für ein Typ ist. Du hast ihn zweimal gesehen.«

Eddy nickte und zog eine Augenbraue hoch. »Ja, vielleicht würde ich ihn wiedererkennen, vielleicht nicht.«

»Welche Figur?«

»Im ersten Moment wirkt er behäbig, irgendwie roboterhaft. Aber im nächsten Moment wieder sportlich. Wer klettert und aus dem Fenster springt, kann nicht ungelenk sein.«

»Eher jung oder alt?«

»Kaum zu sagen, Kitti. Seine Bewegungen kommen mir gespielt vor. Außerdem trug er zweimal eine Vollmaske und Handschuhe, Haut war nicht zu sehen. Einmal im Nebel am Berg, einmal in einem viel zu weiten Overall. Nur schwer, sehr schwer.« Eddy schüttelte den Kopf.

»Aber Eddy, du musst doch ein Gefühl haben, irgendwas«, beharrte Kitti.

»Ach, ich bin mir völlig unsicher. Kann jeder Zweite da in unserer Gegend gewesen sein.«

»Lass gut sein, Kitti«, sagte Waberer. »Wie sollte ausgerechnet Eddy unter diesem unvorstellbaren Druck jemand identifizieren können, der alles daran setzt, nicht erkannt zu werden und uns alle zu narren?«

Eddy berichtete weiter, wie ihnen der Täter durch die Lappen gegangen war. Sie waren zu den Polizeisperren gefahren, Eddy nach Misurina, Fredo nach Padola. Wenn auch klar war, dass er den Overall und die Maske natürlich längst abgelegt hatte, war an keiner der Absperrungen ein Mann gesehen worden, auf den Eddys Beschreibung zutraf.

»Nichts. Wir stehen da wie die Deppen.«

»Und an den anderen Sperren?«, fragte Kitti. »Nichts?«

»Nichts«, sagte Eddy und schüttelte den Kopf.

»Das kann doch nicht sein!«, sagte Kitti fast zornig. »Irgendwo muss er doch hingefahren sein.«

Waberer trat an die detaillierte Wandkarte, die er hinter seinem Schreibtisch aufgehängt hatte. »Zeig mir, wo das alles ist, Eddy«, bat er.

»Kitti, zeigs du ihm.«

Kitti markierte nacheinander die Stellen, an denen Fredo die Sperren hatte errichten lassen. Jedes Mal, wenn sie die Karte mit einer blauen Nadel versah, sah sie Eddy an und wartete auf seine Bestätigung.

Waberer betrachtete die Karte eine Zeitlang und kraulte dabei sein Kinn.

»Was ist das?«, fragte er. »Hier, was ist das?«

Eddy ging auf ihn zu und kniff die Augen zusammen. »Das ist … Danta, ein Dorf. Danta di Cadore.«

Waberer sah ihn fragend an.

Eddy schwieg.

»Eddy, hat es dort eine Sperre gegeben?«

»Ja«, sagte Eddy zögerlich. »Fredo hat da was gesagt. Die Kollegen in Santo Stefano haben das mit übernommen, glaube ich.«

»Glaubst du, oder weißt du?« Kittis Blick war bohrend.

Eddy fühlte sich unwohl. Er griff zum Telefon und wählte

Fredos Nummer. »Fredo, haben die Kollegen Danta abgeriegelt? Du hast so was gesagt. … Was? … Bitte geh der Sache nach. Ja! Ich warte drauf.« Er legte auf.

Alle drei sahen zu Boden. Eddy ahnte, dass ein Fehler passiert war.

Es dauerte mehrere Minuten, dann klingelte es. »Ja? Was? Au Mann, Fredo, das darf doch nicht wahr sein. Nicht zurück? Wie, die Frau vom Kollegen? Wie kann das … Oh Mann. Scheiße! Ich komme.«

KALTER RAUCH

Danta di Cadore, am frühen Abend (Mittwoch, 23. Juli 2014)

Fredo und Eddy trafen sich am Ortseingang von Danta. Eddy hatte seinen Land Rover neben mehreren Recycling-Containern abgestellt und stieg in Fredos Wagen. »Jetzt musst du mir einiges erklären, Fredo.«

Fredo fuhr an und legte gleich los: »Nach meinem Anruf beim diensthabenden Kollegen in Santo Stefano hat dieser die Straßensperren in Santo Stefano und Padola veranlasst. Und wohl auch in Danta. Da hatte er aber nur einen Mann zur Verfügung, Antonio Grilli.«

»Der hat nur einen einzigen Kollegen damit beauftragt, eine Straßensperre einzurichten?«, fragte Eddy verdutzt.

»Es musste schnell gehen, Eddy. Nach seiner Angabe konnte er da nur auf einen Kollegen zurückgreifen, der zwar außer Dienst war, aber in Danta wohnt. Ansonsten hätte das keiner geschafft in der Zeit. Da er fand, dass ein Flüchtender diese Straße wohl eher nicht langfährt, hat er das Risiko als relativ gering eingeschätzt.«

Eddy nickte. »Und dieser Grilli vermisst jetzt seine Frau?«

»So hab ich es erfahren, ja.«

»Was ist da los?«

Fredo sah zu ihm hinüber und sagte: »Fragen wir ihn doch selbst, Eddy!«

In der Via S. Barbara stellte Fredo den Wagen ab. Sie klingelten.

Ein stämmiger Mann mit beachtlichem Bauch öffnete die Tür. Sein struppiges, ungekämmtes Haar und seine rot unterlaufenen, tief liegenden Augen verliehen ihm etwas Hundeartiges. Er trug einen dunkelblauen Morgenmantel, aus dem die Beine eines hellblauen Pyjamas und zwei nackte Füße herauslugten. Mit versoffener Stimme bat Grilli die beiden ins Haus. Er hatte eine Alkoholfahne. Sie gingen in die Küche. Es roch nach abgestandener Luft und kaltem Zigarettenrauch. Fredo riss ein Fenster auf.

Antonio Grilli setzte sich auf einen einfachen Holzstuhl und bot den beiden ebenfalls einen Platz an.

»Darf ich vorstellen?«, sagte Fredo. »Vice Brigadiere Antonio Grilli. Und das ist Chefinspektor Edmund Zettler aus Kärnten, Sonderermittler, wie auch ich.«

Grilli nickte. »Bist du der … vom Monte Peralba?«

»Ja, das bin ich«, sagte Eddy.

»Tut mir leid, das mit deiner Tochter.«

Eddy nickte und sah auf Grillis Hände.

Nach ein paar Sekunden fragte Fredo: »Bist du krank gemeldet?«

Grilli nickte.

»Du kennst mich, Kollege. Wir hatten bereits miteinander zu tun«, fügte Fredo hinzu.

»Kann mich nicht erinnern.«

»Du hattest ein Alkoholproblem. Während einer Schulung in Belluno. Damals bist du fast gefeuert worden deshalb.«

Grilli brummte. »Längst erledigt«, sagte er und machte eine abfällige Handbewegung.

»Wann hast du deine Frau das letzte Mal gesehen?«, fragte Fredo ihn.

»Heute Mittag.«

»Und dann?«

»Hat das Telefon geklingelt. Dann ist sie gefahren.«

»Wohin?«

»Das weiß ich nicht.«

Eddy wurde ungeduldig. »Hör zu, der Kollege aus Santo Stefano hat gesagt, er hat dich beauftragt, heute Mittag eine Straßensperre am Ortseingang einzurichten. Wie kann es dann sein, dass du zu Hause warst?«

»Erstens: Ich war nicht zu Hause. Und zweitens: Ich habe nicht mit dem Kollegen gesprochen.«

»Wie? Wer hat denn dann mit ihm gesprochen?«

»Meine Frau.«

»Ja, und die Straßensperre?«

»Wird wohl meine Frau gemacht haben. Mir ging's ja nicht so gut.«

Eddy sah Fredo verdutzt an. »Kollege, damit ich das richtig verstehe«, sagte Fredo. »Deine Frau hat deinen Dienst übernommen, weil du dich nicht gut gefühlt hast? Ist sie Polizistin?«

»Nein, ist sie nicht. Wir machen das hier so. Das ist ein kleines Dorf, hier kennt jeder jeden«, sagte Grilli aufgebracht. »Da ist das kein Problem, ob ich das mache oder meine Frau. Für die Leute ist sie genauso die Polizei wie ich auch. Das weiß doch jeder hier.«

»Hattest du getrunken?«, fragte Fredo scharf.

»Ja, hatte ich. Alpini-Veteranenfeier, heute Morgen.«

»Und du warst mittags schon besoffen?«

»Na ja, ich bin Ehrenmitglied geworden. Das war doch ein Grund …«

»Was bist du doch für ein Arschloch!«, schrie Eddy ihn an. »Lässt deine Frau die Arbeit machen, während du dich abfüllst. Und jetzt ist der Herr krank.«

»Hey, so war das nicht, ja! Meine Frau war auch dort, mit mir. Als es klingelte, ist sie an mein Telefonino gegangen. Sie hat mit dem Kollegen gesprochen, nicht ich. Sie hat den Auftrag entgegengenommen, nicht ich.«

»Moment mal, der Kollege hat ja wohl nicht deiner Frau den Auftrag gegeben«, mischte Fredo sich ein.

»Nein, aber sie hat ihn für mich entgegengenommen, das macht sie doch öfters. Der Kollege weiß natürlich nicht … äh … also offiziell nicht, dass meine Frau, also …«

»… den Dienst für dich schiebt, wenn du mal wieder besoffen bist«, ergänzte Fredo.

»Hey, ich hatte dienstfrei!«, protestierte Grilli.

»War sie nüchtern?«, fragte Eddy.

»Jedenfalls nüchterner als ich.«

»Ja, und dann?«

»Und dann ist sie verschwunden.« Grilli hob die Schultern und saß vor ihnen wie ein Haufen Elend.

»Und nicht zurückgekehrt?«

»Genau. Sie ist weg. Aber ihr Auto steht noch an der Straße.«

»Hast du es gesehen?«

»Nein, das sagt Enrico, mein Schwager. Dem ist es aufgefallen.«

Eddy zischte empört. »Ich glaub's nicht! Du bist nicht mal hingefahren? Weißt du, was du da angerichtet hast?«

»Ich hab gar nichts angerichtet. Meine Frau und ich, wir machen das seit Jahren so. War nie ein Problem. Sie ist hier genauso anerkannt wie ich!«, sagte Grilli barsch.

»Wahrscheinlich ist ihr was passiert. Und das hast du zu verantworten!«, schrie Eddy ihn an.

»So wie du zu verantworten hast, dass jemand dir deine Tochter genommen hat?«

Eddy holte aus und schlug zu. Grilli kippte mit dem Stuhl nach hinten und krachte auf den Boden. Trotz seiner Behäbigkeit sprang er überraschend schnell auf und ging Eddy an den Kragen. Fredo warf sich zwischen die beiden und drängte sie auseinander.

»Hey, meine Herren, so kommen wir keinen Schritt weiter. So geht das nicht!«

Eddy zog sich zurück und Grilli hielt sich sein Gesicht. »Das gibt ein blaues Auge!«, schrie er.

»Es wäre schön, wenn du nur mit einem ebensolchen davonkommen würdest, aber ich befürchte etwas anderes!«, sagte Fredo. In dem Moment klingelte Fredos Handy.

»Pronto! Ja, ich höre. … Was? … Oh Gott. Ja, wir kommen. Ja, machen wir.«

Eddy und Grilli sahen ihn fragend an.

»Grilli, hör zu. Eine Frau in einer Carabinieri-Uniform ist gefunden worden. Tot. Sie wurde hingerichtet. In einem Heuschober kurz vor Costalta.«

Eine Fotonachricht ging auf Fredos Handy ein. Er sah sich das Bild an, ein Frauengesicht mit geschlossenen Augen, deren Haar strahlenförmig ausgebreitet war. Er zeigte es Grilli.

»Ist das deine Frau?«

Grilli schlug die Hände vor's Gesicht und begann zu schluchzen. »Ja«, sagte er leise.

Eddy ging zu ihm und legte ihm eine Hand auf die Schulter. »Das tut mir leid, Kollege.« Grilli erwiderte seinen Blick mit wässrigen Augen, ohne ein Wort zu sagen.

»Eddy, wir müssen los. Die Spurensicherung ist bereits unterwegs.«

DIE KAPERUNG

San Pietro di Cadore, am Abend (Mittwoch, 23. Juli 2014)

Nach der Betrachtung des Tatorts war Eddy ohne weitere Worte davongefahren. Cosima Grillis Anblick hatte ihm die Sprache verschlagen. Ähnlich wie die Katt hatte der Täter auch sie drapiert, diesmal am Boden eines Heuschobers. Der linke Arm und ihre Beine auch diesmal parallel zueinander ausgerichtet und die Haare strahlenförmig ausgebreitet. Mit aufgeschlitztem Bauch hatte er sie liegen lassen. Aber ihr linkes Ohr fehlte nicht. Offensichtlich hatte er sich jedoch an den Eingeweiden vergangen. Wie bei der Katt hatte der Täter ihr einen Zweig in den Mund geschoben, den ein Beamter bereits entfernt und neben sie gelegt hatte, nachdem er Fotos gemacht hatte.

Ein Stück zusammengeknülltes Klebeband, mit dem der Täter ihr wohl während der Tat den Mund verklebt hatte, hatte ein Mitarbeiter der Spurensicherung ein paar Meter neben der Leiche im Heu gefunden.

»Wir haben ein weiteres Teil des Puzzles, Fredo: Er hasst die Polizei«, sagte Eddy angesichts der Uniformjacke, die völlig zerfetzt war. Knöpfe und Schulterklappen waren abgeschnitten. »Aber wieso fehlt ihr kein Ohr?«

Dann war ihnen noch etwas aufgefallen. Das Heu in der Umgebung der Leiche war eigenartig durchwühlt. Einzelne Heubüschel fanden sich auf dem Körper. Die Frau schien noch einmal bewegt worden zu sein, nachdem der Täter sie drapiert hatte, denn der rechte Arm lag nachlässig mit umgedrehter Hand neben dem Rumpf. So, als hätte jemand nach der Tat etwas gesucht. Die Spurensicherung würde das genau untersuchen müssen.

Langsam fuhr Eddy die steile Straße nach San Pietro hinab. Im Tal leuchteten die Fenster der Häuser in der Dunkelheit des Abends. Eddy nahm den Frieden nicht wahr. Für ihn war all das, was er sah, eher trügerisch. Einer der schlimmstmöglichen Verbrecher ging hier in einer der schönsten Landschaften, die man sich vorstellen konnte, seiner verkommenen Leidenschaft nach. Seine Gedanken kreisten nur um diesen einen Mann. Er beherrschte ihn, und Eddy wusste, dass er nicht eher Ruhe fände, bis er diesen einen Mann gefunden hatte.

Als er in San Pietro auf die Nationalstraße in Richtung Sappada abbiegen wollte, überfiel ihn plötzlich pure Angst. Susanne! Mein Gott, Susanne! Wie vom Blitz getroffen fasste Eddy einen Entschluss. Er schlug das Lenkrad nach rechts, Richtung Westen. Nicht die Richtung, die ihn auf dem schnellsten Weg nach Hause bringen würde. Er raste nach Auronzo.

Er betrat das Krankenhaus und lief die Treppen hinauf bis in den obersten Stock. Im Flur standen zwei Carabinieri und bewachten die Tür zu Susannes Zimmer. Eddy grüßte die beiden kurz, sie kannten ihn bereits. Er öffnete die Tür. Susanne schlief.

Vorsichtig ging er an ihr Bett und küsste sanft ihre Stirn. Erst nach mehreren Versuchen gelang es Eddy, sie zu wecken. Sie hatte offensichtlich Schlafmittel genommen.

»Eddy, mein Eddy.« Susanne lächelte. »Was machst du hier?«

»Ich hole dich hier raus. Wir fahren heim, meine Liebe.« Er ging zum Schrank und packte. »Ich ertrage es nicht mehr, dass du hier alleine liegst.« Dann kramte er ihre Toilettensachen zusammen und steckte sie in einen Beutel.

Er zog ihr Schuhe und einen Morgenmantel über, hängte sich die Reisetasche in die linke Armbeuge und hob sie vorsichtig aus dem Bett. Susanne legte ihren Arm um seine Schulter. »Halt dich gut fest«, sagte er und zwinkerte ihr zu. Sie lächelte, legte ihren Kopf an seine Schulter und döste weiter vor sich hin.

»Hey Kollegen, ich muss sie mitnehmen. Fredo weiß Bescheid. Er ruft euch morgen an, soll ich sagen. Bleibt aber hier und verrichtet weiter euren Dienst. Danke für eure Hilfe, ihr seid großartig!« Eddy streckte ihnen den gehobenen Daumen hin und verschwand mit Susanne im Aufzug.

»Hey, Eddy!«, rief der Kollege hinterher. Doch sie waren bereits weg.

Er wollte gerade die Information passieren, als die diensthabende Krankenschwester ihn ansprach: »Was machen Sie denn da, Herr Zettler? Sie können sie doch nicht einfach kapern!«

»Doch, kann ich. Ich trage nicht nur meine Frau, sondern auch die Verantwortung«, entgegnete Eddy.

»Wo sind denn die beiden Carabinieri?«, fragte sie irritiert.

»Oben, sie verrichten ihren Dienst, wie angeordnet. Die können ja nicht einfach weggehen.«

»Ach so, ja, äh … das verstehe ich nicht.«

»Ich auch nicht so ganz, ist aber so«, rief Eddy über seine Schulter zurück. Er hatte nur wenige Schritte bis zum Auto. Er setzte Susanne auf den Beifahrersitz und schnallte sie an. Da kamen die beiden Carabinieri zur Tür herausgelaufen. Eddy fuhr einfach los, winkte aus dem Fenster und hupte kurz zum Abschied. Er wählte die Strecke über Sexten und Lienz.

Zwei Stunden später, kurz vor Mitternacht, kam er zu Hause an. Als er das Auto vor die Garage stellte, sah er, dass im Haus Licht brannte. Die Köhlers waren noch wach. Sie öffneten die Tür, und Eddy trug Susanne ins Haus. Frau Köhler machte sofort das Sofa frei, sodass Eddy sie dort ablegen konnte. Schnell lief sie ins Obergeschoss und holte eine Bettdecke.

»Danke«, flüsterte Eddy Frau Köhler zu und strich Susanne eine Strähne aus dem Gesicht.

Das Telefon klingelte. »Fredo, ja … Ja, hab ich. Ja … Nun mach doch mal halblang. Ist doch nix passiert! Ich finde, hier ist sie … Jaja, hier ist sie … Hörst du mir jetzt vielleicht mal zu? Hier ist sie besser aufgehoben, Fredo! Ich behalte sie hier im Haus. Sie ist ja nicht krank. Sie muss sich nur … Ja, ausruhen. Und … Ja, 'tschuldige, war blöd von mir. Aber … Hey, Fredo, tut mir … Oh Mann, oh Mann, bist du geladen. Sag den beiden einen schönen Gruß von mir. Ich entschuldige mich bei ihnen. Kommt nicht wieder vor. Sei nicht so sauer, du hättest das für deine Frau auch getan. Okay … ich hätte … ja, dich informieren können … aber du hättest es doch nicht … nicht zugelassen, Fredo. Ich hätte es ja auch an deiner Stelle nicht …« Eddy lächelte in sein Handy. »Fredo. Sei gut. Nicht böse sein. Ja … ich weiß Fredo. Danke. Du bist der Beste! A presto! Wir sehen uns. Und bestell Maria die allerbesten Grüße von mir … und von Susanne!«

Susanne wachte auf. Sie sah sich um. »Wo … wo bin ich?«

»Daheim. Du bist daheim, meine Liebe.«

Herr und Frau Köhler standen etwas abseits und lächelten. »Geht es besser?«, fragte Frau Köhler.

Susanne nickte. Sie sah zu Eddy hinüber. »Eddy, ach Eddy!« Ihre Stimme klang entspannt. Sie schloss die Augen.

Eddy hob sie wieder hoch und trug sie in den ersten Stock ins Schlafzimmer. Frau Köhler half ihm, sie umzuziehen. Susanne atmete ruhig und ließ die beiden machen. Und augenblicklich schlief sie wieder ein.

IM VALENTINTAL

Mauthen, am Morgen (Donnerstag, 24. Juli 2014)

Als Eddy in der Küche stand und Kaffee kochte, ging die Tür auf und Susanne erschien. »Morgen«, sagte sie leise.

Er nahm sie in den Arm und küsste ihre Stirn. »Du solltest noch im Bett sein«, sagte Eddy ohne Vorwurf. »Du bist noch nicht gesund.«

»Ach, Eddy. Hier bin ich fast wieder gesund«, sagte sie und zeigte auf ihren Hals. »Aber hier, das heilt nicht so schnell.« Sie legte ihre Hand auf ihr Herz. »Das brennt und brennt und brennt«, sagte sie mit brüchiger Stimme und feuchten Augen. »Und wenn ich noch länger im Bett liege, dann verglüh ich. Ich muss raus. Nach draußen. Die Welt sehen. Dann brennt es wenigstens tagsüber nicht so stark.«

Sie frühstückten. Sie brauchten an dem Morgen keine weiteren Worte. Danach stiegen sie ins Auto und fuhren Richtung Plöckenpass. Auf halber Höhe bog Eddy ins Valentintal ab, fuhr den langen Fahrweg entlang und schloss an der Unteren Valentinalm die Schranke auf. Über die Serpentinen kroch der Land Rover hinauf bis zur Oberen Valentinalm.

»Lass uns ein paar Schritte laufen«, sagte Susanne. Sie ging den Wanderweg entlang und sog die würzige Luft ein.

»Langsam, Susanne.«

»Nur bis zum Stein.«

Nach einer halben Stunde erreichten sie eine grüne Hochfläche mit einem großen Kalkfelsblock, einem riesigen Felsen aus Korallenkalk, der vor langer Zeit aus den Kellerwänden ausgebrochen und hierher gerollt war. An dem Stein war eine Gedenktafel angebracht.

»Weißt du noch, wie oft sie hier gespielt hat, früher, als Kind?«

Eddy musste nichts sagen. Natürlich wusste er es. Hier waren sie so oft an den Wochenenden gewesen, wenn sie zum

Wolayer See gewandert waren. Die kleine Uli, Susanne und er. Uli hatte besonders gern an diesem großen Stein Rast gemacht und in seinem Schatten gespielt. Korallensuchen mit Eddy, mitten im Gebirge. Einmal hatte sie ihn gefragt, warum diese Tafel dort hing. Eddy hatte ihr erklärt, dass hier jemand gestorben war, und zu dessen Andenken hätten fromme Menschen diese Tafel angebracht. Die kleine Uli hatte das sehr beeindruckt, und immer, wenn sie kam, hatte sie ein paar Blumen gepflückt, sie an den Fuß des Felsens gelegt und ein kleines Gebet gesprochen.

»Hier geht es besser«, sagte Susanne und schluckte. »Hier brennt es nicht ganz so schlimm in mir drin.«

Eddy nickte traurig. Gerade hier war es schlimm für ihn. Doch es tröstete ihn, dass Susanne bei ihm war. »Das Brennen wird nie weggehen«, sagte er mit erstickter Stimme. »Sie kommt nicht wieder.«

»Aber sie ist doch hier, Eddy«, antwortete Susanne und hielt sich an seinem Arm fest. »Sie ist gar nicht weg, wir sehen sie nur nicht mehr. Aber ich spüre sie. Wie sie die Korallen sucht. Wie sie ihr Gebet spricht. Wie sie die Blumen pflückt.«

Eddy schluchzte. Sie umarmte ihn. Der Schmerz saß bei beiden so tief, dass es lange brauchte, bis er sich seinen Weg gebahnt hatte. Doch jetzt brach er in seiner ganzen Wucht hervor. Sie weinten sich die Seele aus dem Leib. Es half ihnen, dass sie sich festhalten konnten. Sie knieten auf dem harten Boden, lehnten die Köpfe auf die Schulter des anderen und streichelten sich, bis sie endlich müde wurden vom Weinen.

Schließlich sagte Susanne mit verquollenen Augen. »Pflück ihr ein paar Blumen, Eddy. So wie sie es immer getan hat.«

Eddy hockte sich hin und pflückte einen kleinen Strauß der Sommerblumen, die hier wuchsen. Susanne nahm ihm den Strauß aus der Hand und kramte in seinem Rucksack. Sie holte eine Kerze und einen Briefumschlag aus der Seitentasche. Sie küsste den Brief und bereitete aus Steinen, dem ewigen Licht und dem Brief einen kleinen Altar auf dem Boden an der Westseite des Felsblocks. Sie zündete die Kerze an, stellte sich neben Eddy und verschränkte die Hände. Susanne und Eddy senkten die Köpfe und beteten still.

Nach einer Weile nahm sie seine Hand. »An ihrem Grab wird es trist sein«, sagte Eddy leise.

Susanne sah ihn an. Sie lächelte. »Ja, aber das hier ist schöner als ein Grab.«

IN DER WOLAYE

Wolayer See, am Nachmittag (Donnerstag, 24. Juli 2014)

Nachdem Eddy Susanne zurück nach Hause gebracht hatte, rief er Fredo an. »Fredo, bevor ich am Telefon irgendeinen Unsinn rede, kann ich dich treffen? ... Hey Fredo, bitte. ... Ja, ich weiß, ich bin ein ... Jaja, bitte, Fredo. Es ist mir wichtig. ... Gut, danke. Hast du Lust auf eine Grenzbegehung? ... Gut. ... Wir treffen uns in der Wolaye!«

Fredo würde von Süden über Collina bis zum Rifugio Lambertenghi Romanin fahren, Eddy den endlosen Fahrweg nehmen, der von Norden über Nostra und die Wolayer Alm bis zum Wolayer See führte. Sie hatten sich an der Grenze am Passo di Volàia, nur wenige Höhenmeter oberhalb des Sees, verabredet.

Es war Nachmittag. Fredo hockte bereits auf einem Felsblock in der Nähe des alten Zollhäuschens, als Eddy kam.

»Das eine sag ich dir, Eddy«, rief Fredo aus mehr als zehn Metern Entfernung. »Wenn du mich vor den Kollegen noch einmal dermaßen bloßstellst, dann war es das mit der Freundschaft! Einfach deine Frau entführen und die Kollegen wie die Deppen da stehen lassen!« Fredo war richtig sauer, und es war ihm anzusehen.

Eddy sagte nichts. Es gab nichts zu sagen, weil Fredo vollkommen recht hatte. Er griff in seinen Rucksack und holte ein Päckchen hervor, das in Fleischerpapier gewickelt war. »Ein Kilo Gailtaler Speck.« Eddy hielt ihm das Päckchen mit ausgestreckter Hand entgegen. Sein aufgeregtes Atmen versuchte er zu unterdrücken.

Fredo schloss resigniert die Augen und schüttelte langsam den Kopf. Der Anflug eines Lächelns schlich sich in sein Gesicht. »Eddy, du bist ein Verbrecher!«, sagte er leise und nahm den Speck entgegen.

Eddy wusste, dass er Fredo damit die ganze Welt abkaufen konnte. Kein Speck sei besser, hatte Fredo einmal gesagt.

Fredo setzte sich auf den Felsblock, nahm sein Messer aus der Tasche und schnitt zwei Scheiben ab.

»Freunde?«, fragte Eddy vorsichtig.

Fredo zögerte und raunzte »Freunde«, dann reichte er ihm eine Scheibe. Wortlos saßen sie nebeneinander und kauten.

Fredo musterte Eddy schräg von der Seite. »Wie geht es Susanne?«

»Wir waren heut morgen im Valentintal. Obwohl es sie natürlich extrem angestrengt hat. Aber sie hat das gebraucht, sie musste raus. Jetzt ruht sie sich aus. Kitti ist bei ihr daheim und passt auf sie auf. Ich hab sie angewiesen, das Haus auf keinen Fall zu verlassen und die Türen abzusperren. Ribernig und Waberer sind auf dem Posten und in der Nähe.«

Fredo nickte und genoss seinen Speck. »Mann, Eddy, sag deinem Freund, der das Zeug hier macht, ich will das Rezept noch haben, bevor ich sterbe.« Er schnitt sich noch eine Scheibe ab.

»Das ist die gute Luft unten im Tal, die kann man nicht exportieren«, sagte Eddy und grinste.

Fredo blickte über den See. »An der Hütte drüben ist heut wieder der Teufel los.« Er zeigte mit dem Messer über den Wolayer See hinweg auf die österreichische Alpenvereinshütte, wo es vor Tageswanderern nur so wimmelte. Sie kamen und gingen in Scharen. Eddys Auto auf dem kleinen Parkplatz direkt neben der Hütte war kaum zu sehen vor lauter Menschen.

»Ja, und darum sitzen wir beide auf dieser Seite des Sees und nicht drüben«, sagte Eddy.

Sie waren umgeben von den fast weiß leuchtenden schroffen Kalkwänden des Biegengebirges, des Seekopfs, der Seewarte und der angrenzenden Hohen Warte. Und gegenüber lag der Gipfel des Rauchkofels, der mit seiner rötlichbraunen Farbe einen deutlichen Kontrast zu den gleißenden Wänden in ihrem Rücken bildete. Oft waren die beiden an klaren und kalten Wintertagen dort oben gewesen, am Gipfel des Rauchkofels, und mit den Skiern durch den Tiefschnee hinabgefahren bis zur Plöckenpassstraße. Oft schon hatten sie die Wände dieser Berge hinter ihnen durchstiegen. Sie saßen in einer Felsarena, die ihresgleichen suchte. Doch heute wollten sie nur ein paar Schritte gehen. Nachdenken und zu sich finden.

Die Sonne knallte in die Südwände, die auf italienischer Seite lagen, wogegen das Halbrund des Biegengebirges allmählich in den Schatten getaucht wurde. Das Wasser im See unter ihnen blitzte flaschengrün und war glasklar.

»Wir müssen neu denken.« Eddy sagte das, ohne Fredo anzusehen.

»Ja, wir liegen falsch. Haben irgendwas übersehen.«

Eddy war erleichtert. Sein Freund und er waren auf einer Linie. »Fredo, ich hab Angst.« Eddy blickte auf den Boden und spielte mit ein paar Steinen. »Ich habe Angst, dass ich das alles hier irgendwann nicht mehr schön finden kann. Mein Kopf und mein Herz geraten durcheinander. Das hier, diese Berge hier, das sind die ältesten Berge der Alpen. Das hier sind die Alpen vor den Alpen, sozusagen. So was gibt es nur einmal auf der Welt, ein einziges Mal!«

Eddys Augen glühten, als er Fredo ansah. Er drehte sich Richtung Westen. »Da vorn«, er zeigte auf den Fuß des Seekopfs, »im unteren Teil der Wand dort, da kannst du Kalksteine sehen, die sind älter als vierhundertfünfzig Millionen Jahre. Wenn du hier auf einen Stein schlägst, dann springen dir die Fossilien nur so entgegen. Korallen und andere Meerestiere, das sind die Baumeister all dieser Berge hier oben. Hier war alles voller Leben, ein Meer, in dem es vor lauter Getier nur so gewimmelt hat. Übereinandergetürmt zu riesig hohen Wänden.«

Er stand auf und drehte sich. »Fredo, das hier ist ein Platz, den ich mir schöner nicht vorstellen kann. Und das hier, das will uns jemand nehmen. Jemand aus unserer Mitte. Jemand will die Heimat in meinem Herz zerstören.« Eddy ballte die Hände zu Fäusten und streckte sie nach unten. »Meine Seele in eine andere Welt hinunterziehen, in den Abgrund, Fredo. Sodass ich all das hier nicht mehr empfinden kann«, rief er mit bröckelnder Stimme. »Wenn ich das nicht mehr haben darf, dann kann ich nicht mehr sein.«

Fredo war aufgestanden, und Eddy griff mit beiden Händen Fredos Schultern. »Hilf mir, Fredo. Mir platzt der Schädel. I werd verrückt! Verrückt vor Zorn. I bin voller Hass gegen des Schwein. Hilf mir, ihn zu finden. Ich will meinen Frieden wieder haben.«

Traurig und mit feuchten Augen stand Eddy da, die blanke Verzweiflung war ihm ins Gesicht geschrieben. Seine Lippen zitterten.

Fredo nickte ohne ein Wort. Er drückte seinen Freund kurz an sich. Dann setzte er sich wieder auf seinen Felsblock. Eddy tat es ihm nach und seufzte tief.

»Eddy, wieso ist der Mann hinter dir her? Das ist die entscheidende Frage.« Fredo schnitt erneut eine Scheibe Speck ab. Er reichte Eddy ein Stück. »Der Kerl hat es auf dich abgesehen! Du musst ihm Schlimmes angetan haben – zumindest aus seiner Sicht.«

Eddy nickte. »Ja, das ist wohl so. Aber was macht ihn so gnadenlos?«

»In ihm ist eine Lawine ins Rollen gekommen, die nicht mehr zu stoppen ist. Ein Dammbruch. Nicht mehr kontrollierbar. Er hört nicht auf, bis er stirbt oder …« Fredo brach den Satz ab.

»… oder ich, wolltest du sagen.«

Fredo antwortete nicht.

»Wo ist die Verbindung in die Vergangenheit, Fredo?« Eine Dohle kreiste über ihnen und landete auf einem nahen Felsen. Sie flatterte mit den Flügeln, wodurch ein paar kleine Steine zum Seeufer hinunter rollten.

»Es muss mit dem Fall vor zwanzig Jahren zu tun haben. Mit dem Wilderer.« Fredo spielte mit seinem Messer.

»Aber den hab ich ja nun mal beseitigt. Der kann ja nicht mehr …«

»Ja, schon. Was aber, wenn er doch Nachkommen hat, einen Sohn vielleicht?«

»Ja, einen Fremden, einen Nachahmer, schließe ich eigentlich mittlerweile komplett aus. Irgendwas sagt mir, dass die beiden Täter sich gekannt haben. Aber es ist nur eine dunkle Ahnung. Kitti und Ribernig sind noch mal die gesamten Akten von damals durchgegangen. Aus ihnen geht hervor, dass seine Frau nach seinem Tod verschwunden ist. Von einem Kind steht da nichts. Und ansonsten hatte er keine Verwandten.« Eddy sah zu Boden. »Also eigentlich nicht möglich. Oder haben wir damals gepennt? Vielleicht hat Schranner ja doch recht gehabt, dass man das alles lernen kann.« Er presste die Lippen zusammen und schmiss ein paar Steine den Hang hinunter.

»Was sollen wir also tun, Eddy?«

»Alle Leute befragen, die sich an den Wilderer erinnern können. Kollegen, Nachbarn und so weiter. Das haben wir ja damals nie gemacht. Und ihr auch nicht, oder?«

»Warum auch?«

»Ja, er war tot, und zu ermitteln gab es nichts mehr«, bestätigte Eddy.

»Das übernehmen wir«, sagte Fredo und klappte das Messer zusammen. »Und, Eddy! Misch dich nicht wieder in die Ermittlungen in Italien ein. Klar?«

Eddy nickte. »Versprochen.«

»Es sei denn, ich hole dich dazu.«

»Gut, ich halt mich dran.«

»Und keine Rauferei mit einem Kollegen. Grillis Auge ist immer noch blau.« Fredo musste kurz lachen.

»Ehrenwort.«

»Soll ich dir das jetzt glauben?«, fragte Fredo.

Eddy lächelte und schwieg.

»Oh Mann, Eddy. Wie soll ich dir bloß vertrauen?«, sagte Fredo resigniert.

»Fredo, es tut mir leid, dass ich dir Scherereien mache. Ich will mich aber auch nicht dauernd dafür entschuldigen. Ich kann einfach nicht anders.« Eddy legte eine Hand auf Fredos Arm. »Ich kann dich nur um Verständnis bitten.«

Fredo sah zu Boden und nickte. Dann richtete er sich auf. »Also. Wir machen die Befragung. Wir fangen am besten gleich morgen damit an.«

»Und ich werde mir auch noch mal alles ansehen, was wir über den Kerl von damals haben. Seine Biographie im Detail.«

»Gut, Galbani macht eh schon Druck und fragt permanent, wie weit wir sind.«

»Mir geht es auch so. Heute Morgen hat der Michel wieder angerufen, ob es etwas Neues gibt. Ich muss allmählich Ergebnisse liefern.«

Sie packten ihre Rucksäcke. Dann gab Fredo Eddy einen Klaps auf die Schulter und brach auf. Nach ein paar Schritten drehte er sich noch einmal um und rief: »Gut, dass du wieder bei dir bist.«

Eddy nickte und presste die Lippen zusammen.

»Wir kriegen den Kerl, Eddy. Verlass dich drauf.« Fredo stockte. »Bis morgen, Eddy!«

»Morgen. Ja. Das wird nicht so einfach werden.«

DAS MESSER

Kötschach, am Morgen (Freitag, 25. Juli 2014)

Uli Zettlers Leiche war nach der Freigabe vor vier Tagen überführt worden. Die Gewehrkugel hatte wie erwartet dieselben Merkmale gezeigt, wie die von der Fanni. Zu Ulis Beerdigung hatten sich um neun Uhr morgens Hunderte Menschen aus dem gesamten Tal auf dem Friedhof von Kötschach versammelt. Die Kirche war viel zu klein, um alle Trauernden zu fassen.

Susanne und Eddy hatten in einer Anzeige darum gebeten, von Beileidsbekundungen am Grab Abstand zu nehmen und um Verständnis dafür, dass die übliche Einladung in ein Gasthaus ausbleiben werde, zu hart habe die Familie das Verbrechen an ihrer Tochter getroffen. Nahezu jeder sah das ein, nur ein paar wenige zerrissen sich das Maul darüber, dass nicht einmal ein Kaffee gereicht werden sollte. Aber die waren ohnehin nicht erschienen.

Susanne und Eddy hatten die Beerdigung tapfer und nach außen stark durchgestanden. Ihren ganz persönlichen Abschied von Uli hatten sie bereits im Valentintal hinter sich gebracht.

Nach der Zeremonie nahm Eddy Fredo zur Seite, während Maria sich um Susanne kümmerte. »Könnt ihr beide bitte später auf der Rückfahrt Susanne und ihre Mutter bis Oberdrauburg mitnehmen? Sie möchten ein paar Tage zusammen sein. Und ich hab ja …«

»… genügend zu tun. Ja, klar. Natürlich«, antwortete Fredo und legte ihm die Hand auf den Rücken. »Eddy, wir haben was Neues. Er hat einen Fehler gemacht. Ich weiß, es ist kein guter Zeitpunkt. Aber …« Fredo sah sich um, ob jemand zuhörte.

»Geht schon, Fredo. Leg los. Was gibt's?«

»Lass uns ein paar Schritte laufen«, schlug Fredo vor und ging den Weg entlang. Eddy grüßte verhalten noch ein paar Bekannte und folgte ihm dann.

»Unsere Spurensicherung«, berichtete Fredo, »hat unter der Leiche der Grilli in einer Ritze im Holzboden ein ausgeklapptes Jagdmesser gefunden. Offensichtlich die Tatwaffe.«

»Was? So blöd kann doch niemand sein. So was lässt doch ein Typ von dem Kaliber nicht einfach liegen«, sagte Eddy skeptisch.

»Ja, das haben wir uns auch gedacht. Aber was machst du, wenn du bei schummrigem Licht in Panik ein Messer suchen musst? Uns beiden war ja schon aufgefallen, dass das Heu durchwühlt war. Und es lag ja sogar auf der Leiche. Das passt doch alles! Vielleicht hat er das Messer auf den Boden gelegt, als er sich an der Toten zu schaffen gemacht hat. Dann ist es irgendwie zwischen die Holzbohlen gerutscht, als er den Körper drapiert hat. Später hat er das Messer gesucht. Aber er hat es einfach nicht gefunden. Er wird nervöser und nervöser. Und dann ist er aus irgendeinem Grund abgehauen.«

»Glaubst du das wirklich?«, fragte Eddy voller Zweifel und blieb stehen.

»Was glaubst denn du?«

Eddy überlegte ein paar Sekunden und setzte seinen Weg fort. »Kann ich mir so nicht vorstellen«, sagte er schließlich. »Mann, Fredo, das klingt irgendwie merkwürdig. Wieso sollte er das Messer unterhalb der Leiche nicht finden? Andererseits …«, er zögerte, »ist das vielleicht eine Erklärung dafür, dass ihr kein Ohr fehlt.«

»Erstens: Das Messer klemmte sehr tief in einer Ritze zwischen zwei Holzbrettern. Die Kollegen von der Spurensicherung haben es auch erst ganz zum Schluss unter voller Beleuchtung von zwei Großscheinwerfern entdeckt, als sie eigentlich schon fertig waren, die Leiche bereits weggeräumt hatten und zusammenpacken wollten. Und zweitens: Vielleicht war der Täter von seiner eigenen Tat so angeekelt, dass ihn der Anblick der Leiche vertrieb, sobald sein Flash abgeklungen war. Dann konnte er die Leiche gar nicht mehr anfassen und verrücken, sondern haute ab.« Fredo fixierte Eddy und wartete seine Reaktion ab, doch Eddy zog nur die Augenbrauen zusammen. »Denk daran«, sagte Fredo, »er handelt im Moment der Tat nicht rational, sondern …

»… schwanzgesteuert«, zischte Eddy.

»Ja, er ist sexualisiert. Und dann wacht er schlagartig aus seinem Zustand auf und sieht, was er mal wieder angerichtet hat.«

Eddy zögerte. Er blickte zu Boden und schüttelte den Kopf. Doch dann schien ihm Fredos These aufzugehen. »Hmm, diese Hektik und das Suchen. Na ja, und der Zustand der Leiche, also dass er sie nicht in Ruhe positionieren konnte. Sein Werk war nicht perfekt. Ja, das kann sein.« Eddy grübelte. »Finden sich Spuren auf dem Messer?«

»Schon in Arbeit. Bald wissen wir mehr. Aber jetzt sollten wir zu Susanne zurück.«

»Ja, du hast recht. Sobald ihr gefahren seid, geh ich ins Büro. Ich muss mich irgendwie ablenken.«

Eine halbe Stunde später saß Eddy an seinem Schreibtisch und nahm sich noch mal die Akte von damals vor. Er schaute sich die Bilder von der Leiche des Wilderers an. Die Aufnahmen waren etwa drei Stunden nach dem Tod des Mannes gemacht worden, mit Blitzlicht. Auf dem ersten war er in der Totalen zu sehen, wie er neben der geöffneten Hirschkuh an der Porzescharte lag. Das zweite zeigte ihn in der Halbtotalen, das dritte sein blutbeschmiertes Gesicht, die Augen halb geöffnet.

Eddy las den Bericht aus Italien. Er bestand aus nur zwei DIN-A4-Seiten. Alessandro Hausmann war 1953 in Santo Stefano di Cadore geboren worden, wo er auch aufgewachsen war. Er war ausgebildeter Jäger. Aber die Jagderlaubnis war ihm 1986 entzogen worden, weil er durch besonders brutale Jagdmethoden aufgefallen war und mehrfach gegen das Jagdethos verstoßen hatte. Einzelheiten waren nicht bekannt.

Danach war er nach Cortina d'Ampezzo gezogen. Von Beruf war er Automechaniker. Er hatte in einer kleinen Werkstatt am Rande von Cortina Arbeit gefunden. Seine Frau Adelma war nach seinem Tod spurlos verschwunden. Über ihren Verbleib war nichts bekannt. Die Ermittlungen waren eingestellt worden, weil der Wilderer tot war.

Eddy erinnerte sich daran, dass er und Fredo sehr gern mehr über den Mann gewusst hätten, und vor allem über dessen Frau. Aber die italienischen Behörden hatten den Fall ad acta gelegt.

Eddy wollte gerade zum Hörer greifen, als das Telefon klingelte.

»Hi, Eddy«, sagte Fredo. »Gerade hat der Leiter der Comando Stazione in Santo Stefano angerufen. Wir treffen uns in drei Stunden bei ihm. Findest du das?«

»Ja, ich weiß, wo das ist.«

»In Santo Stefano gibt es anscheinend interessante Neuigkeiten.«

MARESCIALLO DI RAFAELO

Santo Stefano di Cadore, Nachmittag (Freitag, 25. Juli 2014)

Fredo und Eddy hatten sich am Parkplatz in der Via Dante Alighieri in Santo Stefano getroffen. Sie betraten das einfache Gebäude der Kommandantur und wurden sogleich in das Büro des Stationschefs geführt. Der Maresciallo saß hinter seinem Schreibtisch und erhob sich zackig, als Eddy und Fredo eintraten. Der Mann war ungewöhnlich groß für einen Süditaliener. Er maß fast zwei Meter, hatte breite Schultern, dunkelbraune Augen und schwarze Haare. Seine Uniform saß tadellos. Fredo legte die Hand an die Mütze und stellte dann vor: »Maresciallo Antonio Di Rafaelo, der Kommandant hier.«

»Sehr angenehm«, sagte Eddy freundlich.

Der Maresciallo antwortete auf Italienisch: »Es ist für mich eine große Ehre, die beiden Sonderermittler bei uns empfangen zu können. Commissario Galbani berichtet nur Gutes über Sie beide.«

Eddy räusperte sich. »Das freut uns sehr.«

»Wissen Sie, es ist noch nie passiert, dass ein einziger Mann unsere Gegend unsicher macht. Ich stamme aus dem Süden. Da wächst man damit auf, dass die Mafia das größte Problem ist. Und die bringt Leute auf unangenehme Weise um. Aber was zurzeit hier geschieht …« Er schüttelte den Kopf. »Nehmen Sie Platz, meine Herren. Ich will Ihnen berichten, was wir herausgefunden haben.« Der Maresciallo zeigte auf zwei Stühle vor seinem Tisch.

»Wir sind Ihnen überaus dankbar, dass Sie uns bei den Straßensperren unterstützt haben«, sagte Fredo.

»Auch wenn das nicht so gut geklappt hat«, meinte Eddy.

Der Maresciallo sah ihn verwundert an. »Ispettore Zettler. Wir geben hier unser Bestes. Ich weiß nicht, ob Sie ahnen können, wie sehr wir hier manchmal unter Druck stehen.«

»Ich bin mir sicher«, sagte Fredo schnell, »dass Sie alles

tun, was Ihre Möglichkeiten hergeben. Es ist für Sie sicher viel einfacher, hier in Santo Stefano einiges herauszufinden, als für uns. Und dafür danken wir Ihnen.«

»Ja, die Kollegen aus Cortina haben sich mit mir geeinigt, dass wir alles hier zusammentragen, um es dann an Sie weiterzureichen.«

Klar, dachte Eddy, Kontrolle behalten um jeden Preis. Am Ende will jeder den Fall maßgeblich aufgeklärt haben.

»Ist das für Sie in Ordnung, Ispettore Zettler?«, fragte der Maresciallo, der Eddys missmutiges Gesicht bemerkt hatte.

»Ja, ja«, bestätigte Eddy und nickte beflissen. »Alles in Ordnung.«

»Also, dann gehen wir einmal in die Details. Wir haben halb Santo Stefano befragt und dazu viele Leute in Cortina, die sich noch an … äh«, er setzte seine Lesebrille auf und sah kurz in die Akte, »also an … Alessandro Hausmann erinnert haben.« Er nahm die Brille wieder ab. »Dieser Hausmann muss ein merkwürdiger Vogel gewesen sein. Er hat öfters mit den Kollegen im oberen Cadore zu tun gehabt. Hat ständig seinen Hund malträtiert, schon als Kind, wie uns ein paar ehemalige Nachbarn erzählt haben. Später hat er den Jagdschein gemacht. Wahrscheinlich mit Beziehungen, das hat uns ein alter Jäger erzählt, der meinte, man hätte den Kerl damals erst gar nicht zur Jagdprüfung zulassen dürfen.«

»Warum?«, fragte Fredo.

»Er galt als Sadist. Hat seine Frau mehrfach so sehr verprügelt, dass sie krankenhausreif war. So hat es der alte Jäger ausgedrückt.«

»Woher kam die Frau?«, fragte Eddy.

»Das weiß ich nicht, darüber haben wir nichts herausgefunden. In Santo Stefano wusste niemand etwas über sie.« Der Maresciallo sah wieder auf die Akte, die vor ihm lag. »Und wir haben noch einen alten Mann gefunden, der hat die Meinung geäußert, dass es Hausmann damals recht geschehen ist, als er erschossen wurde.« Er drehte sich zu Eddy. »Waren Sie das nicht?«

Eddy zog die Brauen hoch und nickte.

»Die ganze Gegend hätte damals aufgeatmet, sagte uns der alte Jäger. Na ja.« Der Maresciallo bewegte den Kopf hin und her. »Er ist wohl oft in den kleinen Bars in Santo Stefano unterwegs gewesen und hat mit seiner Wilderei geprahlt. Auch noch, nachdem er nach Cortina umgesiedelt war. Bis kurz vor seinem Tod ist er wohl immer wieder hier aufgetaucht. Also, jedenfalls konnte ihn niemand so richtig leiden.«

»Und später in Cortina, wie hat er sich dort verhalten?«, wollte Fredo wissen.

»In Cortina ist er dann nach seinem Umzug zunächst wohl ruhiger aufgetreten.«

»Gibt es dort Zeugen?«, fragte Eddy.

»Nur wenige Leute können sich an ihn erinnern. Sein ehemaliger Chef aus der kleinen Autofficina sagte uns, er habe seine Arbeit immer sehr gut gemacht, er sei sehr genau, aber unhöflich gewesen. Hätte sich zwei- oder dreimal mit Kunden angelegt. Da es aber jedes Mal durchreisende Deutsche waren, habe der Chef ihn zwar jeweils ermahnt, ihm aber auch verziehen, weil er ja an sich ein guter Automechaniker war.«

»Wissen die Nachbarn noch irgendwas?«, fragte Fredo.

»Ja, eine ältere Dame kann sich an ihn erinnern. Oder besser gesagt, an seine Frau und seinen Sohn.«

Eddy hakte ein: »Seinen Sohn? Sagten Sie, seinen Sohn?«

»Ja, so steht es hier«, gab Di Rafaelo zurück.

»Also hatte Hausmann einen Sohn. Und was ist aus dem geworden?«

Der Maresciallo hob die Schultern und öffnete die Hände. »Wir wissen es nicht. Die Familie hat in einer kleinen Wohnung am Stadtrand von Cortina gelebt. Hausmann war wohl selten zu Hause, sagte uns die Dame, eine Römerin, die es als junge Frau nach Cortina verschlagen hat. Laut ihrer Aussage war er am Wochenende sehr oft unterwegs. Und wenn er zu Hause war, dann gab es häufig Streit in der Familie. Als seine Frau mal wieder ein blaues Auge hatte, hat sie der Dame erzählt, dass sie abhauen wollte.«

»Aha, abhauen wollte sie. Hat die alte Dame oft mit ihr geredet?«

»Sie hat ausgesagt … Moment …«, der Maresciallo sah in die Akte, »… dass sie sich nur einige Male mit ihr unterhalten hat. Verständigungsprobleme, die Frau von Hausmann sprach wohl eher schlecht Italienisch.«

»Schlecht Italienisch? Was heißt das?«

»Südtiroler Akzent, hat sie vermutet.«

»Hat sie irgendetwas gesagt, wohin die Frau abhauen wollte?«

»Sie glaubt Australien, weil sie dort wohl Verwandtschaft hatte. So hat sie jedenfalls gesagt, die alte Dame.« Er schaute noch mal in die Akte. »So steht es hier.«

»Australien? So, Australien. Kann man da einfach so … hinziehen? Weiß das jemand?«, fragte Eddy.

»Wenn man Verwandtschaft hat, kann man das jederzeit«, sagte der Maresciallo.

»Darf ich etwas fragen, Maresciallo?«, sagte Eddy. »Hatte er Freunde, gute Jagdbekannte oder Saufkumpane?«

»Viele Freunde hat der Mensch ja ohnehin nicht«, seufzte der Maresciallo. »Und besonders nicht solche Kotzbrocken.« Dann wurde er wieder ernst. »Aber darüber wissen wir nichts Näheres.«

»Könnten Sie dann bitte die Leute noch einmal befragen?«, sagte Eddy mit hörbarer Empörung. »Das ist doch wichtig.«

Der Maresciallo wirkte pikiert. Fredo gab Eddy ein Zeichen mit den Augen und mischte sich ein. »Maresciallo. Sie haben uns einen großen Dienst erwiesen. Und in Anbetracht der neuen Sachlage, die sich durch ihre unermüdliche Arbeit ergeben hat, müssen wir tatsächlich weiterforschen. Wäre es also möglich, dieselben Personen noch einmal zu befragen, ob es Freunde im Leben des Alessandro Hausmann gegeben hat?« Er lächelte freundlich und hob gleichzeitig eine Braue.

Der Maresciallo räusperte sich. »Ja, natürlich. Wenn es denn so ist, dass Ihre Ermittlungen durch unser Team beflügelt werden können, dann helfen wir Ihnen gern. Ich werde das übernehmen und in allen Einzelheiten mit Commissario Galbani besprechen. So, und jetzt, meine Herren. Ich habe viel zu arbeiten. Ihr Besuch hat mich sehr gefreut. Viele Grüße an die geschätzte Familie.« Er fasste sich an die Brust, verneigte sich zurückhaltend und bat die beiden zur Tür.

NEUE HAUSGÄSTE

Mauthen, am späten Nachmittag (Freitag, 25. Juli 2014)

Als Eddy nach Hause kam, stand ein cremefarbener Fiat Punto in der Einfahrt mit dem Zeichen BL unter dem Zulassungsjahr, ein Kennzeichen für den Bezirk Belluno also. Eddy wunderte sich.

In dem Moment kam Frau Köhler gestikulierend auf ihn zugelaufen. »Herr Zettler, ich hab zwei neue Hausgäste. Sie sagen, dass sie Bergsteigerkollegen von Ihnen sind. Sind beide sehr nett, und sie wollen ein paar Tage bleiben. Zwei knackige Burschen.« Frau Köhler verdrehte die Augen.

»Zwei junge Burschen, sagen Sie?«

»Ja, jung und äußerst gut gebaut.« Sie grinste vielsagend. »Ich hab ihnen das große Zimmer oben rechts gegeben. Und Sie können das Geld doch sicher gut gebrauchen. Ich hab ihnen nichts von Ihrem Schicksal, also von der Geschichte … Na ja. Und Susanne ist auch …«

» … einverstanden, oder?«

»Ja, genau, ich habe mit ihr telefoniert und …« Frau Köhler schlug mit der Hand ein Loch in die Luft. »Ach, ich blabbor wieder zu ville, stömmt's? 'tschuldigunk!«

Das passte Eddy gar nicht. Jetzt auch noch Hausgäste. Nein, das war ihm zu hektisch. Er kannte das: Neue Gäste bedeutete immer auch Betreuung. Aber das konnte er jetzt nicht. Dann dämmerte ihm, wer das sein konnte. Vielleicht der Bursche von der Pradidali-Hütte, der Gustavo Troi begleitet und dem er die Visitenkarte gegeben hatte. »Ampezzaner?« Aber woher sollte Frau Köhler das wissen?, dachte er im selben Moment. »Wo sind die denn?«

Bevor Frau Köhler antworten konnte, war Eddy schon im Haus. Er rannte die Treppe hinauf und klopfte an die Tür.

»Hey, Eddy, schön, dich zu sehen. Wie geht es?«, sagte Paolo freundlich und streckte ihm die Hand entgegen.

»Du? Was machst du hier? Du kannst hier nicht bleiben. Das geht nicht«, sagte Eddy unfreiwillig schroff.

»Ja, äh, das hier ist mein Kletterpartner und …«

»Wo hast du denn Gustavo gelassen?«, fuhr Eddy dazwischen.

»Irgendwo unterwegs mit seinen alten Scoiattoli-Freunden. Er geht oft zu den Cinque Torri, zum Trainieren. Wahrscheinlich besäuft er sich heute Abend in der Hütte wieder sinnlos. Macht er gern.« Dann wagte er einen zweiten Versuch: »Äh … also das hier ist mein Kletterpartner und Bruder Francesco.« Paolo deutete auf einen zotteligen jungen Mann, der gerade in seinem Rucksack kramte. Er war kräftig und groß wie Paolo, im Gesicht aber sah er ihm überhaupt nicht ähnlich. Er erhob sich, baute sich vor Eddy auf und grinste ihm frech ins Gesicht. »Hi, Eddy. Wie geht's? Alles okay?« Er hatte einen Händedruck wie ein Schraubstock.

»Du bist ja ein starkes Kerlchen.« Eddy drückte jetzt fester zu als sein Gegenüber.

Paolo drehte sich und griff sich an die Schulter, wobei er ein schmerzverzerrtes Gesicht machte.

»Was hast du denn an der Schulter?«, fragte Eddy, ohne Francescos Hand loszulassen.

»Heut Morgen hab ich mich verrissen, als ich die Motorhaube öffnen wollte.«

Francesco drückte noch fester zu.

»Blöd, was?«, sagte Eddy zu Francesco.

»Nicht so blöd wie in der Schleierkante zu fliegen«, sagte Francesco grimmig. »Stimmt doch, Paolo, oder?«, fügte er hinzu und sah Eddy scharf an. »Na ja, das Alter, ich weiß.« Er presste immer noch grinsend Eddys Hand, sein Druck ließ nicht nach.

»Wenn wir jetzt so weitermachen«, sagte Eddy leise und deutete mit dem Kopf auf ihre Hände, »dann gibt es gleich einen Knacks, und aus is mit der Kletterei.«

Francesco starrte ihn mit großen Augen an und sagte dann gespielt überrascht: »Ja, natürlich. Äh, also lassen wir mal los.«

Eddy nickte und ließ seine Hand erschlaffen. Da packte Francesco noch einmal so fest zu, dass in Eddys Augen Schmerz aufblitzte.

Eddy stemmte die Hände in die Hüften und warf Francesco einen strengen Blick zu. Dann wandte er sich ab. »Hör zu, Paolo. Leider müsst ihr wieder gehen. Ihr findet sicher irgendwo ein Zimmer. Bei uns jedenfalls könnt ihr nicht bleiben, wir erwarten andere Gäste.« Eddy log, weil ihm in seiner Erregung nichts Besseres einfiel.

Francesco mischte sich ein. »Erst sprichst du ihm eine Einladung aus auf der Hütte, und dann jagst du Paolo wieder weg. Wie finde ich denn das?«

»Ähh, tja«, sagte Paolo. »Wäre schon toll, was zu unternehmen hier bei euch. Wir wollten morgen ein bisschen klettern. Oben am Pal, im Klettergarten. Da haben wir gedacht, hier in Kärnten kann man so gut essen, da fahren wir gleich mal zu Eddy! Deine Kollegen auf der Polizeiwache haben uns den Weg gezeigt. Aber ob das mit meiner Schulter klappt morgen … mal sehen.«

Eddy blieb hart. »Es geht nicht, Paolo. Bitte entschuldige. Also, packt eure Sachen. Und mit dem Kerl hier«, Eddy zeigte mit dem Kopf auf Francesco, »kannst du bei mir ohnehin keine Sympathien wecken.«

»I wo, Eddy. Der ist nicht so schlimm, wie er klingt. Er hat eine große Klappe, das ist alles. Er wollte nur mal ein bisschen testen, wie du so bist.«

»Und, wie bin i, Franzl?«, fragte Eddy mit vorgebeugtem Kopf. »Na?«

Francesco lachte. Dann reichte er Eddy nochmals die Hand und gluckste. Eddy schüttelte den Kopf und streckte ebenfalls die Hand vor, zog sie aber im letzten Moment zurück, als Francesco zufassen wollte. »Lieber nicht. Du brichst mir ja noch alle Finger. Oder doch?«

Eddy packte zu, ehe Francesco reagieren konnte, und dann machte es knacks. Francesco schrie: »Au!« und biss sich auf die Zähne.

»Äh, morgen … Das Wetter soll ja halten. Gehst du mit, Eddy?«, fragte Paolo.

»Wohl kaum. Hab zu viel Arbeit.« Eddy stellte sich neben den Türrahmen.

Paolo ging zu seinem Rucksack und begann zu packen. Francesco sah ihm zu.

»Los«, herrschte Paolo ihn an. »Mach schon, wir müssen wieder weg.«

DER FREUND

Santo Stefano di Cadore, zur selben Zeit (Freitag, 25. Juli 2014)

Fredo rückte den Stuhl zurecht und wollte etwas fragen. Sie begrüßten sich höflich, doch ihre Augen blieben beobachtend. Maresciallo Di Rafaelo wartete ab. Er gab Fredo mit einem Handzeichen den Vortritt.

»Sie haben mich nicht umsonst zurück in ihre Stazione geholt, Maresciallo, nehme ich an«, sagte Fredo freundlich.

Di Rafaelo nickte. Er lehnte sich zurück und beobachtete Fredo genau. »Wir haben die Leute noch einmal befragt, ob er Freunde hatte, dieser Hausmann.« Sein Blick war fest, seine Augen schienen an Fredo zu kleben.

»Ja, und?« Fredo rutschte vor.

»Er hatte wohl nur einen Freund. Mit dem ist er öfters auf die Jagd gegangen. Sonst niemanden.«

»Und, gibt es den immer noch? Lebt er noch?«

»Ja, den gibt es wohl noch.« Di Rafaelo zögerte und löste seine Augen von Fredo. Er lehnte die Ellbogen auf den Tisch, legte beide Hände zusammen und stützte sein Kinn ab. Dann hob er seinen Blick und sagte: »Ein ehemaliger Carabiniere.«

Fredo pustete mit aufgeblasenen Wangen die Luft aus. »Oh je, das gibt dann wohl Ärger.«

»Ich bin mir nicht sicher, ob das so großen Ärger gibt. Sie können den Mann ja erst mal befragen. Der muss ja gar nichts mit dem Fall direkt zu tun haben.«

»Ja, und würden Sie mir den Namen … des Mannes verraten?«, fragte Fredo vorsichtig.

»Zuvor muss ich Sie bitten, nichts zu überstürzen. Das gilt natürlich auch für Ispettore Zettler. Ich habe mit Commissario Galbani soeben vereinbart, dass wir beide über jeden Schritt von Ihnen informiert werden möchten. Geht das in Ordnung?«, fragte er fordernd.

Fredo beugte sich vor und sagte deutlich: »Darf ich daran erinnern, dass wir die Sonderermittler sind, Maresciallo? Wir haben die Vollmacht. Ich erwarte daher von Ihnen, dass Sie uns informieren. Über alles, was Sie wissen.« Dann lehnte er sich wieder zurück. »Und ja. Geht in Ordnung. Sie werden von uns immer unterrichtet und informiert. Selbstverständlich«, bestätigte Fredo.

»Er wohnt hier in Santo Stefano und heißt Gustavo Troi.«

»Uff!«, schoss Fredo überrascht hervor. »Gustavo Troi? Der hat jede Menge Dreck am Stecken.«

»Mein lieber Kollege, der Mann war immerhin Carabiniere, wie wir.«

»Der Teufel war auch mal Erzengel, aber das war, bevor er in die Hölle umgezogen ist.«

Di Rafaelo zuckte mit den Schultern.

»Als Troi damals aus dem aktiven Dienst ausgeschieden ist, hat die ganze Region aufgeatmet«, sagte Fredo.

»Kennen Sie ihn so gut?«, fragte Di Rafaelo.

»Der war so korrupt wie Ihre ganze Mafia zusammengenommen!«

»Ich darf doch bitten! Was verstehen Sie von der Mafia?«

»Entschuldigung, aber es ist wahr«, sagte Fredo. »Wo der auftauchte, sind die Kollegen abgehauen. Und die Kolleginnen vornweg. Den hat niemand gern gehabt.«

»Wo sind Sie ihm zuletzt begegnet?«, fragte Di Rafaelo.

»Beim Klettern in der Pala«, antwortete Fredo.

Der Maresciallo setzte eine Lesebrille auf, um aus einer Akte vorzutragen. »Dieser Troi wurde in Cortina geboren und ist als kleiner Junge mit seinen Eltern nach Santo Stefano gezogen. Seine Frau ist schon vor langer Zeit verstorben. Dann – kurz nach Hausmanns Tod – ist er nach Cortina zurückgegangen.«

»Wie kurz?«, wollte Fredo wissen.

Di Rafaelo setzte erneut die Brille auf und sah in seine Akten. »Drei Wochen. Ja, drei Wochen nach seinem Tod.«

»Das stinkt doch! Da ist doch was faul!«, rief Fredo. »Kommen Sie, lassen Sie uns gleich mal hinfahren zu dem Kerl.«

»Das haben wir schon versucht. Er ist momentan wohl in den Bergen unterwegs.«

»Weiß man wo?«

»An den Cinque Torri, sagte uns ein Nachbar, da fährt er wohl oft hin. Kennen Sie die?«

»Ja, sicher. Das ist westlich von Cortina, kennt jeder Kletterer«, sagte Fredo.

»Na ja, ich komme aus dem Süden, alles ist mir noch nicht so vertraut.«

DIE VERABREDUNG

Mauthen, kurz danach (Freitag, 25. Juli 2014)

Eddy war erleichtert. Paolo hatte verstanden. Die beiden gingen gerade die Treppe hinunter, da klingelte Eddys Telefon. Fredo war am Apparat.

»Halt dich fest, Eddy. Der dickste Freund von Hausmann war Gustavo Troi.«

»Was? Bist du sicher?« Er trat in das Zimmer und flüsterte: »Hör zu, Fredo. Gerade ist dieser Paolo hier. Weißt du noch? Den wir mit Troi auf der Pradidali-Hütte kennengelernt haben. Mit seinem Bruder.«

»Wieso das denn?«, fragte Fredo überrascht.

»Die wollen hier Kletterurlaub machen. Bleib dran!«

Er rief die Treppe hinunter: »Paolo! Warte bitte mal. Ich kann morgen wahrscheinlich doch.« Zurück im Zimmer sagte er: »Fredo? Ich höre.«

»Gustavo Troi ist momentan an den Cinque Torri unterwegs, hat Di Rafaelo mir gesagt. Ich hab oben angerufen beim Hüttenwirt. Er hat es bestätigt.«

»Paolo hat mir auch erzählt, dass er dort unterwegs ist.«

»Gustavo Troi sitzt oben im Rifugio Cinque Torri und säuft mit seinen Freunden wie ein Walross. Aber ich hab noch was Neues. Gerade eben hab ich's vom Labor erfahren. Wir haben auf dem Messer DNA sicherstellen können. Und Fingerabdrücke.«

»Ja und?«

»Beides stammt von Gustavo Troi.«

Eddy atmete tief durch.

»Eddy, bist du noch dran?«

»Der Mann bringt Frauen um und sitzt seelenruhig auf der Cinque-Torri-Hütte und kippt sich einen? Das kann doch nicht sein.« Eddy überlegte fieberhaft. »Was ist mit der DNA vom Stock von der Katt?«

»Keine Übereinstimmung. Aber mit dem Stock kann jeder in Berührung gekommen sein. Das bedeutet gar nichts.«

»Ich weiß nicht, Fredo«, sagte Eddy zweifelnd.

»Ich werde Gustavo suchen. Der Hüttenwirt sagt, er ist total blau. Nicht mehr ansprechbar. In dem Zustand nutzt mir seine Aussage gar nichts. Aber ich werde heute noch hochfahren, mit einem Kollegen, wir werden vor der Hütte ausharren, zur Sicherheit. Bis morgen früh.«

»In Ordnung, dann mach dich gleich auf den Weg. Und in aller Herrgottsfrüh weckst du ihn auf! Stell ihn, überrasche ihn!«

»Ja, da wird er noch völlig fertig sein vom Saufen«, warf Fredo ein. »Ich schnappe ihn mir, verlass dich drauf!«

»Konfrontiere ihn mit dem, was du weißt. Ich bleib hier. Ich werd mit Paolo eine Tour gehen. Vielleicht krieg ich was aus ihm raus. Ich muss jetzt Schluss machen.« Er legte auf.

Schnell lief er die Treppe hinunter. Paolo wartete auf den ersten Stufen. Francesco stand am Auto und tat gelangweilt.

»Hier in der Gegend und im Cadore treibt ein Frauenmörder sein Unwesen«, erklärte Eddy. »Das ist der Grund, warum ich zu viel um die Ohren hab momentan. Habt ihr sicher in der Zeitung gelesen.«

»Ja, ich hab was gelesen. Und du sollst das aufklären?«, fragte Paolo bewundernd.

»Meine Frau wurde dabei verletzt.«

Paolo riss die Augen auf. »Oh Mann, Eddy, das ist ja schrecklich«, sagte er. »Aber deine Frau, die wirkte doch eben noch sehr gesund.«

»Oh nein«, sagte Eddy. »Das ist Frau Köhler, aus Sachsen.«

»Ach, das war gar nicht deine Frau? Ha, die ist ja vielleicht fidel. Die führt hier das Regiment, was?«, rief Francesco. »Wir haben früher Capo zu so einer gesagt.« Seine Augen blitzten.

»Hör mal, Paolo, vielleicht kann ich ja doch mit euch eine Tour machen, eben hab ich von einer Kollegin erfahren, dass ich morgen Zeit habe«, log Eddy. »Was meinst du, eine Tour zum Eingehen? Ich zeig euch die Gegend.«

Eine gemeinsame Bergtour würde Vertrauen schaffen, dachte Eddy. Dann könnte er die beiden über Gustavo Troi ausfragen.

»Na ja, Eddy, scheinst ja einiges zu tun zu haben. Hast du wirklich Zeit?«, fragte Paolo.

»Ja, wenn ich es sage. Im Klettergarten solltest du eher nichts machen mit deiner Schulter. Ich bring euch in den Stollen. Und zeig euch den Klettersteig auf den Cellon.«

»Stollen? Was ist das?«, rief Francesco.

»Ein höchst ungewöhnlicher Klettersteig, aber wunderschön. Unten bist du teilweise völlig im Dunkeln, oben hat er eine grandiose Luftigkeit. Direkt auf der Grenze sozusagen. Der Weg ohne Grenzen, ›Senza Confini‹, haben die Leute hier ihn getauft. Was meint ihr?«

»Klettersteig? Hmm …« Paolo sah kurz zu Boden. »Na ja, das könnte Francesco mit dir machen. Ich schone mich vielleicht noch einen Tag«, sagte er und deutete auf seine Schulter.

»Was für alte Männer?«, fragte Francesco.

»Und für Leute mit Bombenkondition«, gab Eddy zurück und wandte sich wieder an Paolo. »Außerdem lernt ihr den Charakter vom hiesigen Fels auf dieser Tour bestens kennen.«

Paolo fixierte Francesco. »Na, was meinst du? Ist doch eher was für dich! Los, Francesco. Mach das!«

»Du willst wirklich nicht mit?«, fragte Eddy.

»Ne, ich pflege besser die Schulter. Aber du gehst mit, Francesco, hörst du?«

Francesco zögerte. Paolo sah ihn streng an, als wäre er sein Vater. »Na?«, herrschte er.

Eddy passte das gar nicht, dass Paolo nicht dabei sein würde. Aber er musste es so nehmen, wie es kam. Vielleicht würde es sogar besser sein, nur mit einem der beiden unterwegs zu sein.

Francesco wand sich. »Na ja, zum Kennenlernen des Gesteins … Die Idee ist vielleicht gar nicht so schlecht. Wird wohl nicht so wild sein.« Er grinste und fügte hinzu: »Mal sehen, was Eddy so drauf hat!«

»Also, Burschen, ich ruf jetzt einen Freund an. Der hat sicher ein Zimmer für euch.«

»Ist das hier in der Nähe?«, fragte Paolo.

»Ja, gleich ein paar Häuser weiter. Unten am Fluss.«

Eddy telefonierte kurz. »Er sagt, ihr sollt direkt zu ihm kommen. Tut mir leid wegen der Umstände.«

»Ich ruf dich an, Eddy. Ich hab deine Nummer von der Visitenkarte. Verlass dich drauf.« Francescos Stimme löste bei Eddy einen Schauer aus.

Während Francesco den Wagen wendete, fragte Eddy freundlich: »Sag mal, wie kommen Gustavo und du eigentlich zu den Scoiattoli?«

»Eigentlich hat Gustavo nur zwei Freunde bei denen«, antwortete Paolo. »Aber auch nur, weil er besser klettert als die beiden. Mit den anderen hat er so gut wie nichts zu tun. Eigentlich haben die ihn schon lange rausgeschmissen, weil er zu viel säuft«, fügte er verächtlich hinzu.

»Und du? Bist du nicht auch ein Scoiattolo?«

»Wegen der Jacke?« Paolo lachte grimmig. »Nein, ich nicht. Die Jacke ist ein ausrangiertes Stück von Gustavo. Gibt er mir immer, wenn wir größere Touren irgendwo weiter weg von Cortina machen. Er ist halt ein alter Angeber. Aber trotzdem ein guter Bergsteiger.«

Paolo gab Eddy die Hand und sagte: »Hast viel am Hut zurzeit, was?« Dann ging er zum Auto und stieg ein. Er kurbelte das Fester hinunter und winkte.

Im letzten Moment rief Eddy ihm zu: »In welcher Beziehung stehst du eigentlich zu Gustavo?«

Paolo lachte und antwortete aus dem anfahrenden Auto: »Er ist unser Vater.«

DIE FÜNF TÜRME

Rifugio Cinque Torri, am Abend (Freitag, 25. Juli 2014)

Fredo fuhr gleich nach dem Telefonat mit Eddy los zu den Fünf Türmen, zum Rifugio Cinque Torri oberhalb von Cortina, um nach Gustavo Troi zu suchen. Er hatte um diese Uhrzeit nur noch einen jüngeren Kollegen auftreiben können, der ihn begleiten konnte. Um nicht zu sehr aufzufallen, hatte er sich für seinen Privatwagen entschieden. Eddy rief während der Fahrt noch einmal an und teilte ihm mit, dass Gustavo Troi der Vater von Paolo und Francesco war. Das warf natürlich wieder ein neues Licht auf das Ganze. Eddy würde wohl im Laufe des morgigen Tages noch einiges aus den beiden herausquetschen können.

Am Falzaregopass angekommen, sah Fredo im Süden den Gletscher der Marmolata im Abendlicht blitzen. Doch den Blick auf den höchsten Berg der Dolomiten konnte er kaum genießen, denn er konzentrierte sich auf das, was er Gustavo Troi fragen wollte.

Zehn Minuten später nahm er die Abbiegung zur Cinque-Torri-Hütte. Die enge Bergstraße führte ihn durch dichten Baumbestand bergauf, bis sich der Wald schließlich lichtete. Vor ihm stand im Sternenlicht der Torre Grande, dieser eckige Klotz, der von einem markanten senkrechten Spalt geteilt wurde, als hätte ein Riese eine scharfe Axt angesetzt. Jetzt war dieser etwa hundertfünfzig Meter hohe Felsturm nur eine dunkle Silhouette vor dem Himmel, an dem schon die ersten Sterne und der Mond als Sichel zu sehen waren. Majestätisch beherrschte der Torre Grande diese Szenerie, die bereits Generationen von Kletterern zum Trainieren am steilen Dolomitfels eingeladen hatte.

Fredo stellte seinen Wagen etwa hundert Meter vor der Hütte ab. Dann telefonierte er erneut mit dem Hüttenwirt. »Wo ist Gustavo Troi jetzt?«

»Seine Freunde haben ihn gerade ins Bett gebracht. Steif wie ein Brett.«

»Sollte er sich wider Erwarten rühren, sag mir Bescheid«, sagte Fredo.

Er fuhr noch ein Stück den Weg entlang und stellte sein Auto direkt vor der Hütte ab. Er reichte dem jungen Kollegen eine Decke, die er vom Rücksitz nahm. »Die Nacht wird kühl, Di Lucca. Schlaf ein wenig. Ich halt die erste Wache.«

Der junge Kollege neben ihm schlief immer noch. Ruppig weckte Fredo ihn. Di Lucca räkelte sich auf dem Sitz, gähnte und stieg aus.

Fredo sah nach oben. Hoch oben am Himmel kündigten eisige Schlieren schlechteres Wetter an. Von Süden her zogen Wolken auf. Es war jetzt kurz vor sieben.

In der Hütte brannte Licht. Als Fredo und sein Kollege den Vorraum betraten, fuhr der Wirt gerade die Kaffeemaschine hoch. Seine Frau bereitete das Frühstück vor. Von den Gästen war noch niemand zu sehen. Nur ein junges Paar, offensichtlich Kletterer, saß bereits vor der Hütte auf einer Holzbank, umgeben von Kletterzeug und zwei Seilen, Arm in Arm und eng umschlungen.

Fredo ging auf den Wirt zu, der hinter der Theke stand. »Hallo, Fabio, wie geht's? Alles in Ordnung heute?«

Der Wirt grüßte ebenso freundlich zurück. Er war zwar komplett ergraut, doch seine blauen Augen funkelten und versprühten die Begeisterung des erfüllten Lebens eines alt gewordenen Bergsteigers. Er war weit über siebzig.

»Nichts los heut?«, fragte Fredo. »Nur die zwei?« Er deutete auf die beiden auf der Holzbank.

Der Wirt sah kurz zu ihnen hinüber, machte eine Kussbewegung und deutete pantomimisch eine Umarmung an. Dann verdrehte er die Augen und hob die Hände gen Himmel. »Tedesci. Verlobungsfeier«, sagte er seufzend, »die ganze Nacht lang.« Er lächelte verschmitzt. »Muss wohl dem Reinhold ein Yeti entlaufen sein, dass ihr so zeitig auf meine Hütte kommt!«

Dann wurde er ernst. »Was ist denn eigentlich los?« Er trocknete sich die Hände an dem Tuch, das an seiner blauen Schürze hing, und reichte Fredo und Di Lucca lächelnd die Hand.

»Der Yeti interessiert uns weniger. Wie gesagt, wir wollen zu Gutsvo Troi«, antwortete Fredo.

»Ja«, sagte der Wirt wenig begeistert. »Der schläft wohl immer noch seinen Rausch aus. Die drei sind kaum die Treppe raufgekommen. Bier und Williams. Wie die Kühe haben sie gesoffen.« Der Wirt schüttelte den Kopf.

»Nimm dir einen Eimer Wasser und weck ihn bitte. Ich muss ihn dringend sprechen. Und sag ihm, Fredo ist hier.«

Der Wirt kam hinter seinem Tresen hervor und stieg die Treppe hinauf. Nach zwei Minuten war er wieder zurück. Er machte ein angewidertes Gesicht. »Da stinkt's wie im Elefantenhaus. Dass Verdauung so was überhaupt leisten kann.«

Fredo lachte. »Das setzt sich über die Jahrzehnte sogar in den Balken der Hütte fest. Pass also auf, dass sie dir nicht eines Tages davonfliegt.«

Der Wirt schüttelte grinsend den Kopf und ließ hinter der Theke die Kaffeemaschine vorlaufen. »Caffè?«, fragte er die beiden.

»Ja, gern«, sagte Fredo. Der Kollege hatte sich an einen der Gastraumtische gesetzt und war schon wieder eingenickt. »Hey, Di Lucca!«, rief Fredo. Di Lucca erschrak und setzte sich aufrecht hin. »Für meinen jungen Kollegen einen vierfachen. Mit viel Zucker!«

Es zischte und dampfte aus der Maschine. Der Wirt stellte zwei Tassen unter den Siebträger und drückte auf den Knopf. Sogleich ergoss sich die schaumig braune Brühe hinein. Es duftete unwiderstehlich nach Espresso. Fredo riss ein Päckchen Zucker auf, schüttete den Inhalt in den Kaffee und verrührte ihn mit dem kleinen Löffel. Di Lucca schlurfte herbei und tat es ihm gleich.

»Weißt du eigentlich, dass uns die ganze Welt um das hier beneidet?«, fragte Fredo Di Lucca und hob den Löffel in die Höhe.

»Um was?«, fragte Di Lucca. »Um einen Löffel?«

Fredo lachte. Der Wirt philosophierte über die beste Art, Kaffee zuzubereiten. Er schwärmte von seiner Marke und davon, dass er sieben statt fünf Gramm pro Portion nehme, deshalb schmecke sein Espresso so verdammt gut.

»Ist sieben Gramm die doppelte Menge von fünf Gramm?«, fragte Di Lucca, sah verschlafen in seine leere Tasse und löffelte den Rest der Crema aus.

»Wie? Versteh ich nicht«, sagte der Wirt irritiert.

»Liegt doch nahe, weil dein Espresso das Doppelte als anderswo kostet.« Di Lucca grinste.

Der Wirt zwinkerte Di Lucca zu und sagte schelmisch: »Irgendwie muss ich das doch wieder herausholen, den steilen Weg hierher zur Hütte.« Sein Lächeln war entwaffnend.

In dem Moment kam Gustavo Troi die Treppe herunter. Seine Augen waren gerötet.

»Na, Gustavo, Scheiß-Nacht gehabt, was?«, sagte Fredo auf Ladinisch.

»Was geht das dich an, Fredo? Was willst du eigentlich von mir?« Gustavo Troi war sichtlich verärgert.

»Setz dich an den Tisch in der Ecke. Wir haben ein paar Fragen an dich.«

»Hör zu, Fredo«, sagte Gustavo drohend, »du hast hier gar nix zu befehlen.«

»Fragen hab ich, keine Befehle, Gustavo.«

»Setz dich und hör gut zu!«, sagte Di Lucca und schubste Gustavo an.

Gustavo stolperte auf den Tisch in der Ecke zu und schrie Di Lucca an: »Mach das nicht noch mal!« Di Lucca setzte seinen gelangweiltesten Blick auf.

Gustavo rief nach dem Wirt. »Bring mir eine Flasche Wasser!«

»Dafür, dass du kein Freund von Befehlen bist, bist du ganz schön laut, Gustavo!«, sagte Di Lucca.

»Wer hat dir erlaubt, mich Gustavo zu nennen?«, herrschte er Di Lucca an.

»Gustavo, mach nicht so einen Wind«, sagte Fredo.

»Fredo, du warst immer schon ein Schwächling, und das bist du auch heute noch.«

Der Wirt kam mit der Flasche Wasser und stellte drei Gläser dazu. Fredo nahm ein Glas, goss Wasser hinein und schleuderte es Gustavo ins Gesicht. Der sprang auf und erstarrte vor Schreck.

»Was ist, Gustavo? Setz dich und halt die Klappe, es sei denn, wir fragen dich was. Ich glaube, du steckst in Schwierigkeiten.«

»Du dummes Arschloch!«, sagte Gustavo drohend und setzte sich.

»Pass auf, Gustavo. Heute hat der gute Fredo einen starken Kollegen mitgebracht«, sagte Di Lucca und tätschelte Gustavos Hinterkopf.

Gustavo hob die Hand und war kurz davor, ihm eine zu verpassen.

»Schluss jetzt!«, sagte Fredo barsch. »Setz dich und sei still. Wir haben ein Messer gefunden. Ein Conaz-Jagdmesser.« Fredo holte eine Fotografie von dem Messer hervor und zeigte sie Gustavo. »Erkennst du das?«

»Nein!« Gustavo schüttelte den Kopf.

»Wir haben deine DNA daran festgestellt, Gustavo. Und deine Fingerabdrücke.«

»Woher hast du meine DNA?« Gustavo sagte das mit deutlicher Empörung. Sein Ladinisch klang jetzt gestelzter.

»Gustavo, die hast du freiwillig hinterlegt. Als du noch Carabiniere warst. Vergessen? Mit gutem Beispiel vorangehen, hieß damals die Devise. Und als leitender Beamter hast du das gemacht. Und deine Fingerabdrücke haben wir natürlich auch.«

Gustavo brummte. »Ja, das ist mein Messer. Aber woher habt ihr das?«

»Bei einem Mordopfer gefunden«, sagte Di Lucca. Er ließ seinen Blick nicht von ihm.

Gustavo hielt ihm eine Zeitlang stand. Dann sah er zur Seite und sagte zu Fredo: »Mord sagt ihr? Mord?« Er stieß die Luft aus. »Hör zu, Fredo, damit hab ich nichts zu tun.«

»Das sagen sie doch alle«, sagte Di Lucca gelangweilt.

Fredo wartete ab, wie Gustavo reagieren würde.

»Ja, das weiß ich doch. Komm, Fredo, mach keinen Scheiß. Ich hab niemanden umgebracht.«

»Eine Frau. Bestialisch ermordet. Aufgeschlitzt. Missbraucht. Nicht die erste.«

»Au Mann, dieser Schlitzer? Der in allen Zeitungen steht?«

»Wie kommt dein Messer an den Tatort?« Fredo zog seine Augenbrauen hoch. Sein Blick war unerschütterlich.

»Was weiß denn ich? Ich kann es dir nicht sagen, Fredo. Das Messer habe ich so gut wie nie benutzt.«

»Gustavo, in welcher Beziehung hast du zu Alessandro Hausmann gestanden?«

»Hausmann? Der ist doch seit Ewigkeiten tot! Was hat denn der mit der Sache zu tun?«

»Beantworte einfach meine Fragen.« Fredo winkte den Wirt herbei und bestellte einen weiteren Kaffee.

»Ich glaub, ich brauch einen Williams«, sagte Gustavo.

»Keinen Schnaps!«, herrschte Di Lucca. Der Wirt nickte lächelnd und verschwand wieder.

Gustavo schnaufte. »Hausmann war ein Kumpel von mir. Ein Jagdfreund. Mehr nicht.«

»Zeugen sagen, du warst sein bester, sogar sein einziger Freund.«

»Wenn jemand ein absolutes Arschloch ist, dann gilt derjenige, der ab und zu mit ihm redet, als sein bester Freund. Weil sonst gibt es ja niemanden. Verstehst du?« Gustavo war sichtlich nervös.

»Ja, klar, Gustavo. Hmmm. Aber du bist sehr oft mit ihm auf die Jagd gegangen, das sagen zumindest die Leute.«

»Sehr oft, sehr oft. Was heißt das schon?«

»Einmal pro Woche?« Di Lucca bluffte.

»Na ja, ein- oder zweimal im Monat. Da lernt man sich zwar in gewisser Weise kennen. Aber Freunde? Waren wir nicht.« Gustavo rutschte hin und her.

Der Wirt brachte drei Espressi, zwinkerte Fredo zu und schlenderte wieder hinter seine Bar.

»Gustavo, du bist ja vielleicht kein durch und durch schlechter Kerl. Aber schlecht genug. Was hat dich und Hausmann verbunden? Hat er es auch mit den Weibern übertrieben? Du hast jeder Kollegin nachgestellt, jeder auf den Hintern getatscht. Und er? Wie war dieser Kerl?«

Gustavo atmete durch und rührte in seinem Espresso. »Hausmann war ein Draufgänger. Er war anders. Er war direkter. Er hat sich um nichts geschert. Das hat mir anfangs gefallen. Er war keinen Zwängen ausgesetzt wie ich. Doch irgendwann hab ich gemerkt, dass er durchgeknallt war. Er hatte eine Leidenschaft fürs Jagen, die mir unheimlich wurde.«

»Was bedeutet das, unheimlich?«

»Er war besessen vom Töten. Er wollte sofort zum Tier, es aufbrechen, ließ die Eingeweide durch seine Hände fließen. Mit aufgerissenen Augen. Manchmal dachte ich, das Aufbrechen des Wilds war ihm wichtiger als die Trophäe.«

»Warum hast du das damals nie zu Protokoll gegeben?«, fragte Fredo vorwurfsvoll.

Gustavo atmete schwer. »Erstens wollte das niemand wissen. Und zweitens wollte ich damit nichts mehr zu tun haben. Irgendwie hat es mich angeekelt. Als Trophäe hat er nie das Geweih genommen. Sondern immer nur ein Ohr.«

Fredo zuckte.

»Das geht schneller, hat er gesagt. Ich fand es widerlich!« Gustavo sah zur Seite. »Hausmann fand das irgendwie toll.«

»Das hättest du melden müssen, du warst Polizist.«

»Ja.« Er zog die Augenbrauen hoch und blickte vor sich auf den Tisch. »Und ich war lizensierter Jäger.«

»Und die halten zusammen, was?« Fredos Gesicht zeigte Abscheu. »Du hast mir die Frage nach dem Messer noch nicht beantwortet.« Er legte seinen Arm auf die Lehne der Bank.

Gustavo sah auf seine Hände. Dann stand er auf und kam hinter dem Tisch hervor. »Ich bin gleich wieder da, muss mal …«

Fredo nickte. »Gut, aber mach nicht zu lange. Di Lucca wird dich begleiten.«

SENZA CONFINI

Plöckenpass, am frühen Morgen (Samstag, 26. Juli 2014)

»Francesco, jetzt halt doch endlich mal die Klappe!«, sagte Eddy ungehalten und packte das Steuer fester. »Kannst du nicht irgendwas reden, was dein Gegenüber versöhnlich stimmt? In ganz normalem Tonfall?«

»Merkwürdig. Das haben sie mir in der Schule auch schon immer gesagt«, antwortete Francesco.

»Was?«, rief Eddy.

»Dass ich ein Idiot bin. Und dass ich, so wie ich rede, alle in den Wahnsinn treibe«, rief er zurück. Dann grinste er spöttisch. »Für mich nichts Neues.« Irgendwie schien er stolz darauf zu sein.

Eddy hätte fast gelacht, hätte er sich nicht so geärgert. »Ja, aber warum machst du das immer noch? Ich meine, du bist erwachsen, oder?«

Francesco schwieg. Er warf Eddy einen verächtlichen Blick zu, stieg aus und nahm seinen Rucksack.

Es war kühl im Schatten, das Licht des frühen Morgens versteckte sich noch hinter den Bergen.

»Fein, Francesco, dann lass uns mal sehen, wie der Tag wird.« Eddy wusste, dass er den Kerl an seiner Seite nur weich bekam, wenn er sein Vertrauen gewinnen würde. Er beschloss sich zu mäßigen und ihn zu ertragen.

Er ging voran, den Weg hinter dem alten Zollhaus entlang, der bergan zum Cellon führte. Es war steil und roch modrig, der Pfad verlief durch Erlenstauden und ließ ab und zu den Untergrund erkennen. Sie wanderten auf feuchtem Kalkstein, der mit schmieriger dunkler Erde bedeckt war. »Vorsicht, sehr rutschig«, sagte Eddy.

Nach etwa einer halben Stunde waren sie am unteren Stollenloch angekommen. Bis hierher hatten sie kein Wort miteinander gewechselt.

Eddy versuchte es mit einer Geschichtsstunde. »Francesco, das hier ist ein Überbleibsel aus einer unseligen Zeit, die jetzt genau hundert Jahre zurückliegt.«

»Na und? Interessiert mich nicht.«

»Ampezzo, oder Hayden, wie ihr sagt, war damals noch österreichisch. Und wie man hört, sehen mehr als drei Viertel der Ampezzaner nicht in Venetien, sondern in Südtirol ihre kulturelle Heimat. Zumindest hat das eine Abstimmung ergeben.«

Francesco nickte. »Ja, das weiß ich, das ist erst ein paar Jahre her. Die meisten bei uns wollen wieder zu Südtirol, so wie früher. Ich hab auch für Südtirol abgestimmt.«

»Egal wie, aber man sollte vielleicht wissen, wie das alles zustande kam. Das hier«, Eddy zeigte auf den Eingang, »das ist ein Relikt aus dem Ersten Weltkrieg. Und mit diesem großen Krieg hat all der Streit angefangen.«

Francesco steckte den Kopf in das schwarze Felsenloch und sah nach oben.

»Ist wohl eigentlich ein Schacht«, rief er. Seine Stimme hallte. »… denn er ist doch steil.« Er zog seinen Kopf wieder heraus. »Ein Stollen ist doch eher waagerecht.«

»Ja, stimmt.« Eddy lachte. »Eigentlich ist es ein Schacht. Aber historisch gesehen wird er Cellonstollen genannt. Wir nennen ihn heute auch noch so.«

»Und was machen wir hier?«

»Wir gehen da jetzt rein und hinauf. Stockdunkel da drin, zumindest im oberen Teil. Also nimm dir die Stirnlampe.«

»Warum haben die das Ding gebaut?«

»Die Österreicher haben hier zum Schutz ihrer Nachschubtruppen vor italienischen Geschützen diesen Schacht durch die Bergflanke gesprengt. Die Stellungen waren damals auf den Berggipfeln und entlang der Gipfelgrate.«

»Warum denn das?«

»Na ja, Flugzeuge gab es kaum, die die Stellungen hätten beschießen können. Also waren die Berge damals wichtig, um die Straßen über die Pässe mit Geschützen zu beherrschen. Das wussten die Italiener genauso wie die Österreicher. Und deshalb haben sie mit allen Mitteln versucht, sich da oben jeden Meter wegzunehmen, und sich dabei gegenseitig massakriert.«

Francesco grinste verschlagen. »Ja, die haben gewusst, was Sache ist damals. Die wussten eben noch, wofür sie gekämpft haben.«

Eddy schüttelte kurz den Kopf und gab keine Antwort. Er ging ein paar Schritte und stand im Stollen, der so eng war, dass gerade einmal zwei Personen nebeneinander Platz hatten. »Die ersten hundert Meter brauchst du noch keine Lampe«, sagte Eddy. »Da gibt es immer wieder Wetterlöcher. Aber mach sie schon mal fest.«

Francesco stand noch draußen und befestigte seine Stirnlampe am Helm.

»Du gehst voran«, stellte Eddy klar.

Francesco sah ihn fragend an.

»Na los, geh vor, Francesco.« Eddy winkte ihn an sich vorbei.

Francesco setzte sich also in Bewegung. Der Schacht hatte eine Neigung von etwas mehr als fünfundvierzig Grad. Den Boden konnte man kaum erkennen. Ihre Augen waren noch auf das Außenlicht eingestellt. Die ersten Schritte waren glitschig und rutschig. Wo das wenige Licht hinkam, sahen sie dunkle Kalksteinschichten, die vom Wasser schwarz gefärbt waren. »Was ist denn das für ein Scheiß, Eddy. Das nennst du Bergsteigen?«

»Nenn es, wie du willst. Jedenfalls ist es eine Expedition in die Vergangenheit. In deine und meine. Unsere Urgroßväter waren hier in der Gegend dazu verurteilt, sich ihre Köpfe einzuschlagen.«

Francescos Stimme wurde ein wenig brüchiger, je höher er kam und je steiler der Stollen wurde. »Hey Eddy, das ist Mist hier. Da kann man doch nicht klettern.«

»Klettern besteht nicht nur aus schön geputzten Wänden und fest zementierten Sicherungshaken. Die Berge sind vielseitig.«

»Das hier ist doch ein Krampf. Das ist wirklich Blödsinn.« Francesco wurde wütend und fluchte wie wild, seine Stimme wurde zitterig.

»Tön nicht so laut, geh weiter. Voran mit dir.«

Immer wieder gab es rechts Löcher in der Felswand, die Licht von draußen hereinließen. Doch das reichte jeweils nur ein paar Schritte. Ab und zu erleichterte eine Eisenkrampe den Aufstieg.

»Mach die Lampe an, es kommen jetzt keine Löcher mehr«, sagte Eddy.

Francesco leuchtete nach oben. Abweisende Wände rings um sie herum, wie in einer engen Höhle. Schwierig war das für einen geübten Bergsteiger alles nicht, aber es war äußerst unangenehm und beklemmend, feucht, kalt und schummerig.

Francesco stieß ununterbrochen Flüche aus. Mal auf Ladinisch, mal auf Italienisch. »Verfluchte Scheiße, überall feucht und kalt der Fels. Buaaa!«

Im oberen Teil wurde der Stollen steil. Krampen und ein Drahtseil führten durch eine Engstelle, bevor der Stollen endete und Francesco wieder ans Licht kroch. Hier stand auf einem schmalen Plateau eine kleine Holzbank. Francesco setzte sich und schimpfte weiter in sich hinein.

»Das haben die armen Schweine damals Sommer wie Winter jeden Tag machen müssen, sogar mehrfach. Und du? Du jammerst«, sagte Eddy schmunzelnd. »Mit schwerem Gepäck und einer Ausrüstung, die aus genagelten Lederschuhen, Gamaschen und Lodenhosen bestand. Wenn die oben rauskamen, waren sie oft nass und durchgefroren bis auf die Knochen.«

»Scheiße, Mann, waren die verrückt? Warum haben die so nen Mist mitgemacht?« Francesco schüttelte den Kopf.

»Ansonsten wären sie wohl wegen Befehlsverweigerung erschossen worden. Und die meisten von ihnen waren nicht mal geübte Berggeher, sondern kamen aus dem flachen Osten Österreichs, aus dem Burgenland zum Beispiel.«

Francesco sah ihn entsetzt an. »Ich glaub es nicht. Und was soll ich hier?«

Eddy gab keine Antwort. Er bot Francesco einen Schluck aus seiner Wasserflasche an. Der nahm dankbar an. »Ab jetzt geht's luftig weiter. In der Sonne. Der eigentliche Klettersteig ist erst weiter oben. Ohne Stollen, sondern in der Wand.«

»Na, da bin ich ja beruhigt.« Francesco stieß die Luft aus und schniefte.

Eddy ging vor. Über einige Schrofen kamen sie auf eine begrünte Schulter mit karstigem Untergrund. Die Sonne knallte dermaßen auf den hellen Kalkstein, dass Eddy seine Sonnenbrille auspackte. Durch Gehgelände erreichten sie in zehn Minuten den Wandfuß. Zwei Hinweisschilder zeigten in entgegengesetzte Richtungen. Eddy folgte dem Schild »Senza Confini«.

»Da rauf?«, fragte Francesco mit dünner Stimme.

Eddy nickte. »Leg deinen Gurt an«, sagte Eddy.

Francesco sah die Wand hoch. Es fing gleich steil und ausgesetzt an. Eine Flanke, die beinahe senkrecht nach oben wies. Francescos Blick folgte dem Drahtseil und ein paar Eisenkrampen in der glatten Wand. Sein Gesicht wurde bleich.

»Also los, Francesco. Gehst du vor oder ich?«

»Mach du, Eddy. Du kennst dich aus.«

Eddy stieg ein und kam rasch vorwärts. Er hängte seine Karabiner in das Drahtseil ein und klinkte jedes Mal um, wenn er an einen der festbetonierten Felshaken kam. »Was ist los, Francesco?«, rief Eddy nach unten. »Steig mir hinterher!«

Francesco zögerte. Vorsichtig begab er sich in die Wand. Seine Hände verkrampften sich beinahe, sein Gesicht war blutleer. Eddy stieg weiter. An der Gratkante wartete er auf Francesco. Der brauchte zwanzig Minuten, um Eddy zu folgen. Als er bei ihm war, atmete er schwer.

Eddy wies Francesco an, ab jetzt voranzuklettern. Francesco sagte nichts. Ihm war die Angst anzumerken. Er zitterte, stieg aber weiter an dem Aufschwung entlang, direkt an der steilen Gratkante hinauf. Bis zu der abweisenden rampenartigen und sehr steilen Wand. Hier schien die endlos wirkende Reihe der Eisenkrampen wie eine Leiter in den Himmel zu weisen. Als

Francesco an der vollkommen glatten Fläche emporsah, atmete er schwer aus und stöhnte.

»Sag mal, Francesco, ganz ehrlich. Du bist gar kein Kletterer, oder?«

»Verdammt, Eddy! Das ist ein Riesenscheiß hier.« Er bibberte. Sein Fuß ratterte vor Angst gegen den Fels wie eine Nähmaschine. »Ich bin bisher nur im Klettergarten geklettert und in der Halle. Mal einen Siebener. Aber immer von oben gesichert. Aber so was hier ...«

»Na, das hier ist doch wesentlich einfacher, das ist doch eigentlich keine richtige Kletterei, jedenfalls nicht so schwierig wie ein Siebener in der Halle!« Eddy lachte erstaunt. »Das ist doch allenfalls verschärftes Wandern«, spottete er. »Gestern noch hast du laut getönt, und ich bin selbstverständlich davon ausgegangen, dass du alpine Erfahrung hast!«

»Verdammt, Eddy. Das hier sind ganz andere Dimensionen. Meine höchste Wand waren zwei Seillängen im Klettergarten. Und da bin ich mittendrin wieder abgeseilt, weil ich keinen Bock mehr hatte.« Francesco hörte nicht mehr auf zu plappern.

Eddy sah nach unten und seufzte vor Enttäuschung. »Pass auf, mein Junge. Das hier ist zwar schweres Klettersteiggelände, aber immer noch keine alpine Kletterei. Das solltest du allemal draufhaben, wenn du klettern willst.«

Francesco nickte ängstlich.

»Es ist die Ausgesetztheit«, sagte Eddy. »Wer das so nicht kennt, der hat schon mal ein Problem. Aber das kriegst du jetzt hin, Francesco. Hörst du? Zurück ist sinnlos. Wir gehen weiter.« Eddy sprach sicher und klar. »Du gehst vor. Ich folge dir und beobachte, was du machst. Es ist nicht schwierig. Es ist nur die Höhe. Vertrau mir.«

»Okay«, sagte Francesco kleinlaut und stellte sich an die Wand. Vorsichtig kletterte er einen um den anderen Meter. Mehrfach musste er stoppen und durchatmen. »Schau nicht nach unten, Francesco. Halt deinen Blick auf die Wand gerichtet. Sieh nur nach oben. Ich bin hinter dir.«

Sie kamen zum Grat, stiegen den Kamin entlang und über einzelne Aufschwünge, immer am Drahtseil des Klettersteigs gesichert.

Nach teilweise langen Pausen und gutem Zureden von Eddy waren sie etwa vier Stunden nach Aufbruch am Gipfel des Cellons angekommen. Francesco war am Ende seiner Kräfte. Er ließ sich auf einen Felsblock fallen.

»Na, jetzt hast du es geschafft«, sagte Eddy. Er setzte sich neben ihn und sah in den grollenden Himmel. Wolken ballten sich zusammen.

Francesco saß zusammengesunken unter dem Gipfelkreuz. Er schien nicht zu merken, dass ein kalter Wind aufgekommen war.

»Francesco, sag mir eines.«

Francesco war gebeugt vor Scham. »Ja?«

»Warum tust du dir das an?«, fragte Eddy. »Ich meine, warum willst du unbedingt Kletterer sein?«

VIA DELLE GUIDE

Cinque Torri, gegen acht Uhr (Samstag, 26. Juli 2014)

Fredo sah, dass der Wirt wild gestikulierend auf ihn zulief.

»Was ist los?«, fragte Fredo.

»Er ist hinten raus. Durchs Toilettenfenster.«

»Di Lucca!«, schrie Fredo. Polternd kam Di Lucca angerannt.

»Er ist abgehauen, durchs Fenster! Hast du ihn nicht gesehen?«, herrschte Fredo ihn an.

»Ich hab ja nicht neben ihm gesessen«, gab Di Lucca zurück und fing sich einen wütenden Blick ein.

Fredo rannte hinaus und sah hinauf zum Fuß des Torre Grande. Gustavo schien den Weg hinaufzufliegen. Fredo hielt die hohlen Hände um den Mund und rief, so laut er konnte: »Gustavo! Bleib stehen!« Doch Gustavo Troi zeigte keine Reaktion.

»Wenn du den einholen willst, dann musst du dich beeilen«, sagte der Wirt, der ihm gefolgt war. »Der ist schneller als der Wind.«

Fredo rannte zum Auto, öffnete den Kofferraum und schnappte sich einen Helm, den Gurt mit zwei Karabinern und einem Abseilachter, ein paar Reepschnüre und seinen Anorak. Dann rannte er los, Di Lucca hinter ihm her.

Hinter der Hütte stieg der Weg anfangs sanft an. Dann aber, wo die Abzweigungen für die Kletterer begannen, die zu den Einstiegen der Wände des Torre Grande führten, wurden die Steige schmal und steil. Überall lag Gesteinsschutt in großen und kleinen Felsblöcken umher, alles war mit Schotter eingedeckt, der über die letzten Jahrtausende aus den Wänden gebrochen und von Eis und Schnee zersprengt worden war. Von oben her hörte er entfernte Geräusche von klimpernden Karabinern, die zwei Kletterer verursachten. Sie hingen bereits hoch im Risskamin der Via Miriam.

Gustavo Troi jedoch war nicht zu sehen. Wo steckte der Verrückte? Seine Flucht aus der Hütte machte ihn für Fredo nur noch verdächtiger. Je länger Fredo den Steig hinaufstieg, desto mehr fragte er sich allerdings, welches Motiv Gustavo Troi haben könnte. War es nicht widersinnig? Warum Troi? War er nicht zu alt? Hätte er nicht schon früher gemordet? Wenn nicht, wie konnte er jetzt in seinem Alter damit beginnen, wo doch zu vermuten war, dass sein sexueller Antrieb eher nachlassen würde?

Fredo keuchte. Di Lucca war weit unter ihm. Verdammt, Gustavo war wesentlich älter als er, aber er schien ihm davonzurennen. Fredo verfolgte den Weg mit seinen Augen. Nichts.

Als Fredo weiter nach oben gestiegen war, erkannte er, dass Gustavo am Einstieg der klassischen Westwandführe, der Via delle Guide, stand. Jetzt war er wieder verschwunden. Fredo hastete weiter bis zum Einstieg.

Nichts. Gustavo war nicht zu sehen. Fredo blickte den Weg zurück. Er entdeckte die verliebten Deutschen, die den Steig entlangschlenderten. Sie hatten den ständig müden Di Lucca bereits überholt. Fredo wartete eine Zeitlang ab. Er sah hinunter zum Pfad, der an der Westseite der Fünf Türme nach Norden bis hinab zum Torre Inglese führte. Zwischen dem Blockwerk, das hier überall den Boden bedeckte, entdeckte er die Gestalt von Gustavo Troi, wie sie hin- und hersprang. Fredo rannte los, aber schon bald hatte er den Sichtkontakt wieder verloren.

Nach einigen Minuten stand Fredo auf einer kleinen Hochfläche westlich der Cinque Torri. Er sah sich um, dann blickte er nach oben und inspizierte die Wände der umliegenden Türme. Ein Schritt zurück. Sein Blick hing am Gipfel des Torre Latina. Ein zweiter Schritt nach hinten. Er trat ins Leere, stürzte rückwärts in ein Loch. Geistesgegenwärtig rollte er sich ab und sprang auf. Er stand in einem Graben. Es musste sich um einen Schützengraben aus dem Ersten Weltkrieg handeln.

Verwirrt richtete er sich auf. Sein Kopf reichte gerade über den Rand. Er versuchte sich zu orientieren. Am Horizont erkannte er den Falzaregopass. Denselben Blick mussten die italienischen Soldaten gehabt haben, als sie die österreichischen Stellungen dort beschossen hatten, wo damals die Landesgrenze verlief. Ihn fröstelte. Vor fast genau hundert Jahren hatten die Männer hier ausharren müssen, drei Sommer und drei Winter lang, ausgeliefert den Befehlen ihres Generalstabs zum Halten der Stellungen. Wie konnte das sein, fragte sich Fredo, dass sich die Völker damals hier so bekriegt hatten?

Schlagartig wurde ihm klar, wie allein er hier war. Er fühlte sich so unwohl wie lange nicht mehr. Ihm drängte sich wieder das Bild der toten Frau des Kollegen Grilli auf. Da war er wieder, ihr Mörder, den Eddy und er suchten. Ein Schauer überfiel ihn. An anderen Tagen wirkte diese Gegend so friedlich auf Fredo, so schön und anmutig. Damals aber, vor hundert Jahren, musste das hier ein Ort des Grauens gewesen sein. Das alles beunruhigte ihn.

Fredo sah sich um. Gustavo musste sich hier irgendwo versteckt haben.

Dann hörte er ein schallendes Lachen. Gustavo Troi hatte ihn genarrt. Verdeckt von Felsen und Blockwerk war er den Weg zurückgegangen und stand jetzt wieder oben in der Nähe des Einstiegs zur Via delle Guide. »Fredo versteckt sich im Schützengraben!«, schrie er voller Hohn. »Feiger Hund!«

Dann fiel es Fredo ein. Der Sessellift an der Scoiattoli-Hütte! Um neun Uhr würde er den Betrieb aufnehmen. Die Hütte befand sich oberhalb des Sattels an der Westseite des Torre Grande. Dort war die Bergstation des Lifts, der hinunter zur Falzarego-Passstraße führte. Verdammt, dachte Fredo. Wenn Gustavo den erreichen würde, konnte er ihn nicht mehr stoppen. Noch fuhr der Sessellift nicht. Aber in fünfzehn Minuten würde er starten. Das war wohl der Grund, warum Gustavo so lange Katz und Maus mit ihm gespielt hatte. Fredo fluchte und rannte los.

Als er wieder am höchsten Punkt des Weges angelangt war, keuchte er. Er stützte sich auf seine Knie und sah zum Wandfuß des Torre Grande hinüber, wo die beiden Deutschen sich unter heftigem Geklimper daran machten, mit Schlingen und Karabinern ihren Standplatz an der Via delle Guide einzurichten.

Er lief den Pfad nach Westen hinab. Es dauerte nur wenige Minuten, dann stand er in der Senke, von wo aus er direkt die Scoiattoli-Hütte im Auge hatte. Gustavo Troi würde hier kein Unbekannter sein.

Wenige Minuten später betrat Fredo die Veranda der Hütte und ging hinein. Er sprach den Kellner an, der sich bereits geschäftig auf die Gäste vorbereitete, die in Kürze mit dem Lift eintreffen würden. Er putzte Geschirr und Besteck.

»Guten Morgen, kennen Sie Gustavo Troi? Gehört zu den Scoiattoli.«

Der Kellner grinste. »Gehört nicht zu den Scoiattoli. Der nicht. Früher mal, aber den haben die doch längst rausgeworfen. Ab und zu sieht man ihn noch in seiner alten Jacke. Warum fragen Sie?«

»Ist er hier?«

»Hier?« Der Kellner schüttelte den Kopf und lachte. »Nein, er ist nicht hier. Den hätte ich gesehen. Der schuldet mir noch Geld von seinem letzten Saufgelage.«

Fredo bedankte sich. Er schlich um die Hütte herum zum Maschinenhaus des Sessellifts. Doch auch hier war keine Spur von Gustavo. Fredo lief zu der Holzbaracke neben dem Gebäude der Bergstation. In dem Moment, als er um die Ecke sehen wollte, flog ihm ein Brett entgegen und traf direkt seinen Kopf. Benommen ging Fredo zu Boden.

Gustavo Troi rannte an ihm vorbei und zurück zum Weg, auf dem Fredo gekommen war. Fredo hatte sich schnell wieder gefangen und stand auf. Er blutete zwar am Haaransatz, doch es war nicht so schlimm. Er tupfte sich das Blut von der Stirn und steckte das Taschentuch wieder ein.

Die beiden Deutschen waren jetzt am Ende der ersten und schwierigsten Seillänge der Via delle Guide angelangt. Immerhin, ein starker Vierer, dachte Fredo. Der Mann stieg in der zweiten Seillänge wieder voran, die Frau sicherte ihn.

Gustavo Troi hatte jetzt den Wandfuß erreicht. Er sah zu Fredo herüber. Fredo glaubte ihn grinsen zu sehen.

Mit einem dumpfen Heulton setzte sich in diesem Moment das große Umlaufrad des Lifts in Bewegung. Das Geräusch übertönte alles. Fredo sah von seiner Position aus, was Gustavo nicht sehen konnte. Di Lucca kam mit weit offenem Mund und äußerst erschöpft wirkend den Pfad herauf. Langsam und mit gesenktem Kopf stieg er in Gustavos Richtung, hatte Gustavo aber offensichtlich noch nicht bemerkt.

»Halt ihn fest, Di Lucca!«, schrie Fredo aus Leibeskräften. Di Lucca sah verwirrt nach allen Seiten. Doch auch Gustavo Troi wandte den Kopf und bemerkte Di Lucca, der jetzt nur noch fünf Meter von ihm entfernt war. Fredo beobachtete staunend, wie Gustavo Troi blitzschnell in die Wand einstieg. »Über dir!«, schrie Fredo.

Di Lucca sah nach oben und entdeckte Gustavo Troi drei Meter über sich in der Wand. Er sprang nach ihm, doch er erwischte ihn nicht mehr. Einige gewandte Griffe und Tritte nach oben, und Gustavo hatte den Überhang in fünf Metern Höhe hinter sich gelassen, unerreichbar für Di Lucca.

Als Fredo keuchend und hustend am Einstieg ankam, stand Di Lucca wie ein begossener Pudel da.

»Fünf Sekunden, Di Lucca, fünf Sekunden schneller!«, schimpfte Fredo. »Ich schick dich nächste Woche zum Konditionstraining, verlass dich drauf.«

Fredo suchte die Wand ab. Gustavo kletterte sicher und schnell. Den ersten Standplatz hatte er bereits hinter sich. Wieso machte Gustavo das? Wieso kletterte er die Wand hinauf? Er wusste doch genau, dass Fredo nur am Wandfuß auf ihn zu warten brauchte. Er musste ja irgendwann wieder herunterkommen. Oder wollte er gar nicht mehr herunter?

Vor dem Überhang am Ende der zweiten Seillänge, der die Führe nach rechts ausweichen ließ, konnte Fredo von unten das Hinterteil der deutschen Frau erkennen. Gustavo stand etwa drei Meter unter ihr, konnte jedoch hier nicht ausweichen, außer in schwierigeres Gelände. Die Frau versuchte, unterhalb des Überhangs nach rechts zu queren. Offensichtlich bereitete ihr diese Stelle große Schwierigkeiten. Sie versuchte ihrem Seilschaftspartner dreißig Meter weiter oben klar zu machen, dass sie feststeckte. Sie schrie und schrie, aber er verstand sie nicht.

Gustavo sah nach unten. Dann rief er Fredo zu: »Du… kriegst… mich… nicht.… Du… nicht.«

Fredo hörte nur Fetzen von dem, was Gustavo schrie. »Gustavo … komm … zurück.« Er machte eine längere Pause, weil er wusste, dass zusammenhängende Sätze, umgeben von ihrem Widerhall und Echo, es nie verständlich an das Ohr eines anderen in der Wand schaffen würden. »Ich … will … reden!« Doch Gustavo ignorierte ihn.

Der Himmel zog sich zu. Die Wolkendecke wurde dichter. Sie verfärbte sich dunkelgrau. Es kühlte ab. Fredo sah skeptisch nach oben. Dann auf seine Füße. Er trug schwarze Turnschuhe, deren Sohlen durchaus geeignet waren, eine leichte Klettertour zu bestehen. Gut, dass er den Gurt mitgenommen hatte. Er schlüpfte hinein und zog den Gürtel fest. Doch er haderte mit sich. Alles in ihm sträubte sich, Gustavo hinterherzusteigen.

»Ich muss das jetzt nicht tun«, sagte Fredo zu sich. »Ich kann warten, bis Gustavo herunterkommt.« Warum sollte er ihm folgen? Er setzte sich ein paar Meter vom Einstieg entfernt auf den Weg. Beim Blick in die Wand bekam er feuchte Hände. Er spürte ein dumpfes Grummeln in der Magengegend. Was sollte er Eddy erzählen? Etwa, dass Gustavo ihm abgehauen war und sich ihm entzogen hatte? Ausgeschlossen. Das konnte er Eddy nicht antun.

Er sah nach oben. Gustavo war jetzt direkt bei der Frau. »Gustavo … lass den Mist«, schrie er. Er wartete, wie Gustavo reagieren würde. »Komm zurück!«, schrie er erneut. Dann sah er, wie Gustavo die Frau überholte und ihren Weg blockierte. Fredo hörte, wie Gustavo einen Karabiner in einen Haken einklinkte. Die Frau bat ihn anscheinend, sie vorbeizulassen. Gustavo aber zeigte keine Reaktion. Sie schrie um Hilfe.

Fredo beobachtete das alles von sechzig Meter weiter unten. Was hatte Gustavo vor? Die Frau schrie ihn wieder an. Sie traute sich weder vor noch zurück. Sie schrie noch einmal lauter, während sie sich panisch am Fels festzuklammern schien. Von weiter oben kamen jetzt hilflose Rufe des Mannes, der die Frau am Seil sicherte. Je öfter er rief, desto klarer wurde Fredo, dass auch der Mann zunehmend in Panik geriet.

»Mist!«, schrie Fredo wütend. Ihm war klar, dass er jetzt etwas tun musste. Warum machte Gustavo das? Es gab nur einen Grund: Gustavo wollte, dass Fredo hinterherkam. Er wollte ihm etwas beweisen. Er wollte, dass Fredo ihm in die Wand folgte. Ein Duell? Andererseits musste Fredo der Frau helfen. Sie war in arger Bedrängnis.

Endlich gab er sich einen Ruck, atmete tief durch und stieg los. »Di Lucca, los, verständige den Soccorso Alpino, sie sollen hinterher und uns runterholen«, rief Fredo nach unten. »Ich hab kein Seil dabei! Und diesmal ein bisschen schneller!«

Sogleich telefonierte Di Lucca mit der Bergrettung und eilte den Weg zur Hütte hinunter, während Fredo vorsichtig loskletterte.

Fredo war allein. Der Wind wehte und entfachte ein beständiges Rauschen unter seinem Helm. »Alfredo, das ist totale Scheiße, was du hier machst«, sagte Fredo im Stillen zu sich selbst, »doch das muss jetzt sein, bevor der Irre noch irgendeinen Mist baut.«

Seine Hände schwitzten, er stöhnte, als er den kleinen Überhang überwand. Danach löste sich seine Anspannung, denn er wusste, dass er die schwierigste Stelle der Wand bereits unter sich gelassen hatte. »Alfredo, du hast einen Knall«, sagte Fredo leise. »Hat deine Mama dir das schon mal gesagt?« Er griff mit der linken Hand an eine Schuppe, reckte die rechte bis zu einem Dreifingerloch und stellte seinen rechten Fuß auf eine Leiste.

Er presste seine Lippen zusammen und zog sich hinauf. Schritt für Schritt kam er weiter nach oben, wie eine Spinne, die eine weiß getünchte Wand hinauflief.

»Nein? Na dann rufst du deine Mama heute Abend an und sagst ihr das. Dass du einen Knall hast.« Sein Selbstgespräch lenkte ihn etwas ab. »Ja, Fredo, ich verspreche es dir.«

Der nächste Kletterzug brachte ihn auf ein kleines Band mit einem Haken. »Mama, was soll ich tun?« Er sah nach unten und stieg weiter. »Ja, Mama, Pasta zum Abendessen. Und ein Glas von dem Roten«, sagte er mit belegter Stimme. Vorbei an zwei Zwischenhaken, die in der Wand fest einbetoniert waren. »Und entschuldige dich bei ihr, dass du so was Dummes machst.«

Fredo zog sich an einer abweisenden Wandstelle vorsichtig nach oben. Der Fels lehnte sich etwas zurück, es wurde leichter. Er klinkte einen Karabiner in einen Standhaken ein, um sich kurz auszuruhen. Er schüttelte die Hände aus, die er weit über das Notwendige hinaus fast schon krampfhaft beansprucht hatte. Fredo war kein Sologeher. Er war es nicht gewohnt, allein in einer Wand zu hängen. »Fredo, du hast so einen gewaltigen Huscher!«, schimpfte er mit sich. Er stieg weiter und war nach einigen Minuten kurz unterhalb der Frau angelangt.

Diese hatte jetzt anscheinend erkannt, dass sie gegen Gustavo nichts ausrichten konnte. Sie war still und zitterte. Ab und zu hörte Fredo ein Stöhnen von ihr. Als ihr Seilpartner ganz oben am Standplatz wieder einmal mit überschlagender Stimme nach ihr rief, schrie sie aus Leibeskräften und voller Panik, er solle endlich die Schnauze halten.

Fredo stieg weiter. Er war jetzt etwa vier Meter unter der Frau. »Carabiniere. Bleiben Sie ruhig, ganz ruhig. Ich will ihnen helfen«, sagte Fredo zu der Frau. Sie konnte es augenscheinlich kaum glauben, dass da ein Polizist unter ihr in der Felswand hing. »Wie heißen Sie?«, fragte Fredo.

»Halts Maul, Fredo«, schimpfte Gustavo. »Und wag es ja nicht, einen Meter näher zu kommen!«

»Hör zu, Gustavo. Ich steige jetzt noch zwei Meter höher, bis zu dem Haken«, sagte Fredo auf Ladinisch. »Dort werde ich mich einhängen und mich sichern. Dann können wir in

Ruhe reden.« Ehe Gustavo antworten konnte, war Fredo einen Meter weiter oben.

»Bleib stehen, Saukerl. Sonst garantier ich nicht für sie«, zischte Gustavo. »Ich schneide ihr Seil durch«, drohte er.

»Das tust du nicht, Gustavo.« Fredos Hand hatte den Karabiner mit der langen Bandschlinge bereits vom Gurt gelöst und klinkte ihn in den Haken über sich ein. »Gustavo, es hat keinen Sinn, was du hier machst. Rede mit mir. Lass die Frau in Ruhe, sie hat dir nichts getan.«

In dem Moment kletterte Gustavo gerade hinauf, einen schwierigen überhängenden Riss empor, der nicht zur klassischen Route gehörte. Als er den Riss hinter sich hatte, sah er zu Fredo hinunter und lachte schallend. »Haha, Fredo, du bist nur ein kleiner Bergsteiger. Und ein Feigling obendrein. Und ich bin ein Scoiattolo, ein Cortineser Eichhörnchen!« Er brach in ein hämisches Gelächter aus.

»Ein Scoiattolo würde so etwas niemals tun! Aber dich haben sie ja schon längst rausgeschmissen, Gustavo.« Doch Gustavo war bereits in der steilen Flucht der Wand aus seinem Blick verschwunden.

Fredo kletterte zu der Frau und sagte ruhig zu ihr: »Sie müssen mich vorlassen. Der Mann ist völlig verrückt.«

Die Frau schien immer noch fassungslos. Sie nickte einverstanden und vorwurfsvoll zugleich, so als hätte Fredo ihr das soeben angetan. »Gehen Sie vor, schnell.« Sie zitterte am ganzen Körper. »Und bitte, fassen Sie mich nicht an!« Über ihr hörte Fredo immer noch den Mann rufen, der die Frau am Seil hatte.

Fredo kletterte rechts an ihr vorbei.

»Und richten Sie meinem …«, sie stockte und fügte verächtlich hinzu: »… meinem Freund aus, dass ich hier runter will. Sofort.« Sie war äußerst ungehalten.

Fredo nickte ihr zu und sagte: »Nun beruhigen Sie sich erst mal. Es ist Ihnen ja Gott sei Dank nichts passiert. Ihr Freund kann ja nichts dafür.« In dem Moment hörten sie ihn wieder verzweifelt rufen.

Sie ignorierte, was Fredo zu ihr gesagt hatte. »Und sagen Sie ihm«, krächzte sie mit wütender Stimme, »dass unsere Verlobung aufgelöst ist.«

FRANCESCOS WAHRHEIT

Cellon-Gipfel, am Vormittag (Samstag, 26. Juli 2014)

Francesco holte tief Luft. Er schien am Boden zerstört. Seine Augen waren feucht. »Warum ich unbedingt Kletterer sein will? Ich musste immer Kletterer sein. Weil mein Vater und mein Bruder das so wollen und immer wollten. Früher hat mein Bruder viel mit mir geübt, aber er hat schon länger nichts mehr mit mir gemacht. Vorgestern kam er freudestrahlend zu mir«, sagte er, »und wollte, dass ich ihn begleite. Zum Klettergarten am Plöckenpass. Da musste ich halt mitfahren.«

Er nahm einen Stein und warf ihn in Richtung des Pfades, der nach Osten führte. »Siehst du, Eddy, und jetzt bin ich nichts mehr. Gar nichts mehr.« Er schüttelte den Kopf.

Eddy wusste nicht so recht, was er von ihm halten sollte. »Niemand ist nichts. Jeder ist etwas. Wieso denkst du das?«

»Ich bin so erzogen worden. Immer nur Bergsteigen, immer nur Klettern, immer nur Jagen. Das waren bei uns daheim die Themen. Etwas anderes hab ich nie kennengelernt.«

»Ja, aber was ist daran so schlimm für dich?«

»Dass mir das immer nur Angst gemacht hat. Mir wird schwindelig, wenn ich einen hohen Berg sehe, mir wird schlecht, wenn ich in einer Wand hänge, und Jagen find ich nur zum Kotzen. Ich bin seit langem schon Vegetarier.« Er ließ seine Hände zwischen seinen Knien baumeln. »Aber fortwährend sollte ich mich Steilwände hochquälen und Fleisch fressen. Mein ganzes beschissenes Leben lang. Ich hab mich dann aufs Radlfahren spezialisiert. Mountainbike, damit ich ebenfalls die Berge hochkomm, sogar schneller als viele andere.« Er grinste. »Da kann mein Vater nicht meckern, dachte ich.«

»Und, wie hat er reagiert?«, fragte Eddy.

»Ich konnte mich noch so abstrampeln, noch so schnell den Berg hinauffliegen mit dem Rad. Er hat es verteufelt. Verlacht hat er mich und das Bike. Nichts für echte Bergsteiger, hat er geschimpft. Wir Biker würden seine Berge kaputt machen, hat er geätzt.« Francesco spie aus.

»Was war mit deiner Mutter?«

Francesco zischte. »Meine Mutter? Zzzzz. Tolle Mutter. Hat mich immer im Stich gelassen, wenn ich was von ihr brauchte. Hat immer meinem Vater zugestimmt. Bei uns wurde getan, was er sagte. Sie hat Angst vor ihm gehabt.«

»Warum das?«

»Sie war feige. Und dann hat sie sich aus dem Staub gemacht. Ist einfach gestorben. Als ich sechs Jahre alt war.«

Eddy schwieg einen Moment. Dann fragte er unverblümt: »Glaubst du eigentlich, dass dein Vater jemanden umbringen könnte?«

Eddy beobachtete erstaunt, dass Francesco kaum eine äußerliche Reaktion zeigte. »Ob mein Vater jemanden umbringen könnte? Ja sicher, er ist ein brutaler Kerl und Jäger, also bewaffnet. Da kann man schnell mal … also, ich meine schnell mal … die Büchse abfeuern.« Er hob den linken Arm, zielte mit einem Auge und dem Zeigefinger auf Eddy und drückte mit dem anderen Zeigefinger ab, wobei er theatralisch den Rückschlag einer Flinte nachahmte. »Bammm! Tot, Eddy!«, stieß er hervor und grinste hämisch.

»Sag mir noch eins, Francesco. Warum hast du dich von deinem Bruder so lange unter Druck setzen lassen? Warum bist du ihm so lange gefolgt?«

»Weil wir das seit Kindertagen so machen«, knurrte Francesco. »Ich hatte nie richtige Freunde. Ich war immer schlecht gelaunt. Paolo hat sich wenigstens irgendwie um mich gekümmert, während mein Vater sich nie für mich interessiert hat. Mein Vater ist ein ganz anderer Mensch als ich.«

Eddy nickte. »Aber du bist jetzt erwachsen, du brauchst Paolo nicht mehr. Warum begleitest du ihn dann noch zum Klettern?«

Francesco grinste schräg und sagte dann: »Wenn ein Bauer nur eine einzige Kuh hat, dann geht er sie doch jeden Tag melken. Sehr behutsam. Auch wenn sie ihm dabei andauernd auf die Gummistiefel scheißt.«

DER AUSSTIEG

Westgipfel des Torre Grande, zur selben Zeit (Samstag, 26. Juli 2014)

Als Fredo fünfzehn Meter unter dem Wandende der Via delle Guide hing, sah er nach oben. Wolken standen am Himmel. Die Fernsicht war gering, die Luft war feucht und stickig. Kurz unter dem Ausstieg aus der Wand konnte er Gustavo sehen, wie er dort lässig und ungesichert auf Fredo wartete, die Hände und Füße am steilen, aber griffigen Fels.

Gustavo schaute zu ihm hinunter. »Na, Fredo, wie fühlt man sich, so ganz ohne Seil in einer Wand?«, höhnte er.

»Gustavo, ich komme jetzt zu dir. Wir steigen beide aus der Wand aus und reden miteinander«, rief Fredo nach oben. Es wurde Zeit, dass er hier rauskam. Er spürte, dass seine Wade unterversorgt war. In Kürze würde sie zu zittern anfangen. »Und du wirst mir einiges erklären müssen.« Fredo biss die Zähne zusammen, um ein Stöhnen zu unterdrücken.

»Ich rede nicht mit dir. Du bist es gar nicht wert, dass ich mit dir rede!«

Fredos Telefon surrte und vibrierte. Er kramte vorsichtig in der Tasche und holte es hervor. Jetzt hielt er sich nur noch mit der rechten Hand am Fels fest. Es war Eddy.

»Hör zu, Eddy. Ich hänge hier an einem Fliegenfänger. Ich klettere gerade hinter Gustavo her. Wenn ich loslasse, ist dieses Gespräch für immer beendet.«

»Verstehe, ich beeil mich. Ich hab Francesco weich geklopft. Nur so viel: Francesco hält es durchaus für möglich, dass sein Vater einen Menschen umbringen könnte. Aber ich trau ihm nicht ganz. Pass auf dich auf, Fredo!«

Fredo steckte das Handy zurück in die Tasche. Jetzt hatte er etwas, das Gustavo neugierig machen würde. Der Wind peitschte erste Regentropfen durch die Wand. Mist, dachte Fredo. Das wird ihn beflügeln. Jetzt ist er in seinem Element.

Gustavo sah in den Himmel, lachte laut und schrie: »Na, Fredo, kriegst du jetzt Schiss? In nassem Fels zu steigen macht dir keinen Spaß, was?«

Fredo sah auf seine Füße. Die Oberfläche des Dolomitfelses war im Nu dunkel vom Regen. Ein kalter Schauer lief seinen Rücken hinab. Angst stieg in ihm auf. Ein falscher Tritt, ein falscher Griff, und er wäre tot.

Vorsichtig stieg er ein Stück weiter. Jetzt waren sie nur noch sechs Meter voneinander entfernt. Dann schrie er, innerlich verzweifelt: »Bist du ein Mörder, Gustavo?«

»Wenn du näher kommst, dann spring ich!«, rief Gustavo.

Fredo musste es probieren. »Du springst nicht, Gustavo. Du musst erst noch deinem Sohn beweisen, dass du kein Mörder bist. Der hält dich nämlich für einen Mörder!«, rief er gegen den Wind an.

»Blödsinn. Das sagst du nur. Ich hab niemandem etwas getan.«

»Wenn das so ist, kannst du es beweisen. Also spring besser nicht, sonst verlässt du die Erde in Schande. Jeder wird dich für einen Mörder halten. Ich, deine Söhne, die Scoiattoli.«

Das saß. Die Scoiattoli. Fredo hatte ihn bei seiner Ehre erwischt. Gustavo bewegte sich einen Schritt nach links, um seine Beine zu entlasten. »Mist und Blödsinn. Ich hab niemanden umgebracht.«

»Und das Messer? Wie kommt dein Messer unter die Leiche der Frau?« Fredo machte einen weiteren Kletterzug nach oben.

»Ich weiß es nicht. Jemand hat mich reingelegt!«, schrie er wütend.

»Wer? Sag's mir!«

»Wie denn?«, schrie er aufgebracht.

»Indem du mit mir sprichst. Dann wird sich alles aufklären.« Fredo beobachtete gespannt, was Gustavo als Nächstes tun würde. Er stand dort oben mit gesenktem Kopf, die Stirn gegen den Fels gelegt. Er rang mit sich. Fredo nutzte den Moment und stieg weiter.

»Bleib!«, schrie Gustavo.

»Gustavo, selbst wenn ich es dir glaube, ich kann es mir nicht erklären. Erklär du es mir!«

Fredo setzte alles auf eine Karte. Schnell und zügig stieg er hinauf bis kurz unter den Ausstieg. Das Gelände wurde leichter, der Fels legte sich zurück. Noch ein Zug, und der Ausstieg war erreicht. Fredo hatte jetzt endlich festen Boden unter den Füßen, er war am Rand des Plateaus am Westgipfel angelangt.

Gustavo hatte Fredo hinterhergesehen. Fredo beugte sich über die Kante und schrie in die Wand hinein: »Gustavo, los, komm her.«

Der Wind wurde heftiger, kalter Regen peitschte über das Plateau. Nachdem sich Fredo mit einer längeren Reepschnur und einem Karabiner an dem Standhaken gesichert hatte, traute er sich noch näher an die Ausstiegskante heran.

Anscheinend hatten seine Zurufe Gustavo mehr erschüttert, als Fredo gedacht hatte. Unerwartet unsicher querte er nach links, um den Ausstiegsriss zu erreichen. Gustavos Gesicht war wie versteinert. Er kletterte eigenartig roboterhaft. Seine Bewegungen wirkten steif. Langsam stieg er aus dem Riss aus und richtete sich auf. Sein Oberkörper bebte. Er sah Fredo kalt und stoisch in die Augen. Und dann rutschte sein linker Fuß vom Fels.

DER STURM

Cellon-Gipfel, kurz vor Mittag (Samstag, 26. Juli 2014)

»Du sagst, du bist anders als dein Vater. Wie bist du, Francesco?«, fragte Eddy.

»Ich bin wohl mehr, wie meine Mutter gewesen sein soll. Feige und unbeholfen, sagt mein Vater.« Er spuckte aus.

»Francesco, sie ist gestorben. Sie hat dich nicht allein gelassen.«

»Sie hat sich umgebracht. Das ist dasselbe, als wäre sie einfach abgehauen. Hat mich allein gelassen.« Er lachte verächtlich.

»Hat dein Vater sie schlecht behandelt?«

Francesco nickte. »Ja, das hat er. Er war kein guter Ehemann. Hat immer andere Weiber gehabt.«

Eddy schwieg ein paar Sekunden. »Und seit wann verstehst du dich nicht mehr gut mit deinem Bruder?«

»Eigentlich mochten wir uns nie so richtig, von Anfang an.«

»Von Anfang an? Was heißt das, von Anfang an?«

»Seit Paolo zu uns gekommen ist, hat mein Vater nur noch Augen und Ohren für ihn gehabt. Ich war nur noch …«

Eddy horchte auf. »Was sagst du? Seit Paolo zu euch gekommen ist? Was bedeutet das? Ist er denn nicht dein richtiger Bruder?«

»Doch, ist er.«

»Wie geht denn das? Wieso ist er zu euch gekommen? Und wann war das?«

Francesco setzte sich gerade hin und wirkte, als würde eine alte Last von ihm abfallen. »Also, als ich so sieben Jahre alt war, da kam Paolo zu uns. Mein Bruder. Das wurde mir erzählt.« Seine Stimme klang jetzt versöhnlicher. »Und fortan hat er bei uns gelebt. Wir sind dann kurze Zeit später von Santo Stefano nach Cortina d'Ampezzo gezogen. Meine Mutter war ja seit einem Jahr tot.«

»Und woher kam er?« Eddy wurde unruhig. Am Himmel wurde es dunkler und dunkler. Ein Knistern lag in der Luft. Aber er konnte noch nicht aufbrechen, weil er Francesco nicht unterbrechen wollte.

»Er ist eigentlich der Sohn eines alten Jagdfreunds von meinem Vater.«

»Hausmann? Alessandro Hausmann?«

»Ja, so hat er geheißen. Ich hatte als Kind ein paar Mal mit Paolo gespielt, doch gut vertragen haben wir uns nie.«

»Aber der kann doch nicht einfach so bei euch eingezogen sein.«

Francesco wiegelte ab. »Ich hab das alles erst so richtig erfahren, als ich zehn war. Da haben Paolo und Vater laut gestritten. Dabei fiel dann im Streit, dass Paolo von Vater wohl adoptiert worden war. Als ich dann nachgefragt habe, haben die beiden dicht gemacht. Wir haben eh nie viel geredet. Ich hab das später noch mal angesprochen, da hat Vater böse reagiert. Er hat dann wie so oft sehr laut und herrisch das Thema gewechselt.« Francesco verzog sein Gesicht und äffte den Vater nach: »›Er ist dein Bruder! Hast du gehört? Dein Bruder.‹ Und basta! Und wenn Paolo fragte, wo sein Vater wäre, dann hieß es immer nur: ›Der ist tot, mein Junge! Ich bin dein richtiger Vater!‹ Widerlich. Ich hab mich irgendwann dran gewöhnt. Und Paolo auch. Ich hatte einfach Angst vor ihm.«

Eddy stutzte. »Ja, und als ihr beiden älter geworden seid? Habt ihr da nicht mal darüber gesprochen?«

»Ich habe es versucht, ja. Aber Paolo hat mir nie etwas über seine Kindertage erzählen wollen. Er hat mich mehr und mehr verachtet, weil ich so unsportlich war. Und das tut er ja heute auch noch. Er hat mich immer nur verhöhnt, dass ich kein richtiger Sohn von Gustavo wäre, dass man mich wahrscheinlich von irgendeiner Wand abgekratzt hätte. Und solche Sachen. Dabei war doch er das Kuckucksei«, fügte Francesco trotzig hinzu.

Eddy war verwirrt. Er dachte daran, was er mit Schranner diskutiert hatte. Er war auf der Suche nach einem Mann, der schon sein Leben lang unter Druck stand. Vielleicht sein Leben lang gedemütigt worden war. Und das Ganze einer Frau zuschob.

Dann sprach Francesco weiter: »Paolo war immer stärker als ich. Er konnte klettern wie ein Teufel. Er konnte schießen wie ein Gott.« Francesco seufzte. »Also konnte er alles, was Vater wollte. Und ich, ich war der Versager, das schwarze Schaf. Der ungeliebte Sohn.« Er kochte. »Und ich habe Paolo immer dafür bewundern müssen.«

»Und dann wird man irgendwann zum Angeber und Großkotz, stimmt's, Francesco? Zum Bedrängten, zum Verzweifelten. Und macht Dinge, die man nicht tun sollte.« Eddy sprang auf und ging ein paar Schritte. »Francesco, du bist eine arme Sau. Du kannst dich nicht kontrollieren. Stimmt's?«

Francesco beobachtete ihn verstohlen und kniff die Augen zusammen. »Was ist los, Eddy? Was hast du auf einmal? Was passt dir nicht? Für dich bin ich doch auch nur ein Versager!« Francescos Stimme bekam jetzt wieder diesen knarzigen Tonfall, der voller Sarkasmus und Abscheu war. Er richtete sich auf. »Mich konnte nie jemand leiden. Warum also gerade du?«

»Du konntest dich selbst nie leiden«, sagte Eddy jetzt wieder ruhiger, »genau das ist dein Problem. Wie soll dich da sonst jemand leiden können? Du hast dich immer nur übers Bergsteigen und Jagen definieren müssen. Zwei Dinge, die du schon als Kind gehasst hast.«

Am Himmel brodelte es. Das Donnergrollen im Südosten kam näher und kündigte ein Gewitter an. Die ersten Wolken waren bereits über die Gipfelgrate der Kellerwände hochgestiegen und fielen jetzt die Nordwände hinab.

Eddy setzte sich wieder und rutschte unruhig hin und her. Er fühlte es geradezu körperlich, dass Francesco noch nicht alles gesagt hatte. Doch er musste jetzt abbrechen, das Gewitter war bereits gefährlich nahe gekommen.

»Wir sollten aufbrechen, Francesco«, sagte Eddy. »Aber eine Sache noch. Wann genau war das, als Paolo zu euch gekommen ist. Hast du ein Datum, ein Jahr?«

»Es war am 28. Juli 1994.«

Eddy stockte der Atem. »Und das … das weißt du genau?«

Francesco hob den Blick in den grauen Himmel. Ein paar Regentropfen fielen. Er fing sie mit der hohlen Hand auf. »Ja, das ist nämlich die Jahreszeit, wenn die jungen Kuckucke bei uns das Land verlassen.« Er spuckte wieder aus. »Nachdem sie die richtigen Vogelkinder aus dem Nest geworfen haben. Das hab ich mal in der Schule gelernt. Deshalb habe ich Paolo immer Kuckuck genannt, in der Hoffnung, dass auch er uns wieder verlässt«, erklärte er voller Verachtung und blinzelte in den Himmel. »Aber er ist geblieben. Denn genau das hat er gemacht, mich aus dem Nest gedrängt. Weg von meinem Vater.« Er blickte zu Eddy. »Bis heute.« Seine Hände zitterten leicht.

»Hasst du ihn dafür?«, fragte Eddy.

Francesco schwieg, sah Eddy an und grinste.

Es begann stärker zu regnen. Sie brachen auf. Eddy ging voran. Wenn sie am Plöckenpass angekommen und über die Grenze nach Österreich gegangen wären, würde er Francesco verhören und unter Druck setzen. Doch erst musste er den jungen Mann wieder vom Berg herunterbringen.

»Der Weg ist einfach. Hier kann nichts passieren.«

Francesco nickte und folgte ihm.

Der Wind frischte auf. Sie gingen über den rötlich melierten Kalkstein, der den Gipfelaufbau des Berges bildete. Er wurde zunehmend glitschig. Im Gehen kämpfte Eddy gegen den immer stärker aufkommenden Wind. Er wartete, bis Francesco aufgeschlossen hatte, und fragte ihn abschließend über die Schulter: »Wieso hat dein Vater Paolo zu sich genommen? Was glaubst du?«

»Paolo ist ein Kuckuckskind. Und irgendwie hat mein Vater ihn sich unterjubeln lassen. Ich weiß nicht, wie.«

In dem Moment blitzte es in der Ferne. Es dauerte viele Sekunden, bis sie den Einschlag irgendwo weiter östlich hörten. Ein Donnerschlag wie aus einer fernen Kanone. Sturm kam auf. Der Wind wehte so stark, dass sich die beiden kaum verständigen konnten.

»Komm, wir müssen runter«, schrie Eddy gegen den Wind.

Als er sich umdrehte, sah er, wie Francesco sich gegen die starken Böen stemmte. Scin Anorak schlug wie ein Segel. Er wurde vom Sturm so heftig hin- und hergeworfen, dass er taumelte.

Der schmale Weg führte auf der italienischen Seite der Grenze entlang. Eddy ging voraus, um den Abstieg zur Grünen Schneid möglichst schnell zu finden, bevor der Wolkennebel noch dichter wurde. Dort würden sie sicherer sein als hier auf dem Gipfelgrat des Cellons. Ein zweiter Blitz, ein zweiter ferner Donner. Eddy drehte sich erneut nach Francesco um. Er war kaum noch zu sehen, so dicht waren sie jetzt von der Wolke eingehüllt. Wie durch einen Schleier sah Eddy, dass Francesco hart am Rand des Abgrunds ging. Er deutete heftig gestikulierend von der Gratkante weg und schrie: »Links, geh links!« Heftig deutete er mit den Armen nach links.

Doch Francesco sah zu Boden. Der Nebel war so dicht, dass Eddy ihn kaum noch sehen konnte. Bestürzt erkannte Eddy, wie Francesco in die entgegengesetzte Richtung auswich, also nach rechts, aber aus Francescos Sicht war das links. Das Letzte, was Eddy sehen konnte, war, dass Francesco erneut von einer Böe erwischt wurde, die ihn noch weiter auf den Rand zu trug. Verschreckt reckte er den Kopf und schwankte wie orientierungslos. »Eddyyyyy …« Er machte einen unsicheren Tritt, rutschte aus, fiel über die Gratkante und war augenblicklich im Rauschen des Winds unter den Wolken verschwunden.

DIE BERGUNG

Plöckenpass, gegen Mittag (Samstag, 26. Juli 2014)

Eddy stand wie angewurzelt da. Mit offenem Mund und unfähig etwas zu rufen, hatte er zusehen müssen, wie Francesco verschwand. Er lief zu der Stelle, wo er Francesco zuletzt gesehen hatte. Er musste abgestürzt sein. Er holte sein Handy aus dem Rucksack und verständigte die Bergrettung.

Eddy sah kaum die Hand vor Augen, so dicht war die Wolke um ihn herum. Ihm war sofort klar, dass er allein nichts für Francesco tun konnte. Trotzdem rief er minutenlang Francescos Namen. Aber es kam keine Antwort. So konzentriert er auch hinhörte: nichts. In dem dichten Nebel konnte er ihn allein nicht finden. Eddy machte sich schwere Vorwürfe. Er hatte einen Fehler begangen. Aber er konnte nichts mehr tun.

Francesco war auf der italienischen Seite, die Leute von der Bergrettung waren deshalb verpflichtet, den Hilfe- und Suchauftrag an die Italiener weiterzugeben. Doch die Zusammenarbeit zwischen ihnen und den Männern des Soccorso Alpino aus Paluzza hatte sich während der letzten zwanzig Jahre sehr gut entwickelt. Die österreichische Bergrettung aus Kötschach-Mauthen rückte daher augenblicklich aus. Nach zwanzig Minuten waren zwei von ihnen am Plöckenpass, zwei junge Bergsteiger aus den Reihen des Bergführernachwuchses.

Bevor Eddy sich an den Abstieg machte, tätigte er noch einen zweiten Anruf. »Kitti? Wo seid ihr?«

»Am Posten in Kötschach.«

»Kitti, sucht Paolo Troi, dringend«, sagte Eddy.

Kitti kannte diesen Ton. Es wurde ungemütlich. »Okay, Eddy. Wo vermutest du ihn?«

»Frag zuerst den Hofer Schorsch in Mauthen. Fahrt hin. Und passt auf, dass er nicht abhaut, wenn ihr ihn habt. Wir müssen uns dringend mit ihm unterhalten. Ruft mich sofort an, wenn ihr irgendwas wisst. Er ist ein wichtiger Zeuge.«

»Wo bist du, Eddy?«

»Auf dem Cellon. Es hat einen Unfall gegeben, ich komm hier so schnell nicht weg.«

Eddy setzte sich auf einen Felsblock und pustete die Luft aus. Er hatte völlig versagt. Ein Mann war vor seinen Augen in die Tiefe gestürzt.

Er stand auf und machte sich auf den Weg. Der Nebel und der Regen erschwerten die Orientierung, doch er kannte die Gegend. Er musste den Bergrettern sagen, wo Francesco ungefähr hinuntergefallen war. Kurz nach Mittag traf er die beiden Bergretter auf dem Wanderweg, der am Fuß des Cellons entlangführte und am Plöckenpass endete.

»Gut, dass ihr so schnell seid. Dort ist er runtergefallen.« Eddy zeigte nach oben. Regen tropfte in sein Gesicht. »Da oben muss er irgendwo liegen geblieben sein.«

»Von ganz oben obi g'fallen?«, fragte der junge Bergretter.

»Ja, von ganz oben. Vom Gipfelgrat. Was kann ich tun?«, fragte er die Männer.

»Eddy, das is jetzt unser Job. Du kannst goar nix tun!«, sagte der Erfahrenere von den beiden.

»Ruf mich an, wennst was weißt«, bat Eddy.

Der Bergretter nickte und nahm sofort seine Arbeit auf. »Die Männer vom Soccorso Alpino sind gleich am Pass. Sie kommen direkt her.«

Eddy nickte und ging frustriert den Weg zum Plöckenpass entlang. Verflucht, in dem Regen fingen die jetzt an zu suchen und brachten sich in Gefahr. Eddy war klar, dass er Francesco nicht hätte allein lassen dürfen. Er fühlte sich für ihn verantwortlich. Ein ihm Anvertrauter war verunglückt, vermutlich tödlich.

Kurz vor der Passstraße begegneten ihm vier italienische Bergretter, die ihm fast im Laufschritt entgegeneilten und an ihm vorbeistürmten.

Am Plöckenpass angelangt, stieg er in sein Auto und fuhr aufgewühlt ins Tal. In der vorletzten Kehre vor Mauthen klingelte sein Telefon.

»Dieser Paolo hat in der Früh die Pension verlassen«, sagte Kitti. »Die Hofer Anni erzählte, er war sehr freundlich und gut gelaunt heute Morgen. Dann ist er weg. Sie weiß aber nicht, wohin.«

»Gut. Wir treffen uns im Polizeiposten. Ich bin gleich dort.«

Eddy drückte aufs Gas. Es war nicht mehr weit bis zur Dienststelle.

WABERERS GEISTESBLITZ

Kötschach, früher Nachmittag (Samstag, 26. Juli 2014)

Als Eddy den Polizeiposten betrat, saß Waberer vor seinem Schreibtisch und grübelte vor sich hin. Kitti nahm sich gerade einen Kaffee und stellte Waberer auch einen hin.

»Verdammt«, sagte Eddy aufgewühlt. »Ich hab diesen Francesco verloren, den Bruder von Paolo Troi. Sie haben ihn noch nicht gefunden.« Er erzählte ihnen die Geschichte, die er mit ihm erlebt hatte.

»Au Mann, das ist nicht gut«, sagte Kitti. »Glaubst du, dass er der Täter sein könnte?«

Eddy hob die Schultern. »Ich weiß es nicht. Motive hätte er genug. Er ist der Typ des unterdrückten und misshandelten Jungen, der als Erwachsener nichts mit sich anzufangen weiß. Der sich nach Liebe sehnt und seiner Mutter und seinem Vater die Schuld für alles gibt, was ihm als Kind widerfahren ist. Sein Vater, den er hasst, war Polizist, das passt auch. Aber ich kann ihn jetzt nicht mehr fragen.«

Waberer war immer noch in Gedanken. Er kratzte sich am Kopf und stieß die Tasse um. Kitti sprang ihm zur Seite und stellte die Tasse wieder hin. Der Kaffee war ausgelaufen und tropfte auf den Boden.

»Pass auf, sonst hauts dir gleich dei Hirn aussi«, lästerte Kitti. »Waberer, des steht dir goar net, des viele Nachdenken.«

»Ich mach mir Gedanken drüber, warum der Kerl ausgerechnet zu uns hier in die Region kommt, wenn er wildert oder mordet.«

»Das fragen wir uns doch alle«, sagte Kitti wenig beeindruckt. »Er kommt wegen Eddy.«

»Es muss noch irgendwas geben. Zusätzlich«, sagte Waberer mürrisch. »Es muss noch was geben.«

»Noch was, Waberer, was soll denn das sein? Geht es etwas konkreter?«

Waberer sah nachdenklich an die Decke. Kitti tat es ihm nach. »Da steht nix, Waberer, die ist und bleibt weiß.«

»Mir geht des mit dem Australien net aus dem Kopf«, sagte er. »Hast du net g'sagt, dass die Frau von diesem Hausmann nach Australien ausgewandert ist, Eddy?«

Eddy verzog den Mund und sagte: »Ja, Australien. Das hab ich von den Carabinieri, die die Nachbarin befragt haben. Steht alles im Akt. Und deshalb ist diese Frau für uns wohl unerreichbar.«

»Eddy, hieß es nicht, dass die Zeugin, die das ausgesagt hat, in Cortina wohnt und aus Rom stammt?«

»Ja, das ist wohl so. Worauf willst du hinaus?«

»Vielleicht ist das doch ein bisschen anders. Wir sollten die Dame noch mal befragen. Genau. Sehr genau befragen.«

»Waberer, tut mir leid, da komm ich nicht mit«, sagte Eddy grummelnd und öffnete die Tür zu seinem Büro. Pausenlos ging ihm Francesco durch den Kopf. Hoffentlich würden sie ihn bald finden. »Kitti, ich versuch jetzt mal, Fredo zu erreichen.«

Sie nickte.

Waberer wartete, bis Eddy die Tür geschlossen hatte. »Haben wir die Adresse von der Frau?«, fragte er Kitti.

»Was willst du denn damit?«

»Haben wir die Adresse?«

»Ja, die haben wir«, antwortete Kitti genervt.

»Her damit, Kitti!« Waberer war aufgestanden.

Kitti ging zum Schreibtisch und kramte in den Akten. »Hier ist sie. So wie sie die Carabinieri an Eddy übergeben haben. Was hast du vor, Franz?«

Waberer trat zum Telefon an seinem Tisch. »Du kannst doch Italienisch, oder?«

Kitti nickte. Er hielt ihr den Hörer hin und wählte die Nummer, die in der Akte stand. Es klingelte. Kitti schaute Waberer überrumpelt an und wollte protestieren, doch er sagte: »Tu was für mich, Kitti!« Er reichte ihr noch einmal mit Nachdruck den Hörer. »Na los!«, drängte er.

»Pronto«, sagte eine weibliche Stimme am anderen Ende.

Kitti packte ihr bestes Italienisch aus. »Guten Tag, Revierinspektorin Margarethe Trummler hier, Polizeiposten Kötschach-Mauthen in Kärnten.«

Waberer riss erstaunt die Augen auf. »Margarethe?«, wiederholte er leise.

Kitti ignorierte das und las in der Akte den Namen der Frau. »Spreche ich mit Signora Mariangela Bellini? Ja? Wunderbar. Ich habe eine Frage an Sie, Signora. Moment bitte.« Sie hielt die Sprechmuschel zu. »Was willst du wissen?«, fragte sie Waberer mit funkelnden Augen.

»Frag sie«, flüsterte er, »woher sie weiß, dass die Frau von Hausmann nach Australien wollte. Ob sie das wirklich gesagt hat oder ob sie das nur vermutet.«

Kitti stellte die Frage und unterhielt sich eine Zeitlang mit der Frau. Dann bedankte sie sich höflich und legte auf.

»Margarethe?«, fragte Waberer spöttisch.

»Ja, Margarethe«, gab sie kokett zur Antwort. »So heißt die ältere Schwester meiner Mutter. Meinem Vater gefiel der Name nicht. Er hat gern ›Rauchende Colts‹ geschaut. Seitdem nennt er mich Kitti. Aber bitte mit ›i‹ am Ende.«

»Ist ja auch schöner«, sagte Waberer schnell. »Ähh, was sagt die Alte?«

Kitti winkte Eddy durch die Glasscheibe der Tür und gab ihm zu verstehen, dass er zu ihnen kommen sollte.

»Sie hat die Nachbarin eigentlich gar nicht gut gekannt.«

Eddy trat ein und versuchte, dem Gespräch zu folgen.

»Und was ist das mit Australien? Hat sie das zu ihr mal gesagt?«, fragte Waberer.

»Das hat sie wohl nur vermutet, weil sie so ein Schild an der Küchentür hatte. Auf das hat sie mal gezeigt und erklärt, sie wolle am liebsten zu ihren Verwandten zurück. Da stand wohl Australien drauf.«

»Ruf sie noch mal an. Frag sie genau, wie das Schild aussah. Bitte!« Waberer wirkte nervös. »Und frag sie noch, woher diese Frau stammte.«

Kitti warf ihm einen angesäuerten Blick zu und drückte die Wahlwiederholungstaste. Sie stellte der Frau die Fragen und bedankte sich erneut.

»Und?«, fragte Waberer gespannt.

»Wenn man net alles selber macht«, sagte sie schelmenhaft. »Also, ein gelbes Schild, das auf der Spitze steht. Mit einem …

»… schwarzen Känguru drauf.«

»Woher weißt du das?«

»Was stand drauf auf dem Schild?«

»Irgendwas mit Australien, sagt die Frau.«

Waberer ging zum Computer und suchte etwas. Dann grinste er und drehte den Bildschirm zu Kitti und Eddy. Er zeigte ein gelbes quadratisches Schild, das auf einer Spitze stand und auf dem die schwarze Silhouette eines Kängurus abgebildet war.

»Ein alter Gag, dieses Schild. ›No Kangaroos in Austria‹.« Waberer kreuzte triumphierend die Arme vor der Brust.

»Mein Gott, ja, das kenne ich«, rief Kitti. »Weil so viele Österreicher im Ausland und besonders in den USA für Australier gehalten werden, wenn man sagt, man kommt aus Austria.«

Eddy runzelte die Stirn. »Ja, das Schild kenn ich auch. Moment, wo hab ich das zum letzten Mal gesehen?« Er dachte nach.

»Was hat denn die Alte gesagt, woher die Frau von Hausmann stammte?«, fragte Waberer Kitti.

»Wusste sie nicht. Aber sie sagte, sie hätte ›accento sudtirolese‹ gesprochen.«

Waberer nickte.

Kitti verzog das Gesicht und zischte: »So wie i, hat sie g'sagt. I red ja wohl ka Südtirolerisch.«

»Das hat sie gesagt? So wìe du? Dann meint sie Kärntner Akzent. Sie kann es nicht unterscheiden. Sie hält es für ›sudtirolese‹. So wie die Norddeutschen alle Österreicher erst mal für Bayern halten.« Waberer nickte triumphierend. »Italienisch mit Kärntner Einschlag. Und weißt du was, Margarethe?«

»Hey, das heißt Kitti!«, sagte Kitti protestierend.
»Oh Gott«, sagte Eddy, »genau! Ich erinnere mich, Waberer. Du bist ein Fuchs!« Er gab Kitti ein Zeichen. »Kitti, komm mit.«
»Und ich?«, protestierte Waberer.
»Franz, du bist gut, aber jetzt muss i die Kitti mitnehmen, die kann net ihr Leben lang für mi Kaffee kochen! Versuch bitte Fredo zu erreichen.« Eddy blinzelte Waberer zu und war schon zur Tür hinaus. »Du bist der Größte, Waberer. Zumindest für heut!«
»Ja, aber wohin wollen wir denn?«, fragte Kitti.
»Erzählt er dir sicher, wenn ihr unterwegs seid«, sagte Waberer frustriert.
»Net traurig sein, Franzi, bist a wieder amal dran, wirst sehen«, sagte sie augenzwinkernd und setzte lächelnd hinzu: »Rauchende Colts!«

DIE EINSICHT

Westgipfel des Torre Grande, zur selben Zeit (Samstag, 26. Juli 2014)

Fredo warf sich auf den Boden. Der Regen peitschte. Fredos nasse Finger griffen nach Gustavo und verkrallten sich in dessen Hosenbund. Fredo zog mit aller Kraft und rutschte ein paar Zentimeter nach vorn, bis die Reepschnur gespannt war wie eine Bogensehne. Ruckartig zog er an Gustavos Gürtel, bis dieser sich wieder gefangen hatte und langsam über die Kante kroch. Dann versuchte Fredo, ein Stück zurück zu robben. Sein Handy glitt aus der Brusttasche und fiel die Wand hinunter.

»Mist, verdammter!«, schrie er. Der Wind pfiff ihnen um die Ohren. »Los, steh auf, du Sack. Oder willst du hier Wurzeln schlagen?«

Gustavo setzte sich und atmete tief durch.

Fredo war schnell aufgesprungen. »Das war knapp, Gustavo. Du verdammter Idiot!« Er wies ihn an, aufzustehen. »Los, geh ein paar Schritte weiter.« Er schubste Gustavo nach hinten. »Was sollte das, du Esel?«, fragte er ihn streng. »Hast du noch alle beieinander? Willst den Helden spielen, was? Am liebsten würd ich dir eine langen, du Armleuchter!« Fredos Augen funkelten.

»Hast du ein Seil dabei zum Abseilen?«, fragte Gustavo kühl.

»Seh ich so aus? Du vielleicht?«

Er schüttelte den Kopf. »Siehst du, Fredo, jetzt müssen wir warten, bis wieder jemand hochkommt. Bei dem Wetter kann das bis morgen dauern. Wir beide ganz allein. Du und ich. Wie schön.« Er grinste hämisch.

»Was war das mit der Frau?«, fragte Fredo.

»Na ja, ansonsten wärst du ja wohl nicht hinterhergestiegen. Jetzt sind wir jedenfalls allein. Die beiden werden wohl wieder abgeseilt haben.«

»Au Mann, Gustavo, die alte Nummer. Mal sehen, wer der Stärkere ist, oder? Bis zum Ende.«

»Du kannst machen, was du willst. Aber das wird wohl jetzt festgestellt werden.« Er zitterte.

Es war kalt geworden, doch der Regen nahm ab. Auf dem zerklüfteten Gipfelplateau gab es keine Möglichkeit, sich unterzustellen oder sich vor dem Wetter zu schützen.

»Wir gehen zur Schlucht und hocken uns dorthin. Da ist es wenigstens windgeschützt.« Fredo tat ein paar Schritte. »Wenigstens kannst du mir hier nicht weglaufen.«

Gustavo streckte die Brust raus wie ein Silberrücken-Gorilla. Der Wind blies so kräftig, dass er hin- und herschwankte. Er war ohne Jacke aus der Hütte getürmt und jetzt bis auf die Haut durchnässt.

»Gustavo, du bist völlig fertig. Merkst du das nicht? Es ist nur eine Frage der Zeit, wann wir hier ausgekühlt zusammenbrechen. Entweder wir hocken uns jetzt nebeneinander und halten gegenseitig die Wärme, oder wir warten, bis sie uns hier halbtot finden und uns mit dem Heli abholen. Willst du das? Das gibt eine tolle Schlagzeile. Ehemaliger Scoiattolo vom Hubschrauber an den Cinque Torri gerettet. Ganz Cortina wird sich totlachen über dich.«

Gustavo sah ihn wütend an. Doch dann lenkte er ein. Er ging auf Fredo zu. »Das eine sag ich dir. Wenn wir wieder unten sind, dann mach ich dich platt. Du willst versuchen, mir was anzuhängen. Was hast du gegen mich? Hä?«

»Mach's doch gleich hier oben, Gustavo. Komm. Schlag zu. Mach schon. Das wolltest du doch schon immer tun, seit ich erzählt hab, wie du damals die Kellnerin angegangen bist. Dass du sie nicht nur angefasst hast. Dass du sie hinter die Hütte gezerrt hast. Dass du dir einfach nehmen wolltest, was sie dir nicht geben wollte.«

»Sie wollte es sehr wohl. Bis du Idiot dazukamst und mir eine verpasst hast.«

Gustavo hob blitzschnell die Faust und schlug Fredo auf die Nase. Der taumelte und fiel auf den Rücken. Fredo verzog vor

Schmerz das Gesicht. »Ja, Gustavo. Jetzt kannst du es mir zurückgeben«, stammelte er und hielt sich die Nase. »Dass ich dich damals hab auffliegen lassen. Dass deine Karriere einen Knick bekommen hat. Dass deine Frau sich wegen deiner Weibergeschichten umgebracht hat. War es nicht so, Gustavo?«

Fredo sprang auf und ging auf Gustavo los. Sie rangen miteinander, doch Gustavos Kräfte gingen schließlich zur Neige. Fredo zwang ihn nieder und setzte sich auf ihn. Dann gab er ihm eine schallende Ohrfeige.

»Ich will jetzt wissen, wie das mit dem Messer war!«

Doch Gustavo wehrte sich immer noch. Er keuchte und hustete. Der Wind wurde stärker und kälter.

»Hast du die Frauen umgebracht, Gustavo Troi? Bist du der Mörder und Wilderer, den wir suchen?« Fredo hatte ihn im Griff. Er hielt seine Handgelenke fest und ritt auf seinen Oberarmmuskeln, sodass Gustavo vor Schmerz das Gesicht verzerrte. »Nein!«, schrie er. »Das war ich nicht. Ich war das nicht, Fredo. Kapier das endlich.«

»Wie war es dann?«

Gustavo zitterte wie ein Dampfhammer. Ein letztes Mal bäumte er sich auf, schwang seine Beine hoch. Doch Fredo konnte ausweichen und drückte sein ganzes Gewicht auf Gustavos Oberarme. Er schrie. Er fror mehr und mehr, zitterte stark.

Fredo sah stoisch nach unten. Immer wieder versuchte der entkräftete Gustavo, ihn abzuschütteln. Doch die Versuche waren sinnlos, und er wusste es. Nach ein paar Minuten Gerangel sagte Gustavo geschlagen: »Ich bin zu alt für diesen Mist!«

Fredo traute ihm nicht, rutschte aber tiefer und entlastete Gustavos Oberarme, indem er sich auf seinen Bauch setzte.

»Scheiße, Fredo, ich hab's vermasselt.«

Fredo musterte ihn, erstaunt über seine plötzliche Offenheit. »Was hast du vermasselt?«

»Das mit meinen Jungs.«

»Willst du reden?«, fragte Fredo.

Gustavo nickte. Fredo stieg von ihm, und Gustavo kniete sich hin. Seine Nase tropfte. Fredo gab ihm ein nasses Papiertaschentuch, das er aus seiner Jacke fischte. Gustavo schnäuzte sich laut.

»Der eine ist ein Weichei«, begann er. »Kann nicht bergsteigen, will nicht jagen. Ließ sich von jedem in der Schule verprügeln. Ist zu nichts zu gebrauchen außer zum Kuchenessen. Ich hätte Francesco anders erziehen müssen. Er hasst mich wie die Pest. Mit Recht.«

»Und der andere?«

»Paolo? Ein Teufelsbraten. Ist mir in allem überlegen. Er ist schneller als ich, kräftiger als ich, er ist verlogener als ich. Er ist rücksichtsloser als ich, schlechter zu Frauen als ich.«

»Das geht doch gar nicht«, sagte Fredo. »Schlimmer als du? Du wirst ihn dazu gemacht haben.«

»Man sieht es ihm nicht an. Aber er ist ein Täuscher. Er ist mir von Jahr zu Jahr fremder geworden. Manchmal, manchmal bin ich mir gar nicht mehr sicher, dass er mein Sohn ist.«

»Wieso nicht?«, fragte Fredo.

»Hausmann hatte einen Sohn. Ich hab den Jungen geliebt wie meinen eigenen, wie den Sohn, den ich mir immer gewünscht hatte. Er war mir so ähnlich, der Kleine. Und dann habe ich erfahren, dass er in Wirklichkeit gar nicht sein Sohn, sondern angeblich meiner wäre. Seine Mutter hat es mir gestanden. Vor langer Zeit schon.«

»Und? Ist das denn möglich?«

»Mehr als möglich!« Gustavo grinste breit. »Ich hab ihr monatlich Geld gegeben, damit sie das Maul hält und es niemandem erzählt. Als Paolos Vater dann tot war, hat sie mich an meine Pflicht erinnert. Sie hat Paolo nicht mehr ausgehalten. Wäre nie mit ihm fertiggeworden. Wohl oder übel habe ich Paolo aufgenommen, denn seine Mutter ist einfach durchgebrannt.«

»Ja, nach Australien.«

Gustavo lachte laut und kurz. »Australien? So ein Schmarrn. Wer erzählt denn so was?«

»Na, die ehemalige Nachbarin.«

Gustavo lachte hämisch. »Du meinst die Alte aus Cortina? Die ist doch zu blöd, um ihren Namen grad zu schreiben, Fredo.« Gustavos Blick war so schadenfroh, dass Fredo sich vorkam wie ein Idiot. Er nickte und sagte zögerlich: »Ja, das wird sie wohl sein.«

»Ha, da hast dich ja schön über den Tisch ziehen lassen, Fredo. Die Frau vom Hausmann, des war a Kärntnerin. A blöde Nuss. Ich hab sie nie recht leiden können.«

»Aber gebumst hast du sie schon«, sagte Fredo.

»Ha, mehr als einmal. Aber gesprochen hammer net viel. Sie konnt ja kein Ladinisch, und auch net viel Italienisch. Aber im Bett war sie super. Und dann ist sie ab durch die Mitte und hat alles stehen und liegen lassen. Einfach so. Nachdem der Hausmann tot war.«

»Und den Sohn hat sie einfach bei dir gelassen. Geh, Gustavo, des glaubt dir doch keiner.«

»Klar glaubt mir das keiner. Du bist ja auch der Erste, dem ich's erzähl. Sie war eine Schlampe. Hat jede Woche einen anderen im Bett gehabt. Alessandro ist verzweifelt an ihr. Und Paolo, den hat sie nie ausstehen können. Wie Feuer und Wasser waren die beiden. Sie hatte ihn nie im Griff. Nur geschrien hat sie, geschlagen und gedemütigt hat sie ihn. Und sie war froh, als sie ihn los war.«

»Und dein Sohn Francesco? Hat der das so einfach hingenommen?«

»Die kannten sich ja schon, haben ja oft miteinander gespielt.« Er schüttelte den Kopf. »Jedenfalls hab ich's ihr geglaubt und mich um den Jungen gekümmert«, setzte er mürrisch hinzu.

»Und jetzt denkst du, Paolo ist doch eher wie Alessandro Hausmann?«

Gustavo stockte. Dann sagte er sehr langsam und leise: »... eher wie Hausmann.« Er zog die Schultern nach oben.

»Gustavo, du kannst die Vergangenheit nicht mehr ungeschehen machen. Du wolltest ihn in Schutz nehmen, stimmt's? Das ist der Grund, warum du nicht mit mir reden wolltest.«

Gustavo nickte. »Ich wollte ihn nicht verraten. Immerhin bin ich …«, er zögerte, »der Vater des Jungen.«

Fredo erkannte seine Chance. Er musste ihn dazu bringen, ihm zu helfen. Nun war er in der Verfassung dazu. »Gustavo, auch wenn du Mist gebaut hast. Auch wenn du Fehler gemacht hast – welcher Vater hat das nicht. Hilf uns, Paolo zurückzuhalten. Er hat sich gegen dich gestellt. Er hat dein Messer absichtlich verwendet, um den Verdacht auf dich zu lenken. Begreifst du das?«

Gustavo nickte langsam.

»Was macht Paolo beruflich?«, wollte Fredo wissen.

»Er ist Laborant in den Molkereibetrieben in Cortina.«

»Hat also Ahnung von Chemie«, sagte Fredo eher zu sich selbst. Dann fuhr er fort.

»Du musst ihn nicht mehr decken. Er hat dich verraten. Wir wissen doch jetzt Bescheid über dich und deinen Sohn. Er hat den Sadismus und die Gefühllosigkeit von seinem wirklichen Vater abbekommen, von Alessandro Hausmann. Nicht von dir. Du hast noch einen zweiten Sohn, um den du dich kümmern solltest. Auch wenn er deine Wünsche nicht so sehr erfüllt. Er ist vielleicht mehr du, als Paolo es jemals war.«

Gustavo sah hinüber zum Falzaregopass und sagte kein Wort. Fredo spürte, wie elend ihm zumute sein musste. Der Himmel hatte aufgemacht. Es hatte aufgehört zu regnen. Der Wind ließ nach. Einige Sonnenstrahlen bahnten sich ihren Weg durch die Wolken.

»Gustavo, was hast du Paolo getan, dass er dich so sehr hasst? Dass er Polizisten hasst? Dass er Menschen tötet und dein Messer am Tatort zurücklässt?«

Gustavo zitterte. Er war aufgestanden und atmete tief durch. Er betrachtete Fredo lange, drehte seinen Kopf weg und erzählte: »Als Paolo zu uns kam, da habe ich bald bemerkt, dass mit ihm einiges nicht stimmte. Früher hatte ich immer nur seine guten Seiten, seine Stärken gesehen. Wenn er sich bei seinen richtigen Eltern durchsetzte, dann habe ich das immer als Tatendrang gewertet. Bei mir hatte er dann ständig Streit mit

Francesco. Er drängte ihn zurück, beherrschte ihn. Ich merkte bald, wie sadistisch er veranlagt war. Er hat Tiere einfach so aus Spaß gequält. Sie umgebracht. Und in seinem Gesicht, die Unschuld in Person. Keine Reue, kein Anzeichen von Demut. Nichts. Irgendwann war es mir zu viel. Ich hab ihn anständig übers Knie gelegt. In der Hoffnung, es nutzt was.« Er stöhnte.

»Und, hat das was gebracht?«

»Nichts, gar nichts. Er hat weitergemacht. Tiere gequält, umgebracht und seziert. Er war mir mental einfach überlegen. Wenn auch nicht körperlich. Noch nicht. Ich wusste keinen Rat, habe ihn immer öfter verprügelt, wenn er wieder was angestellt hatte. Und bin jahrelang nicht mehr mit ihm auf die Jagd gegangen.«

Gustavo öffnete sein nasses Hemd, zog es aus und legte es in die Sonne.

»Und dann hab ich ihn eines Tages erwischt, wie er beim Wildern eine Hirschkuh aufbrach und in dem toten Tier herumwühlte. Ein Alptraum für mich. Genau so, wie man es seinem Vater nachgesagt hatte.« Gustavo fühlte sich sichtlich unwohl. Er räusperte sich. »Ich war gerade von einem Einsatz gekommen. Ich sah, dass mein Gewehr nicht an Ort und Stelle stand. Ich ahnte, wo Paolo war. Ich bin in den Wald gefahren und fand ihn. Wir hatten eine bestimmte Stelle oberhalb von Santo Stefano, wo wir immer zur Jagd gegangen sind, Alessandro, Paolo und ich.« Gustavo schüttelte sich bei der Erinnerung. »Das Schlimmste aber waren seine Gesichtszüge. Er sah aus, wie wenn er höchste Wonne empfinden würde. Das hat mich so erschreckt, dass ich ihn abends nach einer anständigen Tracht Prügel eingesperrt habe. Eine Woche hab ich ihn nicht mehr aus dem Zimmer gelassen.«

»Wie alt war er da?«

»Dreizehn.«

»Und als du ihn verprügelt hast, trugst du Uniform.«

»Ja.«

»Vielleicht eine Erklärung dafür, dass er Polizeiuniformen zu hassen scheint«, sagte Fredo.

Gustavo fuhr fort. »Dann hab ich mit dem Pfarrer gesprochen, was ich tun könnte. Er sagte, ich solle den Jungen zu ihm bringen. Er würde mit ihm reden. Ja, und das hat er dann auch gemacht. Paolo begann, noch mehr Sport zu treiben, Fahrrad zu fahren, seinen Bruder ständig zu malträtieren. Und der arme Francesco hat ihn ständig beschützt, wenn ich mit Paolo geschimpft habe. Francesco wurde dann auch immer zynischer, je größer er wurde. Ich glaube im Nachhinein, er hat das alles kaum ertragen.«

In dem Moment sahen sie, wie aus der Via delle Guide eine Seilschaft ausstieg. Es waren drei Leute vom Soccorso Alpino aus Cortina. Der Seilschaftsführer winkte, als er Fredo sah.

»Kann es sein, dass Paolo sich zu seinem leiblichen Vater zurückgesehnt hat?«

Gustavo nickte. »Ja, sicher, eigentlich immer, wenn ich es mir heute überlege.«

»Wieso ist er dann trotzdem mit dir zum Bergsteigen gegangen?«

Gustavo lachte verbittert. »Das hat nur einen Grund. Ich war der Einzige, der noch mit ihm klettern wollte. Alle anderen mochten ihn nicht und haben ihn gemieden wie der Teufel das Weihwasser. Für die schweren Wände brauchte er mich.«

»Wie kann Paolo wissen, dass Eddy der Mann ist, der seinen leiblichen Vater erschossen hat?«

»Als Eddy mir seine Visitenkarte gegeben hat, hab ich gestutzt, weil ich mich an seinen Namen erinnert habe. Unvergesslich. Stand ja damals in allen Zeitungen. Paolo hat mir irgendwas angemerkt. Eigentlich wollte ich ihm nichts sagen. Aber er ist verdammt schlau und manipulativ. Er hat dann irgendwie die Geschichte von Eddy Zett aus mir rausgeholt. Am Ende hat er gewusst, dass dieser Mann von der Pradidali-Hütte den Tod seines Vaters herbeigeführt hatte.«

Fredo verstand. »Eddy ist also für ihn der Mörder seines Vaters.«

DER SCHNAPS

Lesachtal, kurze Zeit später (Samstag, 26. Juli 2014)

Eddy jagte die Serpentinen hinauf. Kitti hatte ihn noch einmal gefragt, wohin es ging. »Wart ab, was du dort siehst.« Mehr hatte er nicht gesagt.

Er passierte die kleine Brücke über die Gail. Dann klingelte sein Telefon. »Tut mir leid, Eddy«, sagte der Bergretter. »Aber bei dem Nebel … Unmöglich, da wen zu finden. Totaler Mist in dem steilen Grasgelände. Wir suchen weiter, sobald der Boden abgetrocknet ist. Mach dir keine Gedanken, du konntest nichts tun.« Er hatte aufgelegt. Eddy packte das Handy weg und fluchte.

Die Straße wurde flacher, Eddy steuerte das Auto auf die Hochfläche, vorüber an nassem Gras und vom Regen glänzenden Maispflanzen. Vor dem Hof der Resnik Hanni hielt er. Er stieg aus und klopfte an. Hanni öffnete die Tür. »Ja servus, Eddy, wie geht's dir?«

»Ja guat«, sagte Eddy lächelnd.

»Was is denn noch? Noch was wegen der Fanni?«

»Dürfen wir reinkommen?« Eddy ging an ihr vorbei, Kitti blieb ihm auf den Fersen. Hanni kräuselte irritiert die Augenbrauen. An der Tür zur Wohnstube deutete Eddy auf das Schild, das dort hing.

Kitti stutzte. »›No Kangaroos in Austria‹«, las sie.

»Wann bist du eigentlich wieder hierher gesiedelt, Hanni?«, fragte Eddy.

»Ähhh, vor zwanzig Jahr. Wieso?«

»Und wo hast vorher gewohnt?«

»In … in Cortina. Cortina d'Ampezzo. Italien.«

»Ja, das kennen wir. Das schöne Cortina d'Ampezzo. Herrliche Gegend. Und wieso bist hierher zurück?«

Hanni setzte sich. »Weil's mir g'fallen hat, hier. I bin doch hier aufg'wachsen. Ein Schnapserl?«

»Nein, danke, Hanni. Heut net. Vielleicht die … junge Kollegin?«, fragte er jovial und deutete auf Kitti.

»Nein, danke«, sagte Kitti mit funkelnden Augen.

»Also, du warst doch verheiratet, in Italien, richtig?«

Hanni zögerte. »Warum wollt ihr das alles so genau wissen?«

»Beantworte bitte einfach meine Frage.« Eddy hatte sich ihr gegenüber gesetzt. Kitti stand gegen die Anrichte gelehnt.

»Ja, das war ich. Verheiratet. Mein Mann, der is g'storben, da bin i z'rück.«

»Dei Mann, der hieß Alessandro Hausmann?«

Hanni stöhnte, als sie den Namen hörte. »Ja lässt mi der Kerl denn nie zufrieden?«, sagte sie leise zu sich selbst.

»Und du hast dort unten Adelma geheißen?«

»Des is mei zweiter Vorname. In Italien is der gebräuchlicher als da bei uns. Und Hannelore kennt da niemand.«

»Also ja?«, fragte Eddy.

»Ja«, antwortete sie widerwillig.

»Hanni, du hast also deinen alten Namen, Resnik, wieder angenommen, als du zurück bist?«

»Ja, das hab ich als Allererstes gemacht. Damit die Leut sich net des Maul zerreißen.«

»Wie konntest das alles geheim halten?«

»I bin damals abg'haut. Als junges Madl. I hatt so an Streit mit meine Eltern, dass i keinem Bescheid geben hab, als i g'heirat hab. Mei Vater war so an Idiot!«

»Und als du zurück bist? Wie war das da?«

»Mei Onkel, der Erwin, der war immer gut zu mir. Der hat g'wusst, wo i bin. Meine Eltern waren inzwischen g'storben, und i die einzige Erbin. Der Hof hat drei Joahr leer g'standen. Der Erwin hat ihn für mi versorgt. Als i dann z'rück bin, bin i einfach einzog'n. Der Erwin hat alles in Ordnung g'halten und war froh, dass i wieder da war. I hab ihn bis zuletzt gepflegt, den Erwin.«

Jetzt stellte Eddy die entscheidende Frage. »Hast Kinder, Hanni?«

Hanni war erschrocken. »Kinder … ja, Kinder …« Sie verfiel in einen eigenartigen Zustand. Ihre Augen starrten ins Leere, ihr Blick verklärte sich.

Eddy sah Kitti an. Sie verstand, trat an den Tisch und legte der Frau die Hand auf die Schulter. »Frau Resnik, sagen Sie es uns. Haben Sie Kinder?«

»Ja«, hauchte sie. »I hab einen Sohn.«

»Erzählen Sie uns von Ihrem Sohn«, sagte Kitti und setzte sich neben sie.

Hanni schlug die Hände vors Gesicht und schluchzte. Sie atmete tief durch, stand auf und holte die Schnapsflasche. Sie schenkte sich einen ein, trank ihn aus und goss sich noch einen ein. Sie seufzte und begann zu erzählen. »Er heißt Paolo. Er lebt bei seinem … zweiten Vater. Er ist …« Sie stockte. Schmerz stand in ihrem Gesicht. »Er ist … nicht so, wie andere Kinder waren. Er ist …«

»Wie ist er, Hanni?«, fragte Eddy drängend.

»Eigenartig. Ich kam nie mit ihm zurecht. Er war … er hatte was … was Böses. In ihm lag das … das Grauen.«

Eddy sagte: »Du meinst Paolo Troi? Stimmt das, Hanni?«

Sie nickte. »Ja, Paolo. Er is als Paolo Hausmann geboren. Jetzt is er bei Gustavo Troi.«

»Wie ist das gekommen? I mein, dass dei Sohn zu Gustavo Troi gangen is?«

»Als Alessandro erschossen worden war, von dir, Eddy Zett …« Sie sah auf und Eddy direkt in die Augen. »Damals kannt i di ja noch net. Des hab i erst erfahren, als i wieder hier daheim war, dass du des warst. Erlöst hast mi, Eddy, glaub mir, erlöst!« Dann fuhr sie fort: »Also, als Alessandro dahin war, da war mir klar, dass i Paolo net behalten konnt. Allein wär i mit ihm niemals fertig g'worden. Was sollt i tun? I wusst, dass Alessandro ein grausamer, brutaler und sadistischer Mensch g'wesen war.« Sie nahm ein Taschentuch und schniefte hinein. »Oft genug hat er mi verprügelt, mei Mann. Aber Paolo, er hatte was Teuflisches. In ihm schlummerte was, was i gar net beschreiben kann. Jeden Tag, den Gott erschaffen hat, jeden Tag hab i des in ihm g'sehn. Er war mir so fremd. Und wenn i ihn net bei Bewusstsein auf d'Welt bracht hätt, i hätt g'schworen, dass man mir dieses Kind unterg'jubelt hätt. Aber i hab ihn leibhaftig geboren. Der Paolo is mei Kind.«

Sie sagte das so verzweifelt, als wäre es ein Schuldeingeständnis. Tränen drangen in ihre Augen. Dann seufzte sie tief und trank noch einen Schnaps. »Er hat schon als kleiner Bua Tiere quält, Frösche zertreten, Vögel aus'm Nest g'schlagen. Später Karnickel, die er mit bloße Händ den Hals um'dreht hat. Nur aus Spaß, versteht's? Nur aus Spaß! Weil's ihm einfiel.« Sie schrie jetzt fast. »Und g'lacht hat er dabei. Und wenn i mit ihm g'schimpft hab, dann wusst er net warum. Fühlte sich unverstanden und ungerecht behandelt. Dann hat er so lang g'schrien und g'weint, bis er net mehr konnt. Bis er einschlief. I konnt einfach nix tun.« Sie schnäuzte sich erneut und trank noch einen Schnaps.

Kitti wollte ihr die Flasche wegnehmen, doch Eddy gab ihr ein Zeichen.

»Und Gustavo Troi?«

»Gustavo hat mich immer wieder getröstet. Bei ihm konnt i mi ausweinen so oft i wollt.«

»Nur ausweinen?«, wollte Eddy wissen.

Sie sah ihn lange an. »Nein, net nur ausweinen. Wir haben es miteinand … Na, ihr wisst schon!«

»Und da bist du auf die Idee gekommen, Gustavo den Bären aufzubinden, Paolo wär sein Sohn«, spekulierte Eddy.

»I hab's ja selber net g'wusst, wer von den beiden der Vatter is. Ehrlich! Gustavo war der beste Freund vom Alessandro. Die hatten das Jagen gemeinsam im Blut, nur Wild und Weiber im Kopf. Aber das is in Italien ja nix Ungewöhnliches. Welcher Italiener hat net a zweite Frau?« Sie machte eine abfällige Handbewegung.

»Und weiter?«, fragte Kitti.

»Gustavo war unglücklich, er hatte keine besonders gute Ehe, und an Sohn, der für ihn a Katastrophe war. Francesco war a Rammollito, wie er oft g'sagt hat, a Weichei und Muttersöhnchen. Aber mein Paolo, haha, ja das war ein Bursche.« Sie sagte das mit verzweifelt klingender Ironie in der Stimme. »Der ging ja mit den beiden Männern auf die Jagd.«

»Auf die Jagd? Die haben Paolo als Kind mit auf die Jagd genommen?«

»Ja, Alessandro war a Riesenarsch! Mit fünf Jahr das erste Mal. Er hat den Bua sogar mitg'nommen, wenn er mal wieder Wildern war. I hab so oft Streit mit ihm g'habt.« Sie machte wieder eine abwertende Handbewegung und rieb sich das linke Auge.

»Und wie haben Sie Gustavo ... Ich meine, es war doch sicher nicht leicht, Gustavo davon zu überzeugen, Paolo aufzunehmen«, sagte Kitti.

»Gustavo hatte ein gutes Verhältnis zu Paolo, wie a guter Onkel halt. Irgendwann kam mir die Idee, Gustavo zu erzählen, dass er der Vatter von Paolo wär. Er konnt halt so gut mit ihm umgehen.«

»Einfach so?«

»Net einfach so, die G'legenheit war günstig. Na ja, i hab a bissl a Geld ... braucht. Und Gustavo hat Paolo doch gern g'habt wie seinen Sohn.« Sie suchte mit ihren Augen nach Zustimmung, doch Kitti und Eddy blieben reglos. »Na ja, er hat mir dann monatlich was zahlt. Wenn i seiner Frau und Alessandro nichts sagen würd.« Sie kippte noch einen Schnaps.

»Tsss«, machte Kitti empört. Eddy deutete ihr, sich zurückzuhalten.

»Er war ja halbe-halbe der Vater«, sagte Hanni, und es klang wie eine Rechtfertigung. »Wieso also net? Sein' Spaß mit mir hat er ja a g'habt. Oft genug«, rief sie. »Und Paolo hatte Vertrauen zu ihm. Wenn der Paolo mit seinem Vatter Streit hatte, dann hat er sich oft bei Gustavo ausg'weint. Net etwa bei mir, na. Bei Gustavo, seinem Freund.«

»Und Gustavo hat dir das Märchen abgenommen? Das willst doch net ernsthaft behaupten«, sagte Eddy.

»Doch. Gustavo hat mir das sofort 'glaubt, dass der Paolo sei Sohn is. Vielleicht hat er si sogar im G'heimen danach gesehnt. Endlich der Sohn, den er si immer g'wünscht hat. Und ein Jahr zuvor war sei Frau g'storben. Sie hat si um'bracht. Über dreißig Schlaftabletten.«

Kitti blies die Luft aus. Eddy rutschte auf seinem Stuhl hin und her. »Ja, aber das kann doch net so einfach g'wesen sein mit dem Paolo.«

»Am Anfang war alles gut. Gustavo hat sofort klar gemacht, dass er den Jungen adoptieren könnte. Er is bei den Carabinieri ein Großkopferter g'wesen und hatte beste Beziehungen zu allen Behörden. Im Nu hieß der Junge Paolo Troi. Er ist wegen dem Jungen sogar nach Cortina zurückgezogen. Aber Paolo hat bald mächtig Ärger g'macht. Und i war froh, dass i ihn … los war.« Ihr Gesicht verzog sich zu einer traurigen Grimasse. Eddy spürte, wie sie litt.

»Hast Kontakt zu Paolo?«, wollte Eddy wissen.

»Nein, nie g'habt. Weg. Ein für allemal weg«, sagte sie laut und sehr schnell.

»Und zu Gustavo? Haben Sie Kontakt zu Gustavo Troi?«, fragte Kitti.

»Nein, aber wir haben vereinbart, dass wir uns im äußersten Notfall melden. Is aber nie was g'wesen.«

»Gustavo weiß also, wo du wohnst?«, fragte Eddy.

»Ja, der weiß das.«

Eddy nickte vor sich hin.

»Weiß Paolo, dass Sie hier wohnen?«, fragte Kitti.

»I glaub net.« Hanni sah zur Seite.

»Hanni, schau mich an«, sagte Eddy eindringlich.

Zögerlich und verstohlen bewegte sie ihre Augen hin und her. Ihr Blick wanderte nach links unten, als würde sie dort am Boden nach Hilfe suchen.

»Er war hier!«, sagte Kitti und beugte sich vor.

Eddy beobachtete Hanni. Sie wirkte vollkommen verunsichert. »Stimmt des, Hanni? War er hier?«

Sie schlug die Hände vor die Augen. »Ja, er war hier«, sagte sie schließlich fast schreiend durch ihre Finger hindurch.

»Wann war das?«

Sie nahm die Hände herunter und stöhnte: »Letztes Jahr, im August.«

»Und was hast du zu ihm gesagt?«

»Erst mal nix. I war sprachlos, als er da stand. Mit dem Radl is er kommen. Aus Italien. I hab ihn gleich erkannt, als er abgestiegen is. Dieser Schritt ...«

»Und dann?«

»Ja, dann war er sehr freundlich und nett zu mir. Hat mich g'fragt, ob er mir helfen könnt. Mit dem Hof und so. Da hab ich ihm allerhand erzählt, es war mir so unangenehm zu Anfang. Ich hab geplappert und geplappert, um bloß nix von früher sagen zu müssen. Gar nimmer aufg'hört hab i. Ihm alles 'zeigt.«

»Habt's über deine Viecher g'sprochen?«

Sie nickte »Ja, alles, was ma halt seinem Sohn so erzählt, net.« Ihre Gesichtszüge und ihre Haltung waren jetzt völlig unbekümmert.

»Von der Fanni?«

»Ja, ja, von der Fanni hab i ihm erzählt.«

»Auch, wo sie im Sommer is?«

»Ja, des auch.«

Kitti sah zu Eddy.

»Hanni, was war dann? Habt ihr was unternommen, was getrunken, noch was erzählt?«

Hanni schüttelte langsam den Kopf. Mit gebrochener Stimme fuhr sie fort: »Na, net. Als wir wieder in der Kuchel war'n, da is er plötzlich zu mir und hat sich hin'kniet. Hat mei Hand g'nommen, wollt g'streichelt werden am Kopf. Anfangs hab i ihn noch g'lassen. Aber dann ... hab i es net mehr ausg'halten. Als er seinen Kopf unter meine ... meine Bluse schieben wollte.«

»Und?«

»Er war wie a Klett'n. Er hat sich an mein Rockzipfl g'hängt.«

»Und du? Was hast du g'macht?«

»I hab ihn wegg'schickt. G'sagt, dass er verschwinden soll. G'schrien hab i!«

»Warum, Hanni? Er ist doch dein Sohn.«

»I hab ihn g'boren, schon. Aber der Sohn, der Sohn war er immer vom Hausmann. Mir war er nie ähnlich. Schon als klan's Kind hab i ihn net riechen können. Er war mir so fremd.« Sie sah mit glasigen Augen auf den Tisch. Erneut schlug sie die Hände vor ihr Gesicht. »Grausig, i bin a Rabenmutter.« Dabei schüttelte sie heftig den Kopf.

»Und wieso haben Sie uns das nie erzählt?«, fragte Kitti.

Eddy sah zu, wie Hanni mit dem Fingernagel immer wieder einen tiefen Strich in die Tischdecke schnitt.

»Was denn erzählen? I weiß net, was du meinst. Sollt i dem Eddy denn ins G'sicht sagen, dass er mein Mann auf dem G'wissen hat? Oder was willst, Dirndl?«

»Wir vermuten, dass Gustavo oder Paolo mit den Morden und den Tieren was zu tun hat, Hanni.«

Hanni sagte nichts. Sie stand auf und ging zu der Anrichte, wo noch eine Flasche stand. »Ja reicht des denn net, wenn der Mann a so a Schwein war?«, sagte sie leise. »Da kann der Sohn doch net auch noch …«

Sie nahm sich einen letzten Schnaps und trank ihn in einem Zug aus. Dann brach sie zusammen.

DIE VASE

Mauthen, am Nachmittag (Samstag, 26. Juli 2014)

Als Eddy und Kitti auf das Haus der Zettlers zufuhren, schien die Sonne. Über den regennassen Straßen und Wiesen dampfte es. Eddy bemerkte, dass die Haustür offen stand. Er sprang aus dem Auto und lief hinein. Im Wohnzimmer lag Frau Köhler auf dem Fußboden, ohne Bewusstsein. Ihre Hände waren gefesselt, ihr Mund zugeklebt, die Beine eingeknickt. Um sie herum Scherben. Ihre Bluse war aufgerissen. Sie blutete leicht am Kopf. Kitti tupfte ihr das Blut von der Stirn. Ansonsten war sie nicht verletzt, wie sie feststellen konnten. Eddy tätschelte ihre Wangen. Sie wachte auf.

»Frau Köhler, um Gottes willen. Hören Sie mich?« Eddy löste vorsichtig das Klebeband von ihrem Mund.

Schmerzverzerrt hauchte sie: »Wasser.«

Kitti lief in die Küche und holte ein Glas. Eddy half Frau Köhler, sich aufzusetzen, und redete beruhigend auf sie ein. Frau Köhler trank gierig und bedankte sich leise. »Herr Zettler! Das Schwein. Die Drecksau!«

Eddy hob sie vom Boden auf und legte sie vorsichtig aufs Sofa.

»Die Decke«, bat sie. Kitti breitete die Decke über Frau Köhler aus.

»Wer war das?«, fragte Eddy, obwohl er die Antwort schon wusste.

»Ich hab ihn nicht gesehen. Er hatte eine schwarze Maske auf.«

»Wie ist er reingekommen?«

»Die Tür stand auf, wie immer, wenn's warm ist. Und ich war in der Küche.«

»Verflucht!«, schimpfte Eddy. »Wir haben uns die ganze Zeit an der Nase herumführen lassen. Es kann nur Paolo sein.« Er wandte sich an Frau Köhler. »Wo kann er hin sein, hat er etwas gesagt?«

Sie schüttelte den Kopf.

»Hat Waberer Fredo schon erreicht?«, fragte er Kitti.

»Fredo meldet sich nicht«, antwortete Kitti.

»Wo ist eigentlich Ihr Mann, Frau Köhler?«, fragte er.

»Auf Tour«, sagte sie. »Mit Ihrem Freund, dem Hofer. Er kommt erst heut Abend zurück.«

Eddy half Frau Köhler auf. Sie setzte sich an den Tisch, und Kitti holte ihr noch ein Glas Wasser.

Eddy nahm das Telefon. »Ja, Anni, hör zu. Ist Paolo Troi mittlerweile zurück? … Nein? Gut. Dein Mann ist mit dem Köhler unterwegs, stimmt's? … Jaja, hör zu, Anni. Du kommst jetzt sofort hierher. Lass alles stehen und liegen. Ich brauch deine Hilfe. Der Frau Köhler geht es nicht gut. Ich kann sie nicht allein lassen. … Ja bitte. Sofort.«

Eddy nahm gegenüber von Frau Köhler am Tisch Platz. »Wann ist das alles passiert?«

»Na, so um elf is der hier rein. Ich hab gerade in der Küche was rumgeschnibbelt für's Abendessen. Da ist er von hinten gekommen und hat mir den Mund zugehalten.« Sie stöhnte. »Und dann hat er mich gefesselt. Ich hab mich natürlich gewehrt. Aber er war stark.«

»Und wie haben Sie es geschafft, dass er abgehauen ist?«

Angeekelt verzog sie den Mund und schüttelte sich. »Ich konnte ins Wohnzimmer laufen, da ist er mir hinterher und hat mich hart angefasst. Dann hat er so eigenartig gesprochen. Ich kann ja kein Italienisch, aber es hörte sich an, als wollte er jemanden … jemanden bezirzen. Widerlich.« Sie schüttelte sich noch einmal und sah Eddy gequält an.

»Und dann?«

»Wuaaa, der hat mich dann angefasst, angepackt hat er mich. An den ... Busen hat er mich gefasst. Mit beiden Händen. Wuaaa!« Sie schrie vor Ekel. »Er hat mich an die Wand gedrängt und mir immer wieder an die Brust gefasst. Und zugedrückt hat er. Als ob ich eine Kuh wär. Das Schwein!« Sie schwieg und sah auf die Tischplatte. Dann rieb sie sich die Gänsehaut von den Armen.

»Und?«

»Dann hat er mich aufs Sofa drängen wollen und immer wieder … wuaaa … meine Brüste geknetet. Widerlich. Ekelhaft. Immer wieder hab ich seinen Atem gespürt. Aber ich hab mich an die Wand gestellt. Und er hat sich an mir zu schaffen gemacht. Und dann …«

»Ja?«, fragte Eddy.

»Und dann hab ich ihm volles Rohr in die Eier getreten. Mit dem Knie.«

Kitti jubelte. Jetzt kam Frau Köhler so richtig in Fahrt. Sie rutschte hin und her, und Eddy spürte, wie sehr ihr das gefiel, was sie nun zu erzählen hatte.

»Ha, das hat geknarrt. Er ist eingeknickt wie ein Grashalm. Dann hab ich weiter auf ihn eingetreten, mit gefesselten Händen, bis er auf dem Boden lag«, sagte sie und unterstützte ihre Schilderung durch Körperbewegungen. »Ich bin dann zwei Schritte zurückgewichen. Und weißt du was, Eddy? Dann ist der blöde Sack aufgestanden und hat mir die Vase auf den Kopf geschlagen.«

»Um die Vase ist es nicht schad. Ein Geschenk von einem Gast.« Eddy grinste.

Frau Köhler verkniff sich ein Lachen. »Danach bin ich weggesackt. Er muss wohl abgehauen sein, das feige Schwein.« Sie nahm seine Hand und sagte eindringlich: »Schnappen Sie sich die Drecksau, Herr Zettler. Was der Ihnen angetan hat!«

»… und Ihnen ja fast auch«, sagte er.

ANGELOS ANRUF

Westlich von Sappada, Nachmittag (Samstag, 26. Juli 2014)

Eddys Telefon klingelte. »Hallo, Angelo. ... Was? Der Mann mit dem Rucksack?« Eddy ging in die Küche.

»Ja, der Mann, Italiener, etwa eins achtzig groß, schlank, blond, gut gebaut, mit einem grauen Jagdrucksack. Er war hier, in meiner Bar«, sagte Angelo triumphierend.

»Was sagst du? Hast du sein Gesicht gesehen?«

»Ja sicher. Er stand direkt vor mir. Ein solch ein grauer Jagdrucksack ist mir in den letzten zwanzig Jahren nicht mehr untergekommen. Er hat ihn aufgemacht, und für eine Sekunde war so was wie ein kurzer Gewehrlauf zu erkennen.«

»Du hast den Gewehrlauf erkennen können?«

»Ja, irgendwie hatte ich den Eindruck, dass er wollte, dass ich das sehe. Aber ich kann mich auch täuschen. Dann hat er jedenfalls seinen Espresso getrunken und ist ab durch die Mitte.«

»Wohin ist er gefahren?«

»Richtung Westen.«

»Woher weißt du das?«

»Ich fahre ihm hinterher.«

»Angelo! Du Teufelskerl! Wo bist du jetzt?«, fragte Eddy.

»Bald in San Pietro.«

»Okay, ich komme, sofort. Ich fahre Richtung Toblach. Ruf mich an, sobald du weißt, wohin er will! Und danke, mein Freund.«

Eddy stürmte aus dem Haus. Kitti rief er noch zu: »Halte die Stellung. Und versucht, Fredo zu erreichen. Er soll mich anrufen.«

Als er aus der Einfahrt rollte, kam Anni Hofer fast im Laufschritt die Straße entlang. Eddy kurbelte die Scheibe herunter und hielt neben ihr an. »Schau ein bisschen auf die Köhler. Sie ist ganz schön angeschlagen. Und Kitti soll bei euch bleiben. Sag ihr das!«

Er versuchte es abermals bei Fredo, doch er meldete sich immer noch nicht. Wo konnte er sein? Fredo war immer per Handy erreichbar. Zumindest für ihn. Da stimmte etwas nicht. Aber jetzt hatte er keine Zeit, sich darum zu kümmern.

»Eddy, hör zu«, erklang Angelos hektische Stimme aus dem Telefon. »Er fährt Richtung Misurina, in einem Fiat. Ich bin jetzt hinter Auronzo. Ich ruf dich wieder an.«

Eddy raste durch das Lesachtal wie vom Teufel gejagt. Konnte es sein, dass Paolo wusste, dass Eddy mit Angelo bekannt war? Dass er wollte, dass Eddy ihn fand? Was wollte Paolo wirklich?

Kurz vor Sillian klingelte es erneut.

»Er ist nach Cortina abgebogen. Bin gespannt, was er dort will.«

Eddy war jetzt in Innichen. Er fuhr weiter bis Toblach, wo er sich nach Süden in Richtung Cortina hielt.

Ein paar Minuten später meldete sich Angelo wieder: »Eddy, er fährt in die Sennes. Du weißt schon, hinter Fiames. Kennst du das?«, fragte Angelo.

»Ja, kenn ich. Zur Malga Ra Stua. Bleib unten an der Schranke. Ich bin gleich bei dir.«

Drei Minuten später war Eddy dort. Er lehnte sich aus dem Fenster. »Danke, Angelo, du bist der Wahnsinn.« Er zwinkerte ihm zu. »Demnächst bei dir, mein Freund.«

»Viel Glück, Eddy! Und pass auf!«, rief Angelo und winkte ihm hinterher, als er den engen Fahrweg hinaufraste.

An der Malga Ra Stua sah er Paolos Fiat stehen. Eddy durchzuckte ein Schauer. Jetzt endlich kriegte er das Schwein. Allein!

Er lief zum Almhaus und sprach mit dem Senner. »Sag mal, hast du den Fahrer von dem Fiat gesehen? Kann noch nicht lange hier sein.«

»Ja, er ist mit dem Mountainbike hinauf ins Tal gefahren.«

»Woher hat er das?«

»Ist wohl seines. Steht immer mit anderen Rädern hinter dem Haus.«

»Kennst du ihn?«

»Ja, der ist oft hier. Ein Pferdenarr. Unterhält sich gern mit meinen Haflingern.«

»Er hat deine Cora auf dem Gewissen.«

»Was, der? Das gibt's doch nicht!«

»Hast du ein Rad, das du mir leihen kannst?«

»Ja, ist nicht mehr das Neueste, aber es geht noch gut. Hinter dem Stall, so ein rotes. Ist net abgesperrt. Kannst einfach nehmen.«

Eddy holte seinen Rucksack, zog sich Laufschuhe und eine Berghose an und setzte sich auf das Rad. Dann stutzte er, fuhr zurück zum Auto und öffnete den Kofferraum. Er nahm seine Kletterschuhe und den Gurt und packte sie in den Rucksack.

Der Weg ins Tal hinauf war beschwerlich. Lange hatte er nicht mehr auf einem Mountainbike gesessen. Weiter oben im Val Salata vereinigten sich ein paar Bäche und wurden zum Boite. Stoisch fuhr er den Fahrweg hinauf, vorbei an rötlichen und ockerfarbenen, flach geschichteten Dolomitwänden, die aus riesigen Schuttkegeln emporzuwachsen schienen. An den steilen Hängen der Schuttfelder züngelten dichte Nadelwälder bis zum Wandfuß hinauf.

Die Sonne brannte immer noch, obwohl es schon spät am Nachmittag war. Wohin wollte Paolo? Der Weg wurde jetzt einsehbarer, es ging leicht bergab. Vor sich, weit vor sich, sah er einen Mann auf einem Rad. Das musste Paolo sein.

»Paolooooo!«, schrie Eddy aus Leibeskräften. »Ich hab dich!« Er glaubte zu sehen, dass Paolo sich umdrehte.

Eddy versuchte den Abstand zu verringern. Doch er wurde größer. Der Mann vor ihm strampelte und strampelte. Er entfernte sich. Eddys Kondition wurde deutlich an ihre Grenzen geführt. Er ließ den Abstand zu, wer wusste schon, was ihm noch bevorstand.

An der Abzweigung zur Seekofelhütte machte Eddy eine kurze Pause. Was wollte der Kerl ausgerechnet hier in der Sennes? Wollte er zur Hütte? Wohl kaum. Eddy vermutete vielmehr, dass Paolo ihn an einen abgeschiedenen Ort locken wollte. Dass er ihm vielleicht etwas zeigen wollte, ihm ein Geheimnis enthüllen würde. Diese Ahnung nahm für Eddy immer deutlichere Züge an.

Eines aber war Eddy klar: Paolo wollte Rache für seinen Vater, den Eddy vor zwanzig Jahren an der Porzescharte erschossen hatte. Und Eddy wollte ihn, weil er sein größtes Glück, seine Tochter, umgebracht hatte. Dass er in Italien war, spielte für ihn jetzt keine Rolle. Er hatte keine Dienstbefugnis, aber er war in den Bergen, und da wusste Eddy, was er tat. Und Paolo ebenfalls. Hier waren sie ebenbürtige Gegner. Todfeinde.

ZUM HIMMEL

Piani di Fosses, am späten Nachmittag (Samstag, 26. Juli 2014)

Er kämpfte, immer schneller wollte er werden. Schwitzen, schwitzen, schwitzen. Solange er sich unter Belastung hielt, waren seine Gedanken weg.

Das Rifugio Biella alla Croda del Becco, wie die Italiener die Seekofelhütte nannten, war nur noch eine Viertelstunde entfernt. Doch bis zur Hütte wollte er gar nicht. Er befand sich auf etwa zweitausenddreihundert Metern. Er entschloss sich zu einer kurzen Rast. Völlig durchnässt vom Schweiß, setzte er sich schließlich auf einen Stein. Kaum, dass er sich hingesetzt hatte, begann sein Kopf zu hämmern. Diese höllischen Schmerzen! Immer wenn er diese Gedanken hatte. Diese teuflische Mordlust. Er fasste sich an den Kopf und bewegte ihn heftig auf und ab in der Hoffnung, seine Qualen würden enden. Doch sie wurden nur schlimmer.

Mit angespanntem Gesicht nahm er eine schnell wirkende Schmerztablette, trank einen halben Liter Wasser und sah in die Wand über ihm. Die Schmerzen ließen allmählich nach.

Nirgendwo fühlte er sich so glücklich und frei wie hier oben auf der Hochfläche der Fosses-Alm, der Piani di Fosses, die sich unterhalb der Seekofelhütte erstreckte. Das Herz ging ihm auf, jedes Mal, wenn er hier war. Es war, als würde diese Hochfläche seine Seele von einem Deckel befreien, als würde der quälende Druck seiner Existenz von ihm weichen. Jener Druck, der die düsteren Erinnerungen an die unauslöschbare Vergangenheit bis zur Unerträglichkeit verdichtete. Die Erinnerungen an seine bösartige Phantasie und an das, was aus ihr hervorgegangen war.

Er versteckte sein Fahrrad hinter einem Felsblock und zog seine Kletterschuhe an. Er packte noch eine Wasserflasche und einen Anorak ein, schnürte sich den grauen Jagdrucksack um, den er schon als Kind getragen hatte, und ging los.

Sein Blick fiel auf die Plattenfluchten des Seekofels. Die kühn aufstrebenden Schichtflächen aus glattem Kalkstein wurden nach oben hin stetig steiler und schienen direkt in den Himmel zu weisen. Dort wollte er immer hin, direkt in den Himmel. Schon als kleiner Junge. Nicht aus religiöser Verklärung, nein. Es war der Gedanke daran, dass es dort oben göttliche Macht gab. So wie sein Vater es ihm erklärt hatte. Der Gedanke, Macht auszuüben, hatte ihm schon sehr früh Lust bereitet. Je älter er geworden war, desto mehr war sie in pure Wollust umgeschlagen.

Diese Wand zu bewältigen, erzeugte in ihm jedes Mal eine heftige Erregung. Sie war so weit abgelegen von den touristisch überfluteten Dolomitenbergen, dass sich nicht allzu viele Menschen in ihr tummelten. Heute waren alle Seilschaften bereits durchgestiegen. Jetzt, am frühen Abend, würde es noch drei Stunden hell sein. Und sie würden hier allein sein. Er und Eddy.

Bald war Paolo am Fuß der Wand. Er säuberte seine glatten Sohlen, trocknete sie mit einem Tuch und begann unverzüglich mit dem Aufstieg. Er kletterte schnell. Seine Sohlen klebten an der verkarsteten Fläche wie ein Radiergummi auf einer Tischplatte. Eine außergewöhnliche Laune der Natur hatte hier die Kalkschichten so aufgestellt, dass die Verwitterung über die letzten Millionen Jahre ein leichtes Spiel gehabt hatte und dadurch eine riesige Schichtfläche die prachtvolle Südflanke des Berges bilden konnte.

Er kam gut voran. Die Kraft der Sonne begann langsam nachzulassen. Das Risiko interessierte ihn wenig, denn er wusste, was er konnte. Und hier war das Klettern ohne Seil ein Traum.

In schnellen Bewegungen stieg er die Wand hinauf, an Karren und Schratten entlang, deren Frässpuren in Fließrichtung des Wassers gezogen waren. Fast wie in Trance, einzelne Grifflöcher nutzend, fand er sicheren Halt. Mehrfach passierte er einen Sicherungshaken und eingerichtete Standplätze. Je weiter er nach oben kam, desto steiler stellte sich die Wand auf. Sie wurde glatter, die Griffe spärlicher. Er legte die Hände flach auf die Schichtfläche, die Füße stellte er auf Reibung gegen die Wand. Einem Gecko gleich bewegte er sich nach oben. Wunderbar, herrlich.

Er wusste, dass es gefährlich war. Wenn er einmal ausrutschte, war er weg, die Schwerkraft würde ihn unaufhaltsam die Wand hinunterrutschen lassen, er wäre innerhalb kürzester Zeit aufgerieben wie ein Stück Balsaholz auf einer Fläche von Schmirgelpapier. Ohne Seil hätte er keine Chance, das zu überleben. Doch es war ihm egal. Er hatte das schon oft gemacht. Wenn es ihn erwischen würde, war es nicht schade um ihn. Wer würde schon um ihn trauern?

Diese mehr als vierhundert Meter hohe Wand war mit ihm so eng verbunden wie keine andere. Hier war er als kleiner Junge schon mit seinem Vater gestiegen. In besseren Tagen. Hier hatte er gelernt, seinem Vater blind zu vertrauen. Sein Vater hatte ihm erklärt, das sei der Weg in den Himmel. Dort oben wäre man frei von den Menschen hier auf der Erde. Er war ihm am Seil gefolgt, so oft und immer wieder, in den Himmel. Und sein Vater hatte ihm, dem kleinen Jungen, ein Geheimnis gezeigt. Nur er und sein Vater kannten es. Ihr ganz geheimes Heiligtum.

Doch dann kam der Tag, als sein Vater ihn verlassen musste. Damals, als er zehn Jahre alt war. Und das hatte Eddy Zett angerichtet. Dieser Kärntner Gendarm. Gleich vom ersten Moment an, als sie ihm auf der Pradidali-Hütte begegnet waren, hatte er etwas gespürt. Und nachdem er Gustavo ausgequetscht hatte, hatte er es endgültig gewusst. Und jetzt, jetzt hatte er ihn. Er hatte ihn an der Angel. Wehe dir, Eddy Zett, wehe dir!

DIE PLATTE

Seekofel-Südwand, etwas später (Samstag, 26. Juli 2014)

»Paolooo, Paolooo! Ich krieg dich!« Er schrie aus voller Kraft. Seine Stimme klang bitter und entschlossen. Die gesamte Hochebene wurde von seinem Schrei erfüllt. Von der Hohen Gaisl im Süden gegenüber kam ein Echo zurück.

Eddy stand am Wandfuß. Er zog sich Schuhe und Klettergurt an und befestigte eine Bandschlinge am Gurt. In diese klinkte er einen Karabiner, den er an der linken Materialschlaufe seines Gurts einhängte. Dann nahm er eine drei Meter lange Schlinge aus seinem Rucksack und befestigte auch diese an seinem Gurt. Diese Bandschlinge verkürzte er wie eine Schützenschnur mit einer langen Reihe von Knoten, klinkte auch an deren Ende einen Schraubkarabiner ein und machte es so wie mit der kürzeren Schlinge, allerdings an der rechten Hüfte. Zusätzlich hängte er drei Kabelbinder in einen Karabiner.

Eddy schrieb eine SMS: »Kitti, bitte Fredo verständigen. Seekofel-Südwand.« Dann stieg er los.

Eddy kletterte schnell. Die Wand galt unter Dolomiten-Kletterern nicht als besonders schwierig, aber als eine von besonderer Einzigartigkeit, was die Klettertechnik anging. Pure Reibungskletterei.

Eddy sah nach oben. Er erkannte Paolo in der Via Classica, der klassischen Führe. Das hier war technisch nicht schwierig für Eddy. Aber nach der Tour mit Francesco und der anstrengenden Mountainbikefahrt sorgte er sich um seine Kondition. Hoffentlich würde er bis zum Gipfel durchhalten. Würde er überhaupt am Gipfel ankommen? Was wollte Paolo dort? Er musste es herausfinden.

Die erste Hälfte der Wand war von einer sich nach oben zuspitzenden, riesigen dreieckigen Kalkplatte geprägt. Paolo klebte jetzt etwa hundert Meter über ihm an der Wand. Er bewegte sich in dem breiten Riss, der sich unterhalb der Plattenspitze in Falllinie nach unten zog. Eddy konnte erkennen, dass hier ein routinierter und wendiger Mann unterwegs war.

Die Wand war hier im unteren Teil stark geneigt. Löcher in der kalkigen Platte gab es genug, die als komfortable Griffe dienen konnten. In den größeren hatten sich Kargheit gewohnte Gräser angesiedelt. Doch es gab auch ausreichend andere Möglichkeiten, Händen und Füßen Halt zu bieten.

Eddy plagte der Durst. Er fluchte leise, denn er hatte am Einstieg vergessen zu trinken. Und Loslassen war hier nicht möglich. Er stieg weiter. Als er die zweite Seillänge durchstiegen hatte, fand er einen fix eingerichteten Standplatz kurz unter einem kleinen Überhang. Er klinkte den Karabiner aus der Materialschlaufe des Klettergurts aus und hängte ihn in den fest in der Wand befindlichen Haken. Er war gesichert. Behutsam nahm er seinen Rucksack ab. Dann trank er einen großen Schluck und ruhte sich aus. Er war müde und spürte, dass seine Kräfte bereits nachließen. Doch er konnte nicht zurück. Und er wollte nicht zurück. Er zog den Rucksack wieder über, klinkte den Karabiner aus und sah nach oben. Vorsichtig, aber entschlossen, stemmte er sich hinauf und überwand den Überhang ohne Probleme. Dann stieg er ohne zu zögern weiter.

Für die nächsten etwa vierzig Meter brauchte er fünfzehn Minuten, dann war er am nächsten Standplatz. Über ihm befand sich jetzt der Riss, in dem er Paolo vorhin beobachtet hatte. Als er nach oben sah, konnte er erkennen, dass Paolo auf der Plattenspitze angekommen war. Was machte er dort? Für Eddy hatte es den Anschein, als würde Paolo auf ihn warten.

Die Platte wurde nach oben hin steiler. Jetzt war Eddy am unteren Beginn des Risses angelangt. Er klaffte so weit auseinander, dass er seinen Unterschenkel problemlos hineinsetzen konnte. Er verklemmte sein linkes Bein und den Fuß und lehnte sich einen Augenblick zurück. Dann rief er nach oben: »Paolooo! … Was … willst … du?«

Ein Donnergrollen war zu hören. Von Süden her war ein Abendgewitter im Anmarsch. Es dauerte eine Weile, dann sah er oben, wie Paolo auf der Plattenspitze stehend die Hände in einer Hohlform vor den Mund nahm. Er hatte das Ausklingen des Donners abgewartet, bevor er zu Eddy hinabrief: »Komm … her, … dann … zeig … ich … es … dir, … Eddy!« Eddy glaubte, ein höhnisches Lachen zu hören.

Eddy blickte sich um. Vor einer Viertelstunde noch zu sehen, waren der Monte Cristallo, die Punta Sorapis, die drei Tofane und der Monte Pelmo jetzt von Wolken verhüllt. Die Hohe Gaisl lag bereits hinter einem dünnen Schleier. Eddy wurde klamm ums Herz. Er musste Angst vermeiden. Er wusste, sie würde ihn lähmen. Allein in dieser Wand wäre er dann verloren. Er musste weiter. Wenn es regnen würde, wäre die Plattenkletterei kein Spaß mehr. Der Kalk würde schmierig werden, die Schuhe mit den Reibungssohlen würden rutschiger sein. Er musste weiter, weiter zu ihm, diesem Teufel in Menschengestalt.

Eddy dachte an seine Tochter. Das beflügelte ihn. Es war, als würde ihm der Gedanke an sie neue Kraft geben. Er musste ihn stellen. Eddy spürte, dass Paolo mit dieser Wand ein Geheimnis verband. Doch was war das?

Er fasste neuen Mut. Schritt für Schritt kletterte er spreizend den Riss hinauf. Immer tiefer wurde dieser Riss, der sich etwa vierzig Meter durch die Wand zog. Am Ende gelangte er zu einem Standplatz in einem Spalt, der tief in den Fels hinein reichte. Hier fand er zwei vertrauenswürdige Standhaken vor, die er mit einer Bandschlinge verband und in die er sich einhängte.

Jetzt war er nicht mehr weit entfernt von dem Punkt, wo Paolo auf ihn wartete. Eddy konnte sein Gesicht sehen. Er grinste hämisch zu ihm hinab. Dann war er wieder verschwunden.

Auf der Plattenspitze, wenig später (Samstag, 26. Juli 2014)

Eddy spreizte seine Beine, um den Spalt zu überwinden. Seine Füße trugen ihn, an kleinen Tritten Halt suchend, hinauf und zurück auf die glatte Wand. Er bewegte sich auf die Spitze der riesigen Platte zu, die hier oben gar nicht mehr so spitz aussah, sondern eher einem runden, großen, grünen Buckel glich. Er befand sich jetzt auf einem Band, das mit Gras bewachsen war.

Er entdeckte Paolo an einer Nische, die etwa zehn Meter östlich von ihm und abseits der Kletterroute lag, denn die führte eindeutig dort weiter nach oben, wo Eddy stand.

»Na, Eddy, wie geht es dir in dieser Wand?«, fragte Paolo unverblümt. »Und dem Mann gegenüber, der dir das alles angetan hat?« Paolo schüttete sein Häme mit einem widerlich überheblichen Tonfall über Eddy aus. Diese Stimmlage hatte Eddy zuvor noch nie an ihm gehört. Gehässig und knatternd. Paolo hatte sich enttarnt. Er war nicht mehr der freundliche Mensch, dem er auf der Pradidali-Hütte und in seinem Haus begegnet war.

»Wie fühlt es sich an, seine Tochter zu verlieren?«, fuhr Paolo fort. »Sie vor sich am Boden liegen zu sehen, zu sehen, wie sie stirbt?« Paolos Gesicht war zu einer hasserfüllten Fratze gefroren. Um seine Stirn war ein blutrotes Schweißtuch gewickelt, seine Haare hingen darüber. Er trug keinen Helm.

Eddy ging langsam auf ihn zu. Das Grasband war breit genug, um zu stehen. Drei Meter von Paolo entfernt verharrte er und hielt sich am Fels fest. Eddy war klar, dass dieser Mann vor ihm unberechenbar war. Ein Schauer der Furcht lief ihm über den Rücken. Er keuchte. Er musste ruhig bleiben. Paolo legte den Kopf schief. »Ja, Eddy. Komm nur her. Ich zeige dir meinen Himmel. Mit all meinen wunderbaren lieben Menschen und Tieren, deren Licht ich ausgeknipst habe«, sagte

Paolo sonderbar ruhig. »Und fast hätte ich deine Frau auch gekriegt. Schade eigentlich.« Sein bohrender Blick schien sich durch Eddys Augen zu brennen.

»Tun dir die Eier noch weh von dem Tritt, den unsere Frau Köhler dir verabreicht hat, Paolo?«

»Ah ja«, Paolo lachte verächtlich, »die Frau Köhler. Es ist ein Versehen, dass sie das überlebt hat. Ich hatte so sehr gehofft, dass deine Frau daheim sein würde ...« Er verzerrte sein Gesicht zu einer clownhaften Maske und rief in singendem Ton: »Die zuckersüße Susanneeee.« Er streckte die Zunge heraus und ließ sie hin- und herzucken.

Eddys Herz begann zu rasen. Ein Nadelstich folgte dem nächsten. Verzweiflung, Hass und Trauer, drei Gemütszustände, die sich nach dem Tod seiner Tochter ständig abgewechselt hatten, spürte er jetzt gleichzeitig. Eine Achterbahnfahrt in wenigen Sekunden. Er atmete schwer. Was konnte er tun? Das einzige Mittel, das ihm einfiel, war zu reden.

»Du hast es tatsächlich geschafft, mich hierherzulocken«, sagte er. »Woher wusstest du, dass Angelo dich verfolgen würde?«

Paolo fixierte ihn grinsend. Seine aufgerissenen Augen gaben ihm etwas Wahnsinniges. »Nach dem Treffen auf der Pradidali-Hütte hab ich geahnt, dass ich dein Gesicht schon mal gesehen hatte. Ein paar Jahre zuvor war ich einmal zufällig in Angelos Bar. Dort hängt an der Wand ein Bild von dir und deiner ... süßen Tochter«, setzte er hämisch hinzu, »wie ihr mit Angelo auf einer Bergtour seid. Wie ihr alle drei fröhlich lächelt.«

Er schien Eddys Gesichtszüge zu beobachten, ob er eine Reaktion zeigte. »Ich bin nach der Pradidali-Hütte nochmal hingefahren und hab Angelo gefragt, wer die beiden Leute mit ihm auf dem Bild sind. Und Angelo erzählte mir stolz: ›Das ist Eddy Zett, mein Freund, der Polizist, der damals den Wilderer‹ ...« Weiter kam Paolo nicht. Sein Gesicht färbte sich rot vor Wut. »Mir war klar, dass Angelo über alles Bescheid wusste und dich verständigen würde.«

»Paolo, warum hast du meine Tochter ermordet?«, brachte Eddy mit belegter Stimme hervor.

»Warum hast du meinen Vater umgebracht?«, herrschte Paolo ihn an.

Eddy wusste, dass er von seinem Standort aus momentan keinen Zugriff auf ihn haben konnte. »Dein Vater war ein Wilderer«, rief er.

»Mein Vater war ein Gooott!«, schrie Paolo aus Leibeskräften. »Du bist ein dreckiger Mörder, Eddy. Du hast meinen Gott umgebracht!« Ein Echo blieb aus, ihre Stimmen wurden von den nahen Wolken gedämpft. Im Süden grollte es erneut. Die Wolken kamen näher.

»Niemand ist ein Gott, Paolo«, rief Eddy. »Am wenigsten dein Vater. Ich hatte keine Wahl. Es war Notwehr. Er war ein brutaler, mieser Kerl, und er hat dich krank gemacht.«

»Halts Maul, Eddy!«, schrie Paolo. »Du hast kein Recht, über ihn zu richten. Du nicht. Er war genau so wie ich. Wir haben uns blind verstanden. Er hat mir alles gezeigt. Die Leidenschaft fürs Jagen, die Wonne, die deine Adern durchfließt, wenn du töten kannst. Die Wärme, die dich umgibt, wenn du ein Tier ausweidest. Das Bergsteigen, bis in den Himmel, wo du erfährst, was es heißt, frei zu sein von allen Regeln.«

»Immer gibt es Regeln. Immer. Was ist mit dem Töten? Wie hast du das gelernt?«

»Jagen und Töten, das ist die größte Erfahrung, wenn man vom intensiven Leben kosten darf.«

Eddy ließ sich darauf nicht ein. »Weshalb hast du das Messer von Gustavo unter die Leiche der Carabiniera gelegt? Warum wolltest du den Verdacht auf ihn lenken?«

Paolo zischte. »Sie war keine Carabiniera. Sie war eine Schlampe!«, schrie er laut. »Wie meine Mutter, eine Schlaaaampe!« Dann biss er die Zähne zusammen. »Gustavo ist ein Versager! Ein Idiot. Hat geglaubt, ich würde ihn als Vater anerkennen. Sagte, er würde mich lieben.« Paolo lachte schallend. »Ich habe ihn gehasst, seit er versucht hat, mir meinen Vater aus dem Herz herauszureißen.« Er spie aus. »Dieses

Schwein hat es mit meiner Mutter getrieben, dieser Hure! Und dann hat er sich tatsächlich erdreistet, sich als mein Vater aufzuspielen.«

»Woher weißt du das mit Gustavo und deiner Mutter?«, fragte Eddy ruhig.

»Ich habe sie erwischt! Erwischt im Bett meines Vaters, als ich sechs Jahre alt war. Wie er an ihr geleckt hat.« Paolo schrie mehr, als dass er sprach. »Damals habe ich mir geschworen, ihn irgendwann loszuwerden. Da kam mir sein Jagdmesser gerade recht.« Paolo lachte. »Aber das musst du mir erst beweisen.«

»Ach was. Ich brauch nur deine DNA. Denn die ist auch am Stock von der Katt. Dann hab ich dich.«

Paolo stutzte für einen Moment und war unsicher.

»Deine Mutter, sie verachtet dich immer noch«, sagte Eddy.

»Meine Mutter! Ich hätte sie umbringen sollen. Sie wäre die Nächste gewesen«, sagte er kreischend. »Aber leider hatte ich keine Zeit mehr, Eddy. Frau Köhler ist mir dazwischengekommen.«

»An deine Mutter würdest du dich nie ranwagen, Paolo. Du bist viel zu feige dazu. Du liebst sie immer noch, sie beherrscht dich, stimmt's? Und Frau Köhler warst du doch gar nicht gewachsen. Du bist ein Versager, Paolo.«

Paolo schüttelte heftig den Kopf und schnaufte. »Frau Köhler, diese Schöne. Ich musste sie einfach haben.« Er lachte erregt und sagte neckisch: »Und dann warst du mir etwas zu früh auf der Spur, als dass ich mir meine Mutter noch holen konnte.«

»Vertrieben hat sie dich von ihrem Hof!«, sagte Eddy.

»Diese Schlampe!«, schrie Paolo. »Hat mich davongejagt wie einen Hund. Zum zweiten Mal hat sie mich verjagt.« Mit glühendem Blick starrte er Eddy in die Augen. »Aber jetzt, Eddy, jetzt will ich dich! Hier und jetzt will ich dich.« Er feixte und bewegte sich merkwürdig wippend hin und her.

»Wenn du mich willst, warum tötest du dann Tiere … und Frauen?«

Paolo grinste breit. »Weil es wunderbar ist, Eddy. Ich habe alles, was ich von meinem Vater erfahren habe, perfektioniert und auf eine neue Ebene gehoben. Weißt du, wie schön es ist, wenn sie sich winden, wenn sie leiden und dich zum letzten Mal ansehen?« Er lachte verklärt und biss sich vor Lust auf die Unterlippe. »Eddy, es ist unglaublich. Einer Kuh dabei zuzusehen, bevor du sie tötest. Ihr Blick, sie bittet mit ihren wunderschönen Augen um ihr Leben. Wie ein Mensch. Es ist wie … als würde der Himmel singen.« Er breitete die Arme aus. »Und die Frauen. Sie flehen dich an, und sie glauben bis zum letzten Moment, dass du von ihnen ablässt. Das ist sooo schön! Es gibt nichts Schöneres, als das zu erleben!«

Er sah Eddy an, als würde er auf Verständnis hoffen. Doch Eddy wusste, alles war nur Maske und Antizipation.

Da Eddy keine Reaktion zeigte, senkte Paolo die Arme und machte ein enttäuschtes Gesicht.

»Wieso die Schafe am Hochweißsteinhaus?«, fragte Eddy.

»Weil ich da immer rüber bin. Mit dem Radl. Strampeln, strampeln, strampeln. Und da waren sie, so friedlich, so wundervoll weich.«

»Wenn du bei deiner Mutter warst! Mehr als einmal, stimmt's, Paolo? Hast sie beobachtet, weil du zu feige warst, dir wieder einen Korb zu holen. Weil du Angst hattest, dass sie dich wieder davonjagen könnte, weil sie dich nicht haben wollte. Du hast dir einen Frust bei deiner Mutter geholt. Und dann musstest du töten. Jedes Mal, wenn du dich feige davongeschlichen hast. Schafe, Gämsen, Kühe, Pferde. Mann, musst du krank sein!«, zischte er voller Verachtung.

Paolos Augen funkelten. Er drehte sich zur Wand und ließ den gesamten linken Arm bis zur Schulter in einem Spalt der Felsnische verschwinden. Als er ihn wieder hervorzog, hielt er eine Art Halskette in der Hand. Er lächelte und stöhnte kurz.

Eddy traute seinen Augen nicht. Auf einer dünnen, alten Reepschnur waren Ohren aufgereiht. Etwa dreißig mumifizierte Ohren. Von Schafen, Gämsen, Hirschen, Pferden, Kühen. Und ganz vorn ein menschliches Ohr, wohl das von der Katt.

»Da sind sie Eddy, ich hab sie alle hier!« Paolo strahlte vor Freude, er kokettierte mit seiner Lust, die sich in seinen Augen spiegelte. Eddy wurde übel. Doch er beherrschte sich. Das war also der Grund, weshalb er Eddy hierhergelockt hatte.

»Was ist das, Paolo?«, fragte Eddy und deutete angewidert auf die Kette. »Das wolltest du mir zeigen? Deshalb hast du mich hergebracht?«

»Ja, lieber Eddy«, sagte Paolo verspielt. Er sah nach unten und hob die Kette am ausgestreckten Arm in die Höhe. Er lachte wie ein Kind. »Das, lieber Eddy, das ist unser Schrein. Unser Trophäenschrein.« Triumphierend hielt er die Kette in den Wind.

»Du bist ja vollkommen verrückt!«, sagte Eddy.

»Siehst du«, sagte Paolo unbeeindruckt und lachte, »hier in dem warmen trockenen Südwind, hier oben trocknen sie besonders gut. Wie Parmaschinken, einfach in die warme Luft hängen. Das hat mein Vater schon gewusst. Und ich mache seine Kette immer größer und größer und größer.« Er lachte und lachte. »Eddy, wie wunderbar, findest du nicht? Nur schade, dass deine Tochter hier nicht verewigt werden kann. Es ging einfach zu schnell. Ich bedaure das sehr. Eine solch hübsche Person.«

»Und die Carabiniera nicht, und meine Frau nicht, und Frau Köhler nicht, und deine Mutter nicht. Das muss dich doch ärgern, Paolo!«, sagte Eddy mit belegter Stimme. Es lief ihm eiskalt über den Rücken. Ihm war so unwohl wie noch niemals zuvor. Wie starr stand Eddy dort, voller Abscheu und Hass.

»Deine Frau, dieses Biest, hat mich nicht zu Ende arbeiten lassen.« Seine Augen traten hervor. »Dabei habe ich sie wirklich verehrt, dein schönes Mädchen«, sagte er mit einem teuflischen Grinsen. »Ich habe sie ständig verfolgt im Internet, was sie tat, wie sie aussah, was sie machte. Ihr Ohr kann ich nun nicht mehr bekommen. Aber vielleicht das vom Vater? Hmmm? Komm, Eddy, gib mir dein Ohr«, bettelte er scheinheilig und streckte seine Hand aus. Herausfordernd sah er ihn an und schüttelte enttäuscht den Kopf. »Nicht? Wie schade.«

Erneut langte er in den Spalt hinein und ließ die Ohrenkette verschwinden. Dabei sah er nach oben und machte ein Gesicht, als suche er etwas. »Ah, da ist sie ja, eine kleine Felsnase. Daran hängt unser Schrein schon seit über zwanzig Jahren. Ist es nicht köstlich? Eine Nase, an der die Ohren hängen!« Er lachte so laut und albern wie ein Kind.

Plötzlich schnellte Eddy vor. Er hatte die Hand an dem Karabiner mit der langen Schlinge. Er zog daran, die Knotenreihe löste sich, ein Knoten rutschte durch den anderen. Paolo zog seinen Arm hastig aus dem Spalt heraus und bückte sich nach dem offenen Rucksack, aus dem sein Kleinkaliber hervorlugte. Doch Eddy war schneller. Er trat ihm kräftig auf den Fuß, sodass Paolo aufschrie. Blitzschnell befestigte Eddy den Karabiner an Paolos Klettergurt und zog ihn mit einem kräftigen Ruck weg. Paolo stolperte kurz, bekam einen Schreck und hielt sich an der Wand fest. Er wollte sich wehren, doch Eddy drängte ihn in die Felsnische. Er hatte Paolo überrumpelt. Jetzt waren sie mit der drei Meter langen Bandschlinge verbunden.

»Wenn du mich hinunterstößt, Paolo, dann fällst du mit! Wir stehen mitten in einer Wand.« Eddy war jetzt direkt vor ihm.

Paolo versuchte hechelnd den Karabiner zu öffnen, doch Eddy hatte ihn mit dem Schnellverschluss gesichert. Mit voller Wucht schlug er einen weiteren Karabiner auf Paolos Finger. Der schrie auf und zog seine Hand zurück.

»Lass es sein, Paolo. Eine Rangelei, und wir sind unten.« Jetzt grinste Eddy dreckig. Er zog ein Jagdmesser aus der Tasche und hielt es Paolo an den Unterleib. »Und jetzt schneid ich dir die Eier ab«, sagte Eddy voller Abscheu. »So wie du der Katt ein Ohr abgeschnitten hast.« Er spie es förmlich heraus. »Die trocknen auch gut hier oben und machen sich noch besser an deiner Halskette.« Er spürte, dass er sich nicht mehr unter Kontrolle hatte.

Paolo rührte sich nicht. Er stand rücklings an der Wand und kam nicht weg. Schweiß stand auf seiner Stirn. Seine Augen wurden groß. Er keuchte und jammerte.

»Na, traust du dich?«, fragte Eddy eindringlich. Dann schrie er ihn an: »Traust du dich zu springen?« Adrenalin wurde in Höchstkonzentration durch Eddys Adern gepumpt. Er war in Rage. Er spürte den Herzschlag bis in die Schläfen. Sein Gesicht war knallrot. »Los, spring, stoß mich. Na? Aber nein, du kannst das ja nur bei Schwächeren. Bei Tieren, bei Frauen. Sie müssen dir unterlegen sein, erst dann kommt dein Schwanz in Fahrt. Erst dann tut sich was in deiner Hose.« Er erhöhte den Druck des Messers auf Paolos Schritt.

Paolo atmete schwer. Seine Augen suchten einen Ausweg. Doch Eddy hatte das Messer jetzt nach oben genommen und hielt es Paolo direkt an den Hals. Paolo ergriff Eddys Handgelenk. Doch Eddys Kraft schien unermesslich, sein Arm ließ keinen Millimeter nach.

»Wie ist es, Paolo«, sagte Eddy gepresst, »wenn du spürst, dass dich jemand kastrieren wird? Dir die Haut vom Gesicht ziehen wird?«

Eddy nahm mit der zweiten Hand einen weiteren Karabiner und hängte ihn in die Bandschlinge ein, die beide verband. Mit einem Klicken machte er ihn an einem großen Standhaken in der Wand fest, ohne seine Augen von Paolo abzuwenden. Nun waren sie beide am Fels gesichert.

»Jetzt kannst du nicht mal mehr springen, Paolo. Nicht einmal mehr das«, höhnte Eddy. »Du bist mir ausgeliefert. Jetzt ist es umgekehrt. Du hast dich überschätzt.« Eddy drückte das Messer fester an Paolos Hals. Paolo, der mit dem Rücken zur Wand stand, quiekte. »Und glaub nicht, dass ich aufhören werde, weil ich Polizist bin. Nein, Paolo, du hast die Büchse der Pandora geöffnet. Du hast mich losgelassen von der Kette. Dein Fehler. Verlass dich drauf, ich bring dich um, du Drecksau!«

Er legte seine zweite Hand an Paolos Hals und drückte zu, bis sich das Blut im Gesicht staute. »Noch nicht. Aber heute noch. Und es wird mir ein Vergnügen sein.« Das Messer presste er noch fester in seine Haut. Blut tropfte.

Paolo bewegte sich zur Seite, so weit es die Nische zuließ, doch Eddys Messer blieb bei ihm. Er bohrte das Messer noch tiefer und achtete nicht einmal darauf, ob er eine Schlagader verletzte. Paolos Wunde wurde größer. Er presste die Augenlider zusammen. Schrie ohne Pause, zappelte, doch Eddy hatte ihn fest im Griff und drückte ihn mit all seinem Gewicht in die Nische. Er schlug ihm ins Gesicht, einmal, zweimal, bis aus seiner Nase Blut lief. Eddys Hass glühte wie ein Höllenfeuer. Er steckte das Messer blitzschnell in seinen Hosenbund, griff nach Paolos Hals und drückte mit beiden Daumen zu. Paolo riss die Augen weit auf, packte Eddys Handgelenke und röchelte. Doch Eddys Arme schienen von übermenschlicher Kraft angetrieben zu sein.

»Eddyyy!« Es war Fredos Stimme, ganz weit unten. Eddy wachte augenblicklich auf. Er ließ von dem völlig verängstigten Paolo ab, der nach Luft rang und sich den Hals hielt. Eddy atmete tief durch, nahm einen langen Kabelbinder, der bereits zu einem Ring geformt an seinem Gurt hing, und fesselte dem reglosen Paolo kurzerhand die Hände. Dann befestigte er ihn mit zwei weiteren Kabelbindern an einem Felshaken.

Eddy griff in den Spalt und fühlte nach der Kette. Er nahm sie heraus, hielt sie Paolo vors Gesicht und sagte: »Das ist also dein Heiligtum. Dein Schrein, wie du sagst.«

Paolo war jetzt rasend vor Wut, schrie wie ein Tier. »Lass das hängen!« Er spie Eddy ins Gesicht. »Ich bring dich um! Ich werde dich zerfleischen!«

Eddy ging einen Schritt zurück. »Paolo, du bist ein mieses kleines Nichts.«

»Haaaaaah!«, schrie Paolo aus Leibeskräften. »Wäre ich ein Nichts, hätte ich deine Tochter nicht umbringen können. Aber ich habe die Macht dazu gehabt. Und es war schön, dein Gesicht dabei zu sehen, Eddy!« Paolo zerrte und riss an den Kabelbindern, bis seine Handgelenke rot und aufgescheuert waren, doch er hatte keine Chance. Seine Augen waren weit aufgerissen, sein Gesicht glich einer Totenmaske. Er atmete rau und schwer. Schließlich gab er jeden Widerstand auf.

Die Luft roch brizzelig nach Strom, um sie herum knisterte es. Paolos Haare luden sich auf und stellten sich auf. Als Eddy einen halben Schritt nach vorn ging und sich ihm näherte, sprang augenblicklich ein Funke von Paolos zu Eddys Hand über, sodass beide erschraken und unkontrolliert die Arme schüttelten. Dabei fiel Eddy die Kette aus der Hand. Paolo wollte sie sich schnappen, doch seine Hände waren gefesselt. Eddy hob sie auf.

»Und das hier«, fragte er Paolo, »dein Schrein? Was ist daran noch von Wert?« Eddy packte die Kette in einen Kunststoffbeutel und verstaute sie in seinem Rucksack.

»Du Schwein!«, schrie Paolo flehend. »Gib sie zurück!«

»Sag mir, welchen Wert sie für dich hat!«, forderte Eddy. »Dann geb ich sie zurück.«

»Für meinen Vater und für mich war das hier ein heiliger Ort. Ich habe gedacht, dass du das erkennen würdest. Du bist der Einzige, der mich durchschaut hat. Richtig durchschaut. Du verstehst mich Eddy, stimmt's?«, wimmerte er. »Der Schrein ist das Einzige auf der Welt, was du mir von meinem Vater übriggelassen hast, Eddy!«, schrie er und und reckte den Kopf vor.

»Paolo, dein Vater ist tot. Und du kannst nichts mehr ausrichten. Die Kette ist ein gutes Beweismittel für deine Abscheulichkeit. Du siehst sie vor Gericht wieder.«

Paolo schüttelte wie wild den Kopf. »Nein!«, schrie er. »Gib mir meinen Schrein zurück! Gib ihn her!« Er brüllte aus Leibeskräften, bis er ermattete. Dann schrie und weinte er wie ein kleiner Junge.

Das Grollen des Donners kam näher. Ein Blitz knallte gegenüber in die Hohe Gaisl, sodass der schwarze Himmel für einen Augenblick hell erleuchtet war. Der Donnerschlag folgte unmittelbar, der Berg erbebte. Sogleich prasselte schwerer Regen auf sie nieder.

Paolo erkannte seine Lage. Als er spürte, dass er verloren hatte, sank er zusammen und saß, die Hände über sich gefesselt, in der Felsnische, wo er einst sein Heiligtum aufbewahrt hatte.

Eddy hatte sich ein paar Meter wegbewegt. Er zog sich die Regenjacke über den Kopf. Er würde warten, bis sie ihn abholten.

Merkwürdig, nun, da er sich beruhigt hatte, war der Hass auf Paolo wie verflogen. Er musterte ihn von der Seite und spürte schmerzvoll, dass dieser fehlgeleitete Mann neben ihm die letzte Verbindung zu seiner Tochter war, die ihm geblieben war. Er schüttelte sich. Geschafft und traurig saß er auf dem Grasband im Regen und sah die Wand hinunter. Er dachte an Susanne. An das Leben. Seine Sehnsucht drückte ihm eine Träne ins Auge. Schlagartig wurde ihm klar, dass ihm an Paolos Tod nichts mehr lag.

DIE AUSSICHT

Monte Piana, einen Monat später (Samstag, 23. August 2014)

»Das ist einer meiner Lieblingsplätze«, sagte Fredo und sah auf die Westflanke der Drei Zinnen, die jäh und erhaben wie ein Keil vor dem blauen Himmel standen.

Eddy betrachtete Fredos markantes Profil. »Ich war noch nie hier oben«, antwortete er. »Ein schöner Platz.«

Er schnitt ein paar Scheiben vom Gailtaler Speck ab und verteilte sie. Susanne streichelte kurz seine Wange, gab ihm einen Kuss und setzte sich zu Maria, die ein Stück entfernt den Blick nach Westen auf den Monte Cristallo genoss.

»Du hast mir das Leben gerettet, Fredo. Schon zum zweiten Mal in einem Jahr. Wenn du nicht aufgetaucht wärst, hätte ich den Kerl abgemurkst. Hättest du am Wandfuß nicht aus Leibeskräften meinen Namen gebrüllt, wer weiß, was ich mit ihm gemacht hätte.«

Fredo nickte. »Ja, und jeder hätte dich verstanden, Eddy. Aber es wäre nicht richtig gewesen. So ist es gut.«

Sie hatten sich lange nicht gesehen. Nachdem Fredo Kitti angerufen und erfahren hatte, dass Eddy am Seekofel war, waren er, ein weiterer Kollege der Alpinen Einsatzgruppe und Gustavo Troi so schnell es ging mit einem Geländewagen der Carabinieri in die Sennes gefahren. Sie waren schnell durch die Wand zu ihnen aufgestiegen, noch am frühen Abend und im strömenden Regen. In der Dämmerung waren sie abgeseilt. Eddy hatte darauf bestanden, Paolo gefesselt zu halten, ihm nicht die geringste Chance zu geben. Das hatte die Bergung nicht vereinfacht. Gustavo half dabei so gut er konnte. Doch Paolo hatte sich bereits völlig aufgegeben und leistete keinerlei Widerstand.

»Gustavo Troi hat seine Chance bekommen und sie genutzt«, sagte Eddy. »Er hat geholfen, Paolo dingfest zu machen. Ich denke, ihm wird nicht viel passieren.«

»Ja, es kann ihm nicht leicht gefallen sein«, antwortete Fredo. »Aber er hat es getan. Das ist aller Ehren wert, wenn er auch in seinem Leben ansonsten nicht viel Gutes zustande gebracht hat.«

Eddy nickte. »Gott sei Dank haben die Männer vom Soccorso Alpino Francesco noch am nächsten Morgen gefunden, nachdem das alles vorbei war.«

»Ja, dass er überlebt hat, grenzt an ein Wunder.«

»Er war an einer Felsschuppe hängen geblieben«, sagte Eddy. »Im Nebel hat ihn niemand entdeckt. Um Hilfe hat er gar nicht rufen können, weil er bewusstlos war, sein Kopf war auf einen Stein geschlagen.«

»Na ja, es gibt merkwürdige Zufälle in den Bergen.«

»Wenn er gestorben wäre, hätte Gustavo das wohl kaum ertragen.«

»Schlimm genug für ihn. Jetzt hat er beide Söhne verloren. Den einen als Mörder, den anderen als jungen Mann, der ihm nicht verzeihen kann.«

»Vielleicht finden die beiden wieder zueinander, Francesco und Gustavo.«

»Ich hab ihn zwar nie leiden können«, warf Fredo ein. »Aber er hat vielleicht eine neue Chance verdient, der alte Mann.«

Eddy lächelte zustimmend.

»Was sagt eigentlich der Bernsteiner Bruno zu dem Ganzen?«, fragte Fredo und konnte sich ein Grinsen nicht verkneifen.

»Der hat einen neuen Helden«, sagte Eddy amüsiert. »Mich lässt er komplett raus, seitdem ich ihm die Meinung gegeigt habe. Und das freut mich. Er hat sich jetzt den Michel ausgeguckt. Als Leiter der Untersuchungen zur Mord- und Wildererserie.« Eddy lachte. »Ha. Er hat ihn rauf und runter interviewt. Ihn als den großen Aufklärer positioniert. Vor allem, dass Paolos DNA mit der auf dem Stock von der Katt übereingestimmt und ihn juristisch wasserdicht als Täter bestätigt hat. Das hat der Bruno als die eigentliche aufklärerische Leistung vom Michel herausgestellt.« Eddy lachte amüsiert. »Und ich hab den Eindruck, dem Michel gefällt das.«

»Dann ist er ja ein Bruder im Geiste von unserem Commissario Galbani. Der hat auch eine große Presse bekommen. Ich wurde gar nicht erst erwähnt«, sagte Fredo leicht verbittert. Eddy stupste ihn an, und Fredo grinste verkniffen.

»Hey, Fredo, wenn du jetzt noch Karriere machen willst, dann können wir das vergessen mit unserem Vorhaben. Buhlriss! Nächstes Jahr!«, sagte Eddy und wuschelte in Fredos Haaren.

»Ja, und ohne mich geht gar nix. Ich muss dich ja dann wieder retten, du Irrer!«

Sie lachten schallend. Das war das erste Mal seit Monaten, dass Eddy so richtig loslassen konnte.

»Weißt du was, Fredo? Ich hasse diesen Kerl immer noch. Bis zum Anschlag.« Eddy machte eine wegwerfende Handbewegung. »Aber mir wird auf der anderen Seite immer klarer, dass Paolo auch ein Opfer seiner Geschichte ist.«

»Ja, das ist er. Stell dir vor, du kommst so auf die Welt, mit dieser völligen Empathielosigkeit. Und dann gerätst du in diese Mühlen. Eine unfähige Mutter, ein brutaler Vater, den er vergöttert hat.«

Eddy unterbrach ihn: »Nicht ganz, Fredo. Paolos Vater wurde erst nach seinem Tod durch Paolos eigene Verklärung zu seinem Gott.« Eddy stockte kurz. »Am Ende bin ich froh, dass ich Paolo nicht ...«

Fredo blinzelte und sah erneut auf die Zinnen. »Das ist gut, Eddy. Jeder Mensch kann jederzeit entscheiden, was er tut und was er nicht tut. Wie die Verlockung des Bösen zustande kommt, ist einerlei.« Er gab Eddy einen Klaps auf die Schulter. »Ich weiß, dass euch beide das kaum trösten kann. Was mich aber besonders freut ist, dass du es geschafft hast, deinem Zorn nicht zu erliegen. Und deine Gedanken zeigen mir, dass du auf einem Weg bist, der dich wieder frei macht. Irgendwann, Eddy.«

Eddy bekam feuchte Augen, biss die Lippen zusammen und nahm Fredo kurz in den Arm. »Es ist gut, dich zum Freund zu haben.«

Sie lächelten, sahen wieder in den blauen Himmel und schwiegen.

Irgendwann sagte Eddy: »Ich hab letzte Woche mit Schranner telefoniert. Der hat mir etwas Grausames erzählt, über das Abschneiden der Ohren. Weißt du, wer so was auch gemacht hat?«

Fredo schüttelte den Kopf.

»Amerikanische Soldaten in Vietnam. Sie haben ihren getöteten Feinden, den Vietkong, die Ohren abgeschnitten, sie getrocknet und sich daraus Ketten hergestellt, die sie dann um den Hals getragen haben.«

»Der Krieg macht so was wohl mit Menschen«, sagte Fredo. »Krieg ist im Grunde wie ein Erziehungscamp. Im negativen Sinne. Er erzieht junge Leute zu Bestien.«

Fredo war aufgestanden. Eddy stellte sich direkt neben ihn.

»Wir sollten das hier noch eine Weile genießen«, sagte Eddy und sah in die Ferne. »Was für eine Welt!«

Es war bereits später Nachmittag. Langsam senkte sich die Sonne hinter die bereits rot leuchtende Hohe Gaisl. Eddy ging mit Susanne ein Stück abseits. »Ich hab mich bisher nicht zu fragen getraut ...«

»Was denn, Eddy?«, fragte Susanne.

Er druckste.

»Los, jetzt frag schon.«

»Was hast du eigentlich in den Brief geschrieben, den du Uli an dem Gedenkstein hinterlassen hast?«

»Ach das. Nichts Besonderes eigentlich. Es hat etwas mit dir zu tun, Eddy.« Sie sah ihn mit großen Augen an. »Ich wollte, dass Uli dir auch weiterhin vertraut.«

Eddys Herz bekam einen Stoß. Seine Lippen zitterten. Er blickte zum Monte Cristallo hinüber, diesem mächtigen Klotz aus geschichtetem Dolomit, der rot in der Abendsonne glühte.

Susanne sah ihn von der Seite an und fragte: »Willst du es jetzt wissen?«

Er wandte seinen Blick nicht von den Bergen ab, aber sie konnte in seinen feuchten Augen lesen. »Also gut.« Sie nickte und lächelte. »Ich habe geschrieben: ›Dein Vater hat ihn gefunden.‹ «

Eddy drückte sie sanft an seine Schulter. Er spürte, wie sehr er Susanne liebte. Er wusste, sie würden ihr Leben ab jetzt neu beginnen können. Und Uli würde bei ihnen sein.